NORA ROBERTS

Mitten in der Nacht

Buch

Alle sind entsetzt: Für diese Ruine mit der morschen Veranda und dem undichten Dach hat Declan Fitzgerald tatsächlich seine Stellung als Anwalt aufgegeben und ist mit Sack und Pack nach New Orleans gezogen. Doch Declan freut sich darauf, sein Traumhaus wieder im alten Glanz erstehen zu lassen. Aber während er sich mit viel Tatendrang an die Restaurierung macht, beschleicht ihn das Gefühl, dass Manet Hall ein dunkles Geheimnis verbirgt. Das Haus und seine mysteriöse Vergangenheit sind allerdings nicht Declans größtes Problem – das heißt Angelina Simone. Auf den ersten Blick hat sich Declan in die dunkelhaarige Südstaaten-Schönheit verliebt. Leider, denn sie findet ihn zwar interessant und sexy, zu mehr als einer Affäre ist sie aber nicht bereit. Als sich jedoch merkwürdige Unfälle und unerklärliche Vorkommnisse häufen, steht Angelina ihm zur Seite. Jedoch scheint es, als müsse für eine gemeinsame Zukunft erst das entsetzliche Unrecht der Vergangenheit gesühnt werden …

Autorin

Nora Roberts schrieb vor rund zwanzig Jahren ihren ersten Roman und hoffte inständig, veröffentlicht zu werden. Inzwischen ist sie längst eine der meistgelesenen Autorinnen der Welt. Unter dem Namen J.D. Robb schreibt sie mit ebenso großem Erfolg auch Kriminalromane.

Von Nora Roberts ist bereits erschienen:

Die Irland-Trilogie:

Töchter des Feuers (35405) · Töchter des Windes (35013) · Töchter der See (35053)

Die Templeton-Trilogie:

So hoch wie der Himmel (35091) · So hell wie der Mond (35207) · So fern wie ein Traum (35280)

Die Sturm-Trilogie:

Insel des Sturms (35321) · Nächte des Sturms (35322) Kinder des Sturm (35323)

Die Insel-Trilogie:

Im Licht der Sterne (35560) · Im Licht der Sonne (35561) · Im Licht des Mondes (35562)

Die Zeit-Trilogie:

Zeit der Träume (35858) · Zeit der Hoffnung (35859) Zeit des Glücks (35860)

Das Leuchten des Himmels (Limes, geb. Ausgabe 2492)

Nora Roberts ist J. D. Robb: Ein gefährliches Geschenk (Limes, geb. Ausgabe, 2481)

Nora Roberts

Mitten in der Nacht

Roman

Aus dem Amerikanischen
von Elfriede Peschel

blanvalet

Die Originalausgabe erschien unter dem Titel »Midnight Bayou« bei G.P. Putnam's Sons, a member of Penguin Putnam Inc., New York.

Umwelthinweis:
Alle bedruckten Materialien dieses Taschenbuches
sind chlorfrei und umweltschonend.

Der Blanvalet Verlag ist ein Unternehmen
der Verlagsgruppe Random House.

Einmalige Sonderausgabe Oktober 2005

Published by arrangement with Eleanor Wilder.
Dieses Werk wurde vermittelt durch die
Literarische Agentur Thomas Schlück,Garbsen.
Umschlaggestaltung: Design Team München
Umschlagfoto: Corbis
Druck: GGP Media GmbH, Pößneck
Titelnummer: 36408
ES · Herstellung: wag
Made in Germany
ISBN-10: 3-442-36408-6
ISBN-13: 978-3-442-36408-4
www.blanvalet-verlag.de

Für Leslie Gelbman,
eine Frau, die den
Wert der Zeit
verstanden hat

God stands winding His lonely horn,
And time and the world are ever in flight;
And love is less kind than the gray twilight.
And hope is less dear than the dew of the morn.

William Butler Yeats

Prolog

Im Delta herrschte der Tod in all seiner grausamen Schönheit. Tief gruben sich die dunklen Schatten ein. In deren Schutz bedeutete jedes Flüstern im Sumpfgras oder Schilf, im Gewirr der Schlingpflanzenfalle die Geburt neuen Lebens oder plötzlichen Tod. Sein grüner Atem war schlecht und seine Augen glühten gelb im Dunkeln.

Lautlos wie eine Schlange wand sich sein Fluss – schwarzes Wasser, aus dessen Oberfläche unter einem prallen weißen Mond die Luftwurzeln der Zypressen wie bleiche Knochen brachen.

Fast ohne es zu kräuseln, zog der lange, knorrige Leib eines Alligators seine Bahn durch das dunkle, vom Mond gesprenkelte Wasser. Verschwiegen wie ein Geheimnis war auch die Bedrohung, die von ihm ausging. Doch wenn er zuschlug, seine tödlichen Kiefer sich in der unbesonnenen Bisamratte festbissen und sein Schwanz mit einem triumphierenden Peitschenhieb das Wasser teilte – dann hallte der Bayou wider von einem einzigen kurzen Schrei.

Und das Kroko sank mit seiner Beute tief hinunter auf den schlammigen Boden.

Auch andere hatten die grausamen, stillen Tiefen dieses Flusses kennen gelernt. Und wussten, dass er selbst in dieser brutalen Sommerhitze kalt war, sehr kalt.

Der Bayou mit seinen unermesslichen Geheimnissen war nie ganz still. Nachts unter dem hoch stehenden Vollmond betrieb der Tod emsig sein Geschäft. In einer Jubelwolke der Gier sirrten die Moskitos, die gefräßigen Vampire der Sümpfe. Als Musikanten der Sumpfmusik stimmten sie ein in das Summen und Brummen und Tröpfeln, das nur von den Schreckensschreien der Gejagten übertönt wurde.

In den hohen Ästen einer Eiche, im Schatten von Moos und Blättern, schrie eine Eule ihre beiden Klagelaute. Aufgeschreckt rannte ein Sumpfkaninchen um sein Leben.

Eine Brise sorgte für Aufruhr in der Luft, dann war sie verschwunden wie der einsame Seufzer eines Geistes.

Die Eule stürzte sich mit rasch ausgebreiteten Flügeln von ihrem Ast.

Während die Eule hinabstieß und das Kaninchen starb, schlief nahe des Flusses ein altes graues Haus mit schwankendem Pier im Dunkeln. Dahinter reckte sich über aufgeschossenem Gras ein großes weißes Herrenhaus und wachte im Mondlicht.

Zwischen beiden verlief das gewundene Band des Bayou – strotzend vor Leben und voll des Todes.

1

Manet Hall, Louisiana

30. Dezember 1899

Das Baby weinte. Abigail hörte es in ihren Träumen, vernahm das zarte unsichere Wimmern, das Rascheln der sich unter weichen Decken regenden winzigen Glieder. Sie verspürte ein Hungergefühl, ein Verlangen in ihrem Leib, fast als wäre das Kind noch in ihr. Noch ehe sie ganz wach war, quoll die Milch heraus.

Rasch stand sie auf. Es war das reinste Vergnügen – diese Überfülle in ihren Brüsten, ihre Empfindsamkeit. Ihre Zweckmäßigkeit. Ihr Baby brauchte sie und sie würde es versorgen.

Sie trat an die Récamier und nahm den weißen Morgenrock, der über der Lehne hing. Sie sog den Duft der Treibhauslilien ein – ihre Lieblingsblumen –, die wie Speere in einer Kristallvase steckten, einem Hochzeitsgeschenk.

Vor Lucian war sie auch mit Wildblumen in einfachen Flaschen zufrieden gewesen.

Wäre Lucian zu Hause gewesen, wäre er ebenfalls wach geworden. Und obwohl sie ihn angelächelt, ihm zärtlich das seidige blonde Haar gestreichelt und ihm gesagt hätte, er solle liegen bleiben, hätte er sich doch auf den Weg zum Kinderzimmer gemacht, ehe sie mit dem mitternächtlichen Stillen von Marie Rose fertig gewesen wäre.

Sie vermisste ihn – wieder spürte sie einen Stich im Leib. Aber als sie in ihren Morgenmantel schlüpfte, erinnerte sie sich daran, dass er am nächsten Tag zurückkam. Vom frühen Morgen an würde sie nach ihm Ausschau halten und warten, bis sie ihn die Eichenallee entlanggaloppieren sah.

Egal, was die anderen denken oder reden mochten, sie würde hinauslaufen, um ihn zu begrüßen. Und wenn er dann von seinem Pferd sprang und sie mit seinen Armen hochhob, würde ihr Herz vor Freude hüpfen, wie es immer hüpfte, wenn sie ihn nur ansah.

Und auf dem Neujahrsball würden sie tanzen.

Summend zündete sie eine Kerze an und schützte diese mit ihrer Hand, als sie auf die Schlafzimmertür zuging und auf den Korridor des großen Hauses hinaustrat, in dem sie einst Dienerin gewesen war, jetzt aber, nun ja, wenn auch nicht Tochter des Hauses, so doch wenigstens die Ehefrau des Sohnes.

Das Kinderzimmer lag im zweiten Stock des Familienflügels. Den Kampf, den sie deswegen mit Lucians Mutter ausgetragen hatte, hatte sie verloren. Bei Josephine Manet gab es feste Regeln für das Benehmen, für die Nutzung der Räume des Hauses und für die Art und Weise, wie Traditionen gepflegt wurden. Madame Josephine, überlegte Abigail, als sie lautlos an den anderen Schlafzimmertüren vorbeihuschte, hatte von allem eine unumstößliche Vorstellung. Auf jeden Fall gehörte ein drei Monate altes Baby in das Kinderzimmer und in die Obhut eines Kindermädchens und nicht in eine Wiege in einer Ecke des elterlichen Schlafzimmers.

Flackernd tanzte das Kerzenlicht über die Wände, als Abigail die immer schmaler werdende Treppe nach oben stieg. Wenigstens war es ihr gelungen, Marie Rose sechs Wochen lang bei sich zu behalten. Und die Wiege zu benutzen, die Teil ihrer eigenen Familientradition war. Ihr *grand-père* hatte sie geschnitzt. Ihre eigene Mutter hatte darin geschlafen und dann siebzehn Jahre später Abigail darin gebettet.

In dieser alten Wiege hatte Marie Rose, dieser winzige Engel, die ersten Nächte verbracht, in unmittelbarer Nähe ihrer sie abgöttisch liebenden, aufgeregten Eltern.

Ihre Tochter würde einmal die Familie ihres Vaters und deren Gepflogenheiten respektieren. Aber Abigail war entschlossen, dass ihr Kind auch die Familie ihrer Mutter respektierte und deren Lebensstil kennen lernte.

Josephine hatte sich über das Baby und die handgemachte Wiege aufgeregt und zwar mit solcher Ausdauer, dass Abigail und Lucian schließlich nachgegeben hatten. Auf diese Weise würde Wasser den Fels besiegen, hatte Lucian gemeint, denn es arbeitet unermüdlich, bis der Fels schließlich nachgibt oder mürbe wird.

Jetzt verbrachte das Baby seine Nächte im Kinderzimmer und lag in dem in Frankreich hergestellten Kinderbett, in dem seit über einem Jahrhundert die Babys der Manets ihren Schlaf fanden.

Abigail tröstete sich damit, dass dieses Übereinkommen seine Richtigkeit und sogar seine Annehmlichkeiten hatte. Ihre *petite* Rose war eine Manet. Sie würde eine Dame sein.

Wie Madame Josephine schließlich immer wieder mit Nachdruck betont hatte, werde auf diese Weise der Schlaf der anderen Hausbewohner nicht durch quengelige Schreie gestört. Egal, wie man solche Fragen sonst im Bayou regeln mochte, hier in Manet Hall hütete man die Kinder im Kinderzimmer.

Wie sich ihre Lippen gekräuselt hatten, als sie dies sagte. Bayou – als wäre es ein Wort, das man nur in Bordellen und Bars aussprach.

Doch es machte nichts, dass Madame Josephine sie hasste, dass Monsieur Henri sie ignorierte. Es war auch nicht von Belang, dass Julian sie mit Blicken bedachte, mit denen kein Mann die Frau seines Bruders ansehen sollte.

Lucian liebte sie.

Es war auch nicht schlimm, dass Marie Rose im Kinderzimmer schlief. Ob sie nun durch ein Stockwerk oder durch einen Kontinent voneinander getrennt waren – Abigail spürte Marie Roses Bedürfnisse wie ihre eigenen. Das Band war so stark, so wahrhaftig, dass es nie zerrissen werden konnte.

Mochte Madame Josephine auch Schlachten gewinnen, den

Krieg hatte Abigail gewonnen, das wusste sie. Sie hatte Lucian und Marie Rose.

Im Kinderzimmer brannten Kerzen. Das Kindermädchen Claudine traute dem Gaslicht nicht. Claudine hielt Marie Rose bereits im Arm und versuchte sie mit einem Zuckernuckel zu beruhigen, aber die vor Wut geballten Fäuste des Babys zitterten.

»Wie wütend sie werden kann.« Abigail stellte die Kerze ab und lachte, als sie mit bereits ausgestreckten Armen das Zimmer durchquerte.

»Die weiß genau, was sie will und wann sie es will.« Claudine, eine hübsche Cajun mit müden dunklen Augen, drückte das Baby nach einmal kurz an sich, ehe sie es Abigail reichte. »Sie hat bis jetzt noch so gut wie keinen Lärm gemacht. Ich weiß gar nicht, wie du sie da unten hören kannst.«

»Ich höre sie mit meinem Herzen. Na komm, *bébé. Maman* ist da.«

»Die Windel ist nass.«

»Ich leg sie trocken.« Abigail rieb ihre Wange an der des Babys und lächelte. Claudine war eine Freundin – diese Schlacht hatte sie gewonnen. Wie tröstlich war es doch, sie im Kinderzimmer, im Haushalt zu haben, eine Gesellschaft, die keiner aus Lucians Familie ihr anbieten würde.

»Geh doch wieder ins Bett. Wenn ich sie gestillt habe, wird sie bis morgen schlafen.«

»Sie ist ein echter Goldschatz.« Claudine strich mit ihren Fingerspitzen über Marie Roses Locken. »Wenn du mich nicht brauchst, mache ich vielleicht einen Spaziergang zum Fluss. Jasper wird dort sein.« Ihre dunklen Augen leuchteten. »Ich habe ihm gesagt, dass ich vielleicht gegen Mitternacht vorbeikomme, wenn ich weg kann.«

»Du solltest diesen Jungen dazu bringen, dass er dich heiratet, *chère.*«

»Oh, das werde ich. Also wenn du nichts dagegen hast, Abby, laufe ich für ein, zwei Stunden runter.«

»Ich habe nichts dagegen, aber gib Acht, dass du dir bis auf ein paar Flusskrebse nichts einfängst. Ja nichts anderes«, fügte sie hinzu, als sie sich alles zurechtlegte, was sie zum Wechseln der schmutzigen Windel von Marie Rose brauchte.

»Mach dir keine Sorgen. Ich bin vor zwei Uhr wieder zurück.« Sie stand schon in der Verbindungstüre, als sie sich noch einmal umdrehte. »Abby? Ist dir, als wir Kinder waren, je der Gedanke gekommen, du könntest eines Tages Herrin dieses Hauses sein?«

»Ich bin keine Herrin hier.« Sie kitzelte das Baby an den Zehen und brachte Marie Rose zum Glucksen. »Und diejenige, die es ist, wird wahrscheinlich schon aus Trotz hundertzehn Jahre alt werden, damit ich es ja nicht werden kann.«

»Wenn das eine schafft, dann sie. Aber eines Tages wirst du es sein. Du bist ein Glückskind, Abby, und es sieht wirklich gut für dich aus.«

Allein mit dem Baby, streichelte und koste Abby es. Sie puderte und pflegte es und wickelte es ordentlich. Als Marie Rose mit trockener Windel und frischem Nachthemd versorgt war, machte Abby es sich in einem Schaukelstuhl bequem und entblößte ihre Brust für diesen winzigen, hungrigen Mund. Bei den ersten gierigen Zügen, auf die ein Ziehen in ihrem Schoß antwortete, entfuhr ihr ein Seufzer. Ja, sie war ein Glückskind. Weil Lucian Manet, der Erbe von Manet Hall, der strahlende Märchenprinz, ein Auge auf sie geworfen hatte. Und sie liebte.

Sie neigte den Kopf, um das Baby trinken zu sehen. Marie Roses Augen standen weit offen und waren auf das Gesicht ihrer Mutter gerichtet. Zwischen ihren Brauen kräuselte sich die Haut vor Anstrengung.

Ach, sie hoffte so sehr, diese Augen würden blau bleiben wie die von Lucian. Das Haar des Babys war dunkel wie das ihre. Dunkel und lockig, aber seine Haut war weiß wie Milch – wieder ganz wie die seines Papas und nicht dunkel wie der matte Goldton seiner Cajunmama.

Sie würde von beiden das Beste haben, überlegte Abby. Das Beste von allem.

Es war nicht allein das Geld, das große Haus, der gesellschaftliche Status, obwohl sie sich auch dies jetzt für ihr Kind wünschte, nachdem sie es selbst gekostet hatte. Vielmehr ging es um die Akzeptanz, die Erfahrung, das *Wissen*, an einen solchen Ort zu gehören. Ihre Tochter und alle Kinder, die nach ihr kamen, würden lesen und schreiben, würden mit angenehmer Stimme richtiges Englisch und Französisch sprechen.

Keiner würde je auf sie herabsehen.

»Du wirst eine Dame sein«, murmelte Abigail und streichelte die Wange des Babys, während Marie Roses Hand ihre Brust knetete, als wolle sie den Milchfluss beschleunigen. »Eine *gebildete* Dame mit der Gutmütigkeit deines Vaters und der Vernunft deiner Mutter. Morgen wird Papa wieder zu Hause sein. Es ist der allerletzte Tag eines ganzen Jahrhunderts, und du hast das ganze Leben vor dir.«

Sie sprach mit leiser Stimme, einem Singsang, der sie beide einlullte.

»Es ist so aufregend, Rosie, meine Rosie. Morgen Abend werden wir einen großen Ball geben. Ich habe ein neues Kleid. Es ist blau wie deine Augen. Wie die Augen deines Papas. Hab ich dir schon erzählt, dass ich mich als Erstes in seine Augen verliebt habe? So schöne Augen. So freundlich. Als er von der Universität nach Manet Hall zurückkehrte, sah er aus wie ein Prinz, der in sein Schloss heimkehrt. Ach, was hatte ich für Herzklopfen.«

Sie lehnte sich zurück und schaukelte im flackernden Kerzenlicht.

Sie dachte an die Neujahrsfeier des nächsten Abends, an das Tanzen mit Lucian und das im Walzertakt rauschende, schwingende Kleid.

Er würde stolz auf sie sein.

Sie erinnerte sich an ihren ersten gemeinsamen Walzer.

Damals im Frühling, als schwerer Blütenduft die Luft erfüllte und das Haus wie ein Palast erstrahlte. Sie hatte sich von ihrer Arbeit davongestohlen und in den Garten geschlichen, weil sie unbedingt sehen wollte, wie das strahlend weiße Herrenhaus sich mit seinen Balustraden wie schwarze Spitze und den flammenden Fenstern vom Sternenhimmel abhob. Aus diesen Fenstern und aus den Türen auf der Galerie, auf welche die Gäste sich begeben hatten, um Luft zu schnappen, war Musik nach draußen gedrungen.

Sie hatte sich vorgestellt, drinnen im Ballsaal zu sein und zur Musik herumzuwirbeln. Und so hatte sie sich in der Dunkelheit des Gartens im Kreis gedreht. Und hatte im Drehen gesehen, dass Lucian sie vom Weg her beobachtete.

Es war ihr ureigenstes Märchen, erinnerte sich Abby. Der Prinz, der Aschenputtels Hand nahm und sie, kurz bevor es Mitternacht schlug, zu einem Tanz aufforderte. Sie hatte keinen gläsernen Schuh und keine Kürbiskutsche, aber die Nacht hatte sich dennoch verzaubert.

Noch immer hörte sie die Musik, die aus den Balkontüren durch die Luft in den Garten geschwebt war.

»Ist der Ball dann vorbei und bricht an der Tag…«

Leise sang sie den Refrain, während sie das Baby an die andere Brust anlegte.

»Sind die Tänzer dahin mit den Sternen…«

Sie hatten im vom Mondlicht beschienenen Garten vor der Kulisse des Hauses, das sich hinter ihnen wie ein königlicher Schatten in Weiß und Gold erhob, zu diesem schönen, traurigen Lied getanzt. Sie in ihrem einfachen Kattunkleid, Lucian in seinem eleganten Abendanzug. Und wie im Märchen, wo alles möglich war, verliebten sie sich während dieses schönen, traurigen Liedes.

O ja, sie wusste natürlich, dass alles schon vor diesem Abend begonnen hatte. Für sie bereits, als sie ihn das erste Mal sah: rittlings auf der kastanienbraunen Stute, auf der er von New

Orleans zur Plantage geritten kam. Die Sonne hatte so hell durch die Blätter und das Moos an den Eichen entlang der Allee gestrahlt, dass ihr Licht ihn wie Engelflügel umfing. Sein Zwillingsbruder – Julian – war neben ihm geritten, aber sie hatte nur Augen für Lucian gehabt.

Sie war erst seit ein paar Wochen im Haus gewesen, angestellt als Hilfsdienerin und ständig bemüht, Monsieur und Madame Manet zufrieden zu stellen, damit sie ihre Stellung behielt und ihren Lohn verdiente.

Er hatte sie jedes Mal, wenn sie sich im Haus begegneten, angesprochen – freundlich und korrekt. Aber sie hatte gespürt, dass er sie beobachtete. Nicht auf die Weise, wie Julian das tat, mit gierigen Augen und einem süffisanten Lächeln auf den Lippen. Aber doch mit einer Art Verlangen, wie sie sich jetzt gern erinnerte.

In den folgenden Wochen war sie ihm oft begegnet. Er passte sie ab. Das wusste sie jetzt und schätzte es hoch ein, denn er hatte es ihr in ihrer Hochzeitsnacht gestanden.

Aber tatsächlich begonnen hatte es erst am Abend des Balls. Nachdem das Lied zu Ende war, hatte er sie einen kleinen Augenblick länger festgehalten. Dann hatte er sich verbeugt, wie ein Herr sich vor einer Dame verbeugt. Anschließend küsste er ihre Hand.

Als sie schon gedacht hatte, es sei vorbei und der Zauber würde nachlassen, steckte er die Hand, die er gerade geküsst hatte, in seine Armbeuge. Fing an mit ihr spazieren zu gehen, mit ihr zu reden. Über das Wetter, die Blumen, den Klatsch im Haus.

Als ob sie Freunde wären, überlegte Abigail jetzt mit einem Lächeln. Als wäre es für Lucian Manet die natürlichste Sache der Welt, mit Abigail Rouse eine Runde durch den Garten zu drehen.

Danach waren sie viele Nächte durch den Garten spaziert. Drinnen im Haus, wo die anderen sie sehen konnten, waren sie weiterhin Herr und Dienerin. Aber den ganzen rauschhaften Frühling hindurch schlenderten sie als junges Liebespaar über die Gartenwege und tauschten sich über ihre Hoffnungen und Träume, ihre Sorgen und Freuden aus.

An ihrem siebzehnten Geburtstag überreichte er ihr ein Geschenk, eingewickelt in Silberpapier mit einer hellblauen Schleife. Die Emailleuhr hing als hübsche runde Scheibe von den goldenen Flügeln einer Brosche. Die Zeit fliege nur so dahin, wenn sie zusammen seien, meinte er, als er ihr die Uhr an den verblichenen Baumwollstoff ihres Kleides heftete. Und er würde sich liebend gern mit ihr aufschwingen, anstatt sein Leben fern von ihr zu verbringen.

Er hatte ein Knie gebeugt und sie gebeten, seine Frau zu werden.

Das war unmöglich. Oh, unter Tränen hatte sie versucht, ihm dies zu vermitteln. Er sei unerreichbar für sie und könne jede Frau haben, die er wollte.

Jetzt in der Erinnerung hörte sie sein Lachen, sah die Freude, die sich auf seinem schönen Gesicht ausgebreitet hatte. Wie könne er unerreichbar für sie sein, da sie doch gerade eben seine Hand in der ihren halte? Und wenn er wirklich jede haben könne, dann sei das sie.

»Und jetzt haben wir einander und dich«, flüsterte Abby und schob das dösende Baby auf ihre Schulter. »Und was macht es schon, wenn seine Familie mich dafür hasst? Ich mache ihn glücklich.«

Sie drückte ihr Gesicht in die weiche Biegung des Babynackens. »Ich lerne zu reden, wie sie reden, mich zu kleiden, wie sie sich kleiden. Aber ich werde nie so denken, wie sie denken. Doch Lucian zuliebe benehme ich mich so, wie sie sich benehmen, jedenfalls nach außen hin, wenn man es bemerkt.«

Zufrieden rubbelte sie den Rücken des Babys und schaukelte weiter. Als sie aber schwere Schritte auf der Treppe hörte, die sich stolpernd nach oben bewegten, erhob sie sich rasch. Sie schlang ihre Arme schützend um das Baby, als sie auf das Bettchen zuging.

Sie hörte Julian eintreten und wusste, ohne ihn anzuschauen, dass er betrunken war. Er war fast immer betrunken oder stand kurz davor.

Abby sagte nichts. Sie legte das Baby in die Wiege und streichelte Marie Rose zur Beruhigung, als diese zu wimmern anfing.

»Wo ist das Kindermädchen?«, herrschte er sie an.

Abby wandte sich ihm noch immer nicht zu. »Ich möchte dich nicht hier haben, wenn du getrunken hast.«

»Erteilst wohl jetzt Befehle?« Er sprach unartikuliert und hatte Mühe, das Gleichgewicht zu halten. Aber seine Gedanken waren klar. Er war davon überzeugt, dass Alkohol ihm half, einen klaren Kopf zu bekommen.

Und wenn es um die Frau seines Bruders ging, war für ihn alles klar. Wenn Lucian etwas hatte – und war eine Frau denn etwas anderes als ein Ding? –, dann wollte Julian es auch haben.

Sie war klein, fast zerbrechlich gebaut. Aber sie hatte gute, kräftige Beine. Er konnte dort, wo der Feuerschein aus dem Kamin des Kinderzimmers durch ihr dünnes Nachtgewand schimmerte, deren Umrisse erkennen. Diese Beine würden sich genauso leicht um ihn schlingen, wie sie das bei seinem Bruder taten.

Ihre Brüste waren fest und prall, praller noch, seit sie die Kleine hatte. Einmal hatte er sie mit der Hand berührt, und sie hatte ihn dafür geohrfeigt. Als hätte sie ein Recht zu bestimmen, wer sie berührte.

Er schloss die Tür hinter sich. Sein Appetit war durch die Hure, die er sich heute Abend gekauft hatte, nur noch heftiger geworden. Es war Zeit, ihn zu stillen.

»Wo ist die andere Bayou-Schlampe?«

Abbys Hand ballte sich zur Faust. Jetzt wandte sie sich um, stellte sich mit ihrem Körper schützend vor die Wiege. Er sah

Lucian so ähnlich, aber die Härte, die er ausstrahlte, fehlte bei Lucian. Julian hatte etwas Dunkles, Bedrohliches.

Sie fragte sich, ob an den Worten ihrer *grand-mère* was dran sei. Dass sich nämlich bei Zwillingen die Charakterzüge gleich im Mutterleib aufteilen. Einer bekommt die guten, der andere die schlechten.

Sie wusste nicht, ob Julian schon verdorben auf die Welt gekommen war. Aber sie wusste um seine Gefährlichkeit, wenn er betrunken war. Höchste Zeit, er erfuhr, dass auch sie gefährlich war.

»Claudine ist meine Freundin, und es steht dir nicht zu, so über sie zu reden. Geh hinaus. Du hast nicht das Recht, hier hereinzukommen und mich zu beleidigen. Dieses Mal wird Lucian davon erfahren.«

Sie sah, wie sein Blick von ihrem Gesicht abwärts glitt, verfolgte, wie sich die Lüsternheit in seine Augen schlich. Schnell zog sie ihren Morgenmantel über die Brust, die vom Stillen noch halb entblößt war. »Du bist abscheulich. *Cochon*! Mit deinen lasterhaften Absichten auf die Frau deines Bruder ein Kinderzimmer zu betreten!«

»Hure des Bruders.« Er glaubte ihre Wut und ihre Angst jetzt riechen zu können. Ein berauschender Duft. »Wenn ich fünfzehn Minuten eher zur Welt gekommen wäre, hättest du für mich die Beine breit machen müssen. Aber meinen Namen hättest du nicht an dich gerissen, wie du seinen an dich gerissen hast.«

Sie reckte ihr Kinn vor. »Ich sehe dich gar nicht. Keiner tut das. Neben ihm bist du nichts. Ein Schatten, ein Schatten, der nach Whiskey und Bordell stinkt.«

Sie wollte weglaufen. Er machte ihr Angst, hatte ihr von jeher Angst gemacht, eine Art Urangst in ihr geweckt. Aber sie würde es nicht riskieren, ihn mit dem Baby allein zu lassen. »Wenn ich Lucian davon erzähle, jagt er dich weg.«

»Er hat keine Macht hier, das wissen wir doch alle.« Er näherte sich, pirschte sich an wie ein Jäger im Wald. »In diesem Haus hält meine Mutter das Zepter in der Hand. Ich bin ihr Liebling. Daran ändert auch der Zeitpunkt der Geburt nichts.«

»Er wird dich wegschicken.« Ihr brannten die Tränen in der Kehle, weil sie wusste, dass Julian Recht hatte. Josephine war die Herrscherin von Manet Hall.

»Lucian hat mir einen Gefallen getan, indem er dich heiratete.« Er sprach jetzt mit träger, schleppender Stimme, fast als würde er Konversation machen. Er wusste genau, dass sie nirgendwohin weglaufen konnte. »Sie hat ihn bereits aus ihrem Testament gestrichen. O ja, das Haus bekommt er, daran kann sie nichts ändern, aber ihr Geld bekomme ich. Und ohne Geld lässt sich das hier nicht unterhalten.«

»Nimm das Geld, nimm das Haus.« Sie unterstrich ihre Worte mit einer abweisenden Geste, die ihn einschloss. »Nimm alles und fahr damit zur Hölle.«

»Er ist schwach. Mein Bruder, dieser Heilige. Das sind Heilige immer, bei all ihrer Frömmigkeit.«

»Er ist ein Mann, viel mehr Mann als du.«

Sie hatte gehofft, ihn wütend zu machen, ihn so in Rage zu bringen, dass er sie schlug und aus dem Raum stürmte. Doch er lachte nur, tief und leise, und rückte näher.

Als sie seine Absicht in seinen Augen las, öffnete sie den Mund, um zu schreien. Seine Hand holte aus, und er packte eine Strähne ihres dunklen Haars, das in Locken bis zur Taille fiel. Sein Zerren erstickte ihren Schrei zu einem Keuchen. Seine freie Hand umfing ihre Kehle und drückte zu.

»Ich nehme mir immer, was Lucian gehört. Sogar seine Huren.«

Sie trommelte auf ihn ein, schlug nach ihm und biss ihn. Als sie wieder Luft bekam, schrie sie. Er zerrte an ihrem Morgenrock, grapschte nach ihren Brüsten. Das Baby im Kinderbett fing zu wimmern an.

Angespornt vom Klageruf ihrer Tochter, kratzte Abby sich

mit ihren Fingernägeln frei. Sie wirbelte herum, stolperte dabei aber über den zerrissenen Saum ihres Nachthemds. Ihre Hand umschloss den Griff des Schürhakens. Sie schwang ihn wild und ließ ihn dann mit voller Kraft auf Julians Schulter niedersausen.

Unter Schmerzgeheul fiel er rücklings gegen den Kamin, und sie flüchtete sich zum Bettchen.

Sie musste das Baby holen. Das Baby nehmen und wegrennen.

Er erwischte sie am Ärmel und wieder schrie sie, als der Stoff riss. Als sie in das Bett langte, um ihre Tochter herauszuholen, zerrte er sie zurück. Er schlug sie, schnitt mit seinem Handrücken wie mit dem Messer über ihre Wange und stieß sie dann mit dem Rücken gegen einen Tisch. Eine Kerze fiel zu Boden und erlosch flackernd in ihrem eigenen Wachs.

»Miststück! Hure!«

Er war wahnsinnig. Das erkannte sie jetzt an dem wilden Glanz seiner Augen, den vom Alkohol geröteten und erhitzten Wangen. In diesem Moment wurde aus der Angst Entsetzen.

»Dafür wird er dich umbringen. Mein Lucian wird dich töten.« Sie versuchte wieder festen Halt zu bekommen, doch schon schlug er wieder zu, diesmal mit der Faust, so dass der Schmerz vom Gesicht in ihren ganzen Körper ausstrahlte. Benommen wollte sie zum Kinderbett kriechen. Sie hatte Blut im Mund, süß und warm.

Mein Baby. Lieber Gott, lass nicht zu, dass er meinem Baby etwas antut.

Sie spürte sein Gewicht auf ihr – und seinen Gestank. Sie sträubte sich, schrie um Hilfe. Die schrillen Schreie des Babys vermischten sich mit den ihren.

»Tu's nicht! Tu's nicht! Du machst dich unglücklich.«

Aber als er ihr mit einem Ruck das Nachthemd über die Taille zog, wusste sie, dass sie flehen und kämpfen konnte, so viel sie wollte, es würde ihn nicht aufhalten. Er würde sie erniedrigen und beflecken, weil sie es war. Weil sie Lucian gehörte.

»Das ist es doch, was du willst.« Er drang brutal in sie ein, und Machtgier durchströmte ihn wie dunkler Wein. Ihr Gesicht war weiß vor Furcht und Grauen und wund von den Schlägen seiner Hände. Hilflos, dachte er, als er seine rasende Eifersucht in ihr austobte. »Das ist es doch, was ihr alle wollt. Ihr Cajunhuren.«

Stoß um Stoß vergewaltigte er sie. Er schäumte über vor Erregung, sie gewaltsam zu nehmen, bis sein Atem wie kurze Grunzlaute zwischen seinen zusammengebissenen Zähnen austrat.

Abigail weinte jetzt, ein ersticktes Schluchzen. Aber sie schrie auch. Schrie irgendwie, während er ihr seine Wut, seine Eifersucht und seinen Ekel einbläute.

Als die große Standuhr Mitternacht schlug, umschloss er ihre Kehle mit seinen Händen. »Sei still. Du verdammtes Weib.« Er rammte ihren Kopf in den Fußboden, drückte fester zu. Und noch immer durchbohrte das Geschrei sein Gehirn.

Auch Abby hörte es. Die grellen Schreie des Babys hallten gemeinsam mit den langsamen, gesetzten Schlägen der Mitternachtsstunde durch ihren Kopf. Sie schlug um sich, lehnte sich kraftlos auf gegen die Hände, die ihr die Luft abschnitten, versuchte den abscheulichen Eindringling von ihrem Körper fern zu halten.

Hilf mir. Muttergottes. Hilf mir. Hilf meinem Baby.

Ihr Blick verschleierte sich. Ihre Fersen trommelten im Todeskampf wie verrückt auf den Fußboden.

Das Letzte, was sie hörte, war ihre schreiende Tochter. Das Letzte, was sie dachte, war *Lucian*.

Die Tür des Kinderzimmers sprang auf – und Josephine Manet stand im Kinderzimmer. Sie erfasste sofort, was geschehen war. Kaltblütig.

»Julian!«

Die Hände noch immer im Klammergriff um Abbys Kehle, schaute er auf. Sollte seine Mutter den Wahnsinn in seinen Augen erkannt haben, beschloss sie, darüber hinwegzusehen. Mit ihrem ordentlich für die Nacht geflochtenen Goldhaar und dem streng bis zum Hals zugeknöpften Morgenrock trat sie auf ihn zu und starrte hinab.

Abbys Augen waren weit offen und starr. Aus ihrem Mundwinkel sickerte Blut, und auf ihren Wangen blühten Blutergüsse.

Leidenschaftslos beugte sie sich hinab und legte ihre Finger an Abbys Hals.

»Sie ist tot«, verkündete Josephine und ging mit raschen Schritten auf die Verbindungstür zu. Sie öffnete diese und warf einen Blick in das Zimmer des Kindermädchens. Dann schloss sie sie wieder und verriegelte sie.

Mit dem Rücken an der Tür verharrte sie einen Moment, die Hand an den eigenen Hals gelegt, und überlegte, was über sie hereinbrechen könnte. Schande, Ruin, Skandal.

»Es war … ein Unfall.« Seine Hände begannen zu zittern, als sie von Abbys Kehle glitten. Jetzt wirbelte der Whiskey durch seinen Kopf und benebelte ihn. Er brannte in seinem Leib, dass ihm übel wurde.

Er konnte die Flecken auf ihrer Haut sehen, dunkel, tief und anklagend. »Sie hat versucht … mich zu verführen, dann hat sie mich angegriffen …«

Wieder lief sie quer durchs Zimmer, ihre Pantoffeln klapperten auf dem Holz. Josephine kauerte sich nieder und schlug ihn, ein fester Schlag von Fleisch auf Fleisch. »Sei still. Schweig und tue genau, was ich sage. Ich möchte nicht noch einen Sohn an diese Kreatur verlieren. Bring sie runter in ihr Schlafzimmer. Geh durch die Galerie nach draußen und warte dort, bis ich komme.«

»Sie war Schuld daran.«

»Ja. Jetzt hat sie dafür bezahlt. Bring sie runter, Julian. Und beeil dich.«

»Sie werden ...« Eine einzelne Träne sammelte sich in seinem Augenwinkel und tropfte herunter. »Sie werden mich hängen. Ich muss weg.«

»Nein. Nein, sie werden dich nicht hängen.« Sie drückte seinen Kopf an ihre Schulter und streichelte ihm über dem Körper ihrer Schwiegertochter das Haar. »Nein, mein Schatz, sie werden dich nicht hängen. Tu jetzt genau, was Mama sagt. Trag sie runter ins Schlafzimmer und warte auf mich. Alles wird gut werden. Alles wird wieder ins Lot kommen. Ich verspreche es dir.«

»Ich möchte sie nicht anfassen.«

»Julian!« Die mitfühlende Stimme schlug um in eisigen Kommandoton. »Tu, was ich sage. Jetzt gleich.«

Sie erhob sich und trat an das Kinderbett, in dem sich das Geschrei des Babys zu einem kläglichen Wimmern abgeschwächt hatte. In der Brisanz der Situation hielt sie es für das Naheliegendste, einfach die Hand auf Mund und Nase des Kindes zu legen. Kein großer Unterschied zum Ertränken eines Sacks voller Kätzchen.

Und doch ...

Das Kind hatte das Blut ihres Sohnes in sich und somit auch ihr eigenes. Sie konnte es verachten, vernichten durfte sie es nicht. »Schlaf jetzt«, sagte sie. »Wir werden später entscheiden, was wir mit dir machen.«

Während ihr Sohn die junge Frau, die er geschändet und getötet hatte, aus dem Zimmer trug, machte Josephine sich daran, das Kinderzimmer in Ordnung zu bringen. Sie hob die Kerze auf und rieb das erkaltete Wachs ab, bis keine Spur mehr davon zu sehen war.

Sie stellte den Schürhaken an seinen Platz zurück und wischte mit den Fetzen von Abbys Morgenrock die Blutspritzer weg. Dies alles erledigte sie mit Umsicht und ohne darüber nachzudenken, was zu den Beschädigungen in diesem Raum geführt hatte. All ihr Tun war nur darauf ausgerichtet, ihren Sohn zu retten.

In der Gewissheit, dass alles seine Ordnung hatte, schloss sie die Durchgangstüre wieder auf und ließ ihr inzwischen schlafendes Enkelkind allein.

Am Morgen würde sie das Kindermädchen wegen ihrer Pflichtvergessenheit aus dem Haus werfen. Sie würde Manet Hall verlassen haben, ehe Lucian zurückkehrte und bemerkte, dass seine Frau nicht da war.

Das Mädchen hatte sich das alles selbst zuzuschreiben, befand Josephine. Es führte nie zu etwas Gutem, wenn man versuchte, sich über seinen Platz im Leben zu erheben. Jedes Ding hatte seinen angestammten Platz, und diese Ordnung hatte Gründe. Hätte das Mädchen Lucian nicht verhext – denn sicher war irgendein hier gebräuchlicher Hexenzauber im Spiel gewesen –, wäre sie noch am Leben.

Der Skandal war für die Familie schlimm genug gewesen. Das Durchbrennen. O Gott, was für eine Peinlichkeit! Zuzusehen, wie der Erstgeborene mit einem völlig mittellosen, barfüßigen Weib davonlief, das in einer Hütte im Sumpf aufgewachsen war, und dennoch hoch erhobenen Hauptes weiterzuleben.

Dann der saure Geschmack der Heuchelei, die danach kam. Es war wichtig, das Gesicht zu wahren, selbst nach einem solchen Schlag. Und hatte sie nicht alles Mögliche getan, dass diese Kreatur sich so kleidete, wie es sich für die Familie Manet gehörte?

Seidenbeutel und Schweineohren, ging es ihr durch den Kopf. Was nützte all die Mode aus Paris, wenn das Mädchen nur seinen Mund aufzumachen brauchte und nach Sumpf klang? Du liebe Zeit, sie war eine Dienerin gewesen.

Josephine betrat das Schlafzimmer und zog hinter sich die Tür zu. Sie richtete ihren Blick auf das Bett, auf dem die tote Frau ihres Sohnes lag und zum blauseidenen Betthimmel hinaufstarrte.

Jetzt, überlegte sie, war Abigail Rouse nur noch ein Problem, das beseitigt werden musste.

Julian saß zusammengesunken in einem Stuhl, den Kopf in den Händen. »Hör auf zu schreien«, murmelte er. »Hör zu schreien auf.«

Josephine ging zu ihm und packte ihn an den Schultern. »Sollen sie dich holen kommen, möchtest du das?«, fragte sie ihn. »Möchtest du deine Familie ins Elend stürzen? Gehängt werden wie ein gemeiner Dieb?«

»Es war nicht mein Fehler. Sie hat mich verführt. Dann hat sie mich angegriffen. Sieh nur. Sieh.« Er drehte seinen Kopf. »Sieh doch, wie sie mir das Gesicht zerkratzt hat.«

»Ja.« Einen Augenblick, nur einen kurzen Augenblick geriet Josephine aus dem Gleichgewicht. Trotz ihrer Hartherzigkeit, die sie verkörperte, regte sich etwas in ihr und lehnte sich auf gegen das Entsetzen vor der Tat, die alle Frauen fürchten.

Wer und was sie auch war, Abigail hatte Lucian geliebt. Wer und was sie auch war, sie war nur wenige Schritte vor dem Bettchen ihres Kindes vergewaltigt und getötet worden.

Julian hatte ihr Gewalt angetan, sie geschlagen und geschändet. Sie getötet.

Betrunken und wahnsinnig hatte er die Frau seines Bruders umgebracht. Gott hab Erbarmen.

Dann schob sie dies alles resolut beiseite.

Das Mädchen war tot. Ihr Sohn nicht.

»Du hast dir heute Abend eine Prostituierte genommen. Wende dich nicht ab von mir«, herrschte sie ihn an. »Ich weiß Bescheid über das, was Männer tun. Hast du dir eine Frau gekauft?«

»Ja, Mama.«

Sie nickte zufrieden. »Dann war es die Hure, die dich gekratzt hat, sofern jemand die Dreistigkeit besitzt, dich danach zu fragen. Du warst heute Abend zu keiner Zeit im Kinderzimmer. Verstanden?« Sie nahm sein Kinn in die hohle Hand, damit seine Augen auf ihrer Augenhöhe blieben. Und ihre Finger gruben sich in seine Wangen, als sie leise, aber in deutlichen

Worten auf ihn einredete. »Welchen Grund hättest du auch gehabt, dorthin zu gehen? Du bist ausgegangen, um zu trinken und dich mit Weibern zu amüsieren, und nachdem du von beidem genug hattest, bist du nach Hause gekommen und ins Bett gegangen. Ist das klar?«

»Aber, wie sollen wir erklären –«

»Wir werden nichts erklären. Ich habe dir gesagt, was du heute Nacht gemacht hast. Wiederhol das.«

»Ich – ich bin in die Stadt gegangen.« Er fuhr sich mit der Zunge über die Lippen. Schluckte. »Ich habe getrunken, dann bin ich in ein Bordell gegangen. Ich bin nach Hause gekommen und ins Bett gegangen.«

»Genau. Genau so war es.« Sie streichelte ihm die zerkratzte Wange. »Jetzt werden wir ein paar Sachen von ihr einpacken – Kleider, ein wenig Schmuck. Und das machen wir überstürzt, wie sie es auch getan hätte, als sie beschloss mit einem Mann durchzubrennen, mit dem sie sich insgeheim getroffen hat. Ein Mann, der durchaus auch der Vater des Kindes da oben sein könnte.«

»Welcher Mann?«

Josephine seufzte schwer. Er war ihr Liebling, aber an seinem Verstand verzweifelte sie oft. »Macht nichts. Julian. Du weißt nichts davon. Hier.« Sie trat vor den Kleiderschrank und entschied sich für einen langen schwarzen Samtumhang. »Wickle sie darin ein. Beeil dich. Na mach schon!« Der Ton, in dem sie das sagte, brachte ihn auf die Beine.

Ihm war flau im Magen und seine Hände zitterten, aber er wickelte die Leiche so gut es ging in den Samt, während seine Mutter Sachen in eine Hutschachtel und einen Koffer stopfte.

In der Eile ließ sie eine Brosche fallen, an deren Goldflügeln eine kleine Emailleuhr hing. Sie stieß mit der Spitze ihres Pantoffels daran, so dass sie in eine Ecke rutschte.

»Wir werden sie in den Sumpf tragen. Wir müssen zu Fuß gehen und uns beeilen. Im Gartenschuppen liegen ein paar alte Pflastersteine. Damit können wir sie versenken.«

Den Rest, überlegte sie, erledigten dann die Krokos und die Fische.

»Selbst wenn man sie findet, ist das weitab von hier. Der Mann, mit dem sie weggelaufen ist, hat sie umgebracht.« Mit einem Taschentuch aus ihrem Morgenrock tupfte sie sich das Gesicht ab und strich ihren langen goldenen Zopf mit der Hand glatt. »Das jedenfalls werden die Leute denken, falls man sie findet. Wir müssen sie von hier wegbringen, weg von Manet Hall. Rasch.«

Langsam schlich sich auch bei ihr der Irrsinn ein.

Der Mond schien. Sie redete sich ein, der Mondschein sei ein Zeichen des Schicksals, das ihr Tun guthieß. Sie konnte den raschen Atem ihres Sohnes hören und die Geräusche der Nacht. Die Frösche, die Insekten, die Nachtvögel, sie alle vereinten sich zu einem kraftvollen Gesang.

Es war das Ende eines Jahrhunderts, der Beginn eines neuen. Sie würde sich von dieser Verirrung in ihrer Welt befreien und dieses neue Jahrhundert, diese neue Ära stark und rein beginnen.

Frost lag in der Luft, rau von der Feuchtigkeit. Aber ihr war heiß, sie glühte fast, als sie, bepackt mit der Last der Sachen, die sie zusammengerafft hatte, vom Haus wegstrebte. Die Muskeln ihrer Arme und ihrer Beine lehnten sich dagegen auf, aber sie marschierte wie ein Soldat.

Einmal, nur ein einziges Mal, glaubte sie etwas über ihre Wange streichen zu spüren, wie den Atem eines Geists. Der Geist des toten Mädchens, der sie verfolgte und sie für ewig anklagte, verdammte und verfluchte.

Doch die Angst machte sie nur stärker.

»Hier«, sie blieb stehen und richtete den Blick hinaus aufs Wasser. »Leg sie hier ab.«

Julian gehorchte, dann erhob er sich rasch, wandte ihr den Rücken zu und bedeckte sein Gesicht mit den Händen. »Ich kann das nicht, Mama. Ich kann es nicht. Mir ist übel. Schlecht.«

Würgend und weinend taumelte er zum Wasser.

Nutzloser Junge, dachte sie ärgerlich. Männer bewältigten nie eine Krise. Dazu bedurfte es einer Frau, der Kaltblütigkeit und des klaren Verstands einer Frau.

Josephine öffnete den Umhang und legte Ziegelsteine auf den Leichnam. Ihr lief der Schweiß übers Gesicht, aber sie erledigte ihre grausige Aufgabe wie jede andere auch. Mit schonungsloser Effizienz. Sie holte das Seil aus der Hutschachtel und legte es in sorgfältigen Schlingen um den wieder eingewickelten Körper: oben, unten, in der Mitte. Mit einem zweiten Seil verband sie die einzelnen Schlingen miteinander und knüpfte dann das so geschnürte Paket fest.

Sie sah hinüber zu Julian, der sie mit aschfahlem Gesicht beobachtete. »Du wirst mir helfen müssen. Allein bekomme ich sie nicht ins Wasser. Sie ist jetzt zu schwer.«

»Ich war betrunken.«

»Richtig, Julian. Du warst betrunken. Aber jetzt bist du nüchtern genug, um dich mit den Folgen auseinander zu setzen. Hilf mir, sie ins Wasser zu bringen.«

Wie bei einer Puppe spürte er seine Beine bei jedem Schritt weich werden und nachgeben. Die Leiche glitt fast lautlos ins Wasser. Ein leises Klatschen, eine Art Gurgeln, dann war sie weg. Ein paar Wellen kräuselten die Oberfläche, schimmerten im Mondlicht und glätteten sich wieder.

»Sie ist aus unserem Leben verschwunden«, stellte Josephine gelassen fest. »Bald wird sie nicht mehr als dieses Kräuseln sein. Als wäre sie nie gewesen. Sieh zu, dass du deine Stiefel anständig sauber machst, Julian. Gib sie keinem Bediensteten.«

Sie hakte sich bei ihm unter und lächelte, doch ihr Lächeln hatte etwas Irres. »Wir müssen zurück, brauchen Ruhe. Morgen ist ein aufregender Tag.«

2

Manet Hall, Louisiana
Januar 2002

Seine Mutter hatte Recht – wie immer. Declan Fitzgerald starrte durch die schmutzbespritzte Windschutzscheibe in den peitschenden Winterregen und war froh, dass ihm ihre Häme erspart blieb.

Obgleich Colleen Sullivan Fitzgerald sich gar nicht zur Häme herabließ. Sie zog lediglich eine perfekt geformte Augenbraue in einem perfekten Bogen nach oben und ließ ihr Schweigen wirken.

Als er bei ihr angehalten hatte, ehe er Boston verließ, hatte sie ihm kurz und bündig erklärt, er habe den Verstand verloren. Und dass er es eines Tages bereuen werde. Ja, er war sich ziemlich sicher, dass sie gesagt hatte: »Eines Tages wirst du es bereuen«.

Bei der Reue war er noch nicht angelangt – noch nicht –, aber als er den Unkrautdschungel, die durchhängenden Galerien, die sich lösende Farbe und die kaputten Regenrinnen des alten Plantagensitzes betrachtete, verlor er das Vertrauen in seine geistige Gesundheit.

Was hatte ihn dazu gebracht zu glauben, er könne diesem weitläufigen alten Wrack wieder zu seinem alten Glanz verhelfen? Oder, treffender, dass er es sollte? Er war halt nun mal Rechtsanwalt, ein Fitzgerald der Boston Fitzgeralds, und eher darauf gedrillt, den Hammer des Gesetzes als den des Handwerkers zu schwingen.

Es war ein himmelweiter Unterschied, ob man in der Freizeit

binnen zweier Jahre ein Stadthaus wieder bewohnbar machte oder nach New Orleans zog und sich als Bauunternehmer aufspielte.

War das Gebäude denn schon in so einem schlimmen Zustand gewesen, als er das letzte Mal hier unten war? Konnte das sein? Das war jetzt fünf, nein, sechs Jahre her. Aber beim ersten Mal konnte es noch nicht so schlimm ausgesehen haben. Damals war er zwanzig gewesen und hatte zu Mardi Gras ein paar wahnsinnige Tage mit seinem Zimmerkollegen aus dem College verbracht. Elf Jahre, überlegte er und fuhr sich mit den Fingern durch sein dunkelblondes Haar.

Das alte Anwesen Manet Hall hatte sich elf Jahre lang als fruchtbarer Keim in seinem Kopf eingenistet. Und unter dem Aspekt der Leidenschaft hatte er sich sogar länger behauptet als die meisten Beziehungen. Länger jedenfalls als jede seiner eigenen.

Jetzt gehörte das Haus ihm, auf Gedeih und Verderb. Und schon beschlich ihn das Gefühl, dass ihn vom Verderb mehr als genug erwartete.

Prüfend ließ er seine Augen, die so grau und jetzt auch so trostlos wie der Regen waren, über den architektonischen Aufbau wandern. In jenen weit zurückliegenden Februartagen hatten ihn die anmutigen Zwillingsbögen der Treppen, die auf beiden Seiten zur Galerie des ersten Stocks hinaufführten, begeistert. Und auch all die hohen Rundbogenfenster, der spleenige Belvedere, der auf dem Dach saß, die Eleganz der weißen Säulen und seltsam geformten Eisenbaluster. Er war fasziniert gewesen vom Formenreichtum dieser ausgefallenen Stilmischung aus Elementen der italienischen Renaissance und der griechischen Antike, die für ihn Sinnbild der Alten Welt und Südstaatenromantik zugleich war.

Schon damals hatte er sich in Neuengland auf unerklärliche Weise fehl am Platz gefühlt.

Das Haus hatte einen unheimlichen Sog auf ihn ausgeübt.

Als hätte sich ein Angelhaken in seinem Gedächtnis festgesetzt, fand er jetzt. Die Innenausstattung stand bereits vor seinem geistigen Auge, ehe er und Remy eingebrochen waren, um diese auf einem Streifzug zu erkunden.

Vielleicht hatte ihm aber auch das im Überfluss genossene Bier zu dieser Hellsicht verholfen.

Einem betrunkenen Jungen, der kaum dem Teenageralter entwachsen war, durfte man nicht trauen. Aber einem stocknüchternen einunddreißigjährigen Mann auch nicht, musste Declan sich reuevoll eingestehen.

Sobald Remy hatte verlauten lassen, dass Manet Hall erneut unter den Hammer kam, hatte er ein Gebot abgegeben. Ohne es gesehen zu haben, jedenfalls nicht mehr seit mehr als einem halben Jahrzehnt. Er hatte es einfach haben müssen. Als hätte er sein ganzes Leben nur darauf gewartet, es sein Eigen zu nennen.

Den Preis fand er durchaus vernünftig, wenn er davon absah, was er noch alles reinstecken musste, um das Haus bewohnbar zu machen. Also würde er nicht weiter darüber nachdenken – nicht jetzt.

Es gehörte ihm, ob er nun verrückt war oder Recht hatte. Wie auch immer, er hatte seine Aktenmappe gegen einen Werkzeuggürtel eingetauscht. Das allein hob seine Stimmung.

Er holte sein Mobiltelefon hervor – der Anwalt aus Boston war nicht zu übersehen, aber … Noch immer in den Anblick des Hauses versunken, wählte er die Nummer von Remy Payne.

Er landete bei der Sekretärin und sah Remy sofort vor einem Schreibtisch voller Akten und Fallunterlagen sitzen. Bei dieser Vorstellung musste er lächeln, ein rasches, schiefes Grinsen, das die glatten Flächen und Kanten seines Gesichts verschob, die Wangen hohl machte und die manchmal verbissene Mundlinie aufweichte.

Ja, dachte er, das Leben könnte schlimmer sein. Der vor dem Schreibtisch könnte auch er sein.

»Hallo, Dec.« Remys träger Südstaatenakzent glitt in seinen voll bepackten Mercedes-Allradwagen wie Nebel über einen langsam fließenden Fluss. »Wo bist du, Junge?«

»Ich sitze in meinem Auto und schaue auf meinen nutzlosen Besitz, den ich verrückterweise gekauft habe. Warum zum Teufel hast du mir das nicht ausgeredet oder mich irgendwo eingewiesen?«

»Du bist hier? Du Teufelskerl! Ich hatte nicht vor morgen mit dir gerechnet.«

»Konnte es nicht mehr erwarten.« Er rieb sich das Kinn, hörte das Kratzen der Bartstoppeln. »Bin fast die ganze letzte Nacht durchgefahren und auch heute Morgen ganz früh losgefahren. Remy? Was habe ich mir nur dabei gedacht?«

»Wenn ich das wüsste. Hör zu, ich muss hier noch ein paar Dinge regeln, gib mir ein, zwei Stunden Zeit, dann komme ich zu dir raus. Ich bringe uns auch was zum Saufen mit. Wir werden dieses Rattenloch hochleben lassen und an die alten Zeiten anknüpfen.«

»Gute Idee. Das wäre schön.«

»Bist du schon drin gewesen?«

»Nein. Ich arbeitete mich darauf zu.«

»Jesus, Dec, geh rein und bleib nicht im Regen stehen.«

»Ja, ist ja gut.« Declan strich sich mit der Hand übers Gesicht. »Dann bis bald.«

»Ich bring uns was zu essen mit. Versuch um Himmels willen nicht, was zu kochen. Wäre nicht gut, wenn du den Bau abfackelst, noch ehe du eine Nacht darin geschlafen hast.«

»Blödmann.« Er hörte Remy lachen, ehe er auflegte.

Er startete den Motor wieder und fuhr bis zum Fuß dessen, was von den beiden Treppen übrig geblieben war, die den Eingang flankierten. Er ließ das Handschuhfach aufspringen und nahm die Schlüssel heraus, die man ihm nach Vertragsunterzeichnung zugeschickt hatte.

Er stieg aus und war sofort durch und durch nass. Nachdem

er sich entschlossen hatte, die Kisten einstweilen im Auto zu lassen, rannte er in den Schutz der Eingangsgalerie, wobei er spürte, wie unter seinen schweren Schritten einige der Ziegel nachgaben, mit denen der Boden gepflastert war. Er schüttelte sich wie ein Hund.

An den Ecksäulen sollte etwas hochranken, überlegte er. Etwas mit kühlen blauen Blüten. Er konnte sie sehen, wenn er sich nur fest genug darauf konzentrierte. Etwas Offenes, fast wie ein Kelch, mit herzförmigen Blättern.

Das muss ich mal irgendwo gesehen haben, vermutete er, und wandte sich der Tür zu. Es war eine Doppeltür mit Schnitzarbeiten und langen gebogenen, verglasten Aussparungen an jeder Seite, darüber ein halbmondförmiges Oberlicht. Und als er mit seinen Fingern über die Türflügel strich, empfand er dabei eine Erregung, die ihn nicht mehr losließ.

»Willkommen zu Hause, Dec«, sagte er laut und schloss die Tür auf.

Die Eingangshalle entsprach genau seiner Erinnerung. Der weitläufige Fußboden aus Sumpfkiefer, die hohe Decke. Das Gipsmedaillon über ihm bestand aus einem Doppelkranz irgendwelcher Blumen. Wahrscheinlich hatte es in seiner Blütezeit mit einem fabelhaften Kristalllüster geprahlt. Jetzt brachte es gerade noch eine einzige nackte Glühbirne hervor, die an einem langen Kabel baumelte. Doch als er den Wandschalter betätigte, blinkte sie auf. Das war doch schon etwas.

Im Brennpunkt stand auf jeden Fall die Treppe. Sie stieg breit und gerade zum ersten Stock empor, wo sie nach rechts und links in die jeweiligen Flügel abzweigte.

Wozu ein allein stehender Mann ohne momentane Aussichten oder Absichten auf eine Veränderung dieses Status zwei Flügel brauchte, war eine Frage, die er sich im Augenblick lieber nicht stellte.

Das Geländer überzog grauer Staub, doch als er mit dem Finger darüber rieb, spürte er das glatte Holz darunter. *Wie viele*

Hände hatten es wohl angefasst? Wie viele Finger hatten wohl daran entlanggestrichen?, fragte er sich. Diese Art von Fragen faszinierten ihn, sie zogen ihn an.

Und diese Art von Fragen ließ ihn auch bei geöffneter Haustür die Treppe hochsteigen, während draußen hinter dem Regenvorhang seine Habseligkeiten im Auto auf ihn warteten.

Möglicherweise hatten früher einmal Teppiche auf den Treppen gelegen. Wahrscheinlich hatten Läufer den langen Hauptflur bedeckt. Üppige Muster in sattem Rot. Fußböden, Holzteile, Tischplatten waren sicherlich ehrfürchtig mit Bienenwachs poliert worden, bis sie wie das Kristall der Lüster glänzten.

Auf Festen glitten dann Frauen in atemberaubenden Roben die Treppen hinauf und hinab – elegant und selbstsicher. Einige der Männer versammelten sich im Billardzimmer, wo ihnen das Spiel zum Vorwand diente, Zigarren zu rauchen und über Politik und Finanzen zu dozieren.

Und Bedienstete eilten im erfolgreichen Bemühen, unsichtbar zu bleiben, hin und her, um Feuer zu schüren, Gläser zu säubern und Befehle entgegenzunehmen.

Auf dem Treppenabsatz öffnete er die Holzverkleidung. Die Geheimtür war geschickt in die Wand, die verblichene Tapete, die stumpf gewordene Täfelung eingelassen. Er war sich nicht sicher, woher er wusste, dass sie da war. Jemand musste sie erwähnt haben.

Er starrte in den düsteren, muffigen Korridor. Teil des Kaninchenbaus der Bedienstetenkammern und Zugänge, wie er vermutete. Die Familie und ihre Gäste legten keinen Wert darauf, den Bediensteten über den Weg zu laufen. Ein guter Diener hinterließ bei seiner Arbeit keine Spuren, sondern verrichtete seine Aufgaben diskret, schweigsam und gut.

Stirnrunzelnd versuchte Declan etwas zu erkennen. Woher kam dieser Satz? Von seiner Mutter? So stur wie sie auch manchmal sein mochte, etwas derart Gespreiztes hätte sie nie von sich gegeben.

Achselzuckend schloss er die Tür wieder. Die Erforschung dieses Terrains würde er sich für einen anderen Zeitpunkt aufheben, wenn er eine Taschenlampe und einen Sack Brotkrumen dabeihatte.

Er lief den Korridor entlang und warf kurze Blicke durch die Türen. Leere Zimmer im grauen Licht des Regens, voller Staub und dem Geruch nach Feuchtigkeit. Manche Wände waren tapeziert, von manchen waren nur noch die tragenden Elemente übrig geblieben.

Salon, Arbeitszimmer, Bad – und das war gewiss das Billardzimmer, an das er vorhin gedacht hatte, denn die alte Mahagonitheke war noch immer an Ort und Stelle.

Er ging hinein, um sie zu umrunden, das Holz zu berühren, in die Hocke zu gehen, um die Schreinerarbeit zu untersuchen.

Auf der Highschool hatte seine Liebe zum Holz seinen Anfang genommen. Bis heute war es die Beziehung, die am längsten Bestand hatte. Er hatte eine Ferienarbeit als Hilfsarbeiter angenommen, obwohl seine Familie dagegen war. *Er* jedoch war dagegen gewesen, die langen Sommertage in einer Anwaltskanzlei als Gehilfe abzudienen, und hatte lieber im Freien arbeiten wollen. Um seiner Haut und seiner Figur was Gutes zu tun.

Es war einer der seltenen Anlässe, dass sein Vater sich über seine Mutter hinwegsetzte und sich auf seine Seite schlug.

Er hatte sich Sonnenbrände, Blasen und Schwielen und einen schmerzenden Rücken geholt und Splitter eingezogen. Und sich ins Bauen verliebt.

Nicht so sehr ins Bauen, überlegte Declan jetzt. Ins Umbauen. Die Eroberung von etwas bereits Geformtem, das man verschönern, reparieren und restaurieren konnte.

Nichts anderes hatte ihm je so viel Spaß gemacht oder ihm auch nur annähernd so große Befriedigung verschafft.

Er hatte sofort sein Geschick bewiesen. Ein Naturtalent, hatte der irische Mops von einem Vorarbeiter gemeint. Gute

Hände, gute Augen, guter Verstand. Nie hatte Declan dieses Sommerhoch vergessen. Das seitdem für ihn durch nichts übertroffen worden war.

Vielleicht passiert es jetzt, hoffte er. Vielleicht gelänge es ihm. Es musste doch mehr für ihn drin sein, als sich von einem Tag zum anderen vorzuarbeiten und dabei das zu tun, was erwartet und akzeptiert wurde.

Mit zunehmendem Vergnügen und wachsender Vorfreude machte er sich an die weitere Erforschung seines Hauses.

An der Tür zum Ballsaal blieb er grinsend stehen. »Mann, das ist ja eine Wucht!«

Seine Stimme kam als Echo zurück und hätte ihn fast erschlagen. Entzückt trat er ein. Die Bodendielen waren zerkratzt und fleckig. Ganze Segmente waren beschädigt, denn offenbar hatte jemand versucht, eine Trennwand zu errichten, um den Raum zu teilen, die dann aber wieder jemand anderer eingerissen hatte.

Das konnte man reparieren. Irgendein Schwachkopf hatte Trockenputz und gelbe Farbe auf die ursprünglichen Stuckwände geklatscht. Auch das musste geändert werden.

Wenigstens hatten sie die Decke in Ruhe gelassen. Die Stuckatur war hinreißend, ineinander verwobene Blüten- und Fruchtkränze. Das musste ebenfalls ausgebessert werden, dazu brauchte es einen Meister seines Fachs. Er würde einen finden.

Ungeachtet des Regens stieß er die Galerietüren auf. Unter ihm breitete sich das verwilderte Durcheinander des Gartendschungels aus, durch den sich ein zugewachsener Pfad aus kaputten Ziegeln schlängelte. Wahrscheinlich waren da draußen Schätze angepflanzt. Er würde einen Landschaftsgärtner benötigen, hoffte aber, einen Teil davon selbst in Angriff nehmen zu können.

Die meisten Nebengebäude waren nur noch Ruinen. Er entdeckte den Rest eines Schornsteins, Teile einer von Rankgewächsen erdrückten Wand einer eingefallenen Arbeiterhütte, die pockennarbigen Ziegel und das rostige Dach eines alten *pigeonnier* – kreolische Plantagenbesitzer hatten oft Tauben gezüchtet.

Er hatte zum Haus nur anderthalb Hektar Land dazubekommen, weshalb vermutlich andere Gebäude, die einstmals zur Plantage gehört hatten, nun auf fremdem Grund und Boden ihrem Verfall entgegendämmerten.

Über die Bäume freute er sich. Unglaubliche Bäume. Die alten Steineichen, die einst die Allee gebildet hatten, tropften von Wasser und Moos, und die dicken, ausladenden Äste einer Platane erinnerten in ihren Verrenkungen an ein urzeitliches Ungeheuer.

Ein Farbtupfer weckte seine Neugier und zog ihn hinaus in den Regen. Da blühte etwas, ein großer, buschiger Strauch mit dunkelroten Blüten. Was zum Teufel blühte denn im Januar?, wunderte er sich und nahm sich vor, Remy danach zu fragen.

Mit geschlossenen Augen lauschte er einen Moment. Er hörte nichts als den Regen, sein Rauschen und Tropfen auf dem Dach, dem Boden, den Bäumen.

Er hatte die richtige Wahl getroffen, sagte er sich. Er war gar nicht verrückt. Er hatte seinen Ort gefunden. Jedenfalls *empfand* er ihn als solchen, und was machte es schon, wenn er es doch nicht war? Dann würde er eben einen anderen suchen. Er hatte auf alle Fälle seine Energie geweckt, danach Ausschau zu halten.

Er trat zurück ins Haus und ging summend durch den Ballsaal zurück zum Familienflügel, um sich dort die fünf Schlafzimmer anzusehen.

Als er das Erste inspizierte, ertappte er sich beim lautlosen Singen.

»Ist der Ball dann vorbei und bricht an der Tag, sind die Tänzer dahin mit den Sternen …«

Er blieb stehen, um sich die Fußleiste genauer anzusehen, und warf dabei einen Blick über die Schulter, als erwarte er, dort jemanden hinter sich stehen zu sehen. Woher war ihm das zugeflogen?, wunderte er sich. Diese Melodie, dieser Text. Kopfschüttelnd richtete er sich auf.

»Aus dem Ballsaal, du Idiot«, murmelte er. »Den Ballsaal im Kopf, hast du angefangen, vom Ball zu singen. Seltsam, aber nicht verrückt. Mit sich selber reden ist auch nicht verrückt. Das tun viele Leute.«

Die Tür zum Zimmer auf der gegenüberliegenden Flurseite war geschlossen. Obwohl er mit quietschenden Türangeln gerechnet hatte, jagte das Geräusch dann doch einen Kälteschauer über seinen Rücken.

Auf dieses Gefühl folgte unmittelbar Verwunderung. Er hätte schwören können, einen Duft zu riechen. Blumen. Lilien. Hochzeiten und Beerdigungen. Und für den Bruchteil einer Sekunde sah er sie direkt vor sich, rein und weiß, aber dennoch irgendwie ungezähmt in einer hohen Kristallvase.

Als Nächstes reagierte er mit Verwirrung. Er hatte nur ein paar Sachen vorausgeschickt, darunter seine Schlafzimmermöbel. Die Umzugsleute hatten sie in den falschen Raum gestellt, obwohl er in seinen Angaben sehr genau gewesen war. Er hatte für sich das große Eckzimmer ausgesucht, von dem aus man einen Blick auf den Garten und den Teich in dessen hinterem Teil hatte sowie aus dem Seitenfenster die Eichenallee sah.

Jetzt musste er sich mit diesem Zimmer abfinden oder das verdammte Zeug selbst hinüberschleppen.

Der Lilienduft wurde übermächtig, als er die Tür ganz öffnete. Fast betäubend. Verwirrt stellte er fest, dass es nicht einmal *seine* Möbel waren. Das Bett war ein Himmelbett mit Draperien aus dunkelblauer Seide. Des Weiteren standen ein geschnitzter Kleiderschrank und eine hohe Kommode darin, alles auf Hochglanz poliert. Er konnte unter dem Blütenparfüm den Duft von Bienenwachs ausmachen. Sah die Lilien in dieser hohen Kristallvase auf dem Frisiertisch stehen, dessen Beine sich wie Schwanenhälse bogen. Davor ein fein gearbeiteter

Stuhl, dessen Sitz eine komplizierte Stickarbeit in Blau und Rosa war.

Bürsten mit Silberrücken, eine Brosche, an deren goldenen Flügeln eine Emaille-Uhr hing. Lange blaue Vorhänge, verzierte Wandlichter, deren Gasbeleuchtung ein weiches Schummerlicht ausstrahlte. Ein Damenmorgenrock war über die Lehne einer blauen Chaiselongue geworfen worden.

Auf dem Kaminsims Kerzenleuchter und ein Bild im Silberrahmen.

Das alles sah er, deutlich wie auf einem Schnappschuss. Aber noch ehe seine Gedanken eine Erklärung dafür zu formen vermochten, starrte er schon in ein leeres Zimmer und den Regen hinter vorhanglosen Fenstern.

»Herr im Himmel.« Er packte den Türknopf, um Halt zu finden. »Was soll das?«

Er sog die Luft ein. Nur Muffigkeit und Staub.

Projektionen, redete er sich ein. Ich stelle mir nur vor, wie dieses Zimmer einst ausgesehen haben mag. Wirklich gesehen oder gerochen hatte er gar nichts. Hatte sich einfach einfangen lassen vom Charme dieses Ortes und dessen Geist.

Aber er vermochte nicht, die Schwelle zu übertreten.

Er schloss die Tür wieder und ging auf direktem Weg zum Eckzimmer. Wie angeordnet, standen darin seine Möbel, deren Anblick ihn erleichterte und seine Balance wieder herstellte.

Das gute, stabile Chippendale-Bett mit dem schlichten Kopf- und Fußteil. In einem Punkt war er sich mit seiner Mutter immer einig gewesen, in der Liebe zu Antiquitäten und dem Respekt vor der Handwerkskunst und der Geschichte.

Dieses Bett hatte er sich gekauft, nachdem er und Jessica die Hochzeit abgeblasen hatten. Na gut, nachdem er sie abgeblasen hatte, gestand er sich mit dem üblichen Schuldgefühl ein. Er wollte einen Neuanfang und hatte sich deshalb auf die Suche gemacht und die Möbel für sein Schlafzimmer gekauft.

Die für einen Junggesellen gedachte Kommode hatte er nicht

nur ausgesucht, weil er offenbar einer blieb, sondern auch, weil ihm dieser Stil gefiel, die doppelreihige Fischgrätintarsie, die Geheimfächer, die kurzen gedrehten Füße. Den Schrank hatte er ausgewählt, um darin seinen Fernseher und die Stereoanlage zu verbergen, und die schnittigen Art-déco-Lampen, weil er Stilmischungen liebte.

Als er diese Dinge jetzt hier in diesem weiträumigen Zimmer mit dem stattlichen Kamin in Dunkelgrün und den Balkontüren mit den Rundbögen, der leicht verblichenen Tapete, dem bedauernswert verschrammten Parkett sah, war er schlagartig wieder an Ort und Stelle.

Beim Blick in das angrenzende Ankleidezimmer musste er lächeln. Jetzt brauchte er nur noch einen Kammerdiener mit weißer Krawatte und Frack. Das sich daran anschließende, wohl irgendwann in den bedauerlichen Siebzigern modernisierte Bad ließ ihn angesichts der avocadogrünen Ausstattung zusammenzucken, schürte zugleich aber die Sehnsucht nach einer heißen Dusche. Nachdem die Elektrizität funktionierte, würde wohl auch warmes Wasser kein Problem sein.

Er würde noch einen raschen Rundgang durch den zweiten Stock machen, beschloss er, diesen dann im Erdgeschoss fortsetzen und sich danach auf Spritztour in die hässliche grüne Wanne begeben.

Er stieg nach oben. Wieder hatte er die Melodie im Kopf. Immer im Kreis herum wie ein Walzer. Er ließ es geschehen. Bis Remy kam, musste er mit dieser Gesellschaft vorlieb nehmen.

Dahin auch die Hoffnung, die mancher trug.

Hier wurde die Treppe schmaler. Diese Etage war den Kindern und dem Personal vorbehalten, für die man das Einfache für gut genug erachtete.

Den Bedienstetenflügel würde er sich für später aufheben, beschloss er und durchlief den Teil, der vermutlich Kinderzimmer, Vorratsräume und Speicher beherbergte.

Er streckte die Hand nach einem Türknauf aus, dessen Messing Zeit und Vernachlässigung hatten stumpf werden lassen. Ein Luftzug so kalt, dass er einem bis in die Knochen drang, fegte durch den Korridor. Überrascht sah er seinen Atem aus seinem Mund strömen und sich zu einer dünnen Wolke verdichten.

Als seine Hand den Türknauf umschloss, stieg ihm die Übelkeit so schnell und so scharf in die Kehle, dass sie ihm den Atem raubte. Kalter Schweiß perlte auf seine Brauen. Alles drehte sich.

Einen Augenblick lang erfasste ihn eine so gewaltige, so große Angst, dass er am liebsten schreiend davongelaufen wäre. Stattdessen stolperte er rückwärts, wo er sich an der Wand abstützte, während Entsetzen und Furcht ihn wie mit Mörderhänden würgten.

Geh da nicht rein. Geh nicht rein.

Woher auch immer diese Stimme in seinem Kopf kommen mochte, er war bereit, auf sie zu hören. Er wusste von den Gerüchten, dass es in diesem Haus spukte. Doch er machte sich nichts daraus.

Oder glaubte, sich nichts daraus zu machen.

Die Vorstellung jedoch, diese Tür dem, was dahinter sein mochte, dem, was ihn auf der anderen Seite erwartete, zu öffnen, war mehr, als er sich allein zutraute. Auf leeren Magen. Nach einer zehnstündigen Autofahrt.

»Ich vergeude hier doch nur meine Zeit«, sagte er laut, um sich mit seiner Stimme zu trösten. »Ich sollte lieber den Wagen ausladen. Also, ich gehe jetzt und lade den Wagen aus.«

»Mit wem redest du, mein Lieber?«

Declan sprang hoch wie ein Basketballer im Mittelfeld beim Tip-off und schaffte es kaum, sein Kreischen zu einem akzeptablen männlichen Aufschrei abzumildern. »Verdammt noch mal, Remy. Hast du mich aber erschreckt.«

»Du bist doch derjenige, der hier mit einer Tür redet. Ich habe dauernd gerufen, als ich hochkam. Wirst es wohl nicht gehört haben.«

»Wird wohl so sein.«

Declan lehnte sich mit dem Rücken an die Wand und atmete tief durch. Dabei musterte er seinen Freund.

Remy Payne hatte das gockelhaft gute Aussehen eines Trickbetrügers. Wie geschaffen für den Anwaltsberuf, fand Declan. Gewieft und klug, mit fröhlichen blauen Augen und einem breiten Mund, der sich, wie jetzt, wie Gummi zu einem entwaffnenden Lächeln ausdehnen konnte, das jedes Wort glaubhaft machte, wenngleich man den Bockmist dahinter förmlich riechen konnte.

Er war eher ein dünner Typ, der nichts ansetzte, obwohl er einen Appetit hatte wie ein Bär. Im College hatte er seine dunkelbraune Mähne glatt bis zum Kragen getragen. Jetzt trug er fast einen Cäsarenschnitt.

»Ich dachte, du sagtest in ein, zwei Stunden.«

»Sind es auch. Fast zweieinhalb. Alles in Ordnung mit dir, Dec? Siehst ein bisschen blass aus.«

»Kommt wohl von der langen Fahrt. Mein Gott, wie schön, dich zu sehen.«

»Wurde auch langsam Zeit, dass du das sagst.« Lachend umarmte er Declan. »Mein lieber Mann. Du hast aber ganz schön trainiert. Dreh dich um und lass mich deinen Hintern betrachten.«

»Doofkopp.« Sie klopften sich gegenseitig auf den Rücken. »Sag mir eins«, bat Declan und trat einen Schritt zurück. »Bin ich jetzt völlig durchgeknallt?«

»Natürlich bist du das. Warst du immer schon. Komm, lass uns runtergehen und was trinken.«

Mit einer Peperonipizza und einer Flasche Jim Beam machten sie es sich im ehemaligen Herrenzimmer bequem.

Wie flüssige Seide rann der erste Schluck Bourbon hinunter und löste alle Verkrampfungen in Declans Magen. Die fette Pizza schmeckte lecker, und Declan kam zu dem Schluss, dass die merkwürdigen Erfahrungen, die er gemacht hatte, einzig und allein die Folge von Müdigkeit und Hunger gewesen waren.

»Hast du vor, länger hier so zu hausen, oder gedenkst du dir doch ein oder zwei Stühle anzuschaffen?«

»Ich brauch keine ein, zwei Stühle.« Declan nahm Remy die Flasche aus der Hand und spülte mit Bourbon nach. »Jedenfalls jetzt noch nicht. Ich wollte mich für eine Weile auf das Wesentliche beschränken. Mein Schlafzimmer habe ich. Vielleicht stelle ich einen Tisch in die Küche. Wenn ich jetzt anfange Möbel zu kaufen, stehen diese nur im Weg, wenn ich hier arbeite.«

Remy sah sich im Zimmer um. »Bei dem Zustand, in dem das alles hier ist, wirst du einen Rollstuhl brauchen, ehe du fertig bist.«

»Es ist überwiegend Kosmetik. Die letzten Besitzer haben sich meinen Informationen nach gleich richtig in die Arbeit gestürzt. Offenbar hatten sie die Idee, daraus ein schickes Hotel oder so was zu machen. Sie haben fast ein halbes Jahr dran gearbeitet, ehe sie die Flucht ergriffen. Wahrscheinlich ist ihnen das Geld ausgegangen.«

Mit hoch gezogenen Augenbrauen strich Remy mit dem Finger über den Fußboden und untersuchte dann die Staubschicht, die er aufgenommen hatte. »Schade, dass du den Dreck nicht verhökern kannst. Du würdest stinkreich damit. Ha. Ach ja, ich hab's vergessen. Du bist ja schon stinkreich. Wie geht's deiner Familie?«

»Wie immer.«

»Und sie sagen, unser Junge Dec, *il est fou.*« Remy zog mit einem Finger einen Kreis um sein Ohr. »Er hat einen Sprung in der Schüssel.«

»Na ja. Vielleicht haben sie Recht, aber wenigstens ist es *meine* Schüssel. Hätte ich auch nur noch eine eidesstattliche Erklärung entgegennehmen, einer weiteren Sitzung beiwohnen oder noch eine vorgerichtliche Anhörung durchführen müssen, hätte ich mich im Charles River ertränkt.«

»Das liegt am Körperschaftsrecht, mein Lieber. Das hat dich erstickt.« Remy leckte sich die Sauce von den Fingern. »Du hättest es mit Strafrecht versuchen sollen wie ich. Das hält das Blut in Bewegung. Nur ein Wort von dir und wir hängen morgen bei mir ein Gemeinschaftsschild auf.«

»Danke für diesen Vorschlag. Dir macht's also noch Spaß.«

»Ja. Mir gefallen die schlüpfrigen, geheimen Ecken, der Pomp und das Zeremonielle, das schweißtreibende Ringen, die hochtrabenden Worte. Jedes blöde Detail.« Remy schüttelte den Kopf und schnippte die Flasche zurück. »Das war bei dir nie der Fall.«

»Nein, das kann ich nicht behaupten.«

»Und jetzt hast du all die Jahre, die du dich in Harvard abgerackert hast, über den Haufen geworfen. Das werden sie dir doch sicherlich vorwerfen?«

»Unter anderem.«

»Sie haben Unrecht. Und das weißt du auch, Dec. Du wirfst nichts über den Haufen. Du suchst dir nur was anderes. Entspann dich und genieße es. Du bist jetzt in New Orleans, jedenfalls fast. Hier nimmt man die Dinge leicht. Wir werden dir den Yankee schon sehr bald ausgetrieben haben. Hast du den Cajun-Twostepp schon geübt, und weißt du, wie man am Waschtag was aus roten Bohnen und Reis zaubert?«

»Ja, das kommt alles noch.«

»Wenn du dich erst mal ein bißchen eingewöhnt hast, kommst du in die Stadt, und dann gehen Effie und ich mit dir zum Essen. Ich möchte, dass du sie kennen lernst.«

Remy hatte seine Krawatte gelockert, sein Anzugjackett abgeworfen und die Ärmel seines anwaltblauen Hemds aufgekrempelt. Bis auf das Haar, fand Declan, sah er nicht viel anders aus als damals in Harvard, wo sie auch schon Pizza vertilgt und Bourbon gekippt hatten.

»Es ist dir also wirklich Ernst damit? Du heiratest?«

Remy stieß einen Seufzer aus. »Am zwölften Mai, egal, was auch passiert. Der schlimme Rumtreiber kommt endlich zur Ruhe. Sie ist die Frau, die ich immer haben wollte.«

»Eine Bibliothekarin.« Für Declan war das ein Wunder. »Du und eine Bibliothekarin.«

»Spezialistin für Recherche«, korrigierte Remy und brach in johlendes Gelächter aus. »Der hübscheste Bücherwurm, den ich je gesehen habe. Außerdem ist sie klug. Ich bin wahnsinnig verliebt in sie, Dec. Bin ganz verrückt nach ihr.«

»Das freut mich für dich.«

»Hast wohl nach wie vor Schuldgefühle wegen… wie hieß sie noch mal? Jennifer?«

»Jessica.« Das traf Declan wie ein Schlag, und er nahm rasch noch einen Schluck, um den Geschmack loszuwerden, den ihr Name auf seiner Zunge hinterließ. »Wenn man drei Wochen vor dem beabsichtigten Gang zum Traualtar seine Hochzeit abbläst, sollte man eigentlich schon Schuldgefühle bekommen.«

Remy quittierte dies mit einem Schulterzucken. »Vielleicht hast du Recht. Aber hättest du es zu Ende gebracht, hättest du dich bestimmt noch schlechter gefühlt.«

»Das brauchst du mir nicht zu sagen.« Noch immer starrte er schwermütig auf die Flasche. »Aber ich denke, sie wäre besser damit klargekommen, wenn wir die Hochzeit abgehalten und uns dann am nächsten Tag hätten scheiden lassen.« Er bekam noch immer Gewissensbisse. »Schlechter hätte ich es ohnehin nicht handhaben können. Jetzt geht sie mit meinem Cousin James.«

»James… James… Ist das der mit der quäkigen Mädchenstimme oder der mit den Draculahaaren?«

»Keiner von beiden.« Declans Lippen zuckten. Herrje, das war ihm ganz entgangen. »James ist der ohne Fehl und Tadel. Plastischer Chirurg, Polospieler, Briefmarkensammler.«

»Kleine Statur, fliehendes Kinn, breiter Yankeeakzent.«

»Genau, nur dass er kein fliehendes Kinn mehr hat. Implantat. Nach dem Urteil meiner Schwester scheint es zwischen den beiden ernst zu werden, was mir nur recht geschehe, wie sie mir zu verstehen gegeben hat.«

»Zum Teufel noch mal, dann lass doch deine Schwester Jennifer heiraten.«

»Jessica, und genau das habe ich ihr auch gesagt«, und fuchtelte zur Bestätigung mit der Flasche. »Darauf hat sie zwei Wochen lang nicht mehr mit mir geredet. Was eine Erleichterung war. Bei den Fitzgeralds stehe ich derzeit nicht hoch im Kurs.«

»Also weißt du, Dec, ich muss schon sagen, in Anbetracht der Umstände und so... pfeif drauf.«

Mit einem Lachen reichte Declan Remy die Flasche. »Darauf trinken wir einen.«

Er holte das nächste Stück Pizza aus der Schachtel. »Ich muss dich jetzt was zu dem Haus hier fragen. Ich habe Nachforschungen angestellt, hab mich gleich damals, nachdem wir zum ersten Mal hier waren, mit der Vergangenheit beschäftigt.«

»Als wir wie betrunkene Narren hier umhergestolpert sind.«

»Ja, was wir gleich wieder tun werden, wenn wir uns weiterhin den Bourbon so reinschütten. Jedenfalls weiß ich, dass es achtzehnhundertneunundsiebzig gebaut wurde, nachdem der ursprüngliche Bau durch ein Feuer ungeklärter Ursache abgebrannt ist, wobei aber sehr wahrscheinlich politische Hintergründe während des Wiederaufbaus und anderer Wirren der Zeit nach dem Bürgerkrieg eine Rolle gespielt haben.«

»Das heißt hier Krieg der Nördlichen Aggression, mein Junge.« Remy hob warnend den Zeigefinger. »Denk dran, auf welcher Seite der Mason-Dixon-Linie du deinen Yankeearsch von jetzt an niederplumpsen lässt.«

»Das stimmt. Tut mir Leid. Also gut. Die Manets rafften das Land an sich, billig, wie den Akten zu entnehmen, und bauten das jetzige Gebäude. Sie bauten vorwiegend Zuckerrohr und Baumwolle an und verpachteten Teile ihres Lands an Bauern gegen Ernteerträge. Führten zwanzig Jahre lang ein gutes Leben. Es gab zwei Söhne, beide starben jung. Dann segnete auch der alte Mann das Zeitliche, und es blieb nur noch die Frau übrig, bis sie offenbar im Schlaf verschied. Keine Erben. In den Akten wird eine Enkelin erwähnt, aber man hat sie enterbt. Das Anwesen wurde versteigert und ist seitdem von einer Hand in die nächste gewandert. Die meiste Zeit stand es leer.«

»Und?«

Declan beugte sich nach vorne. »Glaubst du, dass es ein Spukhaus ist?«

Remy grinste und schnappte sich das letzte Stück Pizza. »Diese ganze Geschichtslektion sollte also nur dazu dienen, mir diese eine Frage zu stellen? Junge, Junge, an dir ist ein guter Südstaatenanwalt verloren gegangen. Aber gewiss spukt es hier.« Seine Augen tanzten, während er in die Pizza biss. »Ein Haus, das schon so lange hier steht und in dem es nicht spukt, hätte gar keine Daseinsberechtigung. Du hast die Enkelin erwähnt. Mütterlicherseits war sie eine Rouse. Das weiß ich deshalb, weil ich über vier, fünf Ecken mit den Simones verwandt bin und die Simones dieser Linie entstammen. Das Mädchen wurde, soweit ich weiß, von ihren Großeltern mütterlicherseits aufgezogen, nachdem seine Mutter mit irgendeinem Mann durchgebrannt ist – heißt es jedenfalls. Ich weiß nicht, ob mir noch einfällt, was mit ihrem Vater passiert ist, aber das können dir sicherlich auch andere erzählen. Was ich weiß, ist, dass Henri Manet, seine Frau Josephine und der eine Sohn – wenn ich verflixt noch mal nur auf den Namen käme – alle in diesem Haus gestorben sind. Und es wäre schon eine himmelschreiende Schande, wenn nicht einer von ihnen die Geistesgegenwart besäße, in diesem Haus herumzuspuken.«

»Natürliche Todesursachen? Bei denjenigen, die hier gestorben sind?«

Neugierig runzelte Remy die Stirn. »Soweit ich weiß, ja. Warum?«

»Ich weiß nicht.« Declan musste einen Schauder niederkämpfen. »Schwingungen.«

»Möchtest du, dass mal jemand hier durchs Haus geht? Kleine Beschwörungen, ein bisschen Voodoo, der deinen Geist verjagt, oder vielleicht auch eine Geisterbeschwörung, um dich ein wenig mit ihm zu unterhalten? Du findest in der Stadt an jeder Straßenecke eine Hexe oder einen Hellseher.«

»Nein danke.«

»Lass es mich wissen, wenn du es dir anders überlegst.« Remy blinzelte ihm zu. »Ich werde dir jemanden vermitteln, der eine schöne Show zu inszenieren weiß.«

Er wollte keine Show, entschied Declan später. Aber er wollte unter die Dusche und ins Bett. Vom Jim Beam angenehm benebelt, schleppte er Kisten herein und wühlte darin, bis er Laken und Handtücher fand. Alles, was er für die Nacht zu benötigen glaubte, schleppte er nach oben.

Dass er sein Bett machte, hatte eher etwas mit katholischen Schuldkomplexen als mit seinem Ordnungsbedürfnis zu tun. Er belohnte sich mit einer zehnminütigen Dusche und stieg dann, begleitet vom unaufhörlichen Rauschen des Regens, in die frischen Laken.

Es dauerte keine dreißig Sekunden, bis er schlief.

Ein Baby weinte. Declan fand das in keiner Weise merkwürdig. Babys weinten nun mal mitten in der Nacht oder wann immer ihnen sonst danach war. Es klang eher beunruhigt und ärgerlich als ängstlich.

Jemand sollte gehen und es in den Arm nehmen … und tun, was man mit weinenden Babys so tat. Es füttern. Frisch wickeln. Es wiegen.

Wenn er als Kind aus seinen Albträumen aufgewacht war, waren seine Mutter oder seine Kinderfrau, manchmal auch sein Vater zu ihm ins Zimmer gekommen, um ihm den Kopf zu streicheln und bei ihm sitzen zu bleiben, bis die Angst wieder verschwunden war.

Das Baby hatte keine Angst. Es war hungrig.

Es kam ihm nicht seltsam vor, dass ihm dieser Gedanke kam. Dass er das wusste.

Doch er fand es überaus seltsam, höchst seltsam, dass er sich, als er schweißgebadet aufwachte, vor der Tür mit dem stumpf gewordenen Messingknauf im dritten Stock befand.

3

Schlafwandeln. Das war seit seiner Kindheit nicht mehr vorgekommen. Aber im wässrigen Licht des Tages war eine Erklärung dafür leicht zur Hand. Jim Beam, Peperonipizza und Geistergespräche.

Ein wenig schwerer zu akzeptieren war das in die Eingeweide schneidende Entsetzen, das er verspürt hatte, als er sich beim Erwachen vor der Tür im dritten Stock befand. Die Bewusstseinstrübung hatte unmittelbar in einen panischen Albtraum umgeschlagen – und er war ganz sicher gewesen, den schwächer werdenden Nachhall unaufhörlichen Babygeschreis zu hören.

Er war davongerannt. Selbst mit einer auf seinen Kopf gerichteten Waffe hätte er diese Tür nicht zu öffnen vermocht. Also war er, gejagt von seiner eigenen heftigen Angst, davongerannt und hatte sich in seinem Schlafzimmer eingeschlossen. Wie ein Geisteskranker, befand er jetzt über einer Tasse lauwarmem Instantkaffee.

Wenigstens hatte es keiner mitbekommen.

Bei genauerem Nachdenken war es jedoch eine ziemlich viel versprechende erste Nacht. Rätselhafte Räume, Babygeister, Aussetzer. Auf jeden Fall bei weitem spannender als die einsamen Fernsehabende in seinem leeren Stadthaus in Boston bei einem Bier.

Eventuell sollte er sich mit der Geschichte dieses Hauses mal genauer beschäftigen. Seines Hauses, korrigierte er sich und stützte sich mit seinem Kaffee auf das feuchte Eisengeländer der Galerie vor seinem Schlafzimmer.

Seine Aussicht. Einsame Klasse, wenn man den Blick über den verwilderten Garten streifen ließ.

Das unentwegt von den Blättern tropfende Regenwasser klang fast wie Musik, und die Heftigkeit des abgezogenen Sturms zitterte schimmernd in der Luft nach. Nebel krochen über den Boden, rauchige Finger, die sich um die Bäume wanden und ringelten und sie in romantische und geheimnisvolle Schemen verwandelten.

Sollte die Sonne durchbrechen, wäre ein atemberaubendes Glitzerlicht gewiss, doch auch die jetzige Darbietung war nicht zu verachten.

Da lag ein Teich, ein kleiner Teich, erstickt unter Seerosenblättern, und Felder – manche noch brach, andere bereits fürs Frühjahr angepflanzt, das hier so viel zeitiger kommt. Er erkannte auch die schmale Biegung des Flusses, der sich wie ein Band durch die tiefen Schatten des Deltas schlängelte.

Eine wackelig anmutende kleine Brücke wölbte sich über das Wasser, dahinter schob sich ein Feldweg durch die Bäume bis zu einem Haus, das fast ganz von ihnen verborgen wurde. Nur eine aufsteigende Rauchwolke, die sich mit der diesigen Luft vermischte, verriet seine Existenz.

Declan war am Morgen bereits auf dem Belvedere gewesen und hatte sich dort oben erleichtert vergewissert, dass das Dach und die Kamine alle in gutem Zustand waren. Offenbar hatten sich die letzten Besitzer darum und um die Galerie im ersten Stock gekümmert, ehe sie das Handtuch geworfen hatten.

Allem Anschein nach hatten sie auch mit der rückwärtigen

Galerie begonnen und die Vorarbeiten für eine verglaste Veranda geleistet.

Was womöglich gar keine so schlechte Idee war. Er wollte darüber nachdenken.

Declan war sich nicht sicher, ob ihnen das Geld oder die Lust am Umbau ausgegangen war, vielleicht auch beides, jedenfalls war es sein Glück gewesen.

Geld hatte er genug, und als er jetzt die über dem Schilf und dem Wasser aufsteigenden Dämpfe beobachtete, fühlte er sich voller Energie.

Er hob die Tasse an seine Lippen, ließ sie aber wieder sinken, als er eine Frau – oder war es ein Mädchen? – unten an der Flussbiegung durch die Bäume gehen sah. Ein riesiger schwarzer Hund trottete neben ihr her.

Sie war zu weit weg, als dass er ihre Züge hätte wahrnehmen können. Doch er erkannte, dass sie ein rot kariertes Hemd und Jeans trug, ihr Haar lang und dunkel und wild gelockt war. War sie alt?, fragte er sich. Jung? Hübsch oder gewöhnlich?

Er entschied sich für jung und hübsch. So hätte er sie jedenfalls gern.

Sie warf einen Ball hoch in die Luft, fing ihn auf und täuschte geschickt einen Wurf vor, als der Hund ihn ihr mit einem Sprung abzujagen versuchte. Sie warf ihn noch zwei Mal hoch, und jedes Mal sprang der Hund hoch und umkreiste sie. Dann bog sie sich wie ein Werfer beim Baseball nach hinten und schoss ihn durch die Luft. Der Hund nahm die Verfolgung auf und sprang ohne Zögern auf den Teich zu, wo er sich den Ball, kurz bevor dieser auf das Wasser traf, mit dem Maul schnappte.

Ein echtes Kunststück, fand Declan und beobachtete grinsend, wie das Mädchen applaudierte.

Wie gerne hätte er sie gehört. Bestimmt lachte sie, ein tiefes, kehliges Lachen. Als der Hund zum Ufer schwamm und herauskletterte, spuckte er ihr den Ball vor die Füße und schüttelte sich dann.

Sie musste von ihm nass gespritzt worden sein, aber sie tänzelte nicht davon oder wischte sich mit viel Getue die Jeans ab.

Sie wiederholten ihr Spiel, und Declan war ihr unfreiwilliges Publikum.

Er stellte sich vor, sie käme mit dem Hund näher an das Herrenhaus heran. Nah genug, damit er ihr von der Galerie aus hätte zuwinken, sie auf eine Tasse schlechten Kaffees hätte einladen können. Sein erster Versuch südlicher Gastfreundschaft.

Noch besser wäre es aber, er könnte zu ihr hinschlendern. Und sie würde mit dem Hund spielen. Sie würde auf dem feuchten Gras ausrutschen und in den Teich taumeln. Aber er wäre zur Stelle, um sie herauszuziehen. Nein, zu ihr hineinzuspringen und sie zu retten, weil sie nicht schwimmen konnte.

Dann würde eins zum andern führen, und sie hätten Sex im feuchten Gras, im wässrigen Sonnenlicht. Ihr Körper, feucht und glatt, würde sich über seinem erheben. Er würde seine Hände mit ihren Brüsten füllen und …

»Jesus.« Er blinzelte – sie verschwand gerade zwischen den Bäumen.

Er wusste nicht recht, ob es ihn verlegen machen oder ob er erleichtert sein sollte, dass er einen Steifen hatte. Seit es vor sechs Monaten zum Bruch zwischen ihm und Jessica gekommen war, hatte er nur einmal Sex gehabt. Und auch das war eher ein Reflex als tatsächliches Verlangen gewesen.

Wenn er also schon bei einer derart lächerlichen Fantasie angesichts einer Frau, deren Gesicht er nicht einmal gesehen hatte, in heftige Erregung geriet, dann kehrte auch in diesen Körperteil langsam wieder die Normalität ein.

Die Besorgnis ob seiner Männlichkeit konnte er demnach von seiner Problemliste streichen.

Den letzten Rest des kalten Kaffees schüttete er weg. Es war ihm nur recht, den Tag mit einer flüchtigen erotischen Fantasie zu beginnen, aber gegen schlechten Kaffee zum Tagesauftakt hatte er was. Nun war es an der Zeit, sich um praktische Dinge zu kümmern.

Er ging hinein, nahm Geldbörse und Schlüssel und machte sich auf den Weg in die Stadt, um Vorräte einzukaufen.

Er brauchte fast den ganzen Tag dazu. Nicht nur, um einzukaufen, sondern um sich mit der Stadt vertraut zu machen, die von nun an die seine war.

Wenn Boston eine anständige Frau mit ein paar dunklen Geheimnissen war, dann war New Orleans eine sinnliche Geliebte, die ihre Schattenseiten hochleben ließ.

Declan spendierte sich ein gewaltiges Frühstück, eine derartige Cholesterinbombe, dass es ihn nicht gewundert hätte, wenn sein Herz diesen Schock nicht verkraftet hätte.

Er kaufte Kaffeebohnen und eine Kaffeemühle. Bagels und Beignets. Er belud sich mit allem, was es an Fertiggerichten für die Junggesellenküche gab, dazu eingefrorene Pizza und Müsli. Im Getränkeladen kaufte er Bier, Bourbon und ein paar Flaschen guten Wein.

Das alles packte er in den Wagen und zog noch mal los, zum einen, weil ihm einfiel, dass er seine Mahlzeiten auch auf etwas und mit etwas essen musste, zum anderen, weil es ihm Spaß machte, durch die Straßen zu schlendern. Er entschied sich für Pappteller und Plastikbesteck und blieb dann stehen, um einem Straßenmusiker zuzusehen, der seinen Trompetenkoffer aufstellte, mit ein paar Münzen präparierte und dann die Luft mit dem Zauber seines Instruments erfüllte.

Von Declan bekam er den ersten Dollar dieses Tags.

Declan widerstand der Versuchung der Antiquitätenläden und dem Ruf des Vergnügungsviertels. Aus den Klubs dröhnte bereits Mittagsmusik, und exotische Duftschwaden entströmten den Restaurants. Er kaufte sich eine Muffuletta – jenes Wunder aus Fleisch und Käse und Öl auf italienischem Brot –, um sie später zu Hause zu essen.

Auf seinem Weg zurück zum Auto beobachtete er die Touristen mit ihren Tüten aus dem Café du Monde oder den Geschäften am Riverwalk, die Kartenleser, die über den ganzen Jackson Square verstreut an Klapptischen saßen und einem für zehn Dollar die Zukunft vorhersagten. Als er an einer Passage vorbeikam, wehte ihn durch den Abfallgestank hindurch eine Brise Marihuana an.

Und er entdeckte eine kolossartige Schwarze, die auf einer mit Topfpflanzen voll gestellten Galerie über einem Geschäft, das erotische Kerzen anpries, sich träge dem Rauchgenuss hingab.

Er kaufte für Remy die Kerze einer nackten Frau mit Brüsten wie Torpedos und freute sich auf dem ganzen Rückweg zu seinem Wagen daran.

Energiegeladen fuhr er nach Hause. Er schleppte seine Vorräte ins Haus und verstaute sie an den Plätzen, die ihm zu diesem Zeitpunkt am geeignetsten erschienen, dann begann er einen ernsthaften Erkundungsgang durch das erste Stockwerk von Zimmer zu Zimmer. Er machte sich Notizen zu Problemen, Möglichkeiten, Vorhaben und legte Prioritäten fest.

Die Küche hatte auf jeden Fall Vorrang. Das beruhte auf Erfahrungen in seinem Haus in Boston und auch bei zwei Renovierungen für Freunde, denen er geholfen hatte.

Declan konnte für sich zwar nicht in Anspruch nehmen, mehr als hin und wieder ein Omelette oder ein überbackenes Sandwich brutzeln zu können, aber er betrachtete dennoch die Küche als das Herzstück jeden Hauses. Der letzte Umbau der Küche von Manet Hall hatte in den frühen Achtzigern stattgefunden – grelles Weiß und Chrom mit einer tischartigen Arbeitsinsel und blendend weißem Fußboden.

Auf der Plusseite standen die großzügigen Fenster, der alte und noch dienstbereite gemauerte Herd und die hübsch getäfelte Decke. Die riesige Speisekammer gefiel ihm gut, doch er fand, sie leistete als Abstellkammer bessere Dienste. Den Boden würde er aufhacken, bis er auf die ursprünglichen Holzdielen stieß, die Wände von der gar zu niedlichen Tapete mit dem Teekannenmuster befreien und die Insel zugunsten eines alten Backtischs oder etwas in der Art herausreißen.

Tapezieren und Streichen gehörten nicht zu seinen Stärken. Das hatte er Jessica überlassen, die blasse Farben und klassische Linien bevorzugt hatte.

Doch wenn er jetzt darüber nachdachte, entdeckte er, dass kräftigere Farben und Ausgefalleneres eher seinem Geschmack entsprachen. Er *liebte* Details und Schnickschnack. Dies war zum Teufel noch mal sein Haus, und er würde es auf seine Art herrichten. Von unten bis oben.

Er würde ein paar alte Vitrinenschränke hineinstellen, in denen er altes Küchenzubehör ausstellen konnte. Ein Sammelsurium an angeschlagenen Tellern, Flaschen und Bechern. Zusammengewürfelt.

Gute Hängeschränke mit solider Oberfläche. Kupferhähne. Ihm war es egal, wenn sie beschlugen. Dann sähen sie nur noch echter aus.

Ein Riesentrum von einem Kühlschrank. Spülmaschine und Herd mussten allen Ansprüchen genügen. Und alles würde er mit strapazierfähigem Holz verkleiden.

Jetzt ging's an die Arbeit.

Er machte sich bergeweise Notizen, nahm Maß, nahm noch einmal Maß. Er schleppte seine Nachschlagewerke heran und brütete darüber auf dem Fußboden der leeren Bibliothek, während er die Hälfte seines Sandwiches aß und so viel Kaffee trank, bis ihm die Ohren klingelten.

Er sah alles ganz genau vor sich. Die vom Fußboden bis zur Decke reichenden Regale voll gepfropft mit Büchern, die tiefgrünen Wände und der zarte Cremeton der Stuckdecke und der Zierleisten. Massive silberne Kerzenleuchter auf dem Kaminsims. Er würde alle Kamine von einem Fachmann überprüfen lassen, damit er Feuer anmachen und die Kälte aus dem Haus treiben konnte.

Die Zierleisten würde er, wenn nötig, ausbessern und glatt wie Satin schleifen. Die Schiebetüren und die massiven Türen, die den Herren- vom Damensalon trennten, waren in ausgezeichnetem Zustand.

Irgendwann einmal hatte jemand den Fußboden der Bibliothek erneuert.

Er kroch darauf herum und strich mit seinen Händen über das Holz. Ein wenig abschleifen und mit ein paar Lagen Klarlack versiegeln, fertig. Die großen Teppiche hatten es gut geschützt – die guten, dicken Aubussons, die Josephine aus Paris hatte kommen lassen.

Er roch Brandy, Leder, Bienenwachs und Rosen, aber er dachte sich nichts dabei. Seine Augen waren verschleiert und starrten ins Leere, als er vor dem gekachelten Kamin Halt machte und mit seinem Daumen über eine abgeschlagene Ecke strich. Diese Stelle musste ersetzt oder, sofern man keinen passenden Ersatz fand, abgerundet werden. Die handbemalten und glasierten Kacheln hatte man für teures Geld aus Italien kommen lassen.

Julian hatte den Kerzenhalter vom Kaminsims gestoßen und dabei eine Scherbe herausgeschlagen. Wieder einmal betrunken. Wieder einmal wütend.

In Declans Tasche läutete das Mobiltelefon, und er ging erneut in die Hocke. Blinzelnd und ohne Orientierung sah er sich in dem leeren Raum um. Was hatte er gerade gemacht? Nachgedacht? Er sah hinunter auf seinen Daumen und stellte fest, dass er ihn an der abgeschlagenen Kachel wund gerieben hatte. Verwirrt nahm er das Telefon in die Hand.

»Ja, hallo?«

»Da bist du ja. Ich wollte dich schon abschreiben.« Remys fröhliche Stimme hallte in Declans Kopf, während er weiter auf die Kachel starrte. Er hatte über die Kachel nachgedacht. Etwas…

»Ich, äh, gehe von Zimmer zu Zimmer. Ausmessen und so.«

»Was hältst du davon, mal eine Weile da rauszukommen? Ich habe noch spät eine Besprechung und habe mir gedacht, wir könnten danach einen trinken gehen. Mit Effie, falls ich sie dazu überreden kann.«

»Wie spät ist es?« Declan drehte sein Handgelenk, um auf die Uhr zu sehen. »Mitternacht? Haben wir schon Mitternacht?«

»Nein, noch nicht. Hast du schon was getrunken?«

»Nur Kaffee.« Stirnrunzelnd betrachtete er seine Uhr, klopfte sein Gesicht ab. »Die Batterie scheint alle zu sein.«

»Ist erst kurz nach sechs. So gegen neun Uhr sollte ich mich eigentlich loseisen können. Komm doch einfach in die Stadt. Wir treffen uns im Et Trois, im Französischen Viertel, auf der Dauphine Street, einen Häuserblock von der Bourbonstreet entfernt.«

»Ja.« Abwesend strich er sich übers Haar und spürte dabei Schweißperlen auf seiner Stirn. »Ja, hört sich gut an.«

»Brauchst du eine Wegbeschreibung, Yankeejunge?«

»Ich finde es schon.« Er rieb sich seinen pochenden Daumen. »Remy?«

»Ja, so heiße ich.«

Declan schüttelte den Kopf und lachte über sich. »Nichts. Bis nachher.«

Er machte sich zeitig auf den Weg. Das Trinken war ihm gar nicht wichtig, er wollte vor allem die Metamorphose erleben, die aus dem New Orleans des Tages das der Nacht machte. Die Straßen erstrahlten bei diesem Fest der Lichter, wimmelten von Menschenmassen, die auf der Suche nach Unterhaltung dahinwogten.

Nach Declans Ansicht waren weder die Touristen noch die Kaufleute für dieses Schauspiel verantwortlich. Es war die Stadt selbst. Die Stadt, deren Motor die Musik war.

Aus allen Eingängen dröhnte sie, kühler Jazz, heißer Rock, schmelzender Blues. Eine Etage höher drängten sich die Gäste auf den Galerien der Restaurants und wehrten mit feurigen Saucen und Alkohol die Januarkälte ab. Die Marktschreier der Striplokale versprachen Sehvergnügen aller Art, und die Kassen in den Läden klingelten, weil die Touristen gar nicht genug bekamen von den T-Shirts und Mardi-Gras-Masken. In den Bars servierte man den Yankees Hurricanes und denen, die sich besser auskannten, Bier und Schnaps.

Doch was die Parade am Marschieren hielt, war die Musik.

Er saugte sie auf, als er die Bourbonstreet entlangschlenderte, vorbei an Eingängen, grellen Lichtern und Innenhöfen, die sich unerwartet auftaten. Er umkreiste ein Grüppchen Frauen, die sich auf dem Gehweg versammelt hatten und wie Elstern schwatzten.

Declan fing ihren Duft ein – Blumen und Bonbons – und reagierte in der typisch männlichen Mischung aus Vergnügen und Panik, als sie zu kichern begannen.

»Hübscher Hintern«, meinte eine von ihnen, aber Declan ging unbeirrt weiter.

Frauen in Rudeln waren gefährliche und rätselhafte Wesen.

Ihm fiel ein, dass er Effie ein Geschenk machen sollte, wenn er sie traf. Eine Art Verlobungsgeschenk. Obwohl er gar nicht wusste, was sie mochte oder wie sie *war.* Aber wenn er eine große Fähigkeit besaß, dann die, Geschenke zu kaufen.

Er hätte nur eher daran denken sollen, wünschte er sich, als er ohne große Hoffnung ein paar Geschäfte durchstöberte. In dieser Gegend war fast alles auf den Geschmack der Touristen abgestimmt, und er glaubte nicht, dass ein Plastikpenis zum Aufziehen das Passende für ein erstes Kennenlernen war. Ein Geschenk konnte warten, überlegte er, ansonsten könnte er ja gleich auf den Korb mit den Lotionen und Tränklein für Frauen zurückgreifen.

Dann sah er es. Der silberne Frosch hockte auf allen Vieren, als wollte er gleich zu einem schönen, hohen Sprung ansetzen. Er hatte ein fröhlich verschlagenes Gesicht und ein breites Klugscheißergrinsen. Und er erinnerte Declan sofort an Remy.

Wenn diese Effie sich in seinen alten Collegekumpel verknallt hatte, dann musste sie einen Hang zum Spleenigen haben. Er ließ ihn in hübsches Papier, versehen mit einer großen roten Schleife, einpacken.

Es war noch keine neun Uhr, als er in die Dauphine einbog.

Am liebsten hätte er sich in eine Bar gesetzt, die nicht mitten im Trubel lag. Vielleicht ein wenig Musik hören und sich ein Bier genehmigen. Die nächsten paar Wochen würde er schon noch bei der Stange bleiben müssen. Tagsüber die Küche auseinander nehmen und an den Abenden planen, was als Nächstes in Angriff genommen wurde. Er musste Fachkräfte auftreiben. Sich Angebote machen lassen. Loslegen.

Aber heute würde er den Abend mit Freunden verbringen, dann nach Hause gehen und sich solide acht Stunden Schlaf gönnen.

Er entdeckte das Schild des Et Trois. Man konnte es kaum übersehen, denn es tanzte vergnügt in kühlem Blau über der zerkratzten Holztür eines Gebäudes, das nur zwei Schritte von der Straße entfernt war.

Der erste Stock brüstete sich mit der typischen Galerie und einem spitzenartigen Eisengeländer. Jemand hatte sie mit großen Tongefäßen aufgeputzt, in denen feuerrote Geranien prunkten, und kleine weiße Lichter entlang des Dachvorsprungs angebracht. Das verlieh dem Haus ein fröhliches, weibliches Aussehen. Genau der richtige Ort, um sich hinzusetzen, ein Glas Wein zu trinken und die Leute zu beobachten, die unten vorbeischlenderten.

Als er die Tür aufmachte, kam ihm ein Schwall rasanter Zydecomusik und der Duft von Knoblauch und Whiskey entgegen.

Auf der kleinen Bühne stand eine Fünf-Mann-Band: Waschbrett, Fiedel, Schlagzeug, Gitarre, Akkordeon. Die kleine Tanzfläche wimmelte bereits von Leuten, die den schnellen, ausgefallenen Twostepp tanzten, nach dem die Musik schrie.

Im Schummerlicht erkannte er, dass keiner der runden Holztische an der Seite mehr frei war. Er wandte sich der Theke zu. Das Holz war fast schwarz vor Alter, aber es glänzte. Ein Dutzend Hocker standen dicht beisammen. Declan schnappte sich den einzigen, der noch unbesetzt war, ehe ihn ein anderer in Beschlag nahm.

An der Spiegelwand hinter dem Tresen wechselten sich die Flaschen mit Salz-und-Pfeffer-Streuern in allen nur erdenklichen Variationen ab. Ein elegantes Paar in Abendkleidung, Hunde, Rocky und Bullwinkle, Porky und Petunia, die runden, nackten Brüste einer nach hinten gebeugten Frau, Karnevalsmasken und Elfen mit Flügeln.

Er ließ sie auf sich wirken und überlegte, wie die Person wohl beschaffen sein musste, die Elfen und Körperteile gleichermaßen sammelte und ausstellte, und kam zu dem Schluss, dass es jemand sein musste, der New Orleans aus ganzem Herzen verstand.

Die Geigerin auf der Bühne fing an, Cajun zu singen. Ihre Stimme klang wie eine rostige Säge, war aber auf unerklärliche Weise anziehend. Den Rhythmus mit dem Fuß tippend, richtete Declan seinen Blick ans Ende der Theke. Der Barkeeper hatte Rastalocken bis zur Taille, ein Gesicht, das von sehr geschickter Hand aus einer Kaffeebohne hätte herausgemeißelt sein können, und Hände, die sich mit der Grazie eines Balletttänzers bewegten, als er an den Hähnen zapfte und Schnäpse einschenkte.

Er hob gerade seine Hand, um den Barkeeper auf sich aufmerksam zu machen. Und da trat sie aus der Tür hinter der Theke.

Als Declan später wieder klar denken konnte, erklärte er sich das Gefühl mit einem Schmiedehammer, der sich ihm in die

Brust grub. Doch nicht um sein Herz zum Stillstand zu bringen, sondern um ihm einen Schubs zu geben und in Gang zu setzen. Herz, Blut, Lenden, Gehirn. Alles wurde binnen einer Sekunde aus der Warteposition auf volle Touren gebracht.

Da bist du ja!, schrie etwas in ihm. *Endlich!*

Er vernahm das Rasen in seinem Körper wie ein intensives Summen, das die Musik und die Stimme übertönte. Sein Gesichtsfeld konzentrierte sich so ausschließlich auf sie, als wäre sie auf einer schwarzen Bühne ins Scheinwerferlicht getaucht.

Sie war nicht schön, nicht im klassischen Sinn. Sie war atemberaubend.

Ihr Haar war schwarz wie die Nacht, eine Zigeunermähne, die sich in wilden Locken über ihre Schultern ergoss. Ihr Gesicht war spitz wie das eines Fuchses – die schmale, irgendwie aristokratische Nase, die hohen, flachen Wangen, das sich verjüngende Kinn. Ihre Augen waren lang und ruhten unter schweren Lidern, ihr breiter Mund war voll und blutrünstig rot geschminkt.

Während in seinem Kopf das Chaos ausbrach, dachte er, dass das alles nicht recht zueinander passen wollte. Die Einzelteile ihres Gesichts konnten eigentlich als Ganzes gar nicht funktionieren. Aber sie waren perfekt. Aufregend, sexy, superb.

Sie war zierlich, fast zerbrechlich gebaut und trug ein knapp sitzendes Shirt mit U-Ausschnitt in der Farbe von Mohnblumen, das die schlanken Muskeln ihrer Arme und die festen Rundungen ihrer Brüste gut zur Geltung brachte. Im Tal zwischen diesen beiden Brüsten versteckte sich eine silberne Kette mit einem winzigen Silberschlüssel.

Ihre Haut war dunkel, und ihre Augen, als sie sich in seine brannten, hatten das tiefe, satte Braun von bitterer Schokolade.

Und diese roten Lippen rundeten sich zu einem kleinen, wissenden Lächeln, als sie sich auf ihn zubewegte und an die Theke lehnte, bis ihre Gesichter sich so nah kamen, dass Declan das winzige Muttermal erkennen konnte, das direkt über der rechten Biegung ihrer Oberlippe saß. Nah genug auch, um den Duft des nächtlich blühenden Jasmins einzufangen und langsam darin zu ertrinken.

»Kann ich was für dich tun, *cher*?«

O ja, dachte er. *Bitte*.

Doch alles, was er über die Lippen brachte, war: »Hm…« Sie schüttelte leicht ihren Kopf und musterte ihn von Kopf bis Fuß. Dann sprach sie ihn wieder mit ihrem unbeschwerten Cajun-Tonfall an. »Durstig? Oder bist du nur… hungrig heute Abend?«

»Ah…« Am liebsten hätte er ihr mit der Zunge diese roten Lippen, dieses winzige Muttermal geleckt und die Frau dazu restlos aufgeschlürft. »Corona.«

Er verfolgte sie mit seinen Blicken, als sie die Flasche holte und eine Limonenscheibe am Rand festhakte. Sie bewegte sich wie eine Tänzerin, irgendwo zwischen Ballett und Exotik. Er spürte, wie sich seine Zunge im wahrsten Sinne des Wortes verknotete.

»Soll ich es auf die Rechnung setzen, Schöner?«

»Ah.« *Mein Gott, Fitzgerald, reiß dich zusammen.* »Ja, bitte. Was schließt der auf?« Als sie ihre Augenbrauen hochzog, nahm er die Flasche in die Hand. »Dein Schlüssel?«

»Der hier?« Sie fasste in ihren Ausschnitt und strich mit dem Finger über den kleinen Schlüssel. Sein Blutdruck raste nach oben. »Wieso, mein Herz natürlich, *cher*. Was hast du denn gedacht?«

Er streckte eine Hand nach ihren Händen aus. Wenn er sie jetzt nicht berühren konnte, wäre es um ihn geschehen und er würde schluchzend zusammenbrechen. »Ich heiße Declan.«

»Tatsächlich?« Sie ließ ihre Hand in der seinen. »Hübscher Name. Ungewöhnlich.«

»Er ist… irisch.«

»Ah, aha.« Sie drehte seine Hand um und beugte sich darüber, als wollte sie ihm aus der Hand lesen. »Was sehe ich denn da? Du bist noch nicht lang in New Orleans, aber du hoffst lange zu bleiben. Bist abgehauen aus dem kalten, kalten Norden, nicht wahr, Declan?«

»Ja. Das dürfte nicht schwer zu erraten sein.«

Sie blickte wieder hoch, und diesmal setzte sein Herzschlag aus. »Ich kann noch mehr erkennen. Reicher Yankeeanwalt aus Boston. Du hast Manet Hall gekauft.«

»Kennen wir uns?« Beim Druck ihrer Hand spürte er etwas – es war, als würde ein Glied in eine Kette geschmiedet. »Sind wir uns schon einmal begegnet?«

»Nicht in diesem Leben, mein Lieber.« Sie gab seiner Hand einen kleinen Klaps und ging dann weiter, um weitere Bestellungen aufzunehmen und einzuschenken.

Aber sie ließ ihn nicht aus den Augen. Er entsprach überhaupt nicht dem Bild, das sie sich nach Remys Beschreibung von ihm gemacht hatte. Obwohl sie eigentlich gar nicht wusste, was sie sich erwartet hatte. Doch sie war eine Frau, die Überraschungen liebte. Und der Mann, der dort an ihrem Tresen saß und sie mit seinen sturmgrauen Augen beobachtete, sah aus, als hätte er davon jede Menge zu bieten.

Seine Augen gefielen ihr. Sie war es gewohnt, von Männern mit verlangenden Blicken angesehen zu werden, aber in seinen lag mehr. Eine Art atemloser Schock, der schmeichelhaft und rührend zugleich war.

Und es war durchaus reizvoll, einen Mann vor sich zu haben, der aussah, als hätte er alles im Griff, aber sobald man ihn anlächelte, linkisch und ungeschickt wurde.

Obwohl er sein Bier kaum angerührt hatte, arbeitete sie sich zu ihm vor und tippte mit dem Finger an die Flasche. »Noch eine?«

»Nein, danke. Kannst du eine Pause machen? Kann ich dir was zu trinken kaufen, Kaffee, ein Auto, einen Hund?«

»Was ist da drin?«

Er warf einen Blick auf das kleine Geschenkpäckchen, das er

auf die Theke gelegt hatte. »Das ist ein Geschenk für jemanden, mit dem ich verabredet bin.«

»Du machst wohl vielen Frauen Geschenke, Declan?«

»Sie ist keine Frau. Ich meine, nicht meine Frau. Ich habe eigentlich keine – es ist nur … ich war darin auch schon mal besser.«

»Besser worin?«

»Im Frauen anmachen.«

Sie lachte – der tiefe, kehlige Klang seiner Tagträume.

»Kannst du eine Pause machen?«, wiederholte er. »Dann sehen wir zu, dass wir einen Tisch für uns frei bekommen, und du gibst mir eine zweite Chance.«

»Du stellst dich auch bei der ersten gar nicht schlecht an. Das hier gehört mir, ich bekomme keine Pausen.«

»Das ist dein Lokal?«

»Genau.« Sie wandte sich um, als eine der Kellnerinnen mit einem Tablett an die Theke kam.

»Warte. Warte.« Er wollte erneut nach ihrer Hand greifen. »Ich kenne deinen Namen gar nicht. Wie heißt du?«

»Angelina«, sagte sie weich. »Aber alle nennen mich Lena, weil ich alles andere als ein Engel bin. *Cher.*« Sie strich ihm mit dem Finger über die Wange und ging dann weg, um einzuschenken.

Declan nahm einen großen Schluck Bier, um die Spucke hinunterzuspülen, die sich in seiner Kehle angesammelt hatte.

Er wollte gerade eine andere Annäherungsstrategie ausprobieren, als Remy ihn mit einem Schlag auf den Rücken begrüßte. »Wir werden einen Tisch brauchen, Junge.«

»Von hier hat man aber einen besseren Überblick.«

Remy folgte Declans Blickrichtung. »Einen der besten, die die Stadt zu bieten hat. Du hast meine Cousine Lena schon kennen gelernt?«

»Cousine?«

»Cousine vierten Grades, glaube ich. Könnte auch der fünfte

sein. Angelina Simone, eine der seltenen Kostbarkeiten von New Orleans. Und hier ist die andere. Effie Renault. Effie-Schatz, darf ich dir meinen guten alten Freund Declan Fitzgerald vorstellen?«

»Hallo, Declan.« Sie drängelte sich zwischen ihn und Remy und gab Declan einen Kuss auf die Wange. »Ich freue mich sehr, dich kennen zu lernen.«

Ihr herzförmiges Gesicht war von einer Wolke blonden Haares gerahmt, ihre Augen strahlten in hellem Sommerblau. Die rosaroten Lippen waren geschwungen wie der Schmollmund einer Babypuppe.

Sie schien wie geschaffen für den Einsatz als Cheerleader der örtlichen Highschool.

»Du bist zu hübsch, um dich an diesen Kerl zu vergeuden«, erklärte Declan ihr. »Brenn doch lieber mit mir durch, was hältst du davon?«

»Wann geht's los?«

Leise lachend glitt Declan von seinem Stuhl und erwiderte ihren Kuss. »Gut gemacht, Remy.«

»Das Beste, was ich je zustande gebracht habe.« Remy drückte seine Lippen auf Effies Haar. »Setz dich hier hin, Schatz. Das ganze Lokal ist voll. Wahrscheinlich ist an der Theke der beste Platz. Möchtest du Wein?«

»Der Weiße vom Haus wäre fein.«

»Willst du Nachschub, Declan?«

»Lass mich das machen, das geht auf meine Rechnung.«

»Wenn das so ist, dann bekommt mein Mädchen hier einen guten Chardonnay. Ich nehme das Gleiche wie du.«

»Schaut mal, was die Katze da angeschleppt hat.« Lena bedachte Remy mit einem Grinsen. »He, Effie. Was wollt ihr denn trinken?«

»Für die Lady ein Glas Chardonnay. Und noch zwei Coronas«, bestellte Declan. »Und dann kannst du die Eins-eins-null wählen. Jedes Mal, wenn ich dich ansehe, bleibt mir das Herz stehen.«

»Dein Freund hat die sanfte Tour aber gut drauf, wenn er sich erst mal warm gelaufen hat, Remy.« Lena nahm eine Flasche Wein aus der Kühlung.

»Die Harvardmädchen waren Wachs in seinen Händen.«

»Wir Mädchen aus dem Süden sind an Hitze gewöhnt und schmelzen nicht so schnell dahin.« Sie schenkte Wein ein und hängte die unentbehrlichen Limonenscheiben an den Rand der Bierflaschen.

»Ich kenne dich!« Jetzt fiel es ihm wieder ein. »Ich habe dich gesehen, und zwar heute Morgen. Du hast mit deinem Hund gespielt. Ein großer schwarzer Hund, gleich neben dem Teich.«

»Rufus.« Dass er sie beobachtet hatte, versetzte ihr einen kleinen Ruck. »Es ist der Hund meiner Großmutter. Das Haus da hinten im Delta gehört ihr. Ich besuche sie manchmal und bleibe bei ihr, wenn es ihr nicht gut geht. Oder sie auch nur einsam ist.«

»Mach doch beim nächsten Mal einen Abstecher ins Herrenhaus. Du bekommst dann eine Führung.«

»Vielleicht. Drinnen war ich noch nie.« Sie stellte eine frisch gefüllte Schale mit Brezeln auf die Theke. »Möchte jemand von euch was aus der Küche?«

»Wir überlegen uns das noch«, sagte Remy.

»Gebt uns Bescheid.« Sie schwang herum und verschwand durch die Hintertür.

»Du solltest dir den Sabber vom Kinn wischen, Dec.« Remy quetschte Declans Schulter. »Das ist ja peinlich.«

»Zieh ihn nicht auf, Remy. Wenn ein Mann in Lenas Nähe nicht in Fahrt kommt, dann fehlen ihm ein paar entscheidende Körperteile.«

»Du solltest wirklich mit mir durchbrennen«, entschied Declan. »Inzwischen aber alles Gute.« Er schubste ihr das Päckchen zu.

»Du hast mir ein Geschenk gekauft? Du bist wirklich ein Schatz!« Declan musste grinsen angesichts der Begeisterung, mit der sie es aufriss. Und als sie den Frosch dann hochhielt, stutzte sie und starrte ihn an. Dann warf sie den Kopf in den Nacken und brach in schallendes Gelächter aus. »Er sieht aus wie Remy. Schau doch, Schatz, genau dein Lächeln.«

»Kann ich nicht sehen.«

»Aber ich. Und Dec auch.« Sie wirbelte auf dem Stuhl herum und strahlte Declan an. »Ich mag dich. Ich bin so froh, dass ich dich mag. Ich liebe diesen Trottel hier so sehr, dass es kaum auszuhalten ist, und hätte ihm zuliebe auch dann so getan, als würde ich dich mögen, wenn es gar nicht gestimmt hätte. Aber jetzt muss ich gar nicht so tun als ob.«

»Also fang bitte nicht an zu heulen, Effie.« Remy zog ein Taschentuch hervor, als sie zu schniefen anfing. »Das macht sie immer, wenn sie glücklich ist. In der Nacht, als ich sie bat, mich zu heiraten, hat sie so sehr geweint, dass sie erst nach zehn Minuten ihr Ja über die Lippen brachte.«

Er zog sie vom Stuhl. »Komm, *chère*, du tanzt jetzt mit mir, bis du trocken bist.«

Declan setzte sich wieder auf seinen Stuhl, nahm sein Bier und sah zu, wie sie über die Tanzfläche kreisten.

»Die beiden sehen gut aus zusammen«, meinte Lena hinter seinem Rücken.

»Ja. Ja, das tun sie. Möchtest du wissen, wie wir beide zusammen aussehen?«

»Du bist sehr hartnäckig.« Sie stieß die Luft aus. »Was für ein Auto kaufst du mir denn?«

»Auto?«

»Du hast mir angeboten, mir einen Drink, Kaffee, ein Auto oder einen Hund zu kaufen. Meine Drinks kann ich mir selber kaufen, und mein eigener Kaffee ist mir der liebste. Einen Hund habe ich mehr oder weniger auch. Ein Auto ebenfalls. Aber warum sollte ich nicht auch zwei Autos haben. Welches Auto kaufst du mir?«

»Welches du möchtest.«

»Ich werde es dich wissen lassen«, erwiderte sie und entfernte sich ans andere Ende der Theke.

4

Vier Tage lang arbeitete er ununterbrochen. Nach Declans Auffassung gab es nichts Befriedigenderes, als etwas einzureißen. Selbst die spätere Instandsetzung hatte nicht mehr diesen Pfiff und war längst nicht so aufregend.

Er weidete die Küche regelrecht aus, riss die Arbeitsinsel, die Unterschränke und die Oberschränke heraus. Er löste die Tapete mit Dampf ab und zog das Linoleum heraus.

Zurück blieben eine Hülle aus Gips und Holz und unendliche Möglichkeiten.

An den Abenden kümmerte er sich um seine Blasen und überdehnten Muskeln und durchforstete Designbücher.

Ehe er den Tag begann, trank er jeden Morgen seine erste Tasse Kaffee auf der Galerie und hoffte einen Blick auf Lena und den großen schwarzen Hund zu erhaschen, den sie Rufus nannte.

Er nahm Kontakt zu Arbeitern und Handwerkern auf, bestellte Material und kaufte sich in einem Anfall von Begeisterung vom Fleck weg einen ausgewachsenen Kleintransporter.

Als er das erste Mal in dem zum Fluss hin liegenden Salon ein Feuer machen konnte, feierte er diesen Anlass und sich selbst einsam mit einem Glas Merlot.

Im Schlaf gewandelt war er nicht mehr, dafür hatten ihn jede Menge schlimme Träume heimgesucht. Beim Aufwachen konnte er sich jedes Mal nur noch an Bruchstücke erinnern. Musik – oft die Melodie, die sich wie ein Tumor in seinem Kopf festgesetzt hatte. Oder erhobene Stimmen.

Einmal hatte er auch von Sex geträumt, von leisen Seufzern

im Dunkeln, von Fleisch, das sich träge an Fleisch rieb, und dem Bedürfnis, sich wie eine warme Welle aufzubäumen.

Er war mit zitternden Muskeln aufgewacht, den schwindenden Duft von Lilien in der Nase.

Da er von Sex offenbar nur träumen konnte, steckte er sämtliche Energien in den Umbau.

Er unterbrach seine Arbeit nur, weil er dringend einen Besuch machen wollte. Bewaffnet mit einem Strauß weißer Gänseblümchen und einem Lederknochen, machte er sich mit seinem Kleinlaster auf den Weg.

Das Bayouhaus war ein sicherlich widerrechtlich dort hingestellter einstöckiger Bau aus Zypressenholz. Von drei Seiten leckte tabakfarbenes Wasser daran. An einem durchhängenden Steg schaukelte sanft ein kleines, weißes Boot.

Wo kein Wasser war, säumten es Bäume. Zypressen, Steineichen und Hickory. Von den Ästen hingen durchsichtige Flaschen, halb mit Wasser gefüllt. Und in die knorrigen Wurzeln einer Steineiche schmiegte sich eine bemalte Statue der Heiligen Jungfrau.

Zu ihren Füßen violette Stiefmütterchen.

Der Feldweg führte direkt zu einer kleinen Veranda, auf der noch mehr eingetopfte Blumen sowie ein Schaukelstuhl standen. Die Blendläden waren moosgrün gestrichen. Die Fliegentür hatte man an zwei Stellen geflickt, und durch das Schachbrettnetz tönte die kräftige Bluesstimme von Ethel Waters.

Während er aus seinem Wagen kletterte, hörte er das tiefe Warnbellen des Hundes. Doch Declan war in keinster Weise auf die Größe und Geschwindigkeit vorbereitet, mit der Rufus durch die Tür stürmte und auf ihn losging.

»Ach herrje«, brachte er knapp heraus. Ihm blieb gerade noch eine Sekunde, um zu überlegen, ob er durch das Fenster des Kleinlasters tauchen oder reglos verharren sollte, als das schwarze Bündel von der Größe eines Ponys schlitternd zum Stehen kam.

Rufus unterbrach sein ohrenzerreißendes Gebell mit grummelndem Knurren, geräuschvollem Zähneblecken und Lefzenzeigen. Da Declan berechtigte Zweifel daran hatte, den Hund mit einem Strauß Gänseblümchen überwältigen zu können, entschied er sich für die freundliche Annäherung.

»Na du großer, großer Rufus. Wie geht's, wie steht's?«

Rufus schnüffelte an seinen Stiefeln, am Bein hoch und direkt in den Schritt.

»Mann, wer wird denn gleich so persönlich werden.« Beim Gedanken an diese Zähne beschloss Declan, doch lieber seine Hand als seinen Schwanz zu riskieren, und streckte sie langsam aus, um dem massigen Kopf einen Schubs zu geben und ihn zu tätscheln.

Rufus blickte mit seinen leuchtend braunen Augen zu ihm hoch, stellte sich in einer einzigen geschmeidigen Bewegung auf die Hinterbeine und pflanzte seine riesigen Pfoten auf Declans Schultern.

Mit einer Zunge, so lang und breit wie der Mississippi, fuhr er über Declans Gesicht. Seitlich an seinen Laster geklammert, hoffte Declan, dass dieses ausgiebige Geschlabber der Begrüßung diente und nicht dem Weichklopfen der Beute.

»Ich freu mich auch, dich kennen zu lernen.«

»Runter jetzt, Rufus.«

Auf den sanften Befehl von der Eingangstür hin, ließ der Hund von ihm ab, setzte sich und klopfte mit dem Schwanz.

Die Frau auf der Veranda war jünger, als Declan erwartet hatte. Sie schien gerade mal Anfang sechzig. Von der Statur her war sie genauso zierlich wie ihre Enkelin, hatte die gleichen scharfen Ebenen im Gesicht. Ihre Haare, die sie als offene Lockenmähne trug, waren schwarz, von weißen Strähnen durchzogen.

Sie hatte ein Baumwollkleid an, das ihr bis zur Wade reichte, darüber einen ausgeleierten roten Pullover. Die Füße steckten in festen braunen Stiefeln, über deren Rand dicke rote Socken hingen. Als sie ihre Hände in die schmalen Hüften stemmte, klimperten ihre Armreifen.

»Ihr Geruch hat ihm gefallen und ihr Klang auch, deshalb hat er Ihnen einen Willkommenskuss gegeben.«

»Und wenn er mich nicht gemocht hätte?«

Sie lächelte, und blitzartig vertieften sich die Linien, welche die Zeit in ihr Gesicht geätzt hatte. »Was meinen Sie?«

»Ich glaube, ich bin froh, dass ich angenehm rieche. Ich bin Declan Fitzgerald, Mrs. Simone. Ich habe Manet Hall gekauft.«

»Ich weiß, wer Sie sind. Kommen Sie doch rein und nehmen Sie ein Weilchen Platz.« Sie trat zurück und öffnete die wackelige Fliegentür.

Begleitet von dem neben ihm hertrottenden Hund, ging Declan auf die Veranda zu. »Schön, Sie kennen zu lernen, Mrs. Simone.«

Sie musterte ihn – ein offenes, vorsichtiges Starren aus dunklen Augen. »Sie sind aber ein Hübscher.«

»Danke.« Er reichte ihr die Blumen. »Sie aber auch.«

Sie nahm die Blumen und schürzte die Lippen. »Sind Sie gekommen, um mir den Hof zu machen, Declan Fitzgerald?«

»Können Sie kochen?«

Sie lachte, ein kräftiger, rauchiger Klang, und er verliebte sich ein wenig. »Ich habe frisches Maisbrot gebacken, bilden Sie sich also selbst ein Urteil.«

Sie ging voran, den schnurgerade verlaufenden Flur entlang. Er erhaschte die Sicht auf den Salon, auf Schlafzimmer – in einem hing ein eisernes Kreuz über einem schlichten Eisenbett –, in ein Nähzimmer, alles auf gemütliche Weise voll gestopft und blitzblank.

Es duftete nach Möbelpolitur und Lavendel, ein paar Schritte von der Küche entfernt fing er die Backdüfte ein.

»Ma'am? Ich bin einunddreißig, finanziell gut situiert, und beim letzten Gesundheitscheck wurde mir ausgezeichnete Gesundheit bescheinigt. Ich rauche nicht, trinke in Maßen und bin ziemlich ordentlich. Wenn Sie mich heiraten, werde ich Sie wie eine Königin behandeln.«

Sie kicherte und schüttelte den Kopf, dann winkte sie ihn an den Küchentisch. »Nehmen Sie Platz, und strecken Sie Ihre langen Beine unter dem Tisch aus, damit ich nicht darüber stolpere. Und da Sie nun schon mal derart für mich entbrannt sind, dürfen Sie mich Miss Odette nennen.«

Sie stellte eine Platte auf der Küchentheke zurecht und holte Teller aus dem Schrank. Während sie das Maisbrot in Scheiben schnitt, schaute Declan aus ihrer Küchentür.

Vor ihm lag der Bayou, ein Traum aus dunklem Wasser und den Luftwurzeln der Zypressen, Bäume, die als dunkles Spiegelbild auf der Oberfläche schimmerten. Er sah einen Vogel mit hellroten Flügeln die Luft durchbohren und verschwinden.

»Mann. Wie schaffen Sie denn überhaupt irgendetwas? Sie könnten doch den ganzen Tag hier sitzen und schauen!«

»Es ist ein guter Ort.« Sie holte einen Krug mit dunklem Tee aus dem Kühlschrank, dessen Maße kaum größer waren als sie. »Meine Familie ist hier schon seit mehr als hundertfünfzig Jahren ansässig. Mein Großvater hatte eine gute Brennerei da draußen hinter den Bäumen. Die Leute vom Fiskus haben sie nie entdeckt.«

Sie stellte das Glas und den Teller vor ihn auf den Tisch. »*Manger*. Essen Sie. Was macht Ihr Großvater?«

»Er war Anwalt. Es waren sogar beide Anwälte.«

»Und sind jetzt tot, oder?«

»Im Ruhestand.«

»Sie vielleicht auch?« Sie zog eine bauchige, hellblaue Flasche hervor, als er den ersten Bissen Maisbrot kaute.

»In gewisser Weise schon, jedenfalls was die Gerichtsbarkeit angeht. Das schmeckt wunderbar, Miss Odette.«

»Fürs Backen habe ich ein Händchen. Ich liebe Gänseblümchen«, fügte sie hinzu, als sie diese in die mit Wasser gefüllte Flasche stellte. »Sie haben so fröhliche Gesichter. Wollen Sie

Rufus den Knochen geben, den Sie ihm mitgebracht haben, oder wollen Sie, dass er darum bettelt?«

Da Rufus momentan auf seinem Fuß saß und eine seiner gewaltigen Pfoten auf seinem Oberschenkel ausruhte, entschied Declan, dass er genug gebettelt hatte. Er holte den Knochen aus der Verpackung. Der Hund nahm ihn sich überraschend vorsichtig ins Maul, wedelte mit seinem Schwanz wie mit einer Peitsche zwei Mal von der einen Seite zur anderen, ließ sich dann auf den Boden fallen und fing zu mampfen an.

Odette stellte die Blumen mitten auf den Tisch und setzte sich schließlich auf den Stuhl neben Declan. »Was werden Sie mit diesem großen alten Bau anstellen, Declan Fitzgerald?«

»Alles Mögliche. Ich werde ihn, soweit ich kann, wieder so herrichten, wie er einmal war.«

»Und danach?«

»Ich weiß nicht. Hier leben.«

Sie brach ein Stück Maisbrot ab. Sie hatte bereits den Entschluss gefasst, ihn aufgrund seines Aussehens zu mögen – das unordentliche Haar, die steingrauen Augen in einem schmalen Gesicht. Und seinen Tonfall – Yankee, aber nicht hochnäsig. Und trotz seiner geschliffenen Manieren war er natürlich und freundlich.

Jetzt wollte sie erfahren, aus welchem Holz er geschnitzt war.

»Weshalb?«

»Das weiß ich eigentlich gar nicht so genau, außer dass ich mir nichts anderes mehr vorstellen konnte, seit ich das Gebäude zum ersten Mal gesehen habe.«

»Und was hält das Herrenhaus von Ihnen?«

»Ich glaube, es hat sich noch nicht entschieden. Sind Sie je drinnen gewesen?«

»Hm.« Sie nickte. »Ist schon eine Weile her. Viel Haus für einen allein lebenden jungen Mann. Haben Sie denn ein Mädchen daheim in Boston?«

»Nein, Ma'am.«

»Ein gut aussehender Junge wie Sie, schon über dreißig. Sie sind doch nicht schwul, oder?«

»Nein, Ma'am.« Er grinste, als er sein Glas Tee hob. »Ich mag Mädchen. Hab bis jetzt nur noch nicht die Passende gefunden.«

»Lassen Sie mal Ihre Hände sehen.« Sie nahm eine in ihre Hand und drehte sie um. »Da klebt noch immer die Stadt dran, aber damit werden Sie ganz schnell fertig.« Ihr Daumen strich über verheilenden Blasen, Schrammen und den Rand sich bildender Schwielen. »Ich habe einen Balsam für Sie, den ich Ihnen mitgebe, wenn Sie gehen, damit Ihnen die Blasen keinen Ärger mehr machen. Sie haben starke Hände, Declan. Stark genug, um Ihr Schicksal zu wenden. Einen neuen Weg einzuschlagen. Sie haben sie nicht geliebt.«

»Wie bitte?«

»Diese Frau.« Odette strich beschwichtigend über seine Handinnenfläche. »Die, von der Sie Abstand genommen haben. Sie war nichts für Sie.«

Stirnrunzelnd kam er näher und starrte auf seine Hand. »Sie sehen Jessica darin?« Faszinierend. »Bleibt sie mit James zusammen?«

»Was kümmert Sie das? Sie hat Sie auch nicht geliebt.«

»Na gut«, sagte er und lachte verhalten.

»Die Liebe steht Ihnen ins Haus, eine, die Sie glatt umschmeißt. Die wird Ihnen gut tun.«

Obwohl sie weiterhin mit ihrem Daumen seine Handinnenfläche streichelte, richtete sie ihren Blick auf sein Gesicht. Ihre Augen schienen sich zu vertiefen. Er glaubte Welten darin zu erkennen.

»Sie haben starke Bande zu Manet Hall. Starke, alte Bande. Leben und Tod. Blut und Tränen. Freude, wenn Sie stark genug sind, klug genug sind. Sie sind ein gescheiter Mann, Declan. Seien Sie klug genug, nach vorne und zurückzuschauen, um sich selbst zu finden. Sie sind nicht allein in diesem Haus.«

Seine Kehle wurde trocken, aber er ließ den Tee unberührt. Er war wie erstarrt. »Es spukt darin.«

»Und genau das hat die anderen davon abgehalten einzuziehen. Sie haben es mit Geld, der Zeit oder sonst was begründet, aber es war das Haus mit seinem Innenleben, das sie abgeschreckt und verscheucht hat. Es hat auf Sie gewartet.«

Wie ein eisiger Pfeil schoss ihm die Kälte ins Rückgrat. »Warum?«

»Das müssen Sie schon selbst herausfinden.« Mit einem kräftigen Händedruck ließ sie seine Hand los und trank ihren Tee.

Er wickelte seine Finger in seine prickelnde Handfläche. »Dann sind Sie also eine Art Wahrsagerin?«

Belustigt stand sie auf, um den Krug mit Tee zum Tisch zu holen. »Manchmal sehe ich, was ich sehe. Ein bisschen Küchenzauber«, erwiderte sie, als sie die Gläser erneut voll schenkte. »Das macht aus mir noch keine Hexe, nur eine Frau.« Sie bemerkte, dass sein Blick auf das Silberkreuz fiel, das sie, verheddert mit bunten Perlen, um ihren Hals trug. »Sie denken bestimmt, das schließe sich aus? Woher glauben Sie denn, dass die Kraft kommt, *cher*?«

»Darüber habe ich wohl noch nie nachgedacht.«

»Wir nutzen das Gute nicht, das der Herr uns gegeben hat, welche Fähigkeit es auch sein mag, wir vergeuden seine Gabe.« Sie drehte den Kopf zur Seite, und er sah, dass sie Ohrringe trug. Dicke, blaue Steine, die von winzigen Ohrläppchen baumelten. »Wie ich gehört habe, wird Jack Tripadoe vielleicht die Klempnerarbeit bei Ihnen drüben im Haus übernehmen.«

»Ah…« Mühsam schaltete er in seinem Gehirn vom Fantastischen aufs Praktische um, während seine Handfläche noch immer von der Berührung ihrer Hand vibrierte. »Ja. Mein Freund Remy Payne hat ihn mir empfohlen.«

»Dieser Remy.« Ihr Gesicht leuchtete, und jegliches Geheimnis darin war schlagartig verschwunden.

»Der ist zum Piepen. Jack ist ein Cousin von der Frau des Bruders meines Schwagers. Er wird gute Arbeit leisten, und wenn er Ihnen keinen guten Preis dafür macht, dann sagen Sie ihm, dass Miss Odette bestimmt den Grund dafür wissen möchte.«

»Ich werde es mir merken. Sie kennen nicht zufällig einen Stuckateur? Jemanden, der sich mit ausgefallenen Arbeiten auskennt?«

»Ich werde Ihnen einen Namen nennen. Es wird Sie sowieso ein paar Cents kosten, dieses Gebäude wieder so herzurichten, wie es war, und es dann zu unterhalten.«

»Cents habe ich genug. Ich hoffe, Sie kommen einmal vorbei, damit ich Sie herumführen kann. Maisbrot kann ich nicht backen, aber den Tee kriege ich hin.«

»Sie haben eine nette Art, *cher*. Ihre Mama hat Sie gut erzogen.«

»Würde es Ihnen was ausmachen, das schriftlich festzuhalten und zu unterschreiben? Dann kann ich es ihr schicken.«

»Ich finde langsam Gefallen an Ihrer Gesellschaft«, erklärte sie. »Sie können jederzeit wieder zu Besuch kommen.«

»Danke, Miss Odette.« Da er sein Stichwort vernommen hatte, stand er auf. »Ich finde ebenfalls Gefallen an Ihrer Gesellschaft.«

Als sie zu ihm aufsah, lag die Sonne voll auf ihrem Gesicht. Die dreieckige Form, die Belustigung in den dunklen Augen, der neckische Schwung ihrer Lippen schleuderte ihn direkt zurück in die schummrige Bar im Viertel. »Sie sieht Ihnen so ähnlich.«

»Ja, das tut sie. Dann haben Sie also bereits eine Auge auf meine Lena geworfen?«

Er wurde ein wenig nervös, als er merkte, dass er es laut ausgesprochen hatte, und versuchte es mit einem Grinsen. »Nun, wir haben bereits festgestellt, dass ich Mädchen mag, oder?«

Mit einem leichten Schlag auf den Tisch betonte sie ihr Lachen, als sie sich erhob. »Ich mag Sie sehr, Declan.«

Und er mochte sie auch. Genug, um wenigstens den Kauf von ein paar Stühlen zu beschließen, damit sie eine Sitzgelegenheit hatte, wenn sie bei ihm vorbeischaute. Er würde sich am Samstag auf die Suche machen, überlegte er, als er sich erneut den Küchenwänden zuwandte. Er könnte am Nachmittag ein paar auftreiben, ehe er Remy und Effies Einladung zum Abendessen nachkam.

Und dann würde er den Abend mit einem Drink im Et Trois krönen.

Sollte Lena an diesem Abend nicht arbeiten, würde er es sofort wieder durch die Hintertür verlassen und sich vor ein vorbeirasendes Auto werfen.

Er arbeitete bis weit in die Dunkelheit hinein und gönnte sich dann ein Bier zu seinem Hühnchenfertiggericht. Dabei saß er auf einem Sägebock und bewunderte die Fortschritte der Küche.

Die Wände waren abgezogen, ausgebessert und zum Streichen vorbereitet. Mit Bleistift hatte er darauf die Abmessungen der Schränke markiert, die er am nächsten Tag in Angriff nehmen wollte. Er hatte sich sogar an die Fugen der Herdkacheln gewagt und fand, dass er seine Arbeit gar nicht so übel gemacht hatte. Der alte Kiefernboden war freigelegt worden und wurde jetzt von Abdeckplanen geschützt. Nach langem Hin und Her hatte er sich letztendlich für die U-Form entschieden und die Stellen bestimmt, an denen der Küchenherd und der Kühlschrank ihren Platz finden würden.

Sollte er nicht den richtigen Geschirrschrank für die lange Wand finden, dann würde er den eben auch noch selbst tischlern. Er war jetzt gut eingearbeitet.

Mit einer Flasche Wasser ging er nach oben, duschte die nun schon Gewohnheit gewordenen zehn Minuten und streckte sich danach mit seinen Notizen, Zeichnungen und Büchern auf dem Bett aus. Aber inmitten seiner Planungen für den vorderen Salon schlief er ein.

Und erwachte zitternd vor Kälte in völliger Dunkelheit. Das Baby hatte ihn geweckt. Die schwachen Schreie klangen ihm noch in den Ohren, als er sich mit wild gegen die Rippen pochendem Herzen im Bett aufsetzte.

Er wusste nicht, wo er war, nur dass er auf dem Fußboden anstatt in seinem Bett lag. Und es war so kalt, dass er den weißen Hauch seines eigenen Atems in die tintige Dunkelheit schweben sah.

Er rollte sich zur Seite und schaffte es, auf die Füße zu kommen. Wie ein Blinder tappte er mit ausgestreckten Armen in die Luft, als er einen vorsichtigen Schritt vorwärts wagte.

Lilien. Sein Körper erschauderte, als er den Duft registrierte. Jetzt wusste er, wo er war – in dem Zimmer, das ein Stück vor seinem auf dem Flur lag. Der Raum, dem er ebenso wie dem im zweiten Stock in den letzten Tagen so sorgfältig ausgewichen war.

Jetzt hatte er ihn betreten, überlegte er nach einem weiteren schlurfenden Schritt. Und er wusste, dass er nicht allein war, so absurd dieser Gedanke war.

»Du kannst mir zwar Angst machen. Aber vertreiben kannst du mich nicht.«

Seine Finger ertasteten etwas Festes. Er schrie auf und riss sie zurück, kurz bevor ihm klar wurde, dass es sich um eine Wand handelte. Nachdem er ein paar Mal zur Beruhigung tief Luft geholt hatte, tastete er sich weiter, stolperte über eine Leiste, tappte mit den Fingern über Glas. Endlich fühlte er den Knauf der Galerietür und stieß diese auf.

Feucht und schwer legte sich die Januarluft auf seine ausgekühlte Haut. Er stolperte vorwärts, suchte Halt am Geländer. Die Nacht war wie das Innere einer Höhle. Das alte Sprichwort stimmte also: Nichts war so dunkel wie die Dunkelheit auf dem Land.

Als Declans Augen sich daran gewöhnt hatten, wandte er sich um und zog die Tür zu dem Zimmer fest zu.

»Das ist jetzt mein Haus«, sagte er leise und ging über die Galerie bis zu seinem Schlafzimmer, öffnete die Tür und verschwand darin.

»Schlafwandeln?« Remy schob sich noch eine Gabel Reis in den Mund.

»Ja. Ich habe das sechs Monate lang mitgemacht, als ich etwa elf Jahre alt war.« Declan zuckte mit den Schultern, konnte die Last aber kaum abschütteln.

Eigentlich hatte er nicht beabsichtigt, dieses Thema anzuschneiden, wollte es höchstens beiläufig erwähnen. Das Abendessen, das Effie in Remys Wohnung im Garden District vorbereitet hatte, war angenehm wie die Gesellschaft. Aber irgendwie war er von den Fortschritten seiner Bautätigkeit auf seine nächtlichen Abenteuer zu sprechen gekommen.

»Das muss ja entsetzlich sein«, meinte Effie, »aufzuwachen und sich irgendwo anders wiederzufinden.«

»Gespenstisch ist es allemal. Und komischerweise lande ich immer in den beiden Räumen, die mir am meisten Unbehagen bereiten. Aber das ist vermutlich nur logisch. Irgendein Abkommen mit dem Unterbewusstsein.«

»Solang du dabei im Haus bleibst«, warf Remy ein. »Ich möchte nicht erfahren müssen, dass du schlafwandelnd in den Sumpf gegangen bist.«

»Entzückende Vorstellung. Danke.«

»Remy.« Effie schlug auf seine Hand. »Vielleicht solltest du dich an einen Arzt wenden«, schlug sie Declan vor. »Du könntest was einnehmen, damit du besser schläfst.«

»Vielleicht. Ich bin jetzt eine Woche dort, und es ist zwei Mal vorgekommen. Außerdem werden gegen einen Geist ein paar Beruhigungspillen nichts ausrichten.«

»Da ist doch nichts weiter als Zugluft und altes Holz, das arbeitet.«

Remy grinste. »Effie glaubt nicht an Geister.«

»Und auch nicht an Tarotkarten oder das Lesen in Teeblättern oder sonstigen Unsinn dieser Art.« Ihre Stimme klang steif und fast ein wenig defensiv.

»Mein Mädchen ist ganz im Hier und Jetzt verwurzelt.«

»Dein Mädchen ist einfach vernünftig«, konterte sie. »Declan, es ist doch logisch, dass dich seltsame Gefühle überkommen, wenn du da draußen in dem großen alten Haus ganz allein bist. Und ich wette, du isst auch nicht vernünftig. Du solltest eine Weile hier bei Remy wohnen, bis du dich an alles gewöhnt hast.«

»Sie tut das nämlich nicht.« Remy deutete mit dem Kopf in Effies Richtung.

»Ich werde bei dir wohnen, wenn wir verheiratet sind, und nicht eher.«

»Ach nicht doch, *chère*. Der Mai ist noch so weit weg. Ich vermisse dich, wenn du nicht da bist.« Er nahm ihre Hand und küsste sie überschwänglich, während er redete.

»Ich mache dir einen Vorschlag, Effie, du kommst raus zu mir und bleibst ein paar Nächte. Ganz platonisch«, sagte Declan mit einem Grinsen, als Remy seine Augen zu Schlitzen verengte. »Wetten, dass du nach ein, zwei Nächten deine Einstellung Geistern gegenüber änderst?«

»Tut mir Leid. Ich bin eine Stadtpflanze. Was machst du eigentlich da draußen so allein, wenn du nicht arbeitest?«

»Lesen. Und wenn wir schon mal bei diesem Thema sind – ich muss mal zu dir in die Bibliothek kommen. Eventuell kannst du mir ja helfen, was uber Manet Hall ausfindig zu machen. Im Garten habe ich natürlich auch einiges zu tun. Ich gehe spazieren. Und ich fahre hinüber und besuche Miss Odette.«

»Du warst bei Miss Odette?«, erkundigte sich Remy, als er die letzten Reste auf seinem Teller verputzte. »Die hat was, nicht wahr?«

»Ich mag sie wirklich. In Wahrheit hält mich das Haus aber so auf Trab, dass ich für gewöhnlich um zehn Uhr ins Bett falle.

Ich habe zwar endlich einen Fernseher angeschlossen, aber ich denke nie daran, ihn anzuschalten. Heute Nachmittag habe ich mir zumindest einen Tisch und Stühle gekauft und noch ein paar andere Sachen.«

Es war immer ein Fehler, schalt er sich, wenn er einen Antiquitätenladen betrat.

»Wir werden nicht zulassen, dass du dich da draußen einsperrst und dich abrackerst«, bestimmte Effie. »Ich erwarte von dir, dass du wenigstens ein Mal in der Woche zu uns in die Stadt kommst. Und du, Remy, solltest an den Samstagen rausfahren und Declan zur Hand gehen. Du bist zu oft allein«, erklärte sie, als sie vom Tisch aufstand. »Das ist es nämlich. So, seid ihr bereit für den Obstkuchen?«

Womöglich hat sie ja Recht, überlegte Declan, als er nach einem Parkplatz suchte. Selbst wenn Effie nicht Recht hatte, bezog sie jedenfalls eine klare Position. Er würde versuchen, ein wenig mehr Abwechslung in sein Leben zu bringen. Ein oder zwei Mal die Woche könnte er in die Stadt fahren und dort eine richtige Mahlzeit zu sich nehmen. Vielleicht auch Remy und Effie einmal zum Essen einladen – ganz zwanglos.

Es wäre auch denkbar, einmal einen Abend lang etwas anderes zu lesen als Nachschlagewerke.

Und mehr, überlegte er. Er würde sich bald dazu versteigen, die geistige Blockade zu durchbrechen, die er um den Raum im zweiten Stock errichtet hatte.

Anderthalb Häuserblocks vom Et Trois entfernt, fand er endlich einen Parkplatz, doch als er es betrat und Lena an der Bar entdeckte, fand er, dass sich der Fußmarsch gelohnt hatte.

An diesem Abend ergatterte er nicht einmal einen Stuhl, doch es gelang ihm, sich zwischen den Gästen hindurchzuquetschen und einen Eckplatz an der Theke in Beschlag zu nehmen. Laut und lebhaft wie die Menge war auch die Musik.

Zusätzlich zur Besitzerin und dem Mann mit den Rastalocken bediente diesmal auch noch eine Blonde hinter der Theke. Und sie hatte alle Hände voll zu tun.

Lena warf ihm einen Blick zu, als sie gerade zwei gezapfte Biere und einen Gin Fizz servierte.

»Corona?«

»Gib mir lieber eine Cola.«

Sie sah genauso gut aus, wie er sie in Erinnerung hatte. An diesem Abend trug sie Blau – eine Bluse, die erst sehr weit unten geknöpft und bis zu den Ellbogen hochgekrempelt war. Die Lippen waren rot, aber die Haare hatte sie an den Seiten mit Silberkämmen nach hinten gesteckt. Er sah die Ohrringe glitzern.

Sie stellte ein hohes Glas mit Cola vor ihn. »Alles klar?«

»Ja, ich fühle mich ganz wohl hier.«

»Das meine ich nicht.« Dazu lachte sie ihr kurzes, kehliges Lachen. »Du sprichst wohl nicht New Orleans, *cher*? Wenn ich sage, alles klar, frage ich dich, wie es dir geht.«

»Oh. Danke. Und bei dir auch alles klar?«

»Schnell kapiert. Ja, mir geht es auch gut. Viel zu tun. Lass es mich wissen, wenn du noch was anderes möchtest.«

Er musste sich damit bescheiden, sie zu beobachten. Sie arbeitete in ihrem Drittel der Theke, schenkte ein, tauschte das ein oder andere Wort aus, schlüpfte in die Küche und kam wieder heraus, ohne je den Eindruck zu machen, in Eile zu sein.

Ans Nachhausegehen dachte er nicht. Als ein Barstuhl frei wurde, kletterte er hinauf und machte es sich bequem.

Als würde man von einer großen, schönen Katze beobachtet, dachte Lena. Unbeirrt und geduldig und ein klein wenig gefährlich. Er trank seine Cola, ließ sich nachschenken und saß noch auf seinem Platz, als der Laden sich langsam leerte.

Sie kam wieder bei ihm vorbei. »Wartest du auf etwas, Schöner?«

»Ja.« Er ließ die Augen auf ihr ruhen. »Ich warte.«

Sie wischte mit ihrem Thekentuch einen Spritzer weg. »Ich habe gehört, du hast meine Großmama besucht.«

»Vor ein paar Tagen. Du siehst aus wie sie.«

»Das sagt man.« Lena steckte den Tuchzipfel in ihre Gesäßtasche. »Bist du zu ihr gegangen, um deinen Yankee-Charme zu versprühen, damit sie ein gutes Wort bei mir einlegt?«

»Das wäre zwar ein erhoffter schöner Nebeneffekt, aber nicht der Grund meines Besuchs. Ich bin zu ihr gegangen, weil sie eine Nachbarin ist. Ich hatte damit gerechnet, eine *alte* Nachbarin – eine ältere, allein lebende Frau – anzutreffen, die sich eventuell darüber freuen würde zu wissen, dass es da jemanden in ihrer Nähe gibt, der ihr gegebenenfalls zur Hand gehen könnte. Doch als ich ihr dann gegenüberstand, habe ich gemerkt, dass sie auf meine Hilfe ganz und gar nicht angewiesen ist.«

»Das ist nett.« Lena atmete geräuschvoll aus. »Das war nett. Doch eigentlich könnte sie hin und wieder ein paar kräftige Schultern gut gebrauchen. Dupris?«, rief sie, den Blick weiterhin auf Declan gerichtet. »Sei so lieb und schließ für mich ab. Ich gehe jetzt nach Hause.«

Sie holte eine kleine Tasche unter der Theke hervor und schlang sich deren langen Riemen über die Schulter.

»Darf ich dich nach Hause begleiten, Lena?«

»Ja, kannst du.«

Sie kam hinter der Theke hervor und lächelte, als er ihr die Tür aufhielt.

»Wie ich höre, arbeitest du sehr hart an deinem Haus.«

»Tag und Nacht«, bestätigte er. »Ich habe mit der Küche angefangen. Und gute Fortschritte gemacht. Hab dich gar nicht mehr am Teich gesehen.«

»Nein, in letzter Zeit nicht.« In Wahrheit war sie absichtlich fern geblieben. Sie war neugierig gewesen, ob er zurückkommen würde. Sie ging den Gehweg hinunter.

»Ich habe Rufus kennen gelernt. Er mag mich.«

»Meine Großmama mag dich auch.«

»Und was ist mit dir?«

»Ach, die beiden mögen mich.«

Als er lachte, bog sie in ein offen stehendes großes Eisentor ein. Sie betraten einen winzigen, gepflasterten Hof mit einem Eisentisch und zwei Stühlen.

»Lena.« Er ergriff ihre Hand.

»Hier wohne ich.« Sie deutete auf die Treppe, die auf jene Galerie im ersten Stock führte, die er am ersten Abend so bewundert hatte.

»Oh. Und ich war darauf eingestellt, dich auf einem langen Heimweg mit meinem Witz und meinem Charme zu verführen. Warum –«

»Nein.« Sie klopfte ihm mit dem Finger an die Brust. »Du kommst nicht mit hoch, nicht heute Abend. Aber ich denke, wir werden noch öfter Gelegenheit dazu haben, und dann sehen wir weiter.«

Sie stellte sich balancierend auf die Zehenspitzen, legte ihre Hand um seinen Nacken und dirigierte seinen Mund auf ihren hinab.

Es zog ihm den Boden unter den Füßen weg. Als wäre er auf festem Grund gegangen, der sich plötzlich in Wasser verwandelte. Es war ein tiefer steiler Absturz, und tausend Eindrücke jagten ihm durch seine Sinne.

Das seidige Gleiten ihrer Lippen und ihrer Zunge, die warme Berührung ihrer Haut, der betäubende Duft ihres Parfüms.

Als er anfing, ihre Lippen zu teilen, löste sie sich von ihm.

»Das kannst du gut«, murmelte sie und tupfte eine Fingerspitze an seine Lippen. »Ich hab was gespürt. Gute Nacht, *cher*.«

»Warte doch noch.« Seine Verstörung war nicht so schlimm, dass er nicht mehr reagieren konnte. Er nahm ihre Hand. »Das war Übung«, erklärte er und drehte sie elegant herum, bis er sie in seinen Armen hielt.

Er spürte den vollkommenen Bogen ihrer Lippen an seinen und verschmolz mit ihnen, während er ihr mit seinen Händen über den Rücken und durchs Haar strich.

Hoppla!, war ihr einziger Gedanke, als sie spürte, wie sie den Halt verlor. Sein Mund war geduldig, aber sie spürte das kurze Aufblitzen von Hunger. Seine Hände waren sanft, drückten sie aber fest an ihn.

Langsam drang sein Geschmack wie etwas halb Erinnertes in ihr Blut ein.

Jemand öffnete die Bartür. Musik schallte heraus, wurde wieder leiser, als die Tür zufiel. Ein Wagen raste auf der Straße hinter ihnen vorbei, Musik dröhnte durch die offenen Fenster.

Hitze breitete sich auf ihrer Haut aus, darunter ebenso, so dass ihre Hände, die auf seinen Schultern geruht hatten, hochwanderten und sich in seinem Nacken schlossen.

»Sehr gut bist du darin«, wiederholte sie und drehte dabei ihren Kopf, so dass ihre Wange gegen seine rieb. Einmal, dann noch einmal. »Aber du kommst heute Abend nicht mit hoch. Ich muss erst noch über dich nachdenken.«

»In Ordnung. Aber ich komme wieder.«

»Sie kommen immer zurück zu Lena.« *Eine Zeit lang*, dachte sie, als sie sich von ihm löste. »Geh jetzt nach Hause, Declan.«

»Ich warte nur noch, bis du drinnen bist.«

Ihre Brauen gingen nach oben. »Du bist mir einer.« Weil es so reizend von ihm war, gab sie ihm einen Wangenkuss, ehe sie zur Treppe und nach oben ging.

Als sie ihre Tür aufschloss und einen Blick zurückwarf, stand er noch immer da. »Jetzt hast du bestimmt süße Träume, *cher*.«

»Das wäre mal eine angenehme Abwechslung«, murmelte er, als sie die Tür hinter sich zuzog.

5

Manet Hall

2. Januar 1900

Lügen waren es. Es mussten Lügen sein, und zwar von der grausamsten, kältesten Art. Nie würde er glauben, niemals glauben, dass seine süße Abby von ihm weggelaufen war. Ihn verlassen hatte, ihr gemeinsames Kind verlassen hatte.

Lucian saß auf der Bettkante, war gefangen in seiner Benommenheit, die ihn seit seiner Heimkehr vor zwei Tagen nicht mehr losließ. Heimgekehrt, um das Herrenhaus in Aufruhr anzutreffen, weil seine Frau fehlte.

Ein anderer Mann. Behaupteten sie jedenfalls. Eine alte Liebe, mit der sie sich insgeheim getroffen habe, wann immer Lucian geschäftlich in New Orleans zu tun hatte.

Lügen.

Er war der einzige Mann für sie gewesen. Er hatte einen Engel zur Frau genommen, eine Jungfrau an ihr Hochzeitsbett geführt.

Ihr war etwas zugestoßen. Er öffnete und schloss seine Hand über der Anstecknadel mit der Uhr, die er ihr geschenkt hatte, als er sie gebeten hatte, seine Frau zu werden. Etwas Schreckliches.

Aber was? Was konnte sie dazu getrieben haben, mitten in der Nacht das Haus zu verlassen?

Eine kranke Verwandte, überlegte er, als er aufstand und anfing im Kreis herumzulaufen.

Aber er wusste, dass dem nicht so war. War er nicht wie ein Wahnsinniger ins Marschland geritten, um dort ihre Familie, ihre Freunde zu fragen, aufzufordern, anzuflehen, ob sie wussten, was aus ihr geworden war?

Selbst jetzt, in diesem Augenblick, suchten Leute nach ihr, auf der Straße, in den Sümpfen, auf den Feldern.

Aber schon verbreiteten sich Gerüchte und Klatsch wie ein Lauffeuer entlang des Flusses.

Lucian Manets junges Weib war mit einem anderen durchgebrannt.

Und er konnte das Getuschel hinter dem Raunen hören. *Was hat er denn erwartet? Cajun-Schmutz. Wahrscheinlich ist auch das kleine Mädchen im Bayou entstanden, und sie hat es ihm als seins untergeschoben.*

Entsetzliche, boshafte Lügen.

Die Tür ging auf. Josephine hatte noch nicht einmal ein flüchtiges Anklopfen für nötig erachtet. Manet Hall gehörte ihr, jetzt und immer. Sie konnte nach Lust und Laune in allen seinen Räumen ein und aus gehen.

»Lucian.«

Er wirbelte herum. »Man hat sie gefunden?« Er hatte noch seine schmutzigen Kleider von der letzten Suche an, und Hoffnung schimmerte durch den Schmutz auf seinem Gesicht.

»Nein, hat man nicht.« Sie ließ die Tür gereizt hinter sich ins Schloss fallen. »Man wird sie auch nicht finden. Sie ist abgehauen, und wahrscheinlich lacht sie sich im Moment mit ihrem Liebhaber über dich ins Fäustchen.«

Sie glaubte beinahe daran. Bald schon, überlegte sie, wird es die Wahrheit sein.

»Sie ist nicht abgehauen.«

»Du bist ein Narr. Du warst ein Narr, sie zu heiraten, und du bleibst ein Narr.« Sie ging an den Kleiderschrank und riss die Tür auf. »Siehst du denn nicht, dass einige ihrer Kleider fehlen? Hat ihr Mädchen das nicht ausgesagt?«

Er sah nur das blaue Ballkleid mit den Volants und Rosetten, auf das sie so stolz gewesen war.

»Das Mädchen hat sich geirrt.« Aber seine Stimme schwankte.

»Du irrst dich. Was ist mit ihrem Schmuck?« Josephine zog eine Lederschatulle aus dem Regal und stieß den Deckel auf. »Wo sind die Perlen, die du ihr zu Weihnachten geschenkt hast? Das Diamantarmband, das du ihr gekauft hast, als sie das Kind geboren hatte?«

»Jemand hat sie gestohlen.«

Mit einem Ton des Abscheus schüttete Josephine die Juwelen auf das Bett. »Sie hat all das mitgenommen, was am meisten funkelte. Ein Mädchen wie sie kennt nur Glitter. Sie hat dich verhext und dazu angestiftet, deiner Familie und deinem Namen zu schaden, und jetzt hat sie Schande über uns alle gebracht.«

»Nein.« Er presste seine Augen zusammen, denn es zerriss ihm das Herz. »Sie hätte mich nie verlassen. Sie hätte Marie Rose niemals verlassen.«

»Wie groß ihre Zuneigung zu dem Kind auch gewesen sein mag, bezweifle ich doch sehr, dass sie oder ihr Liebhaber ein Baby am Hals haben wollten. Und woher weißt du denn, Lucian, dass es dein Kind ist?«

Zornesröte fleckte seine Wangen. »Wie kannst du nur eine solche Frage stellen? Du hast ein Jahr mit ihr unter einem Dach gelebt und sagst so etwas über sie?«

Der Zweifel war gesät, dachte Josephine kalt. Und sie würde ihn zum Blühen bringen. »Eben weil ich mit ihr unter einem Dach gelebt habe, aber nicht durch Lust verblendet oder von irgendeinem Zauber, den sie auf dich angewandt hat, behext war. Es ist dein Fehler genauso wie der ihre. Hättest du deine Gelüste befriedigt wie andere Männer auch, sie bezahlt, ihr ein paar Schmuckstücke geschenkt, hätten wir jetzt nicht diesen neuen Skandal im Haus.«

»Sie bezahlt. Wie eine Hure. Wie Julian seine Frauen bezahlt.« Lucian trat einen Schritt vor, so wütend, dass seine Hände zitterten. »Meine Frau ist keine Hure.«

»Sie hat dich benutzt«, erwiderte Josephine boshaft flüsternd. »Sie hat dir deine Würde genommen und unsere beschmutzt. Sie kam als Dienerin in unser Haus und hat es mit der Beute ihres Betrugs verlassen. Wie ein Dieb in der Nacht, während das Kind nach ihr schrie.«

Sie packte seine Arme und schüttelte sie. »Du hast zu ändern versucht, was nicht verändert werden kann. Du hast zu viel von ihr erwartet. Sie hätte nie die Herrin von Manet Hall sein können.« *Die bin ich.* »Wenigstens hatte sie so viel Verstand, das einzusehen. Jetzt ist sie weg. Wir werden aufrechten Hauptes abwarten, bis der Klatsch aufhört. Wir sind Manets und wir werden dies überleben.«

Sie wandte sich ab und ging zur Tür. »Ich erwarte, dass du dich gesellschaftsfähig herrichtest und mit der Familie gemeinsam zu Abend isst. Wir sind in unserer Lebensweise lang genug gestört worden.«

Als Lucian wieder allein war, setzte er sich aufs Bett und brach mit dem Uhrenanstecker in der Hand in Tränen aus.

Manet Hall
Januar 2002

»Also eins muss ich dir lassen, Junge.« Remy drehte mit in die Hüften gestemmten Armen eine Runde durch die Küche. »Du hast hier ein beachtliches Durcheinander angerichtet.«

»Komm in ein paar Wochen wieder«, rief Declan ihm vom angrenzenden Esszimmer aus zu, wo er seine Tischlerwerkstatt aufgebaut hatte.

Effie hob eine Ecke der Abdeckplane. »Der Fußboden wird wunderschön. Es ist wie mit einer leeren Leinwand«, sagte sie, als sie sich in der ausgeweideten Küche umsah. »Er musste sie sauber wischen, um das richtige Bild malen zu können.«

»Komm, Effie, verlass diesen Trottel und zieh hier bei mir ein.«

»Du hörst jetzt endlich auf, bei meinem Mädchen Punkte sammeln zu wollen.« Remy ging zur Tür. Declan stand an der Elektrosäge, den Werkzeuggürtel um die Hüften geschlungen und einen Schreinerbleistift hinter dem Ohr. Remy konnte sich des Eindrucks nicht erwehren, dass sein Freund sich schon seit mehr als drei Tagen nicht mehr rasiert hatte.

Aber verflixt noch mal, dieser vergammelte Handwerkeraufzug stand ihm gut.

»Hast du was für mich zu tun hier, oder sollen wir nur herumstehen und dich für dein männliches Aussehen bewundern?«

»Natürlich könnte ich ein, zwei Arbeiter gebrauchen.« Mit einem befriedigenden Summen und unter einer Wolke Sägemehl führte er die Säge durchs Holz und schaltete sie ab, ehe er den beiden einen Blick spendierte. »Wollt ihr wirklich ran?«

»Aber sicher.« Remy legte seinen Arm um Effies Schulter. »Wir arbeiten für Bier.«

Vier Stunden später saßen sie auf der Galerie vor der frisch gestrichenen Küche. Effie, die in dem alten Jeanshemd, das Declan ihr als Kittel gegeben hatte, fast verschwand, hatte Farbspritzer auf ihrer Nase. Das Bier war kalt und zischte, und in Declans tragbarer Stereoanlage brach die Gruppe Foghat zu ihrem langsamen Ritt auf.

Als Declan sich einen eingezogenen Splitter aus dem Daumen pulte, kam er zu dem Schluss, dass es gar nicht besser gehen könnte.

»Was ist das für ein Strauch, der da hinten blüht?« Er deutete auf das Wrack von Garten.

»Kamelie«, klärte Effie ihn auf. »Dieser Garten ist eine Schande, Dec.«

»Ich weiß. Ich muss was daran machen.«

»Du kannst dich nicht um alles kümmern. Du solltest jemanden rauskommen lassen, der hier Ordnung schafft.«

»Big Frank und Little Frankie.« Remy nahm einen großen Schluck Bier. »Die würden das für dich erledigen. Die leisten gute Arbeit.«

»Familienunternehmen?« In Familienunternehmen hatte er immer Vertrauen. »Vater und Sohn?«

»Bruder und Schwester.«

»Ein Bruder und eine Schwester, und beide heißen Frank?«

»Ja. Frank X. – das steht für Xavier – hatte ein übertriebenes Selbstbewusstsein. Hat seine beiden Kinder nach ihm benannt. Ich gebe dir die Nummer. Und sag ihnen, dass die Empfehlung von Remy kommt.«

»Ich kümmere mich um den Abwasch.« Effie sah sich ihre mit Farbe gesprenkelten Hände an. »Hast du was dagegen, wenn ich ein bisschen durchs Haus laufe?«

»Schätzchen.« Declan nahm ihre Hand und küsste sie. »Du darfst machen, wozu du Lust hast.«

»Ein Glück, dass ich sie als Erster kennen gelernt habe«, bemerkte Remy, nachdem Effie hineingegangen war.

»Da hast du verdammt Recht.«

»Aber dem Blick nach zu urteilen, mit dem du auf den Bayou starrst, hast du eine andere Frau im Sinn.«

»Effie kriege ich nur, wenn ich dich umbringe, also mache ich Miss Odette den Hof, als eine Art Freundschaftsbeweis.«

»Ach, du bist eine Quasseltüte.« Lachend stützte Remy sich auf seine Ellbogen. »Diese Lena, die kann einen Mann schon aufwühlen und ihn an ein Menge interessanter Dinge denken lassen.«

»Du hast doch dein Mädchen.«

»Was aber nicht heißen soll, dass mein Gehirn aufgehört hätte zu arbeiten. Aber keine Sorge, ich will keine andere als Effie.« Er seufzte voller Zufriedenheit. »Außerdem haben Lena und ich vor einiger Zeit schon unsere Runde gedreht.«

»Was meinst du damit?« Declan stellte sein Bier ab und glotzte seinen Freund an. »Du und Lena. Du ... und Lena?«

Remy zwinkerte. »Einen heißen, schweißtreibenden Sommer lang. Dürfte schon fast fünfzehn Jahre her sein. Autsch.« Er setzte sich auf, um sein Herz zu reiben. »Das tut weh. Ich war ungefähr ... ja, ich war siebzehn, gerade mit der Highschool fertig. Dann muss sie fünfzehn gewesen sein. Wir haben ein paar denkwürdige Abende auf dem Rücksitz meines alten Chevy Camaro verbracht.«

Er bemerkte Declans brütenden Blick. »He, ich habe auch sie als Erster getroffen. Dieses Mädchen hat mich regelrecht in Trance versetzt, etwa sechs Monate lang. Dachte, ich müsste sterben, wenn ich sie nicht bekomme. Du weißt ja, wie das ist mit siebzehn.«

»Ja. Ich weiß auch, wie das mit einunddreißig ist.«

Remy kicherte in sich hinein. »Also ich war vernarrt in sie, habe sie umturtelt, bin ihr nicht von den Fersen gewichen. Bin mit ihr ins Kino gegangen und habe lange Autofahrten mit ihr unternommen. Zu meinem Oberstufenball. Mein Gott, war das ein Anblick. Und dann endlich gelang es mir in einer mondsüchtigen Nacht, ihr die Kleider auf dem Rücksitz dieses Camaro auszuziehen. Es war ihr erstes Mal.« Er warf Declan einen Blick zu. »Du weißt ja, es heißt, keine Frau vergisst je ihren Ersten. Du wirst alle Hände voll zu tun haben, *cher*.«

»Ich denke doch, dass ich geübter bin als ein geiler Teenager.« Ungeachtet der Tatsache, dass sie ihm, wie er zugeben musste, das Gefühl gegeben hatte, einer zu sein. »Was ist passiert zwischen euch?«

»Ist einfach auseinander gegangen. Ich bin hoch nach Norden auf die Schule, sie ist hier geblieben. Das Fieber hat sich von selbst verzehrt und wir sind Freunde geworden. Wir sind Freunde, Dec. Sie ist einer der wichtigsten Menschen für mich.«

»Ich erkenne eine Warnung, wenn ich eine höre. Du möchtest wohl alle Mädchen, Remy?«

»Ich habe nur gedacht, dass ich es ungern sähe, wenn zwei meiner Freunde einander wehtun. Ihr seid beide mit schwerem Gepäck angekommen.«

»Ich weiß aber, wie ich meins verstaue.«

»Mag sein. Sie hat weiß Gott hart gearbeitet, um ihres auf dem Speicher wegzusperren. Ihre Mutter –« Er unterbrach sich, weil Effie schrie.

Bier ergoss sich über den Fußboden, als Remy im Aufspringen die Flasche umwarf. Er war einen Schritt vor Declan durch die Küchentür und rief Effies Namen.

»Oben.« Declan bog nach links ab und stürmte die Treppe hoch. »Sie ist oben.«

»Remy! Remy, komm schnell!«

Sie saß zusammengekauert auf dem Fußboden und warf sich in Remys Arme, sobald dieser sich neben sie niederkauerte. »Was ist passiert, Baby? Bist du verletzt?«

»Nein. Nein. Ich sah …« Sie drückte ihr Gesicht an seine Schulter. »Da drinnen. Auf dem Bett dort.«

Declan schaute durch die offene Tür. Das einzige Bett darin

war das, was er in seiner Einbildung gesehen hatte. Vorsichtig stieß er die Tür ganz auf. Vor ihm lag der staubbedeckte Fußboden, an den Stellen aufgewirbelt, die Effie betreten hatte. Die durch die Fenster strahlende Sonne fiel nur auf Holz und verblasste Tapete.

»Was hast du gesehen, Effie?«, forschte Declan.

»Auf dem Bett. Eine Frau – ihr Gesicht. Sie war tot.«

»Baby.« Remy starrte ins Zimmer und strich ihr dabei übers Haar. »Da drinnen ist nichts. Sieh doch. Da gibt es nichts.«

»Aber ich habe …«

»Erzähl mir, was du gesehen hast.« Declan kniete sich neben sie. »Was hast du da drinnen gesehen?«

»Ich sah …« Sie schauderte und presste ihre Lippen fest zu einer dünnen Linie zusammen. »Hilf mir hoch, Remy.«

Obwohl ihr Gesicht noch kreidebleich war, stand sie auf und trat an die Türschwelle.

»Effie-Schatz, du zitterst ja. Lass uns runtergehen.«

»Nein. Nein, warte.« Ihre Augen waren weit geöffnet, und ihr Herzschlag beruhigte sich nicht, als sie ihren Blick durch das Zimmer schweifen ließ. »Ich kann nichts gesehen haben. Es ist ein leerer Raum. Bloß ein leerer Raum. Ich muss mir das eingebildet haben …«

»Ein Himmelbett? Blaue Vorhänge? Eine Kommode und eine Spiegelkommode. Ein Schminktischchen und eine blaue Chaiselongue. Gaslichtwandleuchter, Kerzen auf dem Kamin und ein gerahmtes Bild.«

»Woher weißt du, was ich gesehen habe?«

»Weil ich es auch gesehen habe. Am Tag meiner Ankunft. Ich habe Lilien gerochen.«

»Weiße Lilien in einer hohen Vase«, ergänzte Effie, und eine Träne lief ihr über die Wange. »Ich fand es seltsam, aber zugleich auch irgendwie rührend, dass du Blumen dort hineinstellst. Dann habe ich kurz überlegt, also, wie hat er es geschafft, diesen Raum so hübsch herzurichten, und warum hat er nichts davon gesagt? Da bin ich eingetreten und sah sie auf dem Bett. Entschuldigt mich. Ich muss dringend an die Luft.«

Ohne ein Wort zu verlieren, hob Remy sie vom Boden auf.

»Mein Held«, murmelte sie, als er sie die Treppe hinuntertrug.

»Du hast mir eine Heidenangst eingejagt, *chère*. Bring meinem Mädchen ein Glas Wasser, Declan.«

Declan blieb noch eine Weile vor dem Zimmer stehen. Dann folgte er ihnen nach unten.

Er füllte ein Glas mit Wasser und trug es hinaus auf die Galerie, auf der Remy mit Effie im Schoß saß.

»Was hältst du jetzt von Geistern?«

Sie nahm das Wasser und nippte daran. Dabei musterte sie Declan über den Rand des Glases hinweg. »Ich habe es mir eingebildet.«

»Ein weißer Morgenrock über der Chaiselongue. Ein silbernes Bürstenset, eine Brosche aus Gold und Emaille.«

»Eine Uhrenbrosche«, bestätigte sie leise. Sie atmete schaudernd aus. »Ich kann es nicht erklären.«

»Kannst du mir was über die Frau erzählen?«

»Ihr Gesicht hatte überall blaue Flecke und war blutig. Oh, Remy.«

»Scht. Es ist gut jetzt.« Er streichelte ihr das Haar und zog sie dichter an sich heran. »Du brauchst nicht mehr daran zu denken. Lass sie in Ruhe, Declan.«

»Nein, es ist schon gut.« Effie atmete ruhig durch und legte ihre Hand auf Remys Schulter. Ihr Blick begegnete dem Declans und hielt ihn fest. »Es ist nur so seltsam und schrecklich zugleich. Ich denke, sie war jung, aber es ließ sich schwer einschätzen. Dunkle Haare, Unmengen lockigen Haars. Ihr Nachthemd war zerrissen. An ihrem Hals waren fürchterliche Blutergüsse – als... gütiger Gott, als wäre sie erdrosselt worden. Ich wusste, dass sie tot war. Ich schrie und taumelte rückwärts. Dann haben meine Beine unter mir einfach nachgegeben.«

»Ich muss herausfinden, wer sie war«, erklärte Declan. »Es muss einen Weg geben, das herauszubekommen. Familienmitglied, Bedienstete, Gast. Wenn in diesem Haus eine junge Frau gewaltsam zu Tode gekommen ist, muss das irgendwo vermerkt sein.«

»Ich kann Nachforschungen anstellen.« Effie nahm das Glas von ihren Lippen und brachte ein Lächeln zustande. »Das ist schließlich mein Beruf.«

»Wenn es einen Mord gegeben hat, dann müssten wir doch im Lauf der Jahre etwas davon erfahren haben.« Remy schüttelte den Kopf. »Ich hab nie was gehört. Ich bring dich jetzt nach Hause, Liebes.«

»Das darfst du.« Effie streckte ihre Hand aus und berührte Remys Arm. »Komm doch mit uns. Ich weiß nicht recht, ob du hier bleiben solltest.«

»Ich bleibe hier. Ich möchte hier bleiben.«

Ich muss hier bleiben, überlegte er, als er allein war und das Wummern seiner Nagelpistole durch das Esszimmer hallte. Er restaurierte das Haus nicht nur, sondern eignete es sich auf diese Weise auch an. Und sollte ein ermordetes Mädchen dazugehören, dann gehörte ihm dieses ebenfalls.

Er wollte seinen Namen wissen, seine Geschichte erfahren. Woher war es gekommen? Wie war es gestorben? Vielleicht war er sogar auserkoren, um das herauszufinden.

Sollten diese Bilder, diese Gefühle die anderen in die Flucht geschlagen haben, ihn banden sie nur umso fester ans Haus.

Er konnte mit Geistern leben, befand Declan, als er mit der Hand über seinen ersten fertigen Schrank strich. Doch er würde keine Ruhe geben, bis er sie kannte.

Aber als er dann endlich Feierabend machte und zu Bett ging, ließ er die Lichter an.

Die nächsten paar Tage war er zu beschäftigt, um an Geister oder Schlafwandeln zu denken oder auch nur an freie Abende in der Stadt, wie er sie sich vorgenommen hatte. Der von ihm beauftragte Elektriker und der Installateur legten sich mit ihren Leuten tüchtig ins Zeug. Für Geister war das Haus zu laut und von zu vielen Menschen bevölkert.

Frank und Frankie, offene Leute mit fleischigen Schultern und schmutzfarbenem Haar, stapften durch den Garten und gaben dabei Geräusche von sich, die sich sowohl als Zustimmung oder Abscheu auslegen ließen. Little Frankie schien der Kopf des Unternehmens zu sein und machte Declan nach einstündiger Begutachtung ein Angebot für das Auslichten von Unterholz und die Beseitigung von Unkraut. Obwohl er sich fragte, ob sie etwa vorhatten, mit dem Profit dieses Auftrags ihren Ruhestand zu finanzieren, hatte er doch genügend Vertrauen in Remy und gab ihnen den Job.

Sie kamen mit Schaufeln, Spitzhacken und kilometerlangen Heckenscheren an. Vom Esszimmer aus, in dem Declan arbeitete, konnte er den trägen Singsang ihrer Stimmen und gelegentlich einen dumpfen Aufprall hören, wenn etwas umkippte.

Ein Blick nach draußen zeigte ihm, dass sich das Gewirr lichtete.

Der Stuckateur, den Miss Odette ihm geschickt hatte, war ein zaundürrer Schwarzer namens Tibald, dessen Urgroßpapa, wie Declan erfuhr, einst Landarbeiter bei den Manets gewesen war.

Bei ihrer Runde durchs Haus kritzelte Tibald alles auf einen winzigen Notizblock mit Eselsohren. Als sie den Ballsaal erreichten, richtete Tibald traumverloren seinen Blick zur Decke.

»Ich denke immer, ich habe ein Bild von etwas im Kopf, das es gar nicht gibt«, staunte er. »Und ich glaube nicht, dass ich mich jemals an den Anblick solcher Arbeit gewöhne.«

»Dann sind Sie schon einmal hier gewesen.«

»Ja. Die Rudickers haben mich ein Angebot für Stuckarbeit machen lassen. Das waren die Leute, von denen Sie Manet Hall gekauft haben. Die Rudickers hatten großartige, gute Ideen.

Aber sie machten nicht viel daraus. Egal, sie nahmen jemanden aus Savannah. Habe ich mir sagen lassen.«

»Warum?«

Tibald lächelte unverwandt zur Decke hoch. »Sie hatten diese großartigen, schönen Vorstellungen, glaubten aber nicht, dass Einheimische ihnen zum Leben verhelfen konnten. Bildeten sich wohl ein, der Glanz würde umso strahlender, je mehr Geld sie ausgäben. Falls Sie wissen, was ich meine.«

»Ja. Ich sehe das anders, wenn man Einheimische anheuert, bekommt man sehr wahrscheinlich eher Leute, die sich für die Sache einsetzen. Können Sie diese Art von Arbeit reparieren und kopieren?«

»Ich habe im Harvest House unten an der River Road Stuckarbeiten gemacht. Draußen in meinem Transporter habe ich Bilder davon, als eine Art Referenz. Vielleicht möchten Sie ja einen Blick darauf werfen oder sich das Harvest House ansehen, damit Sie einen Eindruck gewinnen. Man macht dort Führungen und hält Kulturveranstaltungen ab. Außerdem habe ich noch in New Orleans, in Baton Rouge und Metairie gearbeitet. Ich kann Ihnen die Namen geben.«

»Lassen Sie uns die Bilder anschauen.«

Ein Blick auf die Vorher-Nachher-Fotos von den verschiedensten Simsen, Wänden, Medaillons bewiesen Declan, dass dieser Mann ein Künstler war. Der Form halber erbat er sich ein Angebot. Tibald versprach, eins bis zum Ende der Woche aufzusetzen, und reichte Declan die Hand.

»Ich muss zugeben, dass ich an diesen Ballsaal gern Hand anlegen würde.« Tibald warf einen Blick zurück aufs Haus. »Wollen Sie auch den dritten Stock in Angriff nehmen?«

»Eventuell.«

»Vielleicht möchten Sie sich mal mit meiner Schwester Lucy unterhalten. Sie reinigt Häuser.«

»Bis ich eine Haushälterin brauche, ist noch lange hin.«

Tibald lachte und zog eine Packung Big-Red-Kaugummi aus

der Tasche. »Nein, Sir, diese Art von Reinigung meine ich nicht.« Er bot Declan einen Streifen an, ehe er sich selbst einen nahm, in der Mitte zusammenfaltete und dann in den Mund steckte. »Reinigung von Geistern. Sie haben ein paar starke Geister hier im Haus.« Er kaute nachdenklich. »Vor allem im dritten Stock.«

»Woher wissen Sie das?«

»Hab ein Atmen im Nacken gespürt. Sie nicht? Als die Rudickers hier zugange waren, haben sie zwei Arbeiter verloren. Diese Männer sind einfach verduftet und davongelaufen. Sind nie zurückgekommen. Das könnte auch einer der Gründe sein, weshalb sie sich weiter entfernt nach Arbeitskräften umgesehen haben.«

Achselzuckend kaute Tibald seinen Big Red. »Könnte auch der Grund sein, weshalb sie ihre großartigen, schönen Ideen nie zu Ende führten.«

»Wissen Sie denn, was im dritten Stock passiert ist?«

»Nein. Ich weiß auch nicht, ob das überhaupt jemand weiß. Aber ich kenne einige, die da nicht raufgehen würden, egal wie viel Sie ihnen zahlen. Wenn irgendwelche Gipsarbeiten im dritten Stock anstehen, sollten Sie sich zuerst an meine Schwester Lucy wenden.«

Beide wandten sich um, als sie ein Auto die Einfahrt hochkommen hörten. »Das ist Miss Lenas Auto und sie hat Miss Odette dabei.« Tibalds grinste übers ganze Gesicht, als der alte MG neben seinem Transporter anhielt.

»Einen schönen Nachmittag, die Damen.« Tibald ging an die Beifahrerseite, um Miss Odette die Tür zu öffnen. »Alles klar?«

»Alles bestens, Tibald. Wie geht es Ihrer Familie?«

»Wir können nicht klagen.«

Declan hielt Lena die Tür auf, als sie ausstieg. In ihren Jeans, zu denen sie eine Bluse in der Farbe von geschliffenem Türkis trug, sah sie faszinierend aus. »Meine Großmama fand es an der Zeit, einen Besuch abzustatten.« Sie musterte die Einfahrt und registrierte die zahlreichen Pick-ups. »Was hast du gemacht, *cher*? Eine Armee angeheuert?«

»Nur ein Bataillon.« Sie duftete nach Jasmin, fand er. Sie duftete nach Nacht. Er musste sich auf die grundlegenden Umgangsformen konzentrieren und seinen Kaugummi runterschlucken. »Darf ich dich zu einer Führung einladen?«

»Hm. Gleich. Richten Sie Mazie bitte einen Gruß von mir aus, Tibald?«

»Mache ich. Bin schon unterwegs. Sie kriegen das Angebot, Mr. Fitzgerald.«

»Declan. Ich freue mich drauf. Miss Odette.« Declan nahm ihre Hand, als Tibald in seinen Transporter kletterte. Sie trug ein Baumwollkleid in der Farbe reifer Kürbisse und gegen die Winterkälte einen dunkelgrünen Pullover. Auch heute trug sie die dazu passenden Socken.

Sie duftete nach Lavendel und klimperte mit ihren Ketten und Armreifen. Alles an ihr wirkte beruhigend auf ihn. »Willkommen auf Manet Hall. In seinem momentanen Zustand.«

Odette blinzelte Lena zu, als Declan ihr die Hand küsste. »Wir werden es ansehen, wenn wir hier draußen fertig sind. Wie ich gehört habe, haben Sie Big Frank und Little Frankie angeheuert«, sagte sie und nickte in Richtung ihres Pick-ups. »Wie schätzen Sie ihre Arbeit ein?«

»Sie scheinen sie gut zu machen. Ich weiß nur nicht, wie.« Die Daumen in seinen Gürtelschlaufen, studierte er den Flickenteppich von einem Vorgarten. »Ich sehe sie eigentlich nie tatsächlich arbeiten, aber kaum habe ich einmal geblinzelt, sind wieder ein paar Lastwagenladungen Unterholz weg. Wollen Sie mit mir einen Spaziergang durchs Gelände machen?«

»Ich schon. Lena-Schatz, hol doch mal die Geisterflaschen aus dem Kofferraum. Für den Anfang hängen wir sie mal hier an diese Steineichen.«

»Geisterflaschen?«

»Um die bösen Geister fern zu halten.« Lena fing an, die halb mit Wasser gefüllten Flaschen auszuladen.

»Sollte ich mir wegen böser Geister Sorgen machen?«, erkundigte sich Declan.

»Nur ein bisschen vorbeugen.« Miss Odette nahm sich zwei und ging auf die Bäume zu.

»Geisterflaschen«, meldete Declan und hob eine davon hoch. Er hatte sie vor dem Bayou-Haus hängen sehen. »Aber wie funktionieren sie?«

»Das ist ein alter Voodoo-Zauber«, erklärte ihm Lena. »Die bösen Geister werden durch das klirrende Geräusch, das von ihnen ausgeht, abgeschreckt.«

Um es auszuprobieren, ließ er zwei aneinander klingen. Ein schöner Ton, fand er, und gar nicht besonders unheimlich. »Du glaubst an Voodoo?«

»Ich glaube an dieses Quäntchen Vorbeugung.« Schmal und kurvenreich spazierte sie los, um sich ihrer Großmutter anzuschließen.

Ob nun Voodoo oder Glasflaschen, ihm gefiel der Anblick, als sie dort von den Bäumen hingen. Und als er erneut zwei gegeneinander klingen ließ, gefiel ihm auch dieser Ton.

Fast eine Stunde lang dauerte es, bis sie ihren Rundgang ums Haus geschafft hatten, denn es wurde mit den Landschaftsgärtnern geplaudert, sich nach der Familie erkundigt, über das Wetter spekuliert, bis man dann am Rande auf den Garten zu sprechen kam.

Als Declan sie endlich in der Küche hatte, stemmte Odette die Fäuste in die Hüften und nickte. »Das ist eine schöne Farbe, wie die Kruste eines ordentlich gebackenen Teigs. Die meisten Männer kennen nichts anderes als Weiß. Das hier betont den schönen Kiefernholzboden.«

»Nächste Woche werde ich mit den Schränken fertig sein und sie anbringen können.« Er deutete auf das Esszimmer. »Ich habe mich auch hier für Kiefer entschieden. Mit Glasfronten.«

Mit geschürzten Lippen trat Odette ein und strich mit der Hand über einen Schrank. »Schöne Arbeit, Declan. Sie haben Talent.«

»Danke.«

»Und es macht Sie glücklich.«

»Das auf jeden Fall. Möchten Sie sich auch den Salon ansehen? Ich habe dort einen Tisch stehen. Wir könnten Tee trinken.« Er blickte zur Decke, als oben etwas Schweres zu Boden fiel. »Entschuldigen Sie den Lärm.«

»Arbeit ist selten eine ruhige Angelegenheit. Lena und ich werden uns einfach umsehen, wenn es Ihnen nichts ausmacht. Wir finden den Salon.«

»Sie können ihn nicht verfehlen. Es ist der einzige Raum, in dem ein Tisch steht.«

»Er ist ein sehr netter junger Mann«, bemerkte Odette, als sie und Lena das Esszimmer verließen.

»Das ist er.«

»Sieht auch gut aus.«

»Sehr gut.«

»Und er ist für dich entbrannt, *chère*.«

Jetzt lachte Lena. »Das ist er.«

»Und wie wirst du damit umgehen?«

»Ich bin noch am Überlegen. Mein Gott, was für ein Prachtbau.« Lena strich mit ihrer Hand über eine Wand. »Türen so breit, dass man mit einem Auto durchfahren könnte. Man könnte heulen, wenn man sieht, wie alles vernachlässigt wurde.«

»Vernachlässigt? Ich weiß nicht. Mir scheint, es hat einfach gewartet. Ist das nicht wieder typisch Mann«, meinte Miss Odette, als sie den Salon betraten. »Hat sich mit einem Tisch und zwei Stühlen eingerichtet. Doch ich möchte wetten, er hat sich, seit er hier ist, noch keine einzige Mahlzeit gekocht.«

Lena schob eine Braue nach oben. »Du wirst doch jetzt in mir kein Mitleid für ihn erwecken wollen, Großmama, damit ich ihm was zu essen bereite.« Belustigt trat Lena ans Fenster. »Die Aussicht von hier ist wunderschön. Stell dir vor, wie das von hier aus zu den Glanzzeiten des Hauses ausgesehen haben mag. Pferde, die die Allee entlanggeritten kommen und jene lustigen alten Autos, die über die Einfahrt rumpeln.«

»Es wird alles wieder schön werden. Aber es braucht eine Frau dazu – genau wie dieser Junge eine braucht.«

Lena spielte mit dem kleinen Schlüssel, den sie als Anhänger um den Hals trug. »Ich sagte, ich überlege noch. Frostig ist es hier drin«, fügte sie hinzu. »Da müsste mal ein Feuer angezündet werden.«

»Ich schichte eins auf«, bot Declan an, als er mit einem Krug Tee, der zu lange gezogen hatte, und Plastiktassen hereinkam.

6

Es war eine schöne Stunde gewesen, fand Declan. Und, abgesehen von Remy und Effie, seine ersten Gäste.

Er hatte sich über ihren Besuch gefreut, über die Anwesenheit von Frauen in seinem Salon mit dem munter prasselnden Feuer und der späten Nachmittagssonne, die sich durch den Staub auf den Fensterscheiben kämpfte.

»Ich werde wiederkommen«, versprach Odette, »um mir Ihre Küche anzusehen, wenn sie fertig ist.«

»Ich hoffe, dass Sie noch oft kommen. Es würde mich freuen, Ihnen auch den Rest des Hauses zu zeigen.«

»Gehen Sie nur und zeigen Sie es Lena. Ich werde jetzt nach Hause laufen.«

»Ich bring dich nach Hause, Großmama.«

»Nein, du bleibst noch eine Weile hier.« Das sagte sie zwar beiläufig, aber doch mit einem verschlagenen Blick in ihren Augen. »Ich möchte meine Beine bewegen, dann wird es Zeit für meinen gesunden Schlaf.« Als sie aufstehen wollte, sprang Declan auf und bot ihre seine Hand an. Sie quittierte das mit einem Lächeln. »Sie haben wirklich gute Manieren. Kommen Sie zu mir auf Besuch, wenn Sie nicht allzu beschäftigt sind. Dann koche ich Ihnen eine *sauce patate* – einen Kartoffelauflauf –, ehe Sie so dürr werden, dass Ihnen die Kleider von den Knochen rutschen.«

»Ich habe die Telefone wieder anschließen lassen.« Er kramte in seiner Tasche nach einem Fetzen Papier, holte aus seiner Hemdtasche einen Bleistift und schrieb seine Nummer auf. »Falls Sie was brauchen, rufen Sie einfach an.«

»Ja, wirklich sehr gute Manieren.« Sie bot ihm ihre Wange zum Kuss dar. Als er sie zur Tür begleitete, bedeutete sie ihm, sich zu ihr herunterzubeugen. »Es gefällt mir, dass Sie so für meine Lena entflammen. Sie gehen fürsorglich mit ihr um, das tun die wenigsten.«

»Ist das etwa Ihre Art, mir beizubringen, dass ich bei Ihnen keine Chance habe, Miss Odette?«

Sie lachte und tätschelte ihm die Wange. »Oh. Wenn ich dreißig Jahre jünger wäre, dann müsste sie sich abstrampeln. Jetzt gehen Sie schon, und zeigen Sie ihr Ihr Haus.«

Er beobachtete sie, wie sie an den Bäumen mit den baumelnden Geisterflaschen vorbeiging.

»Ich mag meine Großmama«, sagte Lena von der Salontür aus.

»Ich bin vernarrt in sie. Sie ist wunderbar. Hör mal, das ist aber ein weiter Weg bis zu ihr nach Hause. Du solltest –«

»Wenn sie zu Fuß gehen will, geht sie Fuß. Man kann ihr nichts ausreden.« Sie ging zur Eingangstür und stellte sich neben ihn. »Sieh doch, da kommt Rufus, um sie nach Hause zu begleiten. Wenn es um sie geht, reagiert der Hund wie ein Radargerät, das schwöre ich.«

»Ich habe gehofft, er würde mal hierher kommen.« Er wandte sich an Lena. »Und dich mitbringen. An zwei Abenden dieser Woche war ich kurz davor, zu dir in die Bar zu gehen, habe es mir aber wieder ausgeredet.«

»Warum das denn?«

»Einerseits Hartnäckigkeit und dann wollte ich nicht den Eindruck erwecken, mich anzupirschen.« Er griff in ihr Haar und zwirbelte eine Strähne um seinen Finger. »Ich dachte mir, wenn ich es aushielte, bis du hier auftauchst, würdest du das nicht als Zudringlichkeit empfinden.«

»Wenn ich möchte, dass ein Mann das Weite sucht, dann sage ich ihm das auch.«

»Tun die Männer immer, was du ihnen sagst?«

Ihre Lippen verzogen sich zu jenem Katzenlächeln, das in ihm den Wunsch auslöste, an dem kleinen schwarzen Muttermal zu lecken. »Meistens. Zeigst du mir jetzt dein großes Haus, *cher*?«

»Ja.« Er umfing ihr Kinn mit seiner Hand und küsste sie. »Aber gewiss. Übrigens.« Dabei nahm er sie an der Hand, als er sie zur Treppe führte. »Ich habe Miss Odettes ausdrückliche Erlaubnis, dich zu entflammen.«

»Mir scheint, da brauchst du eher meine Erlaubnis, und nicht ihre.«

»Ich habe vor, dich so zu bezirzen, dass wir gleich hier bei dieser Stufe zu Boden gehen. Eine fabelhafte Treppe, nicht wahr?«

»Das ist sie.« Sie ließ einen rot lackierten Finger über das Geländer gleiten. »Wirklich großartig, dein Zuhause, Declan. Und nach dem zu urteilen, was ich bisher gesehen habe, bist du überhaupt kein reicher Anwalt.«

»Ex-Anwalt. Aber ich kann dir nicht folgen.«

»Hast du genug, um diesen Bau wieder herzurichten, ihn zu unterhalten – du hast doch vor, ihn zu behalten?«

»Ja, das habe ich.«

»Dann bist du nicht reich. Dann bist du mehr als reich. Du bist vermögend. Ist das so?«

»Nun, Geld ist kein Problem. Aber Glück lässt sich damit auch nicht kaufen.«

Sie hielt auf dem Treppenabsatz inne und lachte. »Ach, *cher*, wenn du das glaubst, dann weißt du nur nicht, wo du kaufen musst.«

»Du kannst mir jederzeit helfen, es auszugeben.«

»Vielleicht.« Sie ließ ihren Blick entlang des Geländers bis hinunter in das große Foyer schweifen. »Irgendwann wirst du Möbel brauchen. Ich kenne da ein paar Läden.«

»Du hast einen Cousin?«

»Ein oder zwei.« Sie zog die Braue hoch, weil vom Ende des langen Flurs Lärm und Fluchen zu hören war.

»Der Installateur«, erklärte Declan. »Ich habe ihn im großen Badezimmer anfangen lassen. Es war … na ja, eine Peinlichkeit in Avocadogrün. Falls du jemanden kennst, der wirklich hässliche Badezimmerausstattungen sammelt, lass es mich wissen.«

Er wollte sie gerade von der Tür des Raumes wegführen, den er für sich jetzt als sein Geisterzimmer ansah. Aber sie drehte am Knauf und öffnete sie. Declan ertappte sich dabei, dass er den Atem anhielt, als sie eintrat.

»Kalt hier drinnen.« Sie schlang die Arme um den Oberkörper, doch das Zittern hörte nicht auf. »Du solltest versuchen, die Tapete zu retten. Es ist ein hübsches Muster. Veilchen und Rosenknospen.«

Sie war schon auf halbem Weg zur Galerietür, als sie stehen blieb und aus dem Zittern ein Schaudern wurde. Sie fühlte sich von Trauer durchdrungen. »Es ist ein trauriges Zimmer, nicht wahr? Es braucht Licht. Und Leben.«

»Hier wohnt ein Geist. Eine Frau. Ich glaube, sie ist hier umgebracht worden.«

»Glaubst du?« Sie wandte sich ihm wieder zu. Ihr Gesicht war ein wenig blass, die Augen größer als sonst. »Es vermittelt keine … Gewalttätigkeit. Nur Traurigkeit. Leere und Traurigkeit.«

Ihre Stimme war schwer geworden. Ohne zu überlegen, ging er hinein, ging zu ihr. »Ist alles in Ordnung mit dir?«

»Mir ist nur kalt.«

Er streckte die Hände nach ihr aus, um ihr die Arme zu reiben, und bei diesem Kontakt traf es ihn wie ein kurzer Schlag.

Mit einem halbherzigen Lachen trat sie einen Schritt zurück. »Ich glaube nicht, dass Großmama das mit Entflammen gemeint hat, *cher*.«

»Es ist dieses Zimmer. Mit diesem Zimmer stimmt was nicht.«

»Geister machen mir keine Angst. Und dir sollten sie auch keine Angst machen. Sie können dir nichts antun.« Aber sie ging zur Tür und hatte Mühe, ihre Schritte nicht zu beschleunigen.

Sie sah sich auch die anderen Schlafzimmer an, empfand aber nirgendwo diese Trauer, diese Furcht, diese abgrundtiefe Einsamkeit, die sie aus dem ersten getrieben hatte.

An der Tür zu Declans Schlafzimmer lächelte sie. »Nur nichts überstürzen. Aber Geschmack hast du, *cher*.« Sie steckte ihren Kopf ins Badezimmer, wo die Arbeiter mit den kaputten Kacheln klapperten und fluchten. »Was man von demjenigen, der dieses Badezimmer zu verantworten hat, nicht gerade behaupten kann. Bist du das, Tripadoe? Wenn deine Mutter wüsste, was du im Munde führst.«

Sie stützte sich auf den Türknauf und schwatzte ein paar Minuten mit den Installateuren. Declan stand hinter ihr und betrachtete sie nur.

Einfach pathetisch, rügte er sich. Diese hündische Schwärmerei, die er entwickelt hatte.

Doch als sie ihm über ihre Schulter einen Blick zuwarf, durchzuckte es ihn bis zu den Fußsohlen.

»Ich sollte dir den Ballsaal zeigen. Das wird einmal das Schmuckstück.«

»Au ja, den möchte ich gerne sehen.« Doch als sie aufbrachen, deutete sie auf die Treppe. »Was ist da oben?«

»Noch mehr leere Zimmer. Speicher und ein paar der Dienstbotenkammern.«

»Komm, lass uns raufgehen.«

»Da gibt's nichts Besonderes zu sehen.« Er wollte ihre Hand packen, aber sie stieg bereits nach oben.

»Kommt man von hier auch auf den Belvedere?«, fragte sie. »Den habe ich mir oft angeschaut und mir vorgestellt, da oben zu stehen.«

»Es ist einfacher vom – nein, nicht!«

Sein strenger Befehl ließ ihre Hand auf dem matt gewordenen Messingknauf des Kinderzimmers erstarren. »Stimmt was nicht? Hältst du drinnen eine Frau in Ketten? Hast wohl all deine Geheimnisse da drin weggesperrt, *cher*?«

»Nein, es ist nur…« Er spürte, wie die Angst in ihm hochkam und ihm in der Kehle brannte. »Mit diesem Zimmer stimmt was nicht.«

»Mit den meisten stimmt was nicht«, erwiderte sie und öffnete die Tür.

Er hatte Recht. Schlagartig überkam sie das Gefühl von Trauer und Verlust und Einsamkeit. Sie sah Wände und den Fußboden und Fenster, Staub und Vernachlässigung. Und glaubte, ihr bräche das Herz.

Wie Atem wehte eisige Kälte über ihre Haut und strich wie Finger durch ihr Haar.

»Es ist das Zentrum«, erklärte sie, obwohl sie sich keinesfalls sicher war, was sie damit meinte oder woher sie es wusste. »Kannst du das spüren? Spürst du es?«

Er stand schwankend im Türrahmen. Im Versuch sich dagegen aufzulehnen, grub er seine Finger in den Türpfosten. Diese Angst, die sich wie Messer in seine Knochen bohrte, war übertrieben. Es war sein Haus, sagte er sich verbissen. Sein gottverdammtes Haus. Er machte einen Schritt hinein, dann einen zweiten.

Der Raum drehte sich. Er hörte einen Schrei, sah Lenas Gesicht, die Panik, die sich darin breit machte. Er glaubte zu sehen, wie ihr Mund sich bewegte, seinen Namen formte. Dann wurde ihm schwarz vor Augen, weiße Flecken tanzten durch den Nebel.

»Declan, komm jetzt, *cher*. Komm, Liebster.«

Jemand streichelte ihm sein Haar, sein Gesicht. Er spürte Lippen, die die seinen streiften. Er versuchte die Augen zu öffnen, aber da alles verschwommen war, schloss er sie einfach wieder.

»Nein, das darfst du nicht.« Mit zittrigen Händen klopfte sie ihm leicht auf die Wangen. Gleich nachdem ihm alle Farbe aus dem Gesicht gewichen und von seinen Augäpfeln nur noch das Weiße zu sehen gewesen war, hatte es ihn umgehauen wie einen von der Axt gefällten Baum. »Mach die Augen auf.«

»Was ist denn passiert, um Himmels willen?«

»Du bist ohnmächtig geworden.«

Jetzt schlug er die Augen auf und konzentrierte sich auf ihr Gesicht. Verlegenheit rang mit einem leichten Schwindelgefühl um die Oberhand. »Entschuldige bitte, Männer werden nicht ohnmächtig. Gelegentlich kann es vorkommen, dass wir zusammenbrechen oder das Bewusstsein verlieren. Aber ohnmächtig werden wir nicht.«

Sie stieß einen Seufzer der Erleichterung aus. Er hätte sich seinen Kopf aufschlagen können, ging es ihr durch den Kopf, aber er war wieder zu sich gekommen und hatte seine fünf Sinne noch beieinander. »Verzeihung, du bist zusammengebrochen. Auf der Stelle. Und bist so hart aufgeschlagen, dass du froh sein kannst, deinen Kopf noch dran zu haben.« Sie beugte sich wieder zu ihm hinab und streifte mit ihren Lippen seine blutende Schramme auf der Stirn. »Du wirst einen Bluterguss bekommen, *bébé*. Ich konnte dich nicht auffangen. Vermutlich hättest du uns dann beide zu Boden gerissen.«

Es war ihr gelungen, ihn umzudrehen, und jetzt streichelten ihre Finger seine blassen Wangen. »Brichst du oft zusammen?«

»Für gewöhnlich muss ich mich erst bis zur Besinnungslosigkeit betrinken, und das habe ich seit Collegezeiten nicht mehr getan. Weißt du, auf die Gefahr hin, mich binnen weniger Minuten gleich zwei Mal zu blamieren, muss ich jetzt doch unbedingt sofort raus aus diesem Zimmer.«

»Ist gut. Machen wir. Kannst du aufstehen? Ich glaube kaum, dass ich dich hochziehen kann, *cher*. Du bist ein ziemlich großer Junge.«

»Ja.« Er kam auf die Knie und versuchte Atem zu holen, bekam aber keine Luft. Es war, als hätte ein Sattelschlepper auf seiner Brust geparkt, und holpernd versuchte sein Herz seinen Rhythmus wiederzufinden. Er kam taumelnd auf die Beine und stolperte.

Lena schlang einen Arm um seine Taille und versuchte ihm so viel seines Gewichts abzunehmen, wie ihr möglich war. »Ein Schritt, zwei Schritte. Wir gehen jetzt sofort nach unten, damit du dich hinlegen kannst.«

»Ist schon gut. Ich werd schon wieder.« Ihm sirrten die Ohren. Sobald er aus dem Zimmer trat, steuerte er auf die Treppe zu, sank dort nieder und nahm den Kopf zwischen die Knie. »Jesus.«

»Ist ja gut, Liebster.« Sie streichelte ihm das Haar.

»Mach bitte diese Tür zu. Mach sie einfach zu.«

Sie eilte zurück und ließ sie ins Schloss fallen. »Wenn du wieder zu Atem gekommen bist, bringen wir dich runter und ins Bett.«

»Das von dir zu hören, habe ich mir gewünscht, seit ich dich das erste Mal gesehen habe.«

Die Verkrampfung in ihrem Bauch ließ ein wenig nach. »Offenbar kommst du wieder zu dir?«

»Es geht schon besser.« Er bekam wieder Luft und der Schwindel ließ nach. »Jetzt muss ich nur noch jemanden verprügeln oder ein kleines Säugetier erlegen, um meine Männlichkeit wiederherzustellen.«

»Zeig mal dein Gesicht.« Sie drückte seinen Kopf nach hinten und untersuchte ihn. »Noch ein bisschen blass, aber du hast schon wieder Farbe bekommen. Ich wette, dass Großmama Recht hat. Du isst nicht. Was hast du heute gegessen, *cher*?«

»Weizenkeime. Das Frühstück der Champions.« Er schaffte ein mattes Lächeln. »Scheint nicht funktioniert zu haben.«

»Ich werde dir ein Sandwich zurechtmachen.«

»Wirklich?« Das bloße Vergnügen dieser Vorstellung belebte ihn. »Du wirst für mich kochen?«

»Ein Sandwich zu machen ist nicht kochen.«

»In meiner Welt aber schon. Lena, dieses Zimmer …«

»Wir reden darüber – wenn du etwas im Magen hast.«

Die Vorräte waren dürftig. Nach einem Blick in den Kühlschrank aus zweiter Hand, der zurzeit das Esszimmer zierte, bedachte Lena Declan mit einem langen Blick voller Mitleid. »Wie alt bist du? Zwölf?«

»Ich bin ein Junge«, erwiderte er achselzuckend. »Was die Wahl der Lebensmittel angeht, werden wir Jungs nie erwachsen. Ich habe Erdnussbutter zu diesem Gelee.« Er sah sich im Zimmer um. »Irgendwo.«

Er hatte auch eine einsame Scheibe Schinken, zwei Eier, ein Stück anämisch aussehenden Käse und ein halbe Tüte fertiger Salatmischung. »Sieht so aus, als würde ich doch noch für dich kochen. Wo ist der Herd?«

»Gleich hier.« Er tippte auf die Oberfläche einer Mikrowelle.

»Na ja, wir werden es schon hinkriegen. Schüssel? Messer? Gabel?«

»Ah …« Er wühlte sich durch die Schachtel seiner derzeitigen Küchenutensilien und kam mit seinem Plastikbesteck an.

»Schätzchen, das ist nur noch traurig. Setz dich und Lena kümmert sich um dich. Dieses eine Mal«, fügte sie hinzu.

Er hockte sich auf einen Sägebock und sah zu, wie sie Eier aufschlug, Schinken und Käse hineinschnitt und darüber ein wenig aus der Salattüte verteilte.

»Hast du irgendwelche Kräuter, *cher*? Ein paar Gewürze?«

»Ich habe Salz und Pfeffer. Und darauf kommt es schließlich

an«, murmelte er, als sie seufzte. »Eroberer haben auf der Suche nach Salz ganze Kontinente entdeckt.«

»Ihr habt daheim wohl eine Köchin gehabt?«

»Ja. Wieso?«

»Und wie hast du dich ernährt, als du ausgezogen und auf dich allein gestellt warst?«

»Speisen zum Mitnehmen, Lieferungen ins Haus und Mikrowelle. Solange es diese drei Dinge gibt, braucht kein Mann zu hungern.«

Sie stellte die Schüssel in die Mikrowelle, programmierte sie und wandte sich ihm dann wieder zu. »Wenn du hier draußen wohnst, solltest du dir am besten wieder eine Köchin einstellen.«

»Wie viel verlangst du?«

»Du bist ein echter Spaßvogel, Declan.« Er hatte seine Farbe zurückbekommen, die Augen waren wieder klar. Der Knoten in ihrem Bauch löste sich. »Wie kommt es, dass du keine Frau hast?«

»Ich hatte eine, aber es stellte sich heraus, dass ich sie eigentlich gar nicht richtig wollte.«

»So?« Sie machte das Gerät auf, als es piepte, rührte die Eimischung durch und programmierte es erneut. »Was ist passiert?«

»Hat Remy dir das nicht erzählt?«

»Er erzählt mir nicht alles.«

»Ich war verlobt. Aber ich Schuft habe das Ganze drei Wochen vor der Hochzeit abgeblasen. In Boston verfluchen mich noch jede Menge Leute.«

Er versucht es scherzhaft darzustellen, dachte sie, schaffte es aber nicht ganz. »Ist das der Grund, weshalb du weggegangen bist?«

»Nein, ich habe dadurch gemerkt, dass ich weggehen kann.«

»Du hast sie nicht geliebt.«

»Nein, ich habe sie nicht geliebt.«

»Das zu sagen macht dich traurig.« Sie holte die Schüssel heraus, nahm eine neue Plastikgabel und reichte sie ihm. Sie bemerkte, dass seine Augen zornig waren. Vor Bedauern. »Hat sie dich geliebt?«

»Nein. Wir waren ein attraktives Paar. Wir waren aneinander gewöhnt. Sie glaubte, wir wollten das Gleiche.«

»Aber dem war nicht so.«

»Nein, wir haben nie das Gleiche gewollt. Und je näher der Tag X rückte, umso mehr sah ich mein Leben … sich verengen, bis ich nur noch in eine winzige Ecke gepresst war. Kein Raum, keine Luft. Kein Licht. Mir wurde klar, dass die Aussicht, Jessica zu heiraten, bei mir dieselben Gefühle auslöste wie die Ausübung meines Berufs als Anwalt für Körperschaftsrecht. Und ich kam zu dem Schluss, dass ich, wenn so der Rest meines Lebens aussehen sollte, genauso gut von einer Brücke springen – oder aus dieser Ecke herauskommen konnte, solange ich dazu noch die Gelegenheit hatte.

Sie strich ihm das Haar aus der Stirn. »Es war jedenfalls tapferer wegzugehen als zu springen.«

»Möglich. Das schmeckt gut«, sagte er und schaufelte sich noch mehr Rührei auf die Gabel. »Und warum hast du keinen Mann?«

Sie warf den Kopf in den Nacken. »Wer sagt denn, dass ich keinen habe?«

Er packte ihre Hand, ehe sie sich abwenden konnte. »Ich muss wissen, ob du einen hast.«

Sie senkte ihren Blick hinunter auf seine Hand, dann sah sie ihn wieder an. »Und weshalb?«

»Weil ich ständig an dich denken muss. Du hast dich in meinem Kopf und unter meiner Haut eingenistet, und ich werde dich nicht los. Weil mein Herz jedes Mal, wenn ich dich sehe, einen Sprung macht.«

»Das kannst du gut. Dinge sagen, die eine Frau aufwühlen.« Wenn's nur das wäre, dachte sie. Wenn alles nur darauf hinausliefe, dass er sie aufwühlte, dann hätte sie sich entspannt zwischen diese langen Beine gelegt und ihrer beider Hunger gestillt. Aber sie hatte es hier mit keinem unkomplizierten Mann zu tun.

Das Zusammensein mit ihm würde anstrengend sein.

»Iss deine Eier«, befahl sie ihm und befreite ihre Hand aus seiner. »Warum fängst du eigentlich mit der Küche an, wenn du doch nur Erdnussbutter isst und keinen einzigen Teller dein Eigen nennst?«

»Ich habe Teller, aber die sind nicht zum Gebrauch bestimmt. Die Küche ist das Herz des Hauses. Das war auch in meinem Elternhaus so – diesem großen, wunderbaren Haus mit den großen, wunderbaren Räumen. Wir hatten eine Köchin, aber wenn es eine Krisensitzung oder was zu feiern gab oder einfach etwas besprochen werden musste, landeten wir immer in der Küche. Vermutlich will ich das hier ebenfalls so haben.«

»Das klingt gut.« Sie lehnte sich an einen Schrank und studierte ihn. »Möchtest du Sex mit mir haben, *cher*?«

Sein Puls schoss nach oben, aber er schaffte es doch, leichtfüßig vom Sägebock zu springen. »Aber ja. Lass mich nur eben noch den Klempner rauswerfen.« Er liebte ihr Lachen. »Ach, das sollte also keine Aufforderung für sofort sein. Das war dann wohl die falsche – oder war's die richtige – Fragestellung. Mal nachprüfen.« Er legte seine Finger an sein Handgelenk. »Ja, ich lebe noch, also stimmt die Antwort.«

Sie schüttelte den Kopf, nahm ihm die leere Schüssel ab und warf sie in die Kiste, in der er seinen Müll sammelte. »Du bist ein interessanter Mann, Declan. Und ich mag dich.«

»Puh. Warte einen Moment.« Er sah sich um und hob den Schraubenzieher auf, der auf einem Brett lag. »Hier nimm«, sagte er und reichte ihn ihr.

»Und wofür soll der sein?«

»Damit du ihn mir ins Herz jagen kannst, falls das heißen soll, du möchtest nur mit mir befreundet sein.«

»Ich wette, Jessica ohrfeigt sich nach wie vor dafür, zugelassen zu haben, dass du dich davonstiehlst. Ich möchte mit dir befreundet sein.« Sie drehte den Schraubenzieher in ihrer Hand hin und her, dann legte sie ihn weg. »Aber ich weiß noch nicht, ob ich mehr als nur mit dir befreundet sein will. Ich muss darüber weiter nachdenken.«

»In Ordnung.« Er nahm ihre Arme und strich mit seinen Händen hoch bis zu ihren Schultern. »Dann denk nach.«

Sie versuchte nicht, sich ihm zu entziehen, sondern hob ihr Gesicht, damit ihre Lippen sich begegnen konnten. Sie liebte den fließenden Übergang von Warm zu Heiß, die flüssige Bewegung eines Mannes, der sich Zeit ließ.

Sie wußte, was Lust war. Die des Mannes. Ihre eigene. Und sie wusste, dass sie manchmal nur durch ein rasches, heißes Kopulieren im Dunkeln gestillt werden konnte.

Von Zeit zu Zeit befriedigte sie ihre auf genau diese Weise.

Hier ging es um mehr, es war ein fast sehnsüchtiges Verlangen. Und ein solch sehnsüchtiges Verlangen konnte, selbst wenn es befriedigt wurde, einen Schmerz zurücklassen, den die Lust nicht kannte.

Dennoch konnte sie nicht widerstehen, ihre Hände an sein Gesicht zu legen und den Kuss in die Länge zu ziehen.

Ganz tief in ihr seufzte etwas.

»Angelina.«

Flüsternd sagte er ihren Namen, als er den Winkel des Kusses veränderte. Ihn verstärkte. Tausend Warnungen blinkten durch ihren Kopf und wurden nicht beachtet. Sie lieferte sich für einen gefährlichen Augenblick der Hitze aus und dem, was sie jetzt brauchte. Gab sich dem sehnsüchtigen Verlangen hin.

Dann entzog sie sich dem allem. »Das ist schon was, worüber nachzudenken sich lohnt.«

Als er versuchen wollte, sie wieder in seine Arme zu ziehen, drückte sie sich mit der Hand von seiner Brust ab. »Ganz ruhig, *cher*.« Dabei schenkte sie ihm ein zartes, schläfriges Lächeln. »Du hast mich für diesen einen Tag genug in Stimmung gebracht.«

»Ich wollte gerade erst richtig loslegen.«

»Das glaub ich dir.« Sie atmete aus und strich ihre Haare zurück. »Ich muss gehen. Heute Abend habe ich Dienst in der Bar.«

»Ich komme zu dir. Und bring dich dann nach Hause.«

So ruhig seine Stimme auch klang, in seinen Augen tobte die Leidenschaft. Und in ihrer Vorstellung versprach es eine Leidenschaft zu sein, die erst den anderen bis zur Weißglut erregte, ehe sie sich dann selbst Bahn brach. »Da bin ich anderer Ansicht.«

»Lena. Ich möchte mit dir zusammen sein. Ich möchte die Zeit mit dir verbringen.«

»Du möchtest die Zeit mit mir verbringen? Dann führ mich aus.«

»Ausführen?«

»Ja, eine Verabredung, zu der du mich an der Haustür abholst und mich zu einem tollen Essen ausführst.« Sie tippte ihm mit dem Finger an die Brust. »Danach gehst du mit mir zum Tanzen, dann bringst du mich zurück vor meine Haustür und gibst mir einen Gutenachtkuss. Wirst du das schaffen?«

»Und wann möchtest du von mir abgeholt werden?«

Sie lächelte und schüttelte den Kopf. »Heute Abend arbeite ich. Montagabend habe ich frei. Montags ist nie viel los. Du holst mich um acht Uhr ab.«

»Montag. Acht Uhr.«

Er packte wieder ihre Arme und riss sie an sich. Von einem Gleiten in die Hitze konnte diesmal nicht die Rede sein, sie tauchten kopfüber hinein.

O ja, dachte sie, die Erregung vor dem Absturz war garantiert.

»Nur eine kleine Erinnerung«, erklärte er ihr.

Wohl eher eine Warnung. Er war keineswegs so zahm, wie er sich gab. »Ich werde es nicht vergessen. Bis später, *cher*.«

»Lena. Wir haben nicht darüber gesprochen, was da oben passiert ist.«

»Das werden wir noch«, rief sie ihm zu, ohne innezuhalten.

Erst als sie aus dem Haus trat, konnte sie wieder normal durchatmen. So einfach, wie sie angenommen hatte, würde sie nicht mit ihm fertig werden. Die guten Manieren waren bei ihm keine Politur, sie gehörten zu ihm. Aber auch die Hitze, die Entschlossenheit.

Es war eine Kombination, die sie bewunderte und respektierte.

Was aber nicht hieß, dass sie nicht mit ihm fertig wurde, sagte sie sich beim Einsteigen in ihr Auto. Mit Männern fertig zu werden gehörte zu ihren hervorragendsten Fähigkeiten.

Aber dieser Mann war weitaus vielschichtiger, als er oberflächlich betrachtet zu sein schien. Und weitaus faszinierender als jeder, der ihr bisher begegnet war.

Sie wusste genau, was die Männer sahen, wenn sie ihre Blicke auf sie richteten. Und es machte ihr auch nichts aus, weil mehr in ihr steckte als das, was sie sahen. Oder sehen wollten.

Sie hatte einen scharfen Verstand, Rückgrat und die Bereitschaft, beides zu nutzen, um an ihr Ziel zu gelangen. Ihr Leben funktionierte nach denselben Gesetzmäßigkeiten wie ihre Bar. Farbenfrohes wurde geschätzt, und hinter dem Chaos verbarg sich eine Grundordnung.

Im Rückspiegel erhaschte sie im Wegfahren noch einen Blick auf Manet Hall. Es beunruhigte sie, dass Declan Fitzgerald diese Grundfesten wie kein anderer Mann zuvor zu erschüttern vermochte.

Und sie hatte Sorge, er könnte Risse zurücklassen, wenn er ginge, die sich nicht so leicht wieder reparieren ließen.

Sie gingen immer. Es sei denn, man ging zuerst.

Beim Einschlafen kreisten seine Gedanken um Lena und er verlor sich in Träumen von ihr. Heftige, körperhafte Träume, in denen sie neben ihm lag, sich mit harten, raschen Zuckungen ihrer Hüften unter ihm bewegte. Feuchte Haut wie flüssiges Gold. Dunkle Schokoladeaugen und rote, nasse Lippen.

Er konnte ihren Atem hören, hören, wie sie ihn anhielt und wieder losließ, kleine Lustgluckser. Er roch sie und diesen Sirenentanz von Jasmin, bei dem er an Harems und dunkle Ecken denken musste.

Er fiel in tieferen Schlaf und verzehrte sich nach ihr.

Und sah sie einen Korridor entlanghuschen, die Arme voller Wäsche. Ihr Haar, dieses umwerfend schöne Haar, war straff nach hinten gesteckt, und ihr verführerischer Leib steckte vom Hals bis zu den Knöcheln in einem sackartigen Kleid, gemustert mit winzigen, verblassten Blumen.

Ihre Lippen waren ungeschminkt und fest aufeinander gepresst. Und in seinem Traum hörte er ihre Gedanken, als wären es seine eigenen.

Sie musste sich beeilen, musste die Wäsche verstauen. Madame Manet war bereits auf und bewegte sich durchs Haus und wurde ärgerlich, wenn sie irgendwelche kleinen Dienstboten durch die Korridore huschen sah. Wenn sie sich nicht beeilte, wurde sie womöglich bemerkt.

Sie wollte nicht, dass Madame sie bemerkte. Dienstboten blieben länger in Lohn und Brot, wenn sie unsichtbar waren. Das jedenfalls behauptete Mademoiselle LaRue, die Haushälterin, und sie irrte nie.

Sie brauchte die Arbeit. Ihre Familie benötigte das Geld, das sie nach Hause brachte, und außerdem arbeitete sie gern hier im Herrenhaus. Es war das schönste Haus, das sie je gesehen hatte. Sie war glücklich und stolz, ihren Teil zu seiner Pflege beizutragen.

Wie oft hatte sie aus den Schatten des Bayou ihren Blick darauf gerichtet? Es bewundert und die Gelegenheit herbeigesehnt, sich durch die Fenster all die Schönheit drinnen angucken zu dürfen.

Und jetzt *war* sie drinnen, zu einem ganz bescheidenen Teil für die Pflege seiner Schönheit verantwortlich.

Wie gern polierte sie das Holz, wischte die Böden. Sah das Glas funkeln, nachdem sie es blank gerieben hatte.

In seinem Traum betrat sie den Korridor durch eine der Geheimtüren im zweiten Stock. Ihre Augen nahmen alles in sich auf, während sie weitereilte – die Tapete, die Teppiche, das Holz und das Glas. Sie schlüpfte in ein Ankleidezimmer und legte die Wäsche in einen Schrank.

Aber als sie sich wieder der Tür zuwandte, erregte irgendetwas ihre Aufmerksamkeit, und sie ging auf Zehenspitzen ans Fenster.

Er sah, wie sie es sah, die Reiter, die sich zwischen den großen Eichen auf der Allee näherten. Er spürte genau den Sprung, den ihr Herz machte, als ihre Augen an dem Mann haften blieben, der den glänzenden Fuchs ritt. Sein Haar war golden und wehend, als er galoppierte. Aufrecht wie ein Soldat saß er im Sattel, mit einem grauen Mantel über seinen breiten Schultern und glänzenden schwarzen Stiefeln.

Ihre Hand fuhr an ihren Hals, und sie dachte glasklar: *Hier kommt der Prinz heim auf sein Schloss.*

Sie seufzte, wie Mädchen seufzen, wenn sie sich töricht verlieben. Er lächelte, als lächelte er ihr zu, aber sie wusste, dass der Anblick des Hauses sein Gesicht mit Freude erfüllte.

Mit Herzklopfen eilte sie aus dem Zimmer, zurück durch die Dienstbotentür und in das Labyrinth.

Der junge Herr ist zu Hause, dachte sie. Und fragte sich, was wohl als Nächstes geschähe.

Declan wurde abrupt wach. Es war dunkel und es war kalt. Er roch Feuchtigkeit und Staub und spürte das harte Holz des Fußbodens unter sich.

»Was zum Teufel geht da vor?« Benommen und gleichzeitig entrüstet, streckte er eine Hand aus und traf auf Wand. Er orientierte sich daran und kam auf die Füße. Er tastete sich an der Wand entlang, wartete darauf, an eine Ecke, eine Tür zu kommen. Es dauerte einen Moment, bis er merkte, dass die Wand nicht tapeziert war.

Dieses Mal befand er sich also nicht in seinem Geisterzimmer. Er war wohl in einem der Bedienstetenflure, wo auch das Mädchen in seinem Traum gewesen war. Irgendwie, dachte er, glich sein Gang dem des Mädchens.

Die Vorstellung, im Dunkeln umherzustolpern, bis er einen Weg hinaus fand, war zwar wenig verlockend, aber doch angenehmer als die Vorstellung, hier die restlichen paar Stunden bis zum Tagesanbruch auszuharren.

Er arbeitete sich Stück für Stück vorwärts. Als er einen Türrahmen fühlte, war er schweißgebadet.

Er schob sich nach draußen und stieß ein Dankgebet aus, als er die frischere Luft atmete und im schwachen Licht die Umrisse der Tür ausmachte, die zum Flur des zweiten Stocks führte.

Spinnweben klebten ihm in den Haaren, Hände und Füße waren schmutzig.

Wenn dies so weiterginge, sagte er sich, würde er einen Arzt aufsuchen und sich Schlaftabletten geben lassen. Er wusch sich in der Hoffnung, dass die Abenteuer der Nacht vorbei waren, und schüttete sich Wasser in seine brennende Kehle. Dann schloss er sich in seinem Schlafzimmer ein.

7

Declan nahm Effie den Bücherstapel ab, dann küsste er sie auf die Wange. »Du hättest nicht den weiten Weg zurücklegen müssen, um mir die hierher zu bringen. Ich wäre auch zu dir gekommen.«

»Es hat mir nichts ausgemacht. Bei mir ist eine Sitzung ausgefallen, und so hatte ich etwas Zeit. In Wahrheit aber …«, langsam ein und aus atmend drehte sie sich im Kreis, »… musste ich mir beweisen, dass ich nicht auf dem Absatz kehrtmachen und davonlaufen würde, wenn ich wieder in dieses Haus käme.«

»Geht's denn?«

»Ja.« Sie atmete wieder langsam aus und nickte dann heftig. »Ich fühl mich ganz gut.« Als sie die Tränensäcke unter seinen Augen sah, runzelte sie die Stirn. »Während du einen ziemlich mitgenommenen Eindruck machst.«

»Hab nicht so gut geschlafen.« Er wollte nicht von seinen Träumen und seinem Schlafwandeln erzählen. Den Geräuschen, die ihn ständig mitten in der Nacht aufweckten. »Komm mit mir in die Küche, damit ich ein bisschen angeben kann. Ich habe auch Limonade – nicht von frischen Limonen, aber sie ist kalt.«

»Na gut.« In einer Geste stillschweigender Zustimmung berührte sie seinen Arm und schlug einen lockereren Ton an. »Ich habe zwar nur eine halbe Stunde Zeit, aber ich habe ein paar Informationen für dich. Information und Spekulation. Was spielt sich denn hier ab?«

Sie musterte das Durcheinander im Salon. Auf dem Boden stapelten sich Papiere, Bücher lagen aufgeschlagen herum, haufenweise Farb- und Stoffmuster.

»Mein nächstes Projekt. Ich habe mir überlegt, mit einem Raum anzufangen, in dem die Leute dann auch wirklich sitzen können, wenn er fertig ist. Was für Informationen?«

»Über die Manets. An die Fakten heranzukommen war ganz leicht«, berichtete sie, als sie durchs Haus gingen. »Henri Manet heiratete Josephine Delacroix. Sie kamen beide aus wohlhabenden und einflussreichen kreolischen Familien. Henri war politisch aktiv. Gerüchte besagen, dass sein Vater während des Bürgerkriegs durch Versorgung der Armee ganz anständig Profit gemacht haben soll. Während der Restauration wurden in der Familie dann alle stramme Republikaner, und wieder munkelte man, sie hätten ihre Macht und ihren Einfluss ausgenutzt, um Wählerstimmen und Politiker zu kaufen. Meine Güte, Dec, na so was!«

Sie betrat die Küche und stand bewundernd vor den Unterschränken, die er bereits eingepasst hatte. »Die sind aber schön.«

Er hakte seine Daumen in die Gesäßtaschen seiner Jeans und lächelte schief. »Du klingst so überrascht.«

»Na ja, das bin ich auch, aber auf sehr schmeichelhafte Weise. Remy kann nämlich kaum einen Nagel in die Wand schlagen, um ein Bild aufzuhängen.« Sie strich mit der Hand über das Holz, öffnete und schloss eine Tür. »Die sind wirklich großartig. Du kannst stolz sein.«

»Ich bin ganz zufrieden mit mir. Die Leute, die die Arbeitsplatte herstellen, sind gerade gegangen. Ich habe mich für was Festes entschieden. Es wird wie Schiefer aussehen. Dann habe ich eine riesige Kühlkombination bestellt – aus Gründen, die ich mir selbst noch nicht erklärt habe – und einen Herd und einen Geschirrspüler. Dafür werde ich Verkleidungen anfertigen, damit man nur Holz sieht.«

Sie legte die Bücher auf der Spanplatte ab, die er über die Unterschränke gelegt hatte. »Möchtest du jetzt Limonade?«

»Das wäre nett.« Sie folgte ihm ins Esszimmer. Zwei der Oberschränke hatte er bereits fertig und mit einem dritten begonnen. »Ach, werden die schön. Du arbeitest bestimmt Tag und Nacht.«

Hast auch abgenommen, dachte sie. *Siehst schon ganz ausgemergelt aus im Gesicht.*

»Besser als Schlafwandeln.« Er war nervös und ertappte sich dabei, dass er die Hände wieder in seine Hosentaschen steckte, um sie ruhig zu halten. »Erzähl weiter, Effie.«

»Mach ich.« Am liebsten hätte sie ihn ein wenig bemuttert, aber sie versagte es sich und kehrte zu den Fakten zurück. »Die ursprünglichen Besitzer hatten während des Krieges fast ihr ganzes Geld verloren. Sie klammerten sich an ihren Besitz, mussten aber Teile ihres Lands verkaufen oder verpachten. Politisch standen sie in Opposition zu den Manets. Es gab ein Feuer, bei dem das Haus bis auf die Grundmauern niederbrannte. Sie auslöschte. Die Manets kauften das Land und ließen dieses Gebäude hier errichten. Sie hatten zwei Söhne, Zwillinge. Lucian und Julian. Beide gingen nach Tulane, wo Lucian gute Leistungen erzielte, während Julian seine Erfolge eher im Trinken und im Spiel hatte. Lucian war der Erbe und sollte die Geschäfte der Familie übernehmen. Das Manet-Vermögen war ziemlich geschrumpft, aber Josephine verfügte über ein beträchtliches Erbe. Beide Söhne starben vor ihrem dreiundzwanzigsten Geburtstag.«

Declan reichte ihr ein Glas. »Auf welche Weise?«

»Dazu gibt es nur Gerüchte und Spekulationen.« Sie trank einen Schluck. »Die Spekulation mit der größten Anhängerschaft besagt, sie hätten einander umgebracht. Keiner scheint den Grund dafür zu wissen, ein Familienstreit mit gewalttätigem Ausgang. Man sagt, Lucian sei auf Befehl seiner Mutter nach New Orleans gefahren, um seinen Bruder aus einem der Bordelle zu holen, die er dort häufig aufsuchte. Julian habe sich nicht bevormunden lassen wollen, es sei zum Streit gekommen und einer von beiden – hier wird Julian favorisiert – habe ein Messer gezogen. Im Kampf um das Messer seien beide verwundet worden. Julian sei noch an Ort und Stelle gestorben. Lucian habe noch eine Woche zwischen Leben und Tod geschwebt und es dann irgendwie geschafft, aufzustehen und nach draußen zu gehen, wo er in den Teich gefallen und ertrunken sei.«

Der Teich, dachte er, fast erstickt unter Seerosenblättern, im Morgengrauen dampfend vor Nebelschwaden. »Für die Eltern muss das ein schrecklicher Schlag gewesen sein.«

»Der Vater starb nach ein paar Jahren. Josephine lebte zwar einige Jahre länger, erlitt jedoch einen finanziellen Rückschlag. Sie besaß zwar Haus und Grund, war aber ansonsten bankrott.

Wieder wird spekuliert, Julian habe einen Großteil des Vermögens verspielt, und man habe sich davon nie mehr erholt.«

»Remy meinte, es gäbe eine Enkelin. War sie von Lucian oder von Julian?«

»Auch darüber gibt es nur Mutmaßungen. Obwohl den Urkunden zu entnehmen ist, dass Lucian achtzehnhundertachtundneunzig eine Abigail Rouse heiratete und im darauf folgenden Jahr eine Tochter geboren wurde, gibt es keinen Eintrag zu Abigails Tod. Nachdem Lucian tot war, sagten sich die Manets gerichtlich von dem Kind los. Ließen es aus dem Testament streichen. Offensichtlich wurde es von den Rouses aufgezogen. Über Abigail Rouse kann ich über die Urkunden zu ihrer Geburt und ihrer Hochzeit hinaus nichts finden.«

»Vielleicht haben sie sie aus dem Haus geworfen, als Lucian starb.«

»Gut möglich. Ich habe mit Remy darüber gesprochen.« Sie ging auf die Fensterfront zu, starrte hinaus auf den verwilderten Garten. »Er ist sich nicht ganz sicher, aber er scheint sich an Geschichten erinnern zu können, nach denen sie mit einem anderen Mann durchgebrannt sein soll.«

Sie kehrte zurück. »Die Geschichten, die man von der Rouse-Seite hört, widersprechen dem aufs Schärfste. Sie gehen von üblen Machenschaften aus. Ein vollständigeres Bild von Abigail und dem, was möglicherweise passiert ist, könntest du dir sicherlich machen, wenn du mit jemandem aus der Familie Rouse oder Simone sprichst.«

»Ein klares Bild von einem Mädchen, das abgehauen oder vor hundert Jahren gestorben ist.«

»Wir sind hier im Süden, mein Lieber. Hundert Jahre sind wie gestern. Sie war siebzehn, als sie Lucian heiratete. Sie kam aus dem Bayou. Seine Familie dürfte von einer solchen Verbindung nicht begeistert gewesen sein. Ihr Leben in diesem Haus war bestimmt nicht auf Rosen gebettet. Natürlich könnte es sein, dass sie einfach davongelaufen ist. Andererseits... Ich habe etwas, jemanden in diesem Zimmer da oben gesehen. Ich glaube nicht an solche Dinge. Glaubte nicht.« Effie kämpfte gegen ein Schaudern an. »Ich weiß nicht, was ich jetzt davon halte, aber ich würde es gerne herausfinden.«

»Ich werde Miss Odette fragen. Und Lena. Ich bin am Montag mit ihr verabredet.«

»Tatsächlich?« Diese Vorstellung hob ihre Stimmung. »Sieht ganz so aus, als hätten wir bald mehr Gerüchte und Spekulationen.« Sie gab ihm ihr Glas zurück. »Ich muss los. Morgen schicke ich dir Remy her, damit er dir zur Hand geht und mir nicht im Weg ist. Ich habe eine Anprobe für mein Hochzeitskleid und muss mich auch noch um andere Hochzeitsangelegenheiten kümmern.«

»Ich werde ihn schon beschäftigen.«

»Was hältst du davon, mit ihm danach in die Stadt zu kommen?«, schlug sie vor, als sie dem Ausgang zusteuerte. Wie gern hätte sie ihn am Arm gepackt und durch die Tür gezerrt und dann nichts wie weg. »Wir könnten zu Abend essen und ins Kino gehen.«

»Hör auf, dir Sorgen um mich zu machen.«

»Ich kann's nicht ändern. Immer muss ich daran denken, dass du hier draußen allein in diesem Haus bist, mit diesem Zimmer da oben.« Sie warf einen beunruhigten Blick die Treppe hoch. »Da kriege ich eine Gänsehaut.«

»Geister tun keinem etwas.« Er küsste ihre Stirn. »Sie sind tot.«

Aber in der Nacht, bei Wind und Regen und dem Klirren der Geisterflaschen schienen sie sehr lebendig zu sein.

Den Sonntag genehmigte er sich Ruhe. Er schlief lang, wurde wach, als der Himmel sich ins Helle kämpfte, und brachte im Bett noch eine Stunde mit den Büchern zu, die Effie ihm gebracht hatte.

Sie hatte die Seiten markiert, die für ihn von besonderem Interesse waren. Er überflog und studierte die alten Fotos des großen Plantagenhauses. Als er auf die Schwarzweißaufnahme von Manet Hall in seiner Jahrhundertwendepracht stieß, durchzuckte es ihn heiß.

Die Fotografien von Henri und Josephine Manet zeigten keine vergleichbare Wirkung auf ihn. Hier hatte lediglich die Neugier die Oberhand. Die Schönheit der Frau stand außer Frage, sie entsprach ganz dem Geschmack ihrer Zeit mit dem weit ausgeschnittenen Mieder ihres mit Rosen umsäumten Ballkleids und dem hohen, mit Federn besetzten Kamm, der gelocktes, hochgestecktes Haar schmückte.

Sie wirkte zerbrechlich in diesem Kleid mit der unglaublich schmal geschnürten Taille, die durch den üppig fließenden Brokatrock und die großzügig gebauschten Ärmel noch betont wurde. Dazu trug sie lange weiße Handschuhe.

Aber auf ihrem Gesicht lag eine Kälte, die unmöglich Folge ihrer starren Pose sein konnte oder sich mit der schlechten Druckqualität erklären ließe. Sie war stärker als die Zerbrechlichkeit und verlieh ihr etwas Furchterregendes.

Das Foto von Lucian Manet jedoch war ein Aha-Erlebnis.

Dieses Gesicht hatte er schon gesehen – in seinem Traum. Der gut aussehende junge Mann mit den wehenden goldenen Haaren, der auf seinem Fuchs im Galopp zwischen den bemoosten Eichen dahinritt.

Vorstellungskraft? Hatte er das Gesicht in seinem Traum für wahr genommen und projizierte es jetzt auf den dem Untergang geweihten Lucian?

Wie auch immer, ihn schauderte.

Er beschloß, nach New Orleans zu fahren und sich ein paar Stunden Stöbern in Antiquitätenläden zu gönnen.

Stattdessen betrat er kaum eine Stunde später das Et Trois.

Es herrschte emsiger Sonntagnachmittagsbetrieb. Eine Mischung aus Touristen und Einheimischen. Es freute ihn, dass er langsam lernte, beide voneinander zu unterscheiden. Heute sorgte die Jukebox für Musik, eine fetzige Nummer von Beau-Soleil, die sich mit dem Geplapper der Leute um die Tische und denen um die Bar verwob.

Der Essensgeruch nach kräftig Gebratenem erinnerte seinen Magen daran, dass er das Frühstück hatte sausen lassen. Weil er die Blonde hinter dem Tresen von seinem zweiten Besuch wieder erkannte, ging Declan auf sie zu und lächelte sie an. »Hallo. Ist Lena da?«

»Hinten im Büro. Die Tür rechts neben der Bühne.«

»Danke.«

»Gern geschehen, Schlaukopf.«

Er klopfte an der Tür mit der Aufschrift PRIVAT kurz an, dann steckte er seinen Kopf hinein. Sie saß am Schreibtisch und arbeitete am Computer. Ihr Haar hatte sie nach oben getürmt, und er hätte sich am liebsten zu ihrem Halsansatz emporgeknabbert.

»Hallo. Alles klar?«

Sie lehnte sich zurück und dehnte träge ihre Schultern. »Du lernst schnell. Was machst du an meiner Tür, *cher*?«

»Ich war in der Nähe und dachte mir, vielleicht kann ich dir was zum Mittagessen kaufen, als Vorspiel zu morgen Abend.«

Sie hatte über ihn nachgedacht, und zwar mehr als ihr lieb war. Jetzt war er da, groß, langgliedrig und männlich. »Ich erledige gerade meine Buchhaltung.«

»Und ich habe dich dabei unterbrochen. Ärgert dich das nicht?« Ungeachtet dessen trat er ein und setzte sich auf die Schreibtischkante. »Hab dir ein Geschenk mitgebracht.«

Erst da fiel ihr die kleine Geschenktüte auf, die er in der Hand hielt. »Kann mir nicht vorstellen, wie du da ein neues Auto hineinbekommen hast.«

»Wir arbeiten uns langsam hoch zum Auto.«

Ihre Augen ruhten intensiv auf seinen, als sie ihm die Tüte abnahm. Sie holte die Schachtel heraus. Sie war in Goldpapier gewickelt, dazu eine schlichte weiße Schleife. Lena ließ sich Zeit, denn sie empfand die Vorfreude immer als genauso wichtig wie das Geschenk selbst.

Schleife und Band legte sie ordentlich zurück in die Tüte, danach löste sie das Papier, holte die Schachtel heraus und faltete sorgfältig das Papier.

»Wie lang brauchst du denn an Weihnachten, um deine Geschenke zu öffnen?«, frozzelte er.

»Ich lass mir gern Zeit.« Sie öffnete die Schachtel und spürte, wie ihre Lippen zuckten, doch sie ließ sich nichts anmerken, als sie die als grinsende Langusten getarnten Salz- und Pfefferstreuer herausnahm. »Ach, ist das nicht ein hübsches Pärchen.«

»Meine Meinung. Es gab auch Alligatoren, aber die beiden fand ich freundlicher.«

»Gehören sie zu deiner Verführungskampagne, *cher*?«

»Gut erkannt. Und, wie funktioniert's?«

»Nicht schlecht.« Sie zeichnete mit dem Finger das hässliche Grinsen nach. »Gar nicht schlecht.«

»Gut. Da ich dich jetzt gestört und bezirzt habe, darf ich dich vielleicht obendrein füttern? Als kleine Gegenleistung für die Eier?«

Sie machte es sich in ihrem Stuhl bequem und drehte ihn, während sie nachdachte. »Warum überfällt mich jedes Mal, wenn ich dich sehe, dieses Gefühl, ich sollte schleunigst das Weite suchen?«

»Versuch's doch. Meine Beine sind ohnehin länger, ich würde dich auf jeden Fall einholen.« Er beugte sich über den Schreibtisch und schob die Brauen hoch. Sie trug einen kurzen Rock. Seine Beine mochten zwar länger sein, aber in durchsichtigen Strümpfen sähen sie nicht halb so gut aus. »Aber deine stellen ebenfalls ganz schön was dar. Warum hast du dich so schick gemacht?«

»Ich hab mich nicht schick gemacht. Kirchenkleider. Ich

war in der Messe.« Jetzt lächelte sie. »Bei deinem Namen bist du doch sicher auch Katholik.«

»Bekenne mich schuldig.«

»Warst du denn heute in der Kirche, Declan?«

Er konnte nie erklären, weshalb er sich bei einer Frage wie dieser immer peinlich berührt fühlte. »Ich bin schon halb ausgetreten.«

»Oh.« Sie zog eine Schnute. »Da wird meine Großmama aber enttäuscht von dir sein.«

»Ich war drei Jahre lang Messdiener. Das zählt doch sicher doppelt.«

»Wie ist dein Firmname?«

»Das erzähl ich dir, wenn du mit mir Mittagessen gehst.« Er nahm die Langusten und ließ sie über den Tisch tanzen. »Komm, Lena, komm mit und spiel mit mir. Es ist so ein schöner Tag geworden.«

»Na gut.« Fehler, meldete sich ihr praktischer Verstand, aber sie stand auf und nahm ihre Handtasche. »Du darfst mir was zu essen kaufen. Aber es muss schnell gehen.« Sie beugte sich über ihren Computer, speicherte ab und schaltete ihn aus.

»Michael ist der Firmname«, sagte er und streckte ihr die Hand entgegen. »Declan Sullivan Michael Fitzgerald. Wäre ich noch irischer, würde ich grün bluten.«

»Bei mir ist es Louisa. Angelina Marie Louisa Simone.«

»Sehr französisch.«

»*Bien sûr*. Aber ich möchte zum Italiener.« Sie gab ihm ihre Hand. »Kauf mir eine Pasta.«

Von seinen früheren Besuchen her wusste Declan, dass man sich schon sehr anstrengen musste, um in New Orleans vom Essen enttäuscht zu werden. Deshalb war er auch unbesorgt, als Lena ihn in ein kleines, unscheinbares Restaurant führte. Er brauchte nur einmal zu schnuppern, um zu wissen, dass sie hier sehr gut essen würden.

Sie winkte jemandem zu, deutete auf einen leeren Tisch und bekam offenbar die Zustimmung.

»Das ist keine Verabredung«, sagte sie zu ihm, als er ihr den Stuhl zurechtrückte.

Er gab sich alle Mühe, den Unwissenden zu spielen, und hatte fast Erfolg damit. »Nein?«

»Nein.« Sie lehnte sich zurück und kreuzte ihre Beine. »Eine Verabredung ist es nur dann, wenn wir eine bestimmte Zeit vereinbart haben und du mich bei mir zu Hause abholst. Das hier ist ein zufälliges Treffen. Also haben wir morgen unsere erste Verabredung. Nur für den Fall, dass du diese Regel von dem dreimaligen Verabreden im Kopf haben solltest.«

»Der Gedanke, dass ihr Frauen sie kennt, gefällt uns Jungs überhaupt nicht.«

Ihre Lippen zogen sich nach oben. »Euch würde vieles nicht gefallen, worüber wir Bescheid wissen.« Sie ließ ihre Augen auf ihm ruhen, hob aber ihre Hand und winkte einen dunkelhaarigen Mann an den Tisch. »Hallo, Marco.«

»Lena.« Er küsste ihre Finger und reichte ihr dann die Speisekarte. »Schön, dich zu sehen.«

»Das hier ist Remys Collegefreund aus Boston. Declan. Ich habe ihn hierher gebracht, um ihm zu zeigen, wie wir hier im Vieux Carre die italienische Küche pflegen.«

»Ihr hättet es nicht besser treffen können.« Er reichte Declan eine Speisekarte. »Meine Mama ist heute in der Küche.«

»Dann werden wir es genießen«, erwiderte Lena. »Wie geht's deiner Familie, Marco?«

Da merkte Declan, was zwischen den beiden ablief. Als sie sich anders hinsetzte, ihr Gesicht hob und Marco ansah, entstand zwischen ihnen eine Intimität, als wären sie allein auf einer kleinen Insel. Es war sexuell, daran bestand kein Zweifel, aber es war genauso Aufmerksamkeit mit im Spiel.

»Ganz ausgezeichnet. Meine Sophie hat am Freitag einen Buchstabierwettbewerb gewonnen.«

»Du hast wirklich ein kluges Kind.«

Sie plauderten eine Weile miteinander, und Declan beschäftigte sich damit, ihr Gesicht zu studieren. Wie ihre Augenbrauen sich hoben, senkten, zusammenzogen, je nach ihrer Gefühlslage. Wie ihre Lippen sich bewegten und das kleine Muttermal betonten.

Als sie sich nach ihm umwandte, schüttelte er den Kopf. »Tut mir Leid, hast du was gesagt? Ich hab dich angesehen, war ganz versunken.«

»Die haben da oben im Norden aber ruhige Zeitgenossen«, meinte Marco.

»Doch hübsch ist er ebenfalls, oder?«, fragte ihn Lena.

»Sehr sympathisch. Unsere Lena nimmt die Linguini mit Meeresfrüchten. Wissen Sie schon, was Sie möchten, oder möchten Sie sich mit der Entscheidung noch etwas Zeit lassen?«

»Du nimmst aber nicht das Gleiche.« Lena tippte mit dem Finger auf die Karte, mit der Declan sich erst noch befassen musste. »Sonst macht es mir keinen Spaß, von deinem Teller zu naschen. Vielleicht probierst du die gefüllten Teigtaschen. Mama macht die sehr gut.«

»Dann also die gefüllten Teigtaschen.« Vermutlich hätte er auch zerstoßene Pappe bestellt, wenn sie es ihm empfohlen hätte. »Möchtest du Wein?«

»Nein, du musst fahren und ich muss arbeiten.«

»Richtig. San Pellegrino?« Er warf Marco einen Blick zu.

»Ich bringe euch eine Flasche.«

»So ...« Sie steckte sich ein paar aufgelöste Locken hinter die Ohren, nachdem Marco gegangen war. »Was hast du heute vor, *cher*?«

»Ich wollte mich in ein paar Antiquitätenläden umsehen. Ich suche einen Vitrinenschrank für die Küche und Sachen zum Reinstellen. Dann habe ich mir überlegt, auf dem Rückweg vielleicht bei Miss Odette vorbeizuschauen. Was mag sie denn? Ich würde ihr gern was mitbringen.«

»Du brauchst ihr nichts mitzubringen.«

»Möchte ich aber.«

Lena legte einen Arm über ihre Stuhllehne und trommelte mit den Fingern, als sie ihn prüfend ansah. »Dann bring ihr eine Flasche Wein mit. Einen guten Roten. Eine Frage, *cher*, du hast nicht etwa vor, meine Großmama dafür einzuspannen, an mich ranzukommen?«

Sie sah den Zorn in seinen Augen aufblitzen – dunkler, hitziger, als sie von ihm erwartet hatte. Ich hätte es wissen müssen, überlegte sie, dass sich hinter diesen glatten Manieren etwas Scharfes, Zackiges verbarg. Es war eindrucksvoll, aber noch viel eindrucksvoller war der blitzartige Umschwung von Sanftmut in Zorn und wieder zurück zur Sanftmut.

Ein Mann, der sich derart zu zügeln verstand, musste einen eisernen Willen haben. Das fand sie nachdenkenswert.

»Es ist genau anders herum«, korrigierte er sie. »Ich benutze dich, um an Miss Odette ranzukommen. Sie ist das Mädchen meiner Träume.«

»Dann tut es mir Leid.«

»Sollte es auch.«

Lena wartete, bis ihnen Wasser und Brot serviert wurde. Sein Ton hatte sie auf die Palme gebracht. Vor allem jedoch, weil sie, wie sie sich eingestand, diese Retourkutsche verdient hatte. Mit verschränkten Armen beugte sie sich zu ihm hinüber.

»Entschuldige, das war abscheulich von mir. Aber ich muss dir was sagen, Declan, mir rutschen die abscheulichen Worte manchmal einfach so heraus. Oft bedauere ich auch nicht, sie gesagt zu haben. Ich gehöre nicht zu den ausgeglichenen Frauen mit zuvorkommenden Manieren. Ich bin von Grund auf misstrauisch. Ich habe ein paar gute Seiten, aber auch viele schlechte. Und finde das gut so.«

Er äffte ihre Sitzhaltung nach. »Ich bin zielstrebig, kämpferisch und launisch. Ich kann ziemlich aufbrausend sein. Es braucht schon einiges, um das in Gang zu setzen, wofür sich meine Mitmenschen glücklich schätzen können. In kleinen Dingen muss es nicht nach meinem Kopf gehen, aber wenn ich mich für etwas entschieden habe, etwas wirklich will, dann finde ich einen Weg, es zu bekommen. Ich möchte dich. Also werde ich dich bekommen.«

Sie hatte sich geirrt. Er hatte noch nicht auf sanftmütig umgeschaltet. Hinter seinen Augen köchelte nach wie vor der Zorn. Da sie der einzige Mensch war, zu dem sie immer ehrlich zu sein versuchte, gab sie sich keine Mühe, so zu tun, als erregte sie das nicht.

»Das sagst du nur, um mich wütend zu machen.«

»Nein, das ist lediglich ein Nebeneffekt.« Er lehnte sich zurück, nahm den Brotkorb und bot ihn ihr an. »Möchtest du kämpfen?«

Beleidigt nahm sie sich ein Stück. »Vielleicht später. Ärger verdirbt mir den Appetit. Was soll's.« Sie zuckte mit den Schultern und biss in das Brot. »Heute kannst du dir die Mühe sparen. Großmama ist heute Nachmittag auf Besuch bei ihrer Schwester.«

»Dann besuche ich sie im Lauf der Woche. Ich habe die Küchenschränke eingebaut. Remy hat mir gestern beim Aufhängen der Hochschränke geholfen. In ein paar Wochen ist die Küche fertig.«

»Schön für dich.« Sie wollte schmollen, und sein amüsierter Gesichtsausdruck verriet ihr, dass er das wusste. »Bist du noch einmal im zweiten Stock gewesen?«

»Ja.« Er hatte sich zwar erst mit einem guten Schluck Jim Beam stärken müssen, aber er war zurückgekehrt. »Diesmal hat es mich zwar nicht umgehauen, aber ich hatte eine schwere Panikattacke. Normalerweise neige ich nicht zur Panik. Ich habe mehr über die Familiengeschichte der Manets herausgefunden, aber einige Teile fehlen noch. Vielleicht weißt du darüber Bescheid.«

»Du möchtest etwas über Abigail Rouse erfahren.«

»Richtig. Wie viel –« Er unterbrach sich, weil sich ihre Aufmerksamkeit von ihm weg auf Marco richtete, der ihre Pasta brachte. Als die beiden daraufhin ein entspanntes Gespräch über Essen begannen, musste er sich daran erinnern, dass die Mühlen im Süden langsamer mahlten.

»Wie viel weißt du über sie?«, hakte er nach, als sie wieder allein waren.

Lena rollte sich eine Gabel Nudeln auf und schob sie zwischen ihre Lippen. Nach einem tiefen Seufzer schluckte sie. »Mama Realdo. Sie ist eine Göttin in der Küche. Probier deins«, befahl sie ihm und beugte sich über seinen Teller, um zu probieren.

»Großartig. Das beste Essen, das ich seit einem Mikrowellenomelette hatte.«

Sie lächelte ihn an, ein langes, langsames Lächeln, das sich in seinem Bauch festsetzte. Dann aß sie weiter. »Ich kenne die Geschichten, die man sich in meiner Familie erzählt. Keiner weiß, was wahr daran ist. Abigail war Dienstmädchen in dem großen Haus. Einige der reichen Familien stellten Cajunmädchen zum Saubermachen und für alles Grobe ein. Es heißt, Lucian Manet sei von Tulane nach Hause gekommen und habe sich in sie verliebt. Sie seien abgehauen und hätten geheiratet. Hätten weg gemusst, weil alle gegen diese Liaison gewesen seien. Seine Familie und die ihre.«

Sie brach ein Stück Brot ab und knabberte daran, während sie ihn beobachtete. »Wer sich über Standesgrenzen hinwegsetzt, muss mit Ärger rechnen. Später sei er dann mit ihr ins Herrenhaus eingezogen, und das habe weiteren Ärger zur Folge gehabt. Von Josephine Manet haben die Leute behauptet, sie sei eine harte, stolze und kalte Frau gewesen. Man habe es an den Fingern abgezählt, aber das Baby sei doch erst nach zehn Monaten gekommen.«

»Dieses Zimmer im zweiten Stock. Das muss das Kinderzimmer gewesen sein. Dort hatten sie das Baby untergebracht.«

»Kann gut sein. Es gab ein Kindermädchen. Das hat später Abigails Bruder geheiratet. Die meisten Geschichten über das Herrenhaus gehen auf sie zurück. Offenbar hatte Lucian ein paar Tage vor Jahresende geschäftlich in New Orleans zu tun. Als er zurückkam, war Abigail weg. Man sagte ihm, sie sei mit irgendeinem Kerl aus dem Bayou durchgebrannt, mit dem sie sich oft heimlich getroffen habe. Aber das klingt ziemlich unwahrscheinlich. Das Kindermädchen – sie hieß Claudine – meinte, Abigail hätte niemals Lucian und das Baby verlassen. Sie behauptete, dass etwas Schlimmes passiert sein müsse, etwas Furchtbares, und sie machte sich Vorwürfe, weil sie sich in der Nacht, in der Abigail verschwand, mit ihrem Freund unten am Fluss getroffen habe.«

Ein totes Mädchen auf dem Himmelbett in einem kalten Zimmer, überlegte Declan, und die Pasta in seinem Hals wurde zäh wie Klebstoff. Er nahm das Glas mit dem leicht sprudelnden Wasser und trank einen großen Schluck. »Hat man nach ihr gesucht?«

»Ihre Familie hat überall gesucht. Es heißt auch, Lucian habe bis zum Tag seines Todes das ganze Delta abgegrast. Wenn er nicht nach ihr suchte, sei er in der Stadt gewesen und habe versucht, eine Spur von ihr zu finden. Aber er fand keine, lebte selbst nicht lange genug. Nachdem er nicht mehr war und auch sein von der Mutter in jeder Hinsicht bevorzugter Zwillingsbruder tot war, ließ Miss Josephine das Baby zu Abigails Eltern bringen. Du bist blass geworden, Declan.«

»Ich fühle mich auch blass. Mach weiter.«

Als sie diesmal ein Stück Brot abbrach, strich sie Butter darauf und reichte es ihm. Großmama hatte Recht, fand Lena, dieser Mann brauchte was zu essen.

»Das Baby war die Großmutter meiner Großmama. Die Manets hatten sie mit der Behauptung vertrieben, sie sei ein Bastard und nicht von ihrem Blut. Sie brachten sie mit nichts weiter als dem Gewand, das sie am Leib trug, und einem kleinen Sack Spielsachen zu den Rouses. Alles, was sie aus dem Herrenhaus mitnahm, war die Uhr an der Anstecknadel, die Abigail gehört hatte und ihr von Claudine mitgegeben wurde.«

Declan legte rasch seine Hand auf die von Lena. »Gibt es diese Anstecknadel noch?«

»Wir geben diese Dinge weiter, von Tochter zu Tochter. Meine Großmama hat sie mir an meinem sechzehnten Geburtstag überreicht. Wieso?«

»Eine Emailleuhr, die an kleinen goldenen Flügeln hängt?«

Rote Flecken überzogen ihre Wangen. »Woher weißt du das?«

»Ich hab sie gesehen.« Ihm schoss die Kälte ins Rückgrat. »Sie lag auf dem Ankleidetisch in dem Schlafzimmer, das ihres gewesen sein muss. Ein leerer Raum«, ergänzte er, »mit Phantomeinrichtung. Der Raum, in dem Effie ein totes Mädchen auf dem Bett liegen sah. Man hat sie umgebracht, nicht wahr?«

Die Art und Weise, wie er das sagte, so platt, so kalt, schlug ihr auf den Magen. »Die Leute gehen davon aus. Die Leute in meiner Familie.«

»Im Kinderzimmer.«

»Ich weiß nicht. Du bist mir ein wenig unheimlich, Declan.«

»Dir?« Er strich sich mit der Hand übers Gesicht. »Nun, jetzt glaube ich, weiß ich, wer mein Geist ist. Arme Abigail, durchstreift das Herrenhaus und wartet darauf, dass Lucian nach Hause kommt.«

»Aber wer hat sie umgebracht, wenn sie im Herrenhaus gestorben ist?«

»Vielleicht soll ich gerade das herausfinden, damit sie… na ja, du weißt schon… Ruhe findet.«

Jetzt sah er nicht mehr blass aus, fand Lena. Sein Gesicht war fest, war hart geworden. Der Inbegriff der Entschlossenheit. »Und warum ausgerechnet du?«

»Warum nicht? Es muss einer von den Manets gewesen sei. Die Mutter, der Vater, der Bruder. Dann haben sie sie irgendwo begraben und behauptet, sie sei weggelaufen. Ich muss mehr über sie herausfinden.«

»Das wirst du garantiert. Du hast so einen störrischen Gesichtsausdruck, *cher*. Und ich weiß nicht, warum der so einen Reiz auf mich ausübt. Sprich mit meiner Großmama. Sie könnte mehr wissen oder dir sagen, wer mehr wissen könnte.«

Sie schob ihren leeren Teller weg. »Jetzt bestellst du uns beiden noch einen Cappuccino.«

»Möchtest du einen Nachtisch?«

»Dafür ist kein Platz mehr.« Sie öffnete ihre Handtasche und zog eine Schachtel Zigaretten heraus.

»Ich wusste gar nicht, dass du rauchst.«

»Ich verbrauche eine Schachtel im Monat.« Sie klopfte eine Zigarette heraus und strich mit ihren Fingern daran auf und ab.

»Eine im Monat? Und wieso das?«

Sie nahm die Zigarette zwischen die Lippen und steckte sie sich an der Flamme eines schmalen silbernen Feuerzeugs an. Wie beim ersten Bissen Pasta seufzte sie beim ersten tiefen Zug. »Aus Vergnügen, *cher*. In einer Packung sind zwanzig Zigaretten, der Monat hat dreißig oder einunddreißig Tage. Abgesehen vom Februar. Ach, wie ich den Februar liebe. Also, ich kann die Schachtel an einem Tag aufrauchen und muss mir dann den Rest des Monats keine Gedanken mehr machen. Oder ich kann sie mir einteilen, langsam und behutsam nach und nach verbrauchen. Weil vor dem nächsten Monatsersten keine neue Schachtel gekauft wird.«

»Und wie viele schnorrst du dir von anderen Leuten im Lauf des Monats?«

Ihre Augen glitzerten ihn durch die Rauchschwaden an. »Das wäre Betrug. Ich betrüge nicht. Wahres Vergnügen, mein Lieber, gibt es nur dann, wenn du auch die Willenskraft besitzt, es hinauszuzögern, bis du es wirklich schätzen kannst.«

Sie zeichnete mit der Fingerspitze eine Linie über seinen Handrücken und war dann so durchtrieben, ihm unter dem

Tisch mit ihrer Fußkante zusätzlich über das Bein zu streichen. »Wie sieht's mit deiner Willenskraft aus?«, fragte sie.

»Das werden wir herausfinden.«

Als er nach Hause zurückkehrte, war es bereits dämmrig. Der Kofferraum seines Wagens mit Vierradantrieb war mit all den Schätzen beladen, die er in den Antiquitätenläden erbeutet hatte. Das beste Stück war ein Küchenschrank, dessen Lieferung er sich mit Bestechungsgeldern für den nächsten Tag erbettelt hatte.

Er nahm so viel er schleppen konnte mit ins Haus und stellte drinnen alles in der Eingangshalle ab. Nachdem er hinter sich die Tür geschlossen hatte, blieb er ruhig stehen.

»Abigail.« Er sprach den Namen aus und lauschte seinem Echo im Haus. Und wartete.

Aber er spürte keinen kalten Luftzug und nichts durchbrach die Stille.

Doch als er am Fuß der großen Treppe stand, wusste er, dass er nicht allein war – wenn er es auch nicht zu erklären vermocht hätte.

8

Er wurde wach, weil ein Gewitter tobte, aber wenigstens erwachte er in seinem eigenen Bett. Vor den Fenstern zuckten die Blitze und schleuderten gleißendes Licht durchs Zimmer.

Ein Blick auf seinen Wecker zeigte ihm, dass es eine Minute vor Mitternacht war. Aber das konnte nicht sein, sagte Declan sich. Er war nicht vor ein Uhr ins Bett gegangen. Declan überlegte, ob womöglich der Sturm die Stromversorgung unterbrochen hatte, und schaltete versuchsweise seine Nachttischlampe an.

Sie leuchtete hell auf und machte ihn fast blind.

»Verdammt.« Er rieb sich die entsetzten Augen und griff dann nach der Flasche Wasser, die er auf dem Tisch neben dem Bett abgestellt hatte. Schließlich stand er auf und trat hinaus auf die Galerie, um sich das Schauspiel anzusehen.

Es war seinen Eintrittspreis wert, wie er fand. Peitschender Regen, grell zuckende Blitze und ein Wind, der unter Ächzen und Heulen durch die Bäume fegte. Er hörte das aufgeregte Klirren der Geisterflaschen und den wütenden Dschungelkrieg des Donners.

Und das schreiende Baby.

Ihm glitt die Wasserflasche aus den Fingern, plumpste auf seine Füße und machte sie nass.

Das war kein Traum, redete er sich ein und suchte Halt am Geländer. Er schlafwandelte nicht. Er war wach, hellwach nahm er seine Umgebung wahr. Aber er hörte das Baby weinen.

Mit Gewalt musste er sich losreißen, aber er kehrte letztlich in sein Schlafzimmer zurück, schlüpfte in eine Trainingshose und kontrollierte seine Taschenlampe. Barfuß und mit nacktem Oberkörper ließ er die Sicherheit seines Zimmers hinter sich und machte sich auf in den zweiten Stock.

Er rechnete damit, in Panik zu verfallen – wartete auf den eisernen Griff in der Magengrube, die Atemnot, das Herzklopfen.

Aber dieses Mal geschah nichts dergleichen. Die Stufen waren jetzt nur Stufen, die Tür nur eine Tür mit einem Messing knauf, der poliert werden musste.

Und auch das Baby schrie nicht mehr.

»Na so was«, brummelte er.

Seine Handflächen waren schweißnass, aber vor Aufregung und vor Angst. Er streckte die Hand aus und drehte den Knauf. Die Tür ging mit quietschenden Angeln auf.

Im Kamin glühte schwach ein Feuer. Sein Lichtschein und der Kerzenschein tanzten über das hübsche Muster der in blassestem Pfirsichton gehaltenen Wände. An den Fenstern hingen dunkelblaue Vorhänge über Spitzengardinen. Der Fußboden war spiegelglatt poliert, darauf lagen zwei Teppiche mit einem Muster aus Pfirsichen und Blaubeeren.

Es gab ein Kinderbett mit geschwungener Umrandung aus Schmiedeeisen, bezogen mit weißem Leinen.

Sie saß in einem Schaukelstuhl, ein Baby an ihrer Brust. Er konnte die Hand des Babys darauf sehen, Weiß auf Goldbraun. Das Haar hing lose herab, ergoss sich über die Schultern, über die Schaukelstuhllehnen.

Ihre Lippen bewegten sich zu einer Geschichte oder einem Lied, das er nicht kannte. Er konnte nichts hören. Aber ihr Blick war auf das Kind gerichtet, das sie stillte, und ihr Gesicht strahlte vor Liebe.

»Niemals hast du sie verlassen«, sagte Declan leise. »Das hättest du nie über dich gebracht.«

Sie blickte hoch und sah zur Tür hin, wo er stand, so dass er einen erschrockenen Moment lang dachte, sie habe ihn gehört. Redete mit ihm. Als sie lächelte und ihre Hand ausstreckte, trat er einen Schritt auf sie zu.

Aber als er dann den Mann quer durchs Zimmer – und wie Luft durch ihn hindurch – auf sie zugehen sah, bekam er weiche Knie.

Seine Haare waren goldblond. Er war groß und schlank. Sein Morgenmantel war von einem satten Burgunderrot. Als er sich neben dem Schaukelstuhl hinkniete, strich er mit der Fingerspitze uber die Wange des Babys und danach über die winzigen Finger, die die Brust der Frau kneteten.

Die Frau, Abigail, hob ihre Hand und drückte sie auf seine. Und von dem weichen Lichtschein umstrahlt, wurden die drei eins, während der milchige Mund des Babys nuckelte und die Frau es sanft hin und her schaukelte.

»Nein. Niemals hast du sie verlassen. Ich werde herausfinden, was sie dir angetan haben. Euch allen.«

Während er das sagte, fiel hinter ihm die Tür ins Schloss. Er machte einen Satz, drehte sich und stand plötzlich im Dunkeln, erhellt einzig und allein durch die grellen Blitze und den Strahl seiner Taschenlampe. Wie ein Fels drückte ihn ein Gewicht nieder und raubte ihm den Atem. Der Raum war leer, eiskalt, und das Entsetzen machte sich erneut in seiner Kehle breit.

Er zog am Türknauf, doch seine schweißnassen Hände glitten von dem eisigen Messing ab. Er spürte, wie er sein ersticktes Keuchen zu Rufen und Schreien, Bitten und Gebeten erheben wollte. Er konnte sich vor Benommenheit nicht auf den Füßen halten, sackte auf die Knie und hantierte von dort aus wie verrückt am Türknauf, ruckte und zerrte an der Tür.

Als es ihm schließlich gelang, sie aufzuziehen, kroch er auf allen vieren hinaus und legte sich mit dem Gesicht nach unten auf den Boden. Dort blieb er liegen, das Dröhnen in seinem Herzen ein Widerhall des über das Haus donnernden Gewittersturms.

»Okay, ich bin okay. Mir geht es gut, verdammt, und ich stehe jetzt auf und gehe zurück ins Bett.«

Mochte er auch Schlaf verloren haben, so hatte er doch eine Menge gelernt, sagte sich Declan, als er zitternd wieder auf die Beine kam.

Sollte das, was er im Kinderzimmer gesehen hatte, die Wahrheit sein und nicht irgendeine Fantasie, die von ihm erzeugt worden war, dann hatte Abigail Rouse Manet Hall niemals aus freien Stücken verlassen.

Und er hatte es mit mehr als einem Geist zu tun.

Wahrscheinlich war sie gerade dabei, einen Fehler zu machen, überlegte Lena, als sie ihr kleines Schwarzes an ihrem Körper glatt strich. Was Declan Fitzgerald betraf, hatte sie bereits mehrere kleine Fehler gemacht. Das irritierte sie, denn wenn es um Männer ging, machte sie eigentlich selten Fehler.

Wenn sie eins von ihrer Mutter gelernt hatte, dann den Umgang mit Männern. Sie hatte einfach alles von ihr Gelernte ins Gegenteil verkehrt. Dies war ihr in allen Dingen zur Gewohnheit geworden, so auch in Beziehungen.

Und dieser Prozess hatte Lena nun seit fast dreißig Jahren vor einem gebrochenem Herzen bewahrt. Sie hatte weder den Wunsch noch die Absicht, sich in die Hände eines Mannes zu begeben. Aber nur im übertragenen Sinne, dachte sie mit einem Grinsen, als sie sich die Lippen anmalte.

Wenn es die richtigen Hände waren und sie in der Stimmung dazu war, fühlte sie sich darin nämlich recht wohl.

Ihrer Meinung nach war eine Frau, die an Sex keinen Spaß hatte, einfach nicht schlau genug bei der Wahl ihrer Partner. Eine kluge Frau wählte sich Männer, die willens und bereit waren, sich zeigen zu lassen, wie diese Frau zufrieden gestellt werden wollte. Und eine zufriedene Frau würde einen Mann auch gut und kräftig vögeln.

Am Ende hätten also beide gewonnen.

Das Problem war nur, dass Declan die Gabe besaß, sie zu jeder Zeit in die entsprechende Stimmung zu versetzen. Und das obwohl sie sich für gewöhnlich *nicht* von ihren Hormonen leiten ließ.

Im Umgang mit Sex war es für eine Frau das Klügste und Sicherste, die Kontrolle darüber zu behalten. Die Entscheidung für das Wann und Wo, das Wer und Wie zu treffen. Die Männer, na ja, die waren eben von Natur aus geil. Das konnte man ihnen nicht zum Vorwurf machen.

Und Frauen, die behaupteten, Männer nicht reizen zu wollen, waren entweder kaltblütig oder Lügnerinnen.

Hätte sie davon ausgehen können, dass sie und Declan auf eine einfache Affäre zusteuerten, die für beide mit einem Rausch begann und mit benommenem Kopf endete, hätte sie sich keinerlei Gedanken gemacht. Aber er stand für mehr als das. Zu vielschichtig, fand sie, und es schien ihr nicht möglich zu sein, alle Schichten zu durchdringen und aus ihm schlau zu werden.

Darüber hinaus und umso Besorgnis erregender hatte ihre Reaktion auf ihn außerdem noch eine andere Ebene als die schlichten Lustempfindens. Auch das war kompliziert und rätselhaft.

Er gefiel ihr, und sie mochte den kernigen Yankee-Klang seiner Stimme. Und dann hatte er mit seiner ganz offensichtlichen Zuneigung für ihre Großmama ihren wunden Punkt getroffen.

Außerdem gestand sie sich ein, dass er ihr Blut in Wallung zu bringen verstand. Dieser Mann hatte sehr geschickte Lippen.

Und wenn er nicht Acht gab, einen verwundeten Blick in seinen Augen. Auf wunde Herzen fiel sie immer herein.

Das Beste wäre, es behutsam anzugehen. Sie legte ihren Hals schief und strich sich mit dem Kristallstab ihrer Parfümflasche über die Haut. Bedächtig und locker. Schließlich hatte man nichts davon, wenn man das Ziel erreichte, ohne den Weg dorthin genossen zu haben.

Sie ließ den Stab um ihre Brüste kreisen und stellte sich seine Finger dort vor. Seinen Mund.

Es war schon lang nicht mehr passiert, dass sie einen Mann so … eindeutig haben wollte. Und da es längst zu spät war für ein schnelles, anonymes Wälzen in den Laken, wäre es klug, ihn besser kennen zu lernen, ehe sie ihm das Gefühl gab, sie ins Bett geredet zu haben.

»Pünktlich auf die Minute«, bemerkte sie laut, als es an ihrer Tür klopfte. Noch einen prüfenden Blick auf ihr Spiegelbild, dann warf sie sich einen Kuss zu und ging zur Eingangstür.

Er sah gut aus im Anzug. Sehr nobel und adrett, befand sie. Sie streckte die Hand aus, nahm das steingraue Revers zwischen Daumen und Zeigefinger und strich daran entlang. »Hm. Hast wohl nicht richtig abgebürstet, *cher.*«

»Tut mir Leid, aber ich hatte absolute Blutleere im Kopf und habe es nicht besser hingekriegt.«

Sie bedachte ihn mit diesem frechen Unter-den-Wimpern-Blick und drehte sich im Zeitlupentempo auf ihren Bleistiftabsätzen. »Und wie gefällt dir das?«

Das Kleid saß wie angegossen. Seine Hände vollführten einen Freudentanz. »O ja. Ganz wunderbar.«

Sie krümmte lockend ihren Finger. »Komm kurz mal rein.«

Sie trat zurück, steckte eine Hand durch seine Armbeuge und drehte sich einem alten Spiegel im Silberrahmen zu. »Sehen wir nicht toll aus?«, sagte sie, und ihr Spiegelbild lachte seinem zu. »Wohin entführst du mich, *cher*?«

»Das werden wir noch sehen.« Er nahm einen breiten roten Seidenschal und drapierte ihn über ihre Schultern. »Wird das auch warm genug sein?«

»Wenn nicht, dann taugt das Kleid nichts.« Sie trat auf ihre kleine Galerie hinaus. Sie wollte schon die Hand nach ihm ausstrecken, starrte dann aber wie gebannt auf die weiße überlange Limousine am Straßenrand.

Sie war selten sprachlos, aber sie brauchte gute zehn Sekunden, um ihre Stimme und ihren Verstand wiederzuerlangen. »Du hast dir ein neues Auto gekauft, Liebster?«

»Es ist geliehen. Auf diese Weise können wir beide so viel Champagner trinken, wie wir möchten.«

Als Declan sie die Treppe hinabführte, dachte sie, dass dieser Abend für eine erste Verabredung ganz schön ausbaufähig war. Es wurde noch besser, als der uniformierte Fahrer die Tür öffnete und sie mit einer Verbeugung einsteigen ließ.

Drinnen standen zwei Silberkübel. In einem steckte eine Flasche Champagner, in der anderen ein Wald von Tulpen.

»Rosen sind so plump«, erklärte er, zog eine einzelne Tulpe heraus und reichte sie ihr. »Und das passt nicht zu dir.«

Sie drehte die Tulpe unter ihrer Nase. »Machst du auf diese Weise auch den Mädchen in Boston den Hof?«

Er schenkte eine Champagnerflöte ein und reichte sie ihr. »Es gibt keine anderen Mädchen.«

Aus dem Gleichgewicht gebracht, trank sie einen Schluck. »Du blendest mich, Declan.«

»Das gehört zum Plan.« Er stieß mit ihr an. »Ich bin wirklich gut darin, einen Plan bis zum Ende durchzuführen.«

Sie lehnte sich zurück und schlug ihre Beine in einer langsamen, auf seine Reaktion hin wohl durchdachten Bewegung übereinander. »Du bist ein gefährlicher Mann. Und weißt du, was dich wirklich gefährlich macht? Man entdeckt es erst, wenn man schon ein Stück weit unter die glatte Oberfläche vorgestoßen ist.«

»Ich will dir nicht wehtun, Lena.«

»Oh, natürlich nicht.« Sie stieß ein tiefes, entzücktes Lachen aus. »Das gehört aber einfach zur Reise dazu, Schätzchen. Ist bloß Teil der Reise. Und bis jetzt genieße ich sie.«

Er führte sie zu einem eleganten französischen Restaurant im alten Stil, in dem die Ober schwarze Krawatten trugen, das Licht gedämpft und der Ecktisch für Intimitäten gedacht war.

Sekunden nachdem sie sich niedergelassen hatten, wurde die zweite Flasche Champagner gebracht, und sie sagte sich, dass er dies vorbestellt haben musste. Und wahrscheinlich vieles andere auch.

»Ich habe mir sagen lassen, dass das Essen hier denkwürdig sei. Das Haus stammt aus dem Beginn des zwanzigsten Jahrhunderts«, fuhr er fort. »Neo-georgianischer Kolonialstil. Es gehörte einem Künstler. Bis vor etwa dreißig Jahren diente es als Privathaus.«

»Recherchierst du immer die Geschichte deiner Restaurants?«

»Es kommt auf das Ambiente an. Vor allem in New Orleans. Auf die Küche ebenso. Es heißt, das *caneton à l'Orange* sei die Spezialität des Hauses.«

»Dann sollte einer von uns das Entchen nehmen.« Verwirrt legte sie ihre Speisekarte beiseite. Man hatte mit ihm nicht nur viel zu lachen, ging es ihr durch den Kopf. Er war nicht nur sexy und klug. Er war *interessant.* »Dieses Mal wählst du aus.«

Locker wie ein Mann, der an gutes Dinieren in exklusiven Restaurants gewohnt war, bestellte er in einem Atemzug die gesamte Speisenfolge von den Appetithäppchen bis zum Schokoladensoufflé.

»Dein Französisch ist gut, jedenfalls um Essen zu bestellen. Sprichst du es sonst auch?«

»Ja, aber bei Cajun-Französisch muss ich oft passen.«

»Bist du in Paris gewesen?«

»Ja.«

Sie beugte sich nach vorne, wie sie das immer machte, die Arme an der Tischkante verschränkt, den Blick auf ihn gerichtet. »Ist es schön?«

»Ja, das ist es.«

»Eines Tages möchte ich auch hinfahren. Nach Paris und Florenz, nach Barcelona und Athen.« Das waren für sie heiße, farbenprächtige Traumstädte, und die Ahnung davon war so aufregend wie der Wunsch. »Und du hast sie alle gesehen.«

»Athen nicht. Noch nicht. Meine Mutter ist gern gereist, also sind wir in meiner Jugend jedes Jahr nach Europa geflogen. Jedes zweite Jahr waren wir in Irland. Da haben wir immer noch Familie.«

»Und welchen Ort bevorzugst du?« Sie stützte die Ellbogen auf den Tisch und ihr Kinn auf die ineinander verschlungenen Finger. »Von all den Orten, in denen du gewesen bist?«

»Schwer zu sagen. Die Westküste Irlands, die Hügel der Toskana, ein Straßencafé in Paris. Aber im Moment ist mein Lieblingsort direkt hier.«

»Du alter Schmeichler. Na gut, dann erzähl mir von Boston.«

»Es ist eine Hafenstadt in New England von großer historischer Bedeutung.« Als sie lachte, lehnte er sich zurück und ließ es auf sich wirken. »Oh, das hast du also nicht gemeint.«

»Erzähl mir von deiner Familie. Hast du Brüder, Schwestern?«

»Zwei Brüder, eine Schwester.«

»Große Familie.«

»Du machst dich wohl lustig? Meine Eltern waren ganz arme Schlucker in Hinblick auf das Gehet-hin-und-vermehret-euch. Mama hat sechs Geschwister, und mein Vater kommt aus einer Familie mit acht Kindern. Keines ihrer Geschwister hat weniger als fünf Kinder. Wir sind eine ganze Armee.«

»Vermisst du sie?«

»Vermissen? Na ja, doch«, gab er zögernd zu. »Aus dieser angenehm sicheren Distanz heraus ist mir klar geworden, dass ich meine Familie wirklich mag.«

»Werden sie dich besuchen kommen?«

»Eventuell. Alle werden abwarten, bis meine Mutter wieder mit mir spricht. In unserem Haus ist die Mutter der Dreh- und Angelpunkt.«

Sie nahm eine Kostprobe der Vorspeisen, die er für sie bestellt hatte. Declan wunderte sich, dass sie keine Ringe trug. Sie hatte schöne Hände, schlank, elegant, zart. Der Silberschlüssel ruhte auf ihrer glatten dunklen Haut, und an ihren Ohren blitzte es silbern. Aber ihre Finger und ihre Handgelenke waren schmucklos. Wunderbar nackt, fiel ihm auf, und er fragte sich, ob das Fehlen von Schmuck vielleicht ein weiblicher Trick war, einem Mann jede ihrer Linien, Kurven, Biegungen vor Augen zu führen.

Bei ihm verfehlte es seine Wirkung jedenfalls nicht.

»Du glaubst, sie ist böse auf dich? Deine Mama?«

Er musste blinzeln, um den Gesprächsfaden wieder aufzunehmen. »Nein, böse nicht. Irritiert, sauer, eingeschnappt. Wenn sie wirklich wütend wäre, dann wäre sie schon längst hier, um mich fertig zu machen, bis ich mich ihrem Furcht einflößenden Willen beuge.«

»Liegt ihr denn daran, dich glücklich zu sehen?«

»Ja. Wir lieben einander wie wahnsinnig. Sie wäre nur zufriedener, wenn mein Glück mit ihrer Sichtweise in einer Linie läge.«

Sie drehte den Kopf, und er sah die Ohrringe durch ihre dicken, dunklen Locken silbern aufblitzen. »Warum machst du ihr nicht klar, dass sie deine Gefühle verletzt?«

»Wie bitte?«

»Wenn du ihr nicht deutlich machst, dass sie dich verletzt, wie soll sie dann aufhören?«

»Ich habe sie enttäuscht.«

»Nein, das hast du nicht«, erwiderte sie voll ungeduldigem Mitgefühl. »Glaubst du, deine Familie möchte dich elend und unausgefüllt sehen? Mit einer Frau verheiratet, die du nicht liebst, und in einem Beruf, der dir nicht gefällt?«

»Ja. Nein. Ehrlich gesagt, ich weiß es gar nicht.«

»Dann finde ich, solltest du sie fragen.«

»Hast du Geschwister?«

»Nein. Heute Abend sprechen wir aber über dich. Mich heben wir für einen späteren Zeitpunkt auf. Hast du in deinen Antiquitätenläden gefunden, wonach du gesuchst hast?«

»Und noch mehr.« Es war weitaus angenehmer sich über Neuerwerbungen als über die Familie zu unterhalten, also schilderte er sie ihr detailreich, bis sie beim Hauptgericht angelangt waren.

»Woher weißt du denn, was du haben möchtest, ehe der Raum überhaupt fertig ist?«

»Ich weiß es eben.« Er zuckte mit den Schultern. »Ich kann es nicht erklären. Dieses große Sofa habe ich für den flussseitigen Salon ausgesucht. Damit fange ich als Nächstes an, und es wird bei weitem nicht so viel Arbeit sein wie die Küche. Hauptsächlich Wände und Fußboden. Ich möchte mit den Innenräumen möglichst weit kommen, damit ich mich dann auf die Galerien und die Doppeltreppe konzentrieren und mit viel Glück im April das Streichen der Fassade in Angriff nehmen kann. Auf diese Weise könnten wir vor der Sommerhitze die Arbeiten wieder nach drinnen verlagern.«

»Warum drängst du so? Das Haus läuft dir doch nicht weg.«

»Erinnerst du dich an die hartnäckige, kämpferische Natur, von der ich dir erzählt habe?«

»Aber das bedeutet doch nicht, dass du kein bisschen entspannen kannst. Wie viele Arbeitsstunden steckst du in eine Woche?«

»Ich weiß es nicht. Normalerweise zehn, zwölf Stunden am Tag.« Dann grinste er und nahm ihre Hand. »Machst du dir Sorgen um mich? Ich nehme mir mehr Freizeit, wenn du sie mit mir verbringen möchtest.«

»Ich mache mir keine Sorgen um dich.« Aber sie ließ ihre Hand in seiner ruhen, ließ sie von dieser harten, schwieligen Hand drücken. »Aber Mardi Gras steht vor der Tür. Wenn du dir dafür nicht etwas Zeit nimmst, hättest du genauso gut in Boston bleiben können.« Sie starrte auf das riesige doppelte Soufflé, das der Ober in der Mitte des Tisches platzierte. »Ach du liebe Zeit. Meine Güte.« Sie beugte sich vor, schloss die Augen und schnupperte. Und lachte, als sie sie wieder aufschlug. »Wo ist deins?«

Danach führte er sie zum Tanzen. Er hatte einen Club entdeckt, der langsame Foxtrotts und wilde Swingnummern aus den Dreißigern spielte. Verblüfft ließ Lena sich von ihm schwungvoll übers Parkett wirbeln, bis ihre Beine schwach wurden.

»Du steckst voller Überraschungen.«

»Worauf du Gift nehmen kannst.« Er nahm sie in seine Arme und jagte ihr den Blutdruck hoch, als er mit seinen Händen über ihren Körper strich und sie an den Hüften packte. Ihr Körper drehte sich vor seinem, und wie zwei Wellen glitten sie zu den Klängen des klagenden Tenorsaxophons dahin.

Er ließ sie fallen, und sie ließ es lachend mit sich geschehen, obwohl ihr Puls schon im Grenzbereich schlug. Sie ließ ihren Kopf zurücksinken und ihr Haar nach unten fließen, als er sein Gesicht zu ihr hinabsenkte. Seine Lippen und leicht aufgesetzte Zähne streiften ihr Kinn, dann riss er sie schwungvoll nach oben, drehte sie, umgarnte sie.

Alles war in warmes rauchblaues Licht getaucht, und da seine Bewegungen so fließend waren, schienen sie sich unter Wasser zu bewegen. Das sehnsüchtige Verlangen, das sie nicht zulassen wollte, kroch ihr in die Eingeweide. Mit halb geschlossenen Augen fuhr sie ihm mit der Hand durchs Haar, zog sein Gesicht näher heran, diesen letzten Zentimeter näher, bis seine Lippen die ihren berührten.

»Du passt zu mir, Lena. Wir passen zusammen.«

Sie schüttelte den Kopf und drehte ihn, bis ihre Wange an seiner ruhte. »Wenn du in der Liebe nur halb so gut bist wie beim Tanzen, dürftest du ein Heer lächelnder Frauenlippen im Gefolge haben.«

»Lass es mich dir beweisen.« Er knabberte an ihrem Ohrläppchen und spürte die Welle der Erregung, die sie durchzuckte. »Ich möchte dich berühren. Ich weiß, wie deine Hand sich unter meinen Händen anfühlen wird. Ich habe davon geträumt.«

Sie ließ ihre Augen geschlossen und versuchte die Sehnsucht zu verdrängen. »Tanz einfach mit mir. Es wird langsam spät, und ich wünsche mir noch einen Tanz.«

Als sie in der Limousine saßen, legte sie ihren Kopf auf seine Schulter. Musik, Wein und gedämpftes Licht ließen sie nicht los und hielten sie in ihrem Bann. Sie ertrank in romantischer Schwelgerei, und obwohl sie wusste, dass genau das von ihm beabsichtigt gewesen war, wurde die Wirkung nicht geschmälert. Sie wurde sogar verstärkt.

Declan gehörte zu den Männern, denen es auf jedes Detail ankam. Im Großen wie im Kleinen. Bei dem Haus, das er sich ausgesucht hatte, und bei der Frau, die er haben wollte.

Sie bewunderte das. Bewunderte ihn.

»Du verstehst es, ein Mädchen gut zu unterhalten, *cher*.«

»Dann lass mich das doch morgen Abend wieder tun.«

»Morgen Abend arbeite ich.«

»Dann eben, wenn du das nächste Mal frei hast.«

»Ich werde darüber nachdenken. Und das ist nicht kokett gemeint, Declan.« Sie setzte sich auf, so dass sie ihm in die Augen sehen konnte. »Koketterie mag ich nicht. Ich bin vorsichtig. Ich kann zwar nicht behaupten, dass mir das gefällt, aber wenn es um dich geht, halte ich das für das Klügste. Und ich bin gerne klug.«

Als die Limousine vor ihrem Haus sanft zum Stehen kam, strich sie ihm mit dem Finger über die Wange. »Und jetzt bringst du mich zur Tür und gibst mir einen Gutenachtkuss.«

Er trug den Silbereimer mit den violetten Tulpen, stellte ihn vor ihrer Tür ab und nahm dann ihr Gesicht in seine Hände.

Der Kuss war zärtlicher, als sie erwartet hatte. Sie war auf Hitze, die fordernde, durchdringende Hitze gefasst gewesen, die ihre Widerstände zu schmelzen vermocht hätte. Stattdessen ging er es zärtlich und sanft an und beendete den Abend, wie er begonnen hatte. Mit Romantik.

»Und wie wär's, wenn wir uns vor deiner Arbeit sehen?« Jetzt hob er ihre Hand an seine Lippen. »Ich nehme dich mit zu einem Picknick.«

Verdutzt starrte sie ihn an. »Ein Picknick?«

»Warm genug wird es wohl sein. Wir können am Teich eine Decke ausbreiten. Und du kannst Rufus als Anstandswauwau mitbringen. Ich sehe ihm so gern zu, wenn er hineinspringt.«

»Lass gut sein.« Jetzt nahm sie sein Gesicht in die Hände. »Hör auf. Ich möchte, dass du jetzt runter zu dem großen dicken Auto gehst.«

»In Ordnung.« Er berührte ihr Haar. »Ich will nur noch warten, bis du im Haus bist.«

»Geh runter zum Wagen«, wiederholte sie. »Bezahl diesen Fahrer und sag ihm, er kann nach Hause fahren. Dann kommst du wieder rauf.«

Er schloss seine Hände über ihren Handgelenken, spürte ihren Pulsschlag. »In fünf Minuten bin ich wieder da. Und dass du es dir nicht anders überlegst. Zwei Minuten«, verbesserte er sich. »Stopp mich.«

Während er die Treppe hinunterraste, nahm sie die Blumen und sperrte die Tür auf. Wenn es ein Fehler war, sagte sie sich, dann wäre es nicht ihr erster. Und ihr letzter auch nicht.

Sie zündete Kerzen an, legte Billie Holiday auf. Sex sollte locker sein, erinnerte sie sich. Und wenn es zwischen zwei ungebundenen Erwachsenen dazu kam und die Lust darüber hinaus mit etwas Zuneigung gekoppelt war, dann sollte es ein Fest sein.

Die Entscheidung dafür hatte zudem sie selbst getroffen, egal welche Überzeugungskünste mitgewirkt hatten. Was sollte auch alles Bedauern, ehe es überhaupt begonnen hatte.

Er klopfte. Sie musste lächeln, dass er nicht einfach eintrat. Gute Manieren und heißes Blut. Eine interessante Kombination. Unwiderstehlich.

Sie öffnete die Tür, und Billie Holidays Herzschmerz strömte nach draußen. Declan schob die Hände in die Taschen und lächelte sie an.

»Hallo.«

»Hallo, da bist du ja wieder, mein Schöner.« Lena griff nach seiner Krawatte. »Komm hier rein.« Sie zerrte und zog ihn durch die Tür. Und hätte ihn im Rückwärtsgang direkt ins Schlafzimmer abgeschleppt.

Aber er legte seine Hände auf ihre Hüften und zog sie an sich heran. »Ich mag deine Musik.« Er brachte sie behutsam zum Tanzen. »Wenn ich noch etwas anderes außer dir wahrzunehmen in der Lage bin, werde ich dir sagen, ob mir deine Wohnung gefällt.«

»Hast du Unterricht darin genommen, was du sagen musst, damit die Frauen dir zufliegen?«

»Naturtalent.« Er streifte mit seinen Lippen ihre Mundwinkel. Und über das kleine aufreizende Muttermal. »Die Straßen von Boston sind übersät mit meinen Eroberungen. Das hat den Verkehr verdammt erschwert, und die Stadtverwaltung hat mich gebeten, die Stadt zu verlassen.« Er rieb sanft mit seiner Wange an ihrer. »Ich rieche dich im Schlaf. Und wenn ich aufwache, will ich dich.«

Ein Schauder durchbebte ihr Herz, als würde es nach langem Frost die Wärme spüren. »In dem Moment, als du an meinen Tresen kamst, wusste ich, dass es mit dir nur Ärger geben würde.« Sie rekelte sich unter der Hand, die über ihren Rücken glitt. »Ich wusste nur noch nicht, wie viel Ärger.«

»Jede Menge.« Er raffte sie an sich und presste seinen Mund auf ihre Lippen, bis sie beide stöhnten. »Wo hinein?«

»Hmm. Ich könnte mir viele Wege vorstellen.«

Was ihm noch an Blut im Gehirn verblieben war, schoss ihm jetzt direkt in die Lenden. »Ha. Ich habe gemeint, wohin geht's zu deinem Schlafzimmer.«

Mit einem tiefen Lachen kaute sie an seiner Unterlippe. »Die linke Tür.«

Als er sie durchs Zimmer und durch die Tür trug, strömten zahlreiche Eindrücke auf ihn ein. Lebhafte Farben, altes Holz. Doch vor allem waren seine Sinne von der Frau gefesselt, die er in den Armen trug. Von ihrem Gewicht, ihrer Gestalt und ihrem Duft. Von der Überraschung, die über ihr Gesicht zuckte, als er sie neben dem Bett auf die Beine stellte, anstatt sie aufs Bett zu legen.

»Ich würde mir gern Zeit damit lassen, wenn du nichts dagegen hast.« Er strich mit seiner Fingerspitze über ihr Schlüsselbein, über die reizende Kurve ihrer Brust, die das Kleid freigab. »Du weißt schon, wie wenn man ein Geschenk auspackt.«

»Dagegen habe ich nun wirklich nichts einzuwenden.«

Sie hatte mit einer stürmischen Eroberung gerechnet – schnelle Hände, hungriger Mund –, die zu der ungezügelten Lust gepasst hätte, die sie in seinen Augen gesehen hatte. Doch als seine Hände die ihren nahmen, die Finger sich ineinander verhakten und seine Lippen seidig auf ihren Lippen lagen, fiel ihr wieder ein, wie schonungslos er tags zuvor seine Wut gebändigt hatte.

Offenbar vermochte er andere Leidenschaften ebenso zu beherrschen.

Auf Romantik war sie jedenfalls nicht vorbereitet. Das war ihm bereits anhand ihrer Reaktion auf die Tulpen klar geworden. Sie war überrascht gewesen, doch in ihren Augen hatte der Argwohn eindeutig dominiert. Genauso wie jetzt, als er sein Tempo drosselte und sich dem stillen Vergnügen eines Kusses hingab.

Jetzt reichte es ihm nicht mehr, sie mit seiner Verführung ins Bett zu locken. Er wollte, dass seine Verführung diesen Argwohn in hilflosen Genuss verwandelte.

Ihre Lippen waren warm und willig. Es fiel ihm nicht schwer, seine mit ihren zu verschmelzen, sich auf diesem trägen Gleiten der Zungen treiben zu lassen, während ihre Körper noch immer zu tanzen schienen.

Als ihre Finger in seiner Hand schlaff wurden, wusste er, dass sie mit ihm trieb.

Mit einer sachten Bewegung öffnete er den Reißverschluss ihres Kleides und tastete sich mit seinen Fingern über das entblößte Fleisch. Sie bog den Rücken durch und hätte fast geschnurrt.

»Du hast geschickte Hände, *cher*, und sehr verführerische Lippen.« Sie betrachtete ihn, wie er sie, und löste den Knoten seiner Krawatte. »Und jetzt lass mal den Rest von dir sehen.«

Einen Mann im Anzug auszuziehen war äußerst reizvoll, fand sie. Die Zeit, die man brauchte, um all die Lagen zu entfernen, ehe man an die Haut kam, steigerte die Erwartung und schürte die Neugier. Als sie sein Hemd aufknöpfte, berührte er sie und streifte ihr das Kleid über die Schultern, so dass es höchst erotisch an ihren Brüsten haften blieb. Ohne Eile und ohne zu fummeln, knabberte er an ihrem Mund.

Als sie sein Hemd öffnete und mit ihrer Hand unter zustimmendem Brummen seinen Brustkorb streichelte, spürte sie sein Herz unter ihrer Handfläche heftig pochen.

»Für einen Anwalt bist du gut gebaut.«

»Ex-Anwalt.« Er verging fast, starb Zentimeter für Zentimeter hin, als diese langen, schlanken Finger mit den roten Nägeln über ihn strichen. Sie kniff ihn zart in den Bizeps und leckte sich die Lippen.

»Ja, in der Tat, du steckst voller Überraschungen. Ich mag einen starken Mann.«

Sie tippte mit ihren Nägeln an seine Gürtelschnalle, und ihr Lächeln wurde sehr weiblich. Katzenhaft. »Mal sehen, was für andere Überraschungen du noch für mich hast.«

Sie tanzten wieder, den ältesten Tanz, den es gab, und irgendwie hatte sie die Führung übernommen. Seine Bauchmuskeln zuckten, als sie sich an seiner Gürtelschnalle zu schaffen machte.

In Gedanken sah er, wie er sie aufs Bett warf und sich mit der ganzen Wucht seines Körpers und seines unglaublichen Verlangens in sie drängte. Sie hätte es akzeptiert.

Sie hatte es erwartet.

Doch ehe sie seine Hose aufhaken konnte, nahm er ihre beiden Hände und führte sie an seine Lippen. Dabei ließ er sie nicht aus den Augen und sah ihre Überraschung – und wieder den Argwohn.

»Ich gerate offenbar ins Hintertreffen«, meinte er spielerisch. »Und da ich mich schon die ganze Zeit frage, was unter diesem Kleid sein mag, würde ich gerne herausfinden, wie nah meine Spekulation an die Wirklichkeit heranreicht.«

Er legte seine Lippen auf ihre nackte Schulter und stupste damit den Stoff endgültig von ihren Armen. Dank der Gesetze der Schwerkraft glitt das Kleid zu Boden und blieb wie ein Pfütze um ihre Knöchel liegen.

Darunter trug sie schwarze Spitze.

Sie war der Inbegriff einer Männerfantasie. Dunkle Haut, wallendes Haar, volle, hohe Brüste, die von der zauberhaften

Spitze kaum eingeschränkt wurden. Der schmale Oberkörper, die sanft gerundeten Hüften und darunter schwarze Spitze, die ihre Weiblichkeit knapp verbarg. Formvollendete Beine in durchsichtigen schwarzen Strümpfen und männermordenden Absätzen.

»Nah dran.« Der Atem brannte ihm bereits in der Lunge. »Sehr nah dran. Was ist das denn?« Er malte mit der Fingerspitze ein Tattoo auf der Innenseite ihres rechten Oberschenkels nach, direkt über dem Spitzenrand ihres Strumpfes.

»Das ist mein Drache. Er bewacht meine Pforte.« Sie zitterte und wollte doch noch gar nicht zittern. »Viele Männer glauben, an ihm vorbeizukommen. Und viele Männer haben sich dabei verbrannt.«

Er strich mit seinem Finger entlang der empfindlichen Senke zwischen Spitze und Schenkel. »Lass uns mit dem Feuer spielen.«

Mit einem Ruck zog er sie an sich und verschlang ihren Mund. Als ihm das nicht mehr reichte, wirbelte er sie herum und scheuerte mit seinen Zähnen über ihre Schulter und seitlich hoch über den Hals. Das Gesicht in ihren Locken vergraben, strich er mit seinen Händen über ihren Kopf und füllte sie mit den von Spitze bedeckten Brüsten.

Sie bog sich ihm entgegen, schlang die Arme um seinen Nacken und bot sich ihm dar. Das ständige Wechselspiel von Geduld und Drängen hatte sie schwindelig gemacht und in so heftige Erregung versetzt, dass sie von ihm genommen werden wollte. Jetzt spürte sie auch seine Gier und merkte, wie ihre eigene wuchs und sich der seinen anpasste.

Seine Hand glitt nach unten, verharrte zwischen ihren Beinen, spielte an dem Spitzenhöschen und brachte sie an den Rand der Auflösung. Ehe sie fallen konnte, rutschten seine Finger den Oberschenkel entlang und hakten mit flinkem Griff einen Strumpfhalter auf.

Sie hielt den Atem an. Ihr Körper spannte sich an. »*Mon Dieu.*«

»Wenn ich in dir bin, wirst du an nichts anderes mehr denken können.« Er hakte einen zweiten Strumpfhalter auf. »Aber erst muss ich dich berühren, wie ich es geträumt habe.« Er rieb mit seinen Lippen über ihre Schultern und schob die Träger ihres Büstenhalters zur Seite. »Angelina.«

Sie wandte ihm ihr Gesicht zu, ließ ihn mit seinen Fingern tief in ihr Haar eintauchen und ihren Kopf nach hinten ziehen. »Heute Nacht gehörst du mir.«

Verweigerung und Widerstand kämpften gegen die Verführung an. »Ich gehöre mir selbst.«

Er nahm sie auf seine Arme und legte sie mit dem Rücken aufs Bett. »Heute Nacht werden wir einander gehören.«

Er verschloss ihr mit seinen Lippen den Mund, um ihren Worten Einhalt zu gebieten, ihre Gedanken zu betäuben. Sie drehte den Kopf, um Luft zu holen, wieder Halt zu finden. Aber seine Lippen wanderten hinab zu ihren Brüsten, über Fleisch, über Spitze, darunter. Das anhaltende sanfte Ziehen in ihrem Bauch lockerte ihre Muskeln und ließ ihren Willen dahinschmelzen.

Sie fügte sich, indem sie sich einredete, ihren eigenen Bedürfnissen nachzugeben und nicht seinen.

Er spürte, wie sie nachgab, weich wurde. Hörte es an dem tiefen, kehligen Stöhnen, das Wollust und Zugeständnis zugleich war.

Und so nahm er sich das, wonach er sich seit jenem ersten Moment an verzehrt hatte, als er sie im Morgennebel gesehen hatte.

Ihr Körper war ein Schatz, duftende Haut, weibliche Rundungen. In tiefen Zügen kostete er alles aus. Er legte ihre Brüste frei für seine Hände, seinen Mund. Sein Blut wütete wie eine Feuersbrunst, aber zu ihrer beider Qual ließ er sie brennen.

Als er die Spitze über ihre Hüften rollte, bog sie sich ihm entgegen. Öffnete sich. Er spürte ihr mit seinen Fingern nach und beobachtete ihr Gesicht im Kerzenlicht, sah zu, wie ihre Augen sich schlossen und ihre Lippen unter Stöhnen erbebten. Als er seine Finger dann in ihr heißes, feuchtes, samtiges Innere schob, bäumte sie sich auf und schrie. Feuerte ihn an.

Sein Gesicht fest auf sie gerichtet, sorgte er dafür, dass sie abhob.

Ihr Körper bestand nur noch aus Verlangen und Genuss, und wie ein Blitz durchdrang sie die schiere Lust. Er zerbarst in ihr und lieferte sie hilfloser Raserei aus.

Sie griff nach ihm, schloss ihre Hand um sein Glied. Er war hart wie Stein. Um alles in der Welt wollte sie ihn in sich spüren.

»Komm. Ich will dich.« Sie spürte sein Zittern, das dem ihren glich. Sah sich in seinen Augen, als er sich über ihr erhob. »Ich möchte, dass du mich ganz ausfüllst. Füll mich.«

Er hatte sich gerade noch eben unter Kontrolle und glitt, als ihre Beine sich um ihn wickelten, langsam, ganz langsam in sie hinein. Gelangte tiefer, als sie sich ihm entgegenstemmte. Verharrte dort mit angehaltenem Atem, aufgesogen von ihr.

Seufzer und ein rasches, drängendes Keuchen. Sie ließen einander nicht aus den Augen und bewegten sich in einem fast trägen Tempo, das ihre Lust wie Wellen in einem warmen Pool ausbreitete. Ihre Lippen trafen sich, und noch ehe er den Kopf hob, um ihr Lächeln zu sehen, spürte er es an der Rundung ihres Mundes.

Fleisch glitt über Fleisch, seidiges Kräuseln. Die Musik aus dem Wohnzimmer, ein tragisches Schluchzen, und ein plötzlicher Ausbruch von Feierstimmung, der von der Straße unten nach oben drang, vermischten sich in seinem Kopf mit ihren schneller werdenden Atemzügen.

Ihr Körper spannte sich unter ihm, sie bog den Kopf nach hinten und entblößte so ihre Kehle für seine Lippen. Sie klammerte sich an ihn, zitterte unkontrolliert. Wieder vergrub er sein Gesicht in ihren Haaren, und dieses Mal hob er mit ihr ab.

Später lag er da, streichelte ihren Rücken und verfolgte das Lichterspiel an der Decke. War völlig durchtränkt von ihr. »Darf ich hier bleiben?«, fragte er. »Oder soll ich mir ein Taxi rufen?«

Sie starrte in die Schatten. »Bleib.«

9

Kurz nach Tagesanbruch wurde er wach. Sie hatte sich im Schlaf an ihn geschmiegt, aber er sah, dass ihr Arm zwischen ihnen ruhte und sie die Hand über dem Herzen zur Faust geballt hatte. Als wollte sie es bewachen, ging es ihm durch den Kopf. Der kleine Silberschlüssel berührte ihre Hand.

Gern hätte er diese Hand hochgehoben und sanft ihre Finger entrollt. Um ihr Herz für ihn freizulegen, wie er sich klar machte. Seins hatte er bereits an sie verloren. Hatte es verloren in der Sekunde, in der er sie gesehen hatte.

Das traf einen Mann, der von sich glaubte nicht lieben zu können, sofern es nicht um Familie oder Freunde ging, wie ein Blitz und war obendrein ein Schock. Seine persönliche Krise wegen Jessica, von der alle – Jessica eingeschlossen – gedacht hatten, sie sei die perfekte Frau für ihn, hatte ihn davon überzeugt, dass er seine einzige Chance vertan hatte, eine dauerhafte und zufriedene Beziehung mit einer Frau einzugehen.

Das war für Declan, der im Grunde seines Herzens fest an die Familie, ein Zuhause und an die Ehe glaubte, schwer zu verdauen gewesen. Und die Tatsache, dies verdauen zu müssen, war wohl weitgehend verantwortlich für das rastlose Unglück, das ihn monatelang wie ein treu ergebener Hund verfolgt hatte.

Jetzt betrachtete er die Frau, die darauf die Antwort war. Aber er glaubte nicht, dass sie einwilligen würde, sich die Frage anzuhören.

Also würde er sie überzeugen müssen. Auf die ein oder andere Weise, früher oder später. Weil es ihm nämlich ernst damit gewesen war, was er letzte Nacht gesagt hatte. Sie würden einander gehören.

Er überlegte, sie aufzuwecken und daran zu erinnern, wie gut sie im Bett zusammenpassten. Eine bessere Möglichkeit, den Tag zu beginnen, konnte er sich nicht vorstellen, zumal sie warm und weich an ihn geschmiegt lag.

Aber da sie kaum geschlafen hatten, hätte er es ungerecht gefunden. Ihr Arbeitstag begann sehr viel später als seiner.

Voller Bedauern trennte er sich von ihr und stieg aus dem Bett. Sie regte sich, seufzte im Schlaf und rollte sich dann in die Wärme, die er zurückgelassen hatte.

Er nahm seine Hose und steuerte auf das Bad zu.

Seiner Ansicht nach verriet ein Badezimmer viel über dessen Besitzer. Ihres war sowohl peinlich sauber als auch luxuriös. Dicke Handtücher in Waldgrün hoben sich von der weißen Ausstattung ab und griffen das kleine Rautenmuster wieder auf, das über die Fußbodenfliesen verstreut war.

Üppige Grünpflanzen säumten den Fenstersims, und aus einer schmalen Flasche in Blassgrün reckten drei Osterglocken ihre Köpfe.

Es standen noch andere Flaschen in den Farben von Edelsteinen herum, sowie Schachteln mit Duftölen und Lotionen, Badesalzen. Ihm fiel ihre Vorliebe für ausgefallene Seifen auf, die sie in einer hübschen Schale aufbewahrte.

Er entdeckte auch, dass der Heißwasserfluss länger anhielt als bei ihm zu Hause. Lächelnd genoss er das Vergnügen einer fünfzehnminütigen Dusche, die den Raum mit Dampfschwaden wie in einem türkischen Bad füllte.

Als er herauskam, schlief sie noch. Jetzt lag sie auf den Laken ausgebreitet, und die Morgensonne glitt über ihren nackten Rücken. Willensstark widerstand er der Versuchung, zu ihr ins Bett zu kriechen, und konzentrierte sich auf die Suche nach Kaffee.

Ihr Wohnbereich hatte hohe Decken und dunkle Holzböden. Die mit blauer Farbe lasierten Wände erinnerten an verblassten Jeansstoff. Um den in dem gleichen dunklen Holz gerahmten Kamin mit seinem von der Sonne gebleichten Sims beneidete Declan sie. Man sah dem Holz sein Alter an und der cremefarbene Anstrich blätterte ab.

Declan begriff sofort, warum sie es so gelassen hatte. Dadurch kamen seine Geschichte und sein Charakter zum Tragen.

Als Kontrast zu den blassen Wände hatte sie farbenprächtige gerahmte Poster aufgehängt. Werbeplakate, wie er bemerkte. Elegante Frauen, die für Champagner warben, geschniegelte Männer mit Zigarren.

Mitten im Raum stand ein Sofa in Königsblau mit hoher Lehne, darauf ein Kissenmeer, wie Frauen es rätselhafterweise nur allzu gern über Sofas und Betten breiten.

Er bewunderte den von ihr geprägten Stil. Alte, ein wenig ramponierte Tische und umwerfende Farben. Und es freute ihn, seine Tulpen auf ihrem Kaffeetisch stehen zu sehen.

Er wanderte durch die Küche und ertappte sich bei einem Grinsen. Schließlich stieß man an Küchenwänden nicht besonders häufig auf Aktfotos in Schwarzweiß – Frauen- und Männerakte.

Aber als er den Kaffee entdeckte, freute er sich noch mehr.

Er schloss die Schiebetür, damit sie im Schlafzimmer nicht vom Lärm der Kaffeemühle gestört wurde. Während er aufgoss, stand er an ihrem Küchenfenster und sah hinaus auf ihren Ausschnitt von New Orleans.

Er hörte die Küchentür zurückgleiten.

Sie trug einen kurzen roten Morgenmantel, sah ihn aus schlaftrunkenen Augen an und schenkte ihm ein träges Lächeln.

»Entschuldige, ich hatte gehofft, du würdest die Kaffeemühle nicht hören.«

»Ich habe sie nicht gehört.« Sie atmete tief durch. »Aber ich habe das Ergebnis gerochen. Machst du Frühstück, *cher*?«

»Möchtest du Toast? Das ist meine Spezialität.«

»Oh, ich denke, deine Spezialität habe ich schon gestern Nacht genossen.« Noch immer lächelnd, schlenderte sie auf ihn zu und schlang ihre Hände um seinen Hals. »Lass sie mich noch mal kosten«, sagte sie und hob ihren Mund an seinen.

Als sie allein im Bett aufgewacht war, dachte sie, er sei gegangen. Nie ließ sie einen Mann bei ihr im Bett übernachten. Sie konnten sich so leicht durch die Tür fortstehlen. Da war es schon besser, sie schickte sie weg und schlief allein, anstatt allein aufzuwachen.

Dann hatte sie sein Hemd, sein Jackett, seine Schuhe gesehen und war entzückt gewesen. Mehr als entzückt. Wenn ein Mann über so viel Macht verfügte, war es an der Zeit, sich welche davon zurückzuholen. Und der sicherste Weg dazu war der, seinen Kopf mit Sex zu benebeln.

»Warum hast du dich nicht einfach zu mir gedreht und mich aufgeweckt, mein Schatz?«

»Ich habe daran gedacht.« Dachte immer noch daran. »Aber ich habe mir überlegt, dass du mehr als zehn Minuten Schlaf brauchen dürftest, da du heute Abend wieder arbeiten musst. Doch da du nun schon mal wach bist…« Sie lachte und entschlüpfte ihm. »Da ich nun schon mal wach bin, möchte ich Kaffee.« Sie öffnete eine Schranktür und warf ihm einen wissenden Blick über die Schulter zu. »Wenn du mich ganz lieb fragst, komponier ich dir vielleicht ein Frühstück.«

»Möchtest du, dass ich aufrecht darum bettele, in die Knie gehe oder mich unterwürfig auf den Rücken lege?«

»Du amüsierst mich, Declan. Ich werde dir Toast zaubern. *Le pain perdu*«, fügte sie hinzu, als sie sein enttäuschtes Gesicht sah. »Französischen Toast. Ich esse lieber ein schönes Baguette.« Sie reichte ihm einen dicken weißen Becher, gefüllt mit schwarzem Kaffee.

»Danke. Da du in der Küche so geschickt bist, müssen wir

keine Köchin einstellen, wenn wir heiraten und unsere sechs Kinder großziehen.«

»Sechs?«

»Ich fühle mich verpflichtet, die Sullivan-Fitzgerald-Tradition fortzusetzen. Ich mag deine Küchenkunst. Nicht gerade der übliche Ort für Nackte.«

»Warum?« Sie holte eine schwarze Eisenpfanne aus dem Schrank. »Kochen ist eine Kunst und außerdem sexy, wenn man es richtig macht.«

Sie holte eine blaue Schüssel heraus. Er beobachtete sie, wie sie das Ei aufschlug und mit einer Hand Eigelb und Eiweiß hineingleiten ließ.

»Ich verstehe, was du meinst. Mach das noch mal.«

Sie kicherte und schlug ein zweites Ei auf. »Warum gehst du nicht raus und legst ein bisschen Musik auf? Das hier dauert nicht lang.«

Sie aßen an einem kleinen Klapptisch, den sie unter eins der Wohnzimmerfenster geschoben hatte.

»Wo hast du Kochen gelernt?«, fragte er sie.

»Bei meiner Großmama. Sie hat auch versucht, mir Nähen beizubringen, aber das hat nicht so gut geklappt.«

»Warum hast du denn kein Restaurant an Stelle einer Bar aufgemacht?«

»Ich koche gern, wenn ich Lust dazu habe. Wenn man es macht, um Geld zu verdienen, muss man es immer tun.«

»Da hast du Recht. Und wie kam es, dass du eine Bar leitest?«

»Ich wollte mein eigenes Geschäft haben. Wenn man für einen anderen arbeitet, heißt es immer nur tu dies, tu das, komm hierher, geh dorthin. Das wäre nichts für mich. Also bin ich auf die Wirtschaftsschule gegangen und habe mir überlegt, in welchen Wirtschaftszweig ich gehen könnte. Souvenirs wollte ich nicht verkaufen, einen Geschenkeladen auch nicht eröffnen und auch keine Kleider verkaufen. Ich glaube zwar, dass man in all diesen Bereichen in New Orleans Geld verdienen kann, aber was läuft noch besser? Vergnügen verkauft sich am besten. Harmlose Sünden und eine gute Zeit, dafür kommen die Leute zum Big Easy. Also … Et Trois.«

»Wie lang hast du das jetzt schon?«

»Lass nachrechnen.« Sie hatte ihre Schnitte bereits aufgegessen und nahm sich deshalb eine Gabel voll von einer der vier Brotscheiben, die sie auf seinen Teller gehäuft hatte. »Es läuft jetzt schon seit sechs Jahren.«

»Du hast mit dreiundzwanzig eine Bar aufgemacht?«

»He, woher weißt du, wie alt ich bin?«

»Remy.«

Sie schaute genervt an die Decke. »*Et là*! Dem werde ich's aber heimzahlen! Wie kann man nur als Mann so gedankenlos über das Alter einer Frau tratschen. Worüber hat er sich denn sonst noch ausgelassen?«

Declans ungeteilte Aufmerksamkeit gehörte seinem Frühstück. »Das schmeckt ganz großartig. Was hast du da bloß reingetan?«

Zehn Sekunden lang sagte sie gar nichts. »Verstehe. Männer können sich einfach nicht zurückhalten und müssen mit ihren sexuellen Abenteuern prahlen.«

Voller Unbehagen seinet- und seines Freundes wegen, erwiderte Declan: »So war es nicht. Es war nostalgisch. Er hat geschwärmt. Du hast ihm viel bedeutet. Du bedeutest ihm nach wie vor viel.«

»Gut für ihn, dass ich das weiß. Und dass ich das genauso empfinde. Erinnerst du dich noch an das erste Mädchen, das du auf dem Rücksitz hattest, Declan? Erinnerst du dich liebevoll an sie?«

»Sherry Bingham. Eine hübsche kleine Blonde. Ich habe mich während meiner Highschool-Zeit nach ihr verzehrt.«

Es gefiel ihr, dass er sofort mit einem Namen herausgerückt war. Auch wenn er ihn erfunden haben sollte. »Was ist passiert?«

»Sie hat mich wegen eines Footballspielers abblitzen lassen. Linker Angriffsspieler. Herrje, ein Fußballspieler ohne Hals und mit einem IQ wie ein Bleistift. Ich bin noch immer sauer auf sie. Aber um wieder zu dir zurückzukommen – und übrigens Kompliment für deine Gabe, persönliche Fragen von dir abzuwenden, aber ich war schließlich Anwalt. Also, wie hast du das zuwege gebracht? Mit dreiundzwanzig ist man doch noch reichlich jung, um ein Geschäft aufzumachen, zumal eins, wovon bekannt ist, dass die meisten nach drei Jahren pleite gehen.«

Sie lehnte sich zurück. »Das ist doch egal, oder? Herr Anwalt.«

»Na gut.« Schulterzuckend aß er weiter. »Ich habe mir nur gerade vorgestellt, wie du eine Bank ausgeraubt, den Mob ausbezahlt und dann den Vorbesitzer der Bar verführt und danach abgemurkst hast – nachdem er dir den Laden testamentarisch vermacht hat. Und dann hast du im Hinterzimmer weiterhin illegales Glücksspiel und Prostitution betrieben.«

»Nein, ich war einfach fleißig. Aber deine Version gefällt mir ausgezeichnet. Im Vergleich dazu ist meine langweilig. Ich habe nach der Schule und in den Sommerferien stets gearbeitet und mein Geld gespart. Wenn ich muss, kann ich sehr gut sparen. Dann habe ich als Barkeeperin gearbeitet und Drinks serviert und nebenbei die Wirtschaftsschule besucht. Kurz vor meinem zweiundzwanzigsten Geburtstag ist mein Großpapa gestorben. Ist von einer Leiter gestürzt und hat sich den Hals gebrochen.«

Ihre Augen füllten sich mit Tränen, als sie das erzählte. »Vermutlich bin ich immer noch sauer auf ihn.«

»Das tut mir Leid.« Er legte seine Hand auf ihre. »Ihr standet euch nah.«

»Ich liebte ihn mehr als jeden anderen Mann auf der Welt. Pete Simone, mit seinem lauten Lachen und seinen großen Händen. Er spielte die Fiedel und trug dauernd ein rotes Halstuch. Na ja…« Sie zwinkerte die Tränen zurück. »Er besaß eine Lebensversicherung, die war viel größer angelegt, als es nötig gewesen wäre. Die Hälfte für mich, die Hälfte für Großmama. Am Ende hat sie mir alles gegeben. Und wenn sie einmal einen Entschluss gefasst hat, lässt sie sich davon unter gar keinen Umständen abbringen. Also habe ich das Geld angelegt und ein Jahr später meine Bar eröffnet.«

»Das ist doch nicht langweilig, Lena. Du führst eine ganz großartige Bar.«

»Ja, das tue ich.« Sie stand auf und trug die Teller weg. »Du solltest dich jetzt lieber anziehen, *cher*, falls du nach Hause gebracht werden möchtest.«

Er konnte sie nicht dazu überreden, noch mit hineinzukommen. Und so musste er sich, ehe sie ihn aus dem Auto drängte und abfuhr, mit einem Kuss begnügen, der ihm fast den Verstand raubte.

Dass er um neun Uhr morgens in einem zerknitterten Anzug nach Hause kam, brachte ihm ein Grinsen und ein Zwinkern von Big Frank ein, der gerade tote Baumäste aufschichtete, um sie zu verbrennen.

»Da ist Ihnen wohl gestern das Glück hold gewesen, Mister Dec.«

Declan rieb sich das Herz und ging ins Haus, um zu arbeiten.

An diesem Abend und auch am nächsten würden sie sich nicht sehen. Er musste sich mit Telefongesprächen begnügen, die ihn an seine Teenagerzeit erinnerten, als er mit dem tragbaren Telefon durchs Haus wanderte und krampfhaft alle möglichen Tricks ausprobierte, um sie in der Leitung zu halten.

Die Feiern zu Mardi Gras und das damit verbundene Geschäft stünden bevor, hatte sie ihm erklärt. Solange das Fest andauerte, habe sie keine Zeit für Spielchen bei ihm hier draußen.

Er wusste, wann sie ihn auf die Probe stellte und hinhielt und für sich einspannte. Und er beschloss, ihr die lange Leine zu lassen. Bis er sie einholte.

Eines Nachmittags kam Remy im Hugo-Boss-Anzug bei ihm vorbei. Er nahm die goldenen Perlen, die ihm an einer Kette um den Hals hingen, ab und warf sie über Declans Kopf. »Wann kommst du in die Stadt?«

»Ich hatte vor, mich dem Wahnsinn am Wochenende auszuliefern.«

»Wir haben Mardi Gras, mein Lieber. Da ist jeden Abend Wochenende.«

»Hier draußen nicht. Komm, sieh es dir an.« Er führte ihn in den Salon, wo Tibald hoch oben auf der Leiter stand und geduldig den Deckenstuck ergänzte.

»He, Tibald.« Remy hakte seine Daumen in die Hosentaschen und bog den Kopf nach hinten. »Schöne Arbeit.«

»Kann man wohl sagen. Wie geht es Effie?«

»Treibt mich mit ihren Hochzeitsplänen in den Suff. Gestern hat sie die Torte ausgesucht und dabei ein Theater gemacht, als wäre die Überlegung, sie mit gelben Rosenknospen oder voll erblühten Rosen zu verzieren, eine Frage auf Leben und Tod.«

»Das Beste, was ein Mann in einer solchen Situation tun kann, ist nicken oder was sie sonst beruhigt, und erst an besagtem Tag wieder in Erscheinung zu treten.«

»Den Rat hättest du mir geben müssen, ehe ich mich für die großen, dicken Rosen stark gemacht habe, wohingegen sich dann herausstellte, dass sie sich die Knospen in den Kopf gesetzt hatte.« Er zog eine kleine Packung Aspirin aus seiner Hosentasche. »Hast du was, womit ich die runterschlucken kann, Dec? Dieser Frau verdanke ich die schlimmsten Kopfschmerzen aller Zeiten.«

Declan nahm eine halb gefüllte Wasserflasche in die Hand. »Bist du hier herausgekommen, um dich zu verstecken?«

»Nur bis sie sich abreagiert hat.« Remy schluckte die Tabletten mit Wasser und lief dabei über die Abdeckplanen. »Hast du selbst die Wände hier drinnen gestrichen, Dec, oder hast du sie machen lassen?«

»Ich selbst.« Befriedigt strich Declan über die glatte Oberfläche der Wände in Pariser Grün. »Ich habe mich die letzten drei Tage mit diesem Raum hier beschäftigt.« Und die Nächte dazu, dachte er. »Ich denke, diese Farbe lässt den Raum kühler wirken als eine gemusterte Tapete, und ich finde, sie passt gut zu den Zierleisten.«

»Du bist besser als ein Heimwerkermarkt und ein Einrichtungshaus zusammen. Was nimmst du als Nächstes in Angriff?«

»Die Bibliothek. Erst muss ich mich hier und in der Küche noch um ein paar Kleinigkeiten kümmern, aber dann steht für nächste Woche die Bibliothek auf dem Plan. Danach kann ich hoffentlich eine Weile draußen arbeiten. Gib mir auch ein paar von deinen Aspirin.«

»Gern.« Remy reichte ihm die Tabletten und das Wasser. »Hast du Probleme mit der Arbeit oder mit Frauen?«

»Von beidem ein bisschen. Komm mit raus auf die rückwärtige Galerie und sieh dir an, was die Franks im Garten geleistet haben.«

»Wie ich gehört habe, hast du Lena vor ein paar Abenden in einer großen weißen Limousine ausgeführt«, meinte Remy, als sie sich zur Gartenseite des Hauses begaben. »Nobel, nobel.«

»Ich bin halt ein nobler Typ.« Er gab Remy das Wasser zurück und öffnete die französischen Türen des Esszimmers.

»Für den Anfang macht es sich immer gut, wenn Romantik im Spiel ist.«

»Ich habe aber mehr als Romantik im Sinn«, erklärte Declan, als Remy die Flasche ansetzte. »Ich werde sie heiraten.«

Wasser spritzte heraus, als Remy sich verschluckte.

»Du kannst sie auch als Spuckschale nehmen«, kommentierte Declan trocken. »Behalt nur die Flasche.«

»Herrje, Dec. Herr im Himmel, du und Lena wollt heiraten?«

»Mir wär's recht, wenn wir im Herbst heiraten könnten. Im September vielleicht.« Er ließ einen prüfenden Blick über seine Galerie und seinen Garten schweifen. Wunderte sich, welcher Vogel sich dort momentan die Lunge aus dem Hals sang. »Es wird noch nicht alles fertig sein, aber das ist ja gerade das Reizvolle. Wenn es natürlich länger dauert, bis ich sie darauf festgenagelt habe, können wir auch bis zum nächsten Frühjahr warten.«

»Du legst dich ganz schön ins Zeug.«

»Eigentlich nicht. Man muss nur am Ball bleiben.« Als er Remys verdutztes Gesicht sah, musste er lächeln. »Ach, du meinst gar nicht das Haus. Du meinst Lena. Ich habe sie noch nicht gefragt. Sie würde ohnehin nein sagen. Sieh nur, die Zwiebeln, die dort austreiben. Osterglocken, Tulpen, Callas, haben mir die Franks gesagt. Die waren unter all dem Unkraut und den Ranken vergraben und haben wohl jahrelang darunter geblüht. Das ist doch schon mal was.«

»Also Dec, ich glaube, du könntest was Stärkeres vertragen als Aspirin.«

»Ich bin nicht verrückt. Ich liebe sie. Und ich komme langsam zu der Erkenntnis, dass ich sie bereits geliebt habe, ehe ich sie überhaupt kannte. Deshalb hat es auch nie eine andere gegeben, die mir wirklich etwas bedeutet hat. Nicht so jedenfalls. Weil es sie gab, ich sie aber noch nicht gefunden hatte.«

»Vielleicht brauche ich was Stärkeres.«

»Der Bourbon steht in der Küche. Eis ist im Sektkühler. Mein neuer Kühlschrank soll morgen geliefert werden.«

»Ich mache uns beiden einen Drink zurecht.«

»Meinen bitte kurz und schwach«, erwiderte Declan abwesend. »Ich habe heute noch zu tun.«

Remy brachte zwei Gläser mit und nahm einen großen Schluck, während er Declan prüfend musterte. »Ich liebe dich wie einen Bruder, Declan.«

»Das weiß ich.«

»Also werde ich jetzt auch mit dir sprechen wie mit einem Bruder – falls ich einen hätte, anstatt mit Schwestern gestraft zu sein.«

»Du bist der Ansicht, ich hätte meinen Verstand verloren.«

»Nein. In einigen Situationen, ach zum Teufel, in den meisten Situationen, denkt ein Mann mit seinem Schwanz. Bis sich die Gedanken dann zu seinem Kopf hochgearbeitet haben, sieht er die Lage für gewöhnlich klarer.«

»Ich weiß es sehr zu schätzen, dass du mir das erklärst, Papa.«

Remy schüttelte den Kopf und lief auf der Galerie auf und ab. »Lena ist eine sehr verführerische Frau.«

»Kein Einspruch.«

»In gewisser Weise verströmt sie jene Pheromone oder was zum Kuckuck da im Spiel ist, während sich andere Frauen mit Parfüm voll spritzen müssen, um einen Mann in Erregung zu versetzen. Sie braucht nur zu atmen und schon verfällst du ihr.«

»Du willst mir also sagen, ich sei verknallt in sie oder dem ersten Sinnestaumel erlegen.«

»Genau.« Zur Ermutigung legte Remy Declan die Hand auf die Schulter. »Kein halbwegs lebendiger Mann würde dir daraus einen Vorwurf machen. Dazu kommt noch, dass du in Beziehungsdingen gerade erst ein paar harte Monate durchgemacht hast. Da ich außerdem weiß, mit welcher Ernsthaftigkeit du deine Schuld vor dir herträgst, kann ich mir nicht vorstellen, dass du dich seit dem Bruch mit Jennifer um ein regelmäßiges Durchputzen deiner Rohrleitungen gekümmert hast.«

»Jessica, du Arschloch.« Belustigt und gerührt lehnte Declan sich ans Geländer. »Ich bin aber nicht verknallt. Ich dachte es, gewürzt mit einer kräftigen Dosis Sinnesrausch. Aber das ist es nicht. Es ist keine Frage von verstopften Rohren, und ich denke auch nicht mit meinem Schwanz. Es ist mein Herz.«

»Ach, Brüderchen.« Remy nahm einen Schluck Whiskey. »Du bist noch keinen Monat hier, Dec.«

»So was sagen die Leute immer, als fiele Zeit dabei ins Gewicht.« Und weil der kritische Teil seines Gehirns dasselbe gesagt hatte, irritierte es ihn umso mehr, diese Ansicht von seinem engsten Freund zu hören. »Gibt es etwa irgendwo in den Staaten ein Gesetz, das festlegt, man dürfe sich erst dann verlieben, wenn eine vernünftige Zeitspanne ins Land gegangen sei, während derer beide Parteien sich treffen und kommunizieren und sogar, falls möglich, Geschlechtsverkehr haben dürfen, um festzustellen, ob sie zueinander passen? Wenn dem so wäre und es funktionierte, wie erklärst du mir dann bitte die Scheidungsrate?«

»Da hier zwei Anwälte stehen, die dieses Thema debattieren, werden wir das noch bis zum nächsten Dienstag erörtern.«

»Dann lass mich dir eins sagen. Ich habe noch nie etwas Vergleichbares empfunden, noch nie in meinem Leben. Ich dachte, ich könnte das gar nicht. Ich bin davon ausgegangen, dass ich in dieser Hinsicht nicht so funktioniere, wie ich sollte.«

»Um Himmels willen, Dec.«

»Ich konnte Jessica nicht lieben.« Das Schuldgefühl schlich schon wieder in seine Stimme. »Ich konnte es einfach nicht, und ich habe es wirklich versucht. Fast hätte ich mich mit Zuneigung, Respekt und gemeinsamer Herkunft zufrieden gegeben, weil ich dachte, mehr nicht kriegen oder geben zu können. Aber das stimmt nicht. Ich habe noch nie so empfunden, Remy«, wiederholte er. »Und es gefällt mir.«

»Wenn du Lena haben willst, dann wünsche ich sie mir für dich. Die Sache ist nur, egal, was du empfinden magst, Dec, es garantiert nicht, dass sie dasselbe empfindet.«

»Mag sein, dass sie mir das Herz bricht, aber zu viel zu fühlen ist bei weitem besser, als nichts zu fühlen.« Das hatte er sich sehr oft gesagt, seit er sich in sie verliebt hatte. »Ob so oder so, ich muss es probieren.«

Er kippte den Whiskey runter, den er noch im Glas hatte. »Sie weiß nicht, wie sie mich einordnen soll«, murmelte Declan. »Aber es wird sehr vergnüglich sein, sie das herausfinden zu lassen.«

In dieser Nacht hörte er Weinen. Das raue, unterdrückte Schluchzen eines Mannes. Vom Kummer niedergedrückt, warf Declan sich im Schlaf herum und konnte nichts dagegen tun, keinen Trost geben und keinen Trost finden.

Selbst als Stille einkehrte, blieb der Kummer.

10

Bayou Rouse
März 1900

Er wusste nicht, warum er hierher kam und, umgeben von dichten grünen Schatten, auf das Wasser starrte, während sich die Nacht zusammenbraute, um den Tag aufzuzehren.

Aber er kam immer und immer wieder und wanderte durch das Marschland, als könnte er ihr begegnen, wenn sie an der Flussbiegung entlangschlenderte, wo die Sumpfblumen wuchsen.

Sie würde ihn anlächeln und die Hand nach ihm ausstrecken.

Und alles wäre wieder gut.

Nichts wäre je wieder gut.

Er fürchtete, wahnsinnig zu werden, hatte Angst, vor Kummer in geistige Umnachtung zu fallen. Wie sonst hätte er sich erklären können, weshalb er in der Nacht ihr Flüstern hörte? Was hätte er tun sollen, er musste doch ihren Klang aussperren, sich dem Schmerz verschließen?

Er beobachtete den blauen Reiher, der wie ein schöner, reiner, makelloser Geist aus dem Riedgras aufstieg, um über das teefarbene Wasser zu streifen und in die Baumwipfel zu gleiten. Weg von ihm. Immer weg von ihm.

Sie war weg. Seine Abby war ihm wie der Geistervogel davongeflogen. Alle sagten das. Seine Familie, seine Freunde. Er hatte die Dienstboten darüber tuscheln hören. Dass Abigail Rouse mit irgendeinem unbedeutenden Niemand durchgebrannt war und ihren Ehemann und das kleine Bastardmädchen zurückgelassen hatte.

Obwohl er sich weiterhin in New Orleans, in Baton Rouge, in Lafayette umhörte, weiterhin in einsamer Nacht geistergleich durchs Delta streifte, glaubte er es.

Sie hatte ihn und das Kind verlassen.

Und jetzt ging auch er, nur sein Körper war noch da. Wie in Trance schleppte er sich durch die Tage. Gott möge ihm beistehen, aber er konnte dem Kind kein Vater sein, jenem Abbild Abigails, denn insgeheim und schamvoll zweifelte er daran, dass es sein Blut in sich trug. Er brauchte es nur anzusehen, und schon überkam ihn unsäglicher Kummer.

Er stieg nicht mehr hoch zum Kinderzimmer. Zwar verachtete er sich dafür, aber kaum betrat er die Treppe, die hoch in den zweiten Stock führte, glaubte er in einem Meer der Verzweiflung zu ertrinken.

Sie behaupteten, es sei nicht sein Kind.

Nein. Im Zwielicht der Dämmerung, wenn die Nacht um ihn herum zum Leben erwachte, bedeckte Lucian sein Gesicht mit den Händen. Nein, das konnte er, wollte er nicht von ihr glauben. Sie hatten dieses Kind gemeinsam erschaffen, in Liebe, Vertrauen und vor Verlangen.

Wenn selbst dies eine Lüge war …

Er nahm die Hände vom Gesicht und trat ans Wasser. Bestimmt wäre es warm, so warm wie ihr Lächeln gewesen war. Weich, wie ihre Haut weich gewesen war. Und jetzt verdunkelte sich sogar seine Farbe und wurde beinah zur Farbe ihrer Augen.

»Lucian!«

Erstarrt blieb er am rutschigen Ufer stehen.

Abby. Sie eilte auf ihn zu, schob sich durch die Weidenwedel, ihr Haar in Mitternachtslocken über die Schultern gebreitet. Sein vom Kummer betäubtes Herz erwachte mit einem wilden Satz.

Dann fiel der letzte Schimmer des Sonnenlichts auf sein Gesicht, und er starb wieder.

Claudine packte seine Hände. Vor Angst waren ihre Finger

eiskalt. Sie hatte gelesen, was in seinen Augen stand – es war sein Tod gewesen.

»Das würde sie niemals wollen. Niemals würde sie es gutheißen, dass Sie Ihre Seele der Verdammnis preisgeben, indem Sie sich das Leben nehmen.«

»Sie hat mich verlassen.«

»Nein. Nein, das stimmt nicht. Man lügt Sie an. Sie lügen, Lucian. Sie hat Sie geliebt. Sie liebte Sie und Marie Rose mehr als alles in der Welt.«

»Wo ist sie dann?« Die unter der Betäubung seines Kummers ruhende Wut brach sich Bahn. Er packte Claudine an den Armen und zerrte sie auf die Zehenspitzen. Ein Teil von ihm, dunkel und im Verborgenen, hätte ihr am liebsten die Fäuste ins Gesicht geschlagen. Es ausgelöscht, weil es ein Bindeglied zu Abigail war und zu seiner eigenen erdrückenden Verzweiflung. »Wo ist sie?«

»Tot!« Sie schrie es, und ihre Stimme hallte in der warmen, stickigen Luft nach. »Sie haben sie getötet. Nur im Tod würde sie Sie und Rosie verlassen.«

Er schob sie beiseite und taumelte davon, um sich gegen den Stamm einer Eiche zu lehnen. »Das ist doch nur ein anderer Irrsinn.«

»Aber wenn ich es doch weiß. Ich *fühle* es. Ich habe davon geträumt.«

»Ich auch.« Tränen brannten ihm in den Augen und ließen das Licht verschwimmen. »Auch ich habe Träume.«

»Sie müssen mir zuhören, Lucian. Ich war in jener Nacht da. Sie kam in das Kinderzimmer, um das Baby zu stillen. Ich kenne Abigail, seit wir selbst noch Babys waren. Sie hat nur Liebe für Sie und Marie Rose empfunden. Nie hätte ich in jener Nacht das Herrenhaus verlassen dürfen.« Claudine verschränkte die Hände über ihrer Brust, als versuchte sie die zwei Hälften eines gebrochenen Herzens zusammenzuhalten. »Ich werde den Rest meines Lebens um Vergebung bitten, dass ich nicht da gewesen bin.«

»Sie hat Kleider mitgenommen, Schmuck. Meine Mutter hat Recht.« Er presste seine Lippen aufeinander, weil er seine Äußerung als einen Akt der Stärke begriff, wohingegen sie nur seinen schwach gewordenen Glauben verriet. »Ich muss das akzeptieren.«

»Ihre Mama hasste Abby. Sie hat mich am nächsten Tag hinausgeworfen. Sie hat Angst, mich im Haus zu behalten, Angst, ich könnte herausfinden –«

Mit wutverzerrtem Gesicht wirbelte er herum und Claudine trat zur Seite. »Du möchtest mich glauben machen, meine Mutter habe auf irgendeine Weise meine Frau umgebracht und dann das Verbrechen, die Sünde, das Entsetzen vertuscht, indem sie den Eindruck erweckte, Abby sei davongelaufen?«

»Ich weiß nicht, was passiert ist. Aber ich weiß, dass Abby nicht davongelaufen ist. Mama Rouse ist zu Evangeline gegangen.«

Lucian winkte ab und wandte sich wieder ab. »Voodoo-Unsinn.«

»Evangeline verfügt über die entsprechenden Kräfte. Sie sagte, sie sehe Blut, Schmerz und Angst. Und eine dunkle, dunkle Sünde. Tod, sagte sie, und ein Grab im Wasser. Sie meinte auch, Sie bestünden aus zwei Hälften und eine davon sei so schwarz wie eine Höllenkammer.«

»Dann hätte ich sie also umgebracht? Kam nachts nach Hause und tötete meine Frau?«

»Zwei Halften, Lucian, die einen Schoß teilten. Sehen Sie sich Ihren Bruder an.«

Die Kälte schnitt wie ein Messer in ihn, wühlte seine Eingeweide auf und ließ seinen Kopf dröhnen. »Ich will nichts mehr davon hören. Geh nach Hause, Claudine. Bleib dem Herrenhaus fern.«

Er kramte in seiner Tasche und holte die Anstecknadel mit der Uhr heraus. Er drückte sie Claudine in die Hand. »Nimm das, heb sie für das Kind auf.« Er konnte es nicht mehr bei seinem Namen nennen. »Sie sollte etwas haben, was ihrer Mutter gehört hat.«

Voller Trauer starrte er auf das Symbol in ihrer Hand. Für Abigail gab es keine Zeit mehr. »Sie töten Sie noch einmal, indem Sie nicht an sie glauben.«

»Bleib mir fern.« Er taumelte davon, auf Manet Hall zu, seine selbst gewählte Hölle. »Bleib mir fern.«

»Sie wissen es!«, schrie Claudine ihm hinterher. »Sie wissen, dass sie wahrhaftig war.«

Die Uhr an ihre Brust gedrückt, gelobte Claudine, diese und die Wahrheit an Abigails Tochter weiterzugeben.

Manet Hall
Februar 2002

Von seiner Galerie aus verfolgte Declan, wie der Tag erwachte. Noch war die Dämmerung ein rosiger Schimmer am östlichen Himmel, unter dem sich bereits malvenfarbene Streifen wie müde Blutergüsse abzeichneten. Die Luft erwärmte sich bereits. Fast jeden Tag konnte er spüren, wie die Temperatur stieg. Noch war es nicht März, aber der Winter nahm seinen Abschied.

Im Garten, der noch vor einem Monat eine jämmerliche Wildnis gewesen war, zeigten sich Spuren seiner einstigen Schönheit. Man hatte erdrückende Ranken, ausuferndes Unkraut, trockenes Unterholz und zerbrochene Ziegel weggeschafft und Stück für Stück die Gartenpfade, die Büsche, selbst die Zwiebelgewächse und Stauden freigelegt, die hartnäckig dem Absterben widerstanden hatten.

Um eine alte Eisenlaube rankte sich üppiger Blauregen, wie ihn die Franks aufgeklärt hatten, und eine Azaleeninsel zeigte die hoffnungsvollen Ansätze von Knospen.

Er hatte Magnolie, Myrte, Kamelie und Jasmin im Garten. Alles, was er von den im trägen Singsang heruntergeleierten Informationen der Franks behalten konnte, schrieb er sich auf. Als er ihnen das Rankgewächs beschrieben hatte, das er sich für eine der Ecksäulen vorstellte, hatten sie ihm erklärt, dass er eine Prachtwinde haben wolle.

Sein Körper schien sich offenbar an die fünf bis sechs Stunden gestörten Schlafs zu gewöhnen, die ihm vergönnt waren. Vielleicht aber war sein Antriebsmotor auch nur Nervosität.

Irgendetwas trieb ihn an, drängte ihn Schritt für Schritt, die

Umwandlung des Hauses zu verwirklichen, das ihm gehörte. Ihm aber irgendwie nicht allein gehörte.

Abigail schwebte über allem, sie war ein verdammt wankelmütiges Weib. Es gab Zeiten, in denen er sich richtig wohl fühlte, vollkommen friedlich. Und andere, wenn die kalte Angst ihm Schauer über den Rücken jagte. Zeiten, in denen er tief innen spürte, dass er beobachtet wurde.

Man ihm auflauerte.

Genau die richtige Frau für dich, dachte er, als er seinen Morgenkaffee trank. Erst lächelt sie dich an, dann schlägt sie dich.

Während er noch diesem Gedanken nachhing, sah er Lena und den großen schwarzen Hund aus den Bäumen heraustreten.

Erfreut stellte er seinen Kaffee zur Seite und ging auf die Galerietreppe zu.

Sie hatte ihn längst gesehen, ehe er sie entdeckte. Im Schutz der Bäume und des Morgennebels war sie stehen geblieben, hatte sanft Rufus Kopf gestreichelt und das Haus studiert. Ihn studiert.

Was hatten dieser Ort und dieser Mann nur an sich, das sie derart anzog?, fragte sie sich. Entlang der River Road bis hinunter nach Baton Rouge gab es jede Menge großer alter Häuser in der Gegend hier.

Und es gab weiß Gott jede Menge gut aussehender Männer, falls eine Frau einen suchte.

Aber es war dieses Haus, das von Anfang an ihr Interesse und ihre Vorstellungsgabe geweckt hatte. Und jetzt schien es diesem Mann, der gerade in einem verlotterten Hemd und einer noch verlotterteren Hose die dicken Steintreppen heruntergerannt kam, das Gesicht noch rau vom nächtlichen Bartwuchs, gelungen zu sein, auf sie die gleiche Faszination auszuüben.

Wünsche waren ihr unangenehm. Sie kamen ihr in die Quere. Und wenn ein solcher Wunsch mit einem Mann zu tun hatte, dann war Kuddelmuddel im Leben garantiert.

Sie hatte ihr Leben Stein für Stein aufgebaut. Und es gefiel ihr so, wie es war. Ein auch noch so liebenswerter Mann würde bestenfalls das Design verändern. Schlimmstenfalls sämtliche Bausteine zum Einsturz bringen.

Seit der Nacht, in der sie ihn in ihr Bett gelassen hatte, hatte sie sich von ihm fern gehalten. Nur um unter Beweis zu stellen, dass sie es konnte.

Aber jetzt hatte sie für ihn ein Lächeln übrig, ein träges Katz-vor-dem-Mausloch-Lächeln, und blieb standhaft, als der Hund losraste und den Bodennebel zerriss, um ihn zu begrüßen.

Rufus sprang hoch, leckte mit seiner Zunge über Declans Gesicht und ließ sich dann rücklings auf den Boden fallen, um sich den Bauch kraulen zu lassen.

Das war, wie Lena wusste, Rufus' Art, seine bedingungslose Liebe zu zeigen.

Wickelt auch die Hunde um den Finger, ging es ihr durch den Kopf, als Declan in die Hocke ging, um ihn zu rubbeln und mit ihm zu ringen. Dieser Mann hatte entschieden zu viel Ausstrahlung. Das konnte nicht gut gehen, vor allem nicht für sie.

»Rufus!«, rief sie, und in einem Wirbel aus Muskeln und Gliedmaßen kam er auf die Beine und hätte Declan beinah umgeworfen. Lachend warf sie den Ball, den sie in der Hand trug, hoch in die Luft und schnappte ihn sich mit Leichtigkeit, als er wieder nach unten kam. Rufus griff sie an, ein Schemen aus schwarzem Fell und Begeisterung. Sie warf den Ball über den Teich. Rufus jagte davon, setzte übers Wasser und erwischte den Ball mit den Zähnen, Sekunden vor seinem gewaltigen Platscher.

»Die Bo Sox könnten euch beide gut brauchen.« Während der Hund ans Ufer schwamm, hatte Declan Lena eingeholt und stemmte sie an den Ellbogen hoch in die Luft. Einen kurzen Moment lang war es ihm vergönnt, sie vor Überraschung blinzeln zu sehen, ehe er ihren Mund mit seinem bedeckte und sie an sich drückte.

Sie packte sein Hemd, doch nicht, weil sie, in der Luft schwebend, um ihr Gleichgewicht kämpfte, sondern weil er darunter steckte, dieses ganze Paket aus Muskeln, Hitze und Mann.

Sie hörte den Hund bellen, ein dreimaliges tiefes Grollen, dann durchtränkte sie das Wasser, das er von sich abschüttelte. Sie wäre nicht überrascht gewesen, wenn es auf ihrer Haut verdampft wäre.

»Guten Morgen«, sagte Declan und stellte sie wieder auf die Füße. »Alles klar?«

»Bei dir auch?«, erwiderte sie und rieb mit ihrer Hand über seine Bartstoppeln. »Du brauchst eine Rasur, *cher*.«

»Hätte ich gewusst, dass du mir heute Morgen über den Weg läufst, hätte ich mich darum gekümmert.«

»Ich bin dir nicht über den Weg gelaufen.« Sie hob den Ball auf, den Rufus ihr vor die Füße hatte fallen lassen, und schickte ihn und den Hund wieder im Flug davon. »Ich spiele nur mit dem Hund meiner Großmama.«

»Geht es ihr gut? Du sagtest, du leistest ihr Gesellschaft, wenn sie sich nicht gut fühlt.«

»Manchmal ist sie eben schwermütig, mehr nicht.« Aber verdammt, *verdammt* noch mal, seine sofortige und ehrliche Besorgnis rührte sie. »Sie vermisst ihren Pete. Sie war siebzehn, als sie geheiratet haben, und achtundfünfzig, als er starb. Mehr als vierzig Jahre sind eine lange Zeit, um zwei Leben miteinander zu verweben.«

»Glaubst du, sie würde sich freuen, wenn ich später mal vorbeischaute?«

»Sie mag deine Gesellschaft.« Weil Rufus ungeduldig mit dem Schwanz klopfte, ließ sie den Ball noch einmal fliegen.

»Du sagtest, sie habe ein Schwester. Hat sie sonst noch Familie?«

»Zwei Schwestern und einen Bruder, und alle leben noch.«

»Kinder?«

Ihr Gesicht verschloss sich. »Ich bin alles, was sie hat. Bist du schon zum Feiern in der Stadt gewesen?«

Zutritt verboten, folgerte er. Aber er ließ es für den Moment dabei bewenden. »Noch nicht. Ich wollte heute Abend los. Arbeitest du?«

»Bis zum Aschermittwoch wartet nichts als Arbeit auf mich. Vor der Fastenzeit wollen die Leute trinken.«

»Da wird es spät für dich. Du siehst ein bisschen müde aus.«

»So früh am Morgen bin ich normalerweise noch nicht auf, aber Großmama ist eine Frühaufsteherin. Und wenn sie auf ist, sind alle anderen auch auf.« Sie hob ihre Arme hoch und streckte sich. »Du bist auch ein Frühaufsteher, nicht wahr, *cher*?«

»In letzter Zeit. Warum kommst du nicht mit mir ins Haus, trinkst dort einen Kaffee und siehst dir an, was ich in der Zeit gemacht habe, die ich nicht mit dir verbringen konnte.«

»Ich hatte zu tun.«

»Sagtest du schon.«

Ihre Brauen zogen sich zu einer langen schmalen Linie zusammen und zeigten ihm ihre Verärgerung. »Ich sage, was ich denke.«

»Ich habe nichts anderes behauptet. Aber ich mache dich nervös. Was mir egal ist, Lena.« Er streckte die Hand aus, um sie an den Haaren zu ziehen, und es amüsierte und freute ihn, dass ihr die Zornesröte ins Gesicht stieg. »Aber solltest du glauben, ich würde mich mit einer Nacht mit dir zufrieden geben, dann macht mir das was aus.«

»Ich schlafe mit dir, wenn und wann ich möchte.«

»Mich würde es stören«, fuhr er mit sanfter Stimme fort, hielt sie dabei aber am Arm fest, damit sie sich nicht von ihm losreißen konnte. »Mich würde es sogar sehr stören, wenn du glauben solltest, es käme mir nur darauf an, dich ins Bett zu kriegen.«

»Männer fassen mich nur an, wenn ich ihnen erlaube, mich anzufassen.« Sie versuchte seine Hand wegzuschieben.

»Du willst dich doch nicht etwa mit mir anlegen?« Seine Finger, sein Ton waren wie Stahl. »Jetzt komm mal runter. Außerdem wirst du mich nicht los, indem du Streit mit mir anfängst. Du wolltest diese Woche Distanz zu mir haben. Damit bin ich einverstanden. Ich bin ein geduldiger Mann, Lena, aber ich bin kein Fußabstreifer. Glaub bloß nicht, du könntest einfach über mich hinweggehen, wenn du aus deiner Tür kommst.«

Wut, das wurde ihr klar, war kein Weg, mit ihm fertig zu werden. Sie zweifelte allerdings nicht daran, an seiner Selbstbeherrschung kratzen und ihn zu einem guten Schlagabtausch aufstacheln zu können. Das könnte interessant, ja sogar unterhaltsam sein. Aber ihre Chancen, dabei zu verlieren, standen fifty-fifty.

Doch darauf kam es ihr nicht an.

Stattdessen streichelte sie ihm die Wange. »Aber, aber, *cher*.« Ihre Stimme sponn ihn ein wie flüssige Seide. »Warum regst du dich denn so auf? Du hast mich irritiert, das ist alles. So früh am Tag bin ich noch nicht so fit, während du dir deiner Sache schon ganz sicher bist. Ich habe nicht vor, deine Gefühle zu verletzen.«

Sie stellte sich auf Zehenspitzen und küsste ihn auf die Wange.

»Und was *hast* du vor, Angelina?«

Die Tatsache, dass er sie bei ihrem vollen Namen ansprach, brachte sie gegen ihn auf. Sie fasste es als Warnung auf. »Pass auf, Declan, Liebster, ich mag dich. Ich mag dich wirklich. Und in jener Nacht, na ja, du hast mir einfach den Boden unter den Füßen weggezogen. Und wir hatten doch auch unseren Spaß dabei, oder nicht? Nun mach aber nicht mehr daraus, als es war.«

»Was war es denn?«

Sie zuckte mit den Schultern. »Ein sehr befriedigendes Zwischenspiel für uns beide. Warum belassen wir es nicht dabei und sind wieder Freunde?«

»Könnten wir. Aber wir könnten es auch so versuchen.«

Er riss sie zu sich herum und zog sie auf die Zehenspitzen. Drang in ihren Mund ein. Ungeduldig, grundlos, kein traumverlorenes Lippenspiel. Es war ein Brandzeichen und beide wussten es.

Rufus grummelte warnend, als sie sich wehrte. Doch selbst als aus dem Grummeln ein Knurren wurde, ließ Declan nicht locker. Er ballte seine Hand in ihren Haaren zur Faust und zog ihren Kopf nach hinten, drang tiefer in ihren Mund ein. Wut, Schmerz und Hunger stürmten auf ihn ein und würzten den Kuss.

Sie konnte ihm nicht widerstehen. Nicht als der Gefühlscocktail durch ihren Körper schoss und Bedürfnisse freisetzte, die sie gehofft hatte, hinter Schloss und Riegel zu halten. Mit einem unterdrückten Fluch umarmte sie seinen Hals und erwiderte ungestüm den Kuss.

Winselnd ließ Rufus sich nieder und kaute am Ball.

»Wir sind noch nicht miteinander fertig.« Besitz ergreifend strich Declan ihr über die Arme.

»Offenbar nicht.«

»Ich komme heute Abend zu dir und bringe dich nach Hause, wenn du Schluss machst. Wenn sich am Mittwoch wieder alles beruhigt hat, hätte ich gern, dass du zu mir herauskommst. Wir werden zu Abend essen.«

Es gelang ihr zu lächeln. »Und du kochst?«

Grinsend streifte er mit seinen Lippen ihre Braue. »Ich werde dich überraschen.«

»Das tust du eigentlich ständig«, erwiderte sie, als sie sich zum Gehen wandte.

Sie verstand sich selbst nicht mehr. Und das nicht, weil sie eine Schlacht verloren hatte, sondern weil sie so feige gewesen war. Feigheit hatte sie anfangs den Streit vom Zaun brechen lassen.

Sie stapfte durch das Marschland, während Rufus zwischen den Bäumen dahinjagte und in der Hoffnung auf ein Kaninchen oder Eichhörnchen in das dichte grüne Unterholz einbrach.

Sie blieb an einer Flussbiegung stehen, die, soweit die Erinnerung zurückreichte, als Bayou Rouse bekannt war. Dieser geheimnisvolle Ort mit seinem träge dahinfließenden, düsteren Wasser, den Luftwurzeln der Zypressen und den schweren Düften war ihre Welt ebenso wie die krummen Gassen und lebhaften Plätze des Viertels.

Als Kind hatte sie diese Welt durchstreift und erfahren, was der Unterschied zwischen einem Zaunkönig und einem Sperling war, wie man das Nest der Mokassinschlange am leichten Gurkenduft erkannte und wie man die Angel auswarf, um einen Katzenwels auf den Mittagstisch zu bringen.

Das war ihre Heimat aufgrund ihrer Geburt, wie das Viertel die Heimat ihrer ehrgeizigen Pläne geworden war. Hierher kehrte sie nicht nur zurück, wenn ihre Großmutter sich elend fühlte, sondern auch, wenn sie selbst bedrückt war.

Sie erhaschte einen Blick auf das knorrige Maul eines vorbeigleitenden Alligators. Was einen hinunterziehen konnte, lauerte immer unter der Oberfläche, überlegte sie, ein kurzes, hässliches Zuschnappen, und es war aus, wenn man nicht wachsam war und alle seine Sinne beieinander hatte.

Und unter der Oberfläche von Declan Fitzgerald lauerte einiges. Lieber wäre es ihr gewesen, er wäre ein verdorbenes, steinreiches Hätschelkind gewesen, das nur seinen Spaß wollte. Dann hätte sie ihn genießen und ihm, wenn ihnen beiden langweilig wurde, den Laufpass geben können.

Doch jemanden wegzuschicken, den man respektierte, war schwerer. Sie bewunderte seine Stärke, seine Entschlossenheit, seinen Humor. Als Freund wäre er eine sehr vergnügliche Gesellschaft.

Aber als Liebhaber machte er ihr höllische Angst.

Er wollte zu viel. Schon spürte sie, wie er sie in sich hineinsaugte. Und es versetzte sie in Panik, erschreckte sie, dass sie diesen Prozess allem Anschein nach nicht aufhalten konnte.

Gedankenverloren spielte sie an dem kleinen Schlüssel um ihren Hals und trat den Rückweg zum Haus im Bayou an. Es würde alles seinen Gang gehen, sagte sie sich. Wie immer.

Als sie sich dem Haus näherte und ihre Großmutter, von einem alten Strohhut geschützt, im Küchengarten werken sah, setzte sie ein Lächeln auf.

»Ich rieche frisch gebackenes Brot«, rief Lena ihr zu.

»Braunes Brot. Ich habe einen Laib im Backofen, den du mit nach Hause nehmen kannst.«

Odette richtete sich auf und drückte dabei leicht auf ihr Kreuz. »Und ich habe noch einen, den du dem Jungen im Herrenhaus bringen kannst. Er isst nicht anständig.«

»Er ist aber recht gesund.«

»Gesund genug, um sich von dir ein Stück abbeißen zu wollen.« Sie bückte sich wieder über ihre Arbeit, die derben Arbeitsstiefel fest auf dem Boden. »Hat er heute Morgen versucht, was abzubekommen? Dein Blick legt das jedenfalls nahe.«

Lena ging zu ihr und ließ sich auf der Stufe neben dem Gartenstück niedersinken. »Und was ist das für ein Blick?«

»Der Blick, den eine Frau bekommt, wenn ein Mann sie angefasst, aber seine Aufgabe nicht bis zum Ende durchgeführt hat.«

»Ich kann meine Aufgabe auch selbst zu Ende führen, wenn das das einzige Problem ist.«

Mit einem schnaubenden Lachen brach Odette einen Zweig Rosmarin ab. Sie zwickte mit den Nägeln in die Nadeln und wedelte aus purer Freude an seinem Duft damit unter ihrer Nase hin und her. »Warum solltest du dich selbst kratzen, wenn's juckt, solange ein anderer dich kratzen könnte? Ich mag jetzt zwar schon auf die Siebzig zugehen, aber ich weiß Bescheid, wenn ich einen Mann sehe, der Absichten hat und sie auch umsetzen kann.«

»Mein Leben wird nicht von Sex bestimmt, Großmama.«

»Nein, aber es würde dadurch bestimmt angenehmer.« Sie richtete sich wieder auf. »Du bist nicht Lilibeth, *'t poulette.*«

Lena musste lächeln, als sie den Kosenamen ihrer Kindheit hörte – kleines Hühnchen. »Das weiß ich.«

»Aber dass du nicht wie sie bist, heißt nicht, dass du allein bleiben musst, wenn du jemanden findest, der den richtigen Funken in dir zu entfachen versteht.«

Lena nahm den Rosmarin, den Odette ihr reichte, und strich damit über ihre Wange. »Ich glaube nicht, dass er nur nach einem Funken sucht. Ich glaube, er möchte gleich ein ganzes Freudenfeuer entzünden.« Sie stützte sich auf ihren Ellbogen ab und schüttelte das Haar nach hinten. »Jetzt habe ich schon so lange gelebt, ohne entzündet worden zu sein, und ich werde es auch weiterhin so halten.«

»Für dich gab's von jeher nur rechts oder links. Selbst mit der Peitsche hätte ich dich nicht dazu gebracht, einen Mittelweg einzuschlagen. Du bist meine Kleine, selbst wenn du jetzt eine erwachsene Frau bist, also sage ich dir Folgendes: Es ist gut und recht, wenn eine Frau ihren Weg allein geht, solange die Gründe dafür stimmen. Hat sie aber Angst, ansonsten zu stolpern, dann ist das der falsche Grund.«

»Und was passiert, wenn ich mich auf ihn einlasse?«, wollte Lena wissen. »Und er dann genug hat vom Sumpfwasser und wieder nach Boston zurückgeht? Oder er einfach von mir die Nase voll hat und sich eine andere Partnerin sucht?«

Odette schob ihren Hut zurück auf den Scheitel. Ihr Gesicht spiegelte lebhaft ihre Verzweiflung. »Was passiert, wenn es Sturzbäche regnet und es uns in den Mississippi spült? Mein Gott, Lena, so darf man doch nicht denken. Dabei vertrocknest du.«

»Ich habe mich sehr wohl gefühlt, ehe er kam, und ich werde mich auch wohl fühlen, wenn er wieder geht.« Schmollend streckte sie ihre Hand aus, um Rufus den Kopf zu kraulen, der mit seinem Kopf an ihre Knie stubste. »Das Haus da drüben, Großmama, dieses Haus, das er mit aller Gewalt wieder zum Leben erwecken will, ist das Symbol dafür, was passiert, wenn zwei Leute nicht an denselben Platz gehören. Ich bin ihr Blut, und ich weiß das.«

»Du weißt gar nichts.« Odette tippte Lenas Kinn an. »Wenn sie sich nicht geliebt hätten, wenn Abby Rouse und Lucian Manet sich nicht geliebt und ein Kind zusammen gemacht hätten, dann wären du und ich nicht hier.«

»Wenn das ihre Bestimmung gewesen wäre, dann wäre sie nicht auf diese Art und Weise umgekommen. Sie wäre kein Geist in diesem Haus.«

»Ach, *chère.*« Verzweiflung und unendliche Zuneigung färbten gleichermaßen Odettes Stimme. »Es ist nicht Abby Rouse, die in diesem Haus geistert.«

»Wer ist es dann?«

»Ich vermute, dass dieser Junge hier ist, um genau das herauszufinden. Könnte sein, dass es deine Aufgabe wäre, ihm dabei zu helfen.«

Sie schnupperte. »Das Brot ist fertig«, sagte sie, eine Sekunde bevor der Signalton des Herdes ertönte. »Möchtest du einen Laib rüber zum Herrenhaus bringen?«

»Nein«, erwiderte Lena mit verbissener Miene.

»Na gut.« Odette ging die Stufen hoch und öffnete die Hintertür. »Dann bring ich ihn vielleicht selbst rüber.« Als sie einen Blick über ihre Schulter warf, tanzten in ihren Augen übermütige Lichter. »Könnte gut sein, dass ich ihn dir unter der Nase wegschnappe.«

Declan hatte sämtliche Türen und Fenster im Erdgeschoss weit geöffnet. Aus seiner Stereoanlage tönte Ry Cooder mit seinem kraftvollen Rhythm and Blues. Im Rhythmus der Musik strich Declan die erste dünne Lackschicht auf den frisch abgeschliffenen Fußboden.

Alles tat ihm weh. Jeder Muskel und jeder Knochen in seinem Körper machte sich mit demselben Ungestüm bemerkbar wie Ry Cooder. Er hatte gehofft, durch die körperliche Anstrengung des Abschleifens seine schlechte Laune loszuwerden. Jetzt hoffte er, dies gelänge ihm durch die Konzentration und die Mühe des Lackierens.

Die rosige Morgendämmerung hatte ihr Versprechen nicht gehalten.

Diese Frau spielte wirklich mit all seinen Registern. Und sie wusste es. Die eine Nacht wickelte sie ihn im Bett vollständig ein, und in der nächsten war sie nicht einmal bereit, mit ihm am Telefon ein paar Worte zu wechseln.

Rastete in der einen Minute aus und schmolz in der nächsten verführerisch dahin. Versuchte einfach die Nacht, die sie miteinander verbracht hatten, zum klassischen One-night-stand abzuwerten.

Verdammt.

»Ach, *cher*, warum regst du dich denn so auf?«, brummelte er. »Du hast es noch nicht erlebt, wenn ich mich aufrege, Baby. Aber das wirst du schon noch erleben, ehe wir miteinander fertig sind.«

»Allem Anschein nach sind Sie auf dem besten Weg, verrückt zu werden.«

Er zuckte herum und ließ dabei den Lack überschwappen. Als er dann Odette sah, die ihn von der Tür her anlächelte, wäre er fast auf die Knie gesunken.

»Ich habe Sie nicht reinkommen hören.«

»Das überrascht mich nicht.« Mit dem Vorrecht des Alters erlaubte sie sich, den Lautstärkeknopf seiner tragbaren Stereoanlage zurückzudrehen, gerade als Ry Cooder ein anderes Tempo anschlug und vergossene Tränen beklagte. »Ich mag Cooder auch, aber nicht so laut. Ich habe Ihnen einen Laib braunes Brot mitgebracht, das ich heute Morgen gebacken habe. Sie gehen jetzt aber wieder an die Arbeit und bringen zu Ende, was Sie angefangen haben. Das Brot kann ich selbst in die Küche tragen.«

»Bleiben Sie doch einen Moment.«

»Sie sollen aber nicht meinetwegen aufhören, *cher*.«

»Nein. Bitte. Fünf Minuten. Ich habe was ... irgendwas, ich habe es vergessen, zum Trinken im Kühlschrank. Warum nehmen Sie sich nicht was?«

»Das mache ich. Es ist schon ein bisschen schwül draußen, und wir haben noch nicht einmal März. Lassen Sie sich nur Zeit.«

Als er den Lack verstrichen hatte und Odette in die Küche folgte, stand sie dort vor seinem Vitrinenschrank und inspizierte dessen Inhalt.

»Meine Mama hatte ein altes Waffeleisen, das genauso aussah wie dieses. Und ich habe einen Kirschenentkerner wie diesen hier. Wie nennt man dieses Geschirr hier? Mir fällt der Name nicht mehr ein.«

»Fiestaware.«

»Genau. Klingt so nach Party. Haben Sie Geld für diese alten Steingutbecher bezahlt, *cher*?«

»Ja, leider.«

Verwundert schnalzte sie mit der Zunge. »Jeder hat eben andere Vorlieben. Aber sie sehen wirklich schön aus. Kommen Sie doch mal bei mir vorbei, und sehen Sie sich in meiner Hütte um, ob Sie etwas brauchen können.« Sie wandte sich ihm zu und nickte zum Raum hin. »Das ist schön, Declan. Gute Arbeit.«

»Wenn die Arbeitsplatten da sind und ich die Verkleidung für die Haushaltsgeräte gemacht habe, wird alles zusammengefügt.«

»Es ist schön«, wiederholte sie. »Und der Salon, an dem Sie arbeiten, könnte auch nicht schöner sein.«

»Ich habe schon ein paar Möbel dafür gekauft. Ein bisschen voreilig. Möchten Sie nicht Platz nehmen, Miss Odette?«

»Aber nur ganz kurz. Ich habe etwas aus dem Haus hier, was

Sie eventuell gerne hätten und auf den Kaminsims im Salon oder einem der anderen Zimmer stellen möchten.«

Sie nahm am Tisch Platz und zog einen alten braunen Lederrahmen aus ihrer Tasche. »Es ist ein Foto, ein Porträt von Abigail Rouse.«

Declan nahm es und starrte die Frau an, die ihn in seinen Träumen verfolgte. Es hätte auch Lena sein können, fand er, aber das Gesicht war zu weich und auch zu ungeformt. Ihre Wangen waren voller, die Augen mit den breiten Lidern zu leichtgläubig und viel zu scheu.

So jung, wunderte er sich. Und unschuldig trotz des Ausgehkostüms einer Erwachsenen mit dem hohen, pelzbesetzten Kragen, trotz des keck aufgesetzten Samtbarrets mit den frechen Federn.

Dies war ein Mädchen, während Lena eine Frau war.

»Sie war hübsch«, sagte Declan. »Hübsch und jung. Es bricht einem das Herz.«

»Meine Großmama meinte, sie müsse etwa achtzehn gewesen sein, als das Foto gemacht wurde. Sehr viel älter war sie keinesfalls, denn sie hat ihren neunzehnten Geburtstag nie erlebt.«

Während sie sprach, schlug oben wie vor Wut eine Tür. Odette warf nur einen Blick an die Decke. »Hört sich an, als würde Ihr Geist auch verrückt werden.«

»Das hat heute erst angefangen. Der Lehrling vom Installateur ist erst vor ein paar Stunden wie der Blitz davongeschossen.«

»Aber Sie sehen nicht so aus, als würden Sie irgendwohin wollen.«

»Nein.« Er nahm ihr gegenüber Platz und vertiefte sich wieder in das scheue, hoffnungsvolle Lächeln von Abigail Rouse Manet, als eine weitere Tür zuknallte. »Ich werde nirgendwohin gehen.«

11

Mardi Gras erinnerte an Wahnsinn. Die Musik, die Masken, das ganze Chaos steigerten sich zu einem rasenden Fest, dessen Grundton eine Mischung aus fröhlicher Unschuld und brutaler Sexualität war. Declan hatte seine Zweifel, ob der durchschnittliche Tourist, der dieses Ereignisses wegen hierher kam, seinen Zweck verstand oder auch nur verstehen wollte. Diesen Rausch, sich vor den vierzig Fastentagen noch einmal hemmungslos allen erdenklichen Freuden hinzugeben.

Weil Declan selbst auch davon kosten wollte, ließ er sich durch die Menge treiben und fing sogar ein paar der Perlenbänder auf, die in einem Goldregen von einer der Galerien geworfen wurden. Das Geschmetter der Blechinstrumente und das ausgelassene Gelächter dröhnten ihm in den Ohren.

Er entschied sich dafür, dass der Anblick nackter Brüste, die ein paar Schülerinnen zur Schau stellten, indem sie traditionsgemäß mit einem Ruck ihre Blusen hochrissen, nach ein paar alkoholischen Getränken weniger beunruhigend wäre.

Ebenso wie die Überfälle von völlig Fremden, die ihn zu kehlkopftiefen Küssen verführten. Die Zunge, die im Augenblick in seinen Mund eindrang, übertrug die alberne Süße vieler Hurricanes und glücklich trunkene Begierde auf ihn.

»Danke«, brachte er hervor, als er sich befreite.

»Komm doch wieder«, schrie ihm die maskierte Frau zu. *»Laissez les bon temps rouler!«*

Auf das Genießen guter Zeiten konnte er aber gern verzichten, wenn dazu fremde Zungen gehörten, die einem in den Mund gesteckt wurden, und er floh in die wuselnde Menge.

Vielleicht wurde er alt, überlegte er – oder es lag daran, dass er im Kern doch immer noch Bostoner war –, jedenfalls sehnte er sich nach einem Platz, wo er sich hinsetzen und das Fest als stiller Beobachter genießen konnte, ohne hineingezogen zu werden.

Die Türen des Et Trois standen weit offen, so dass der Lärm nach draußen drang und sich dort mit dem Krach der Straße vermischte. Er musste sich seinen Weg durch die Feiernden auf der Straße und diejenigen, die dicht gedrängt im Lokal standen, bahnen und sich dann noch einen Stehplatz am Tresen erkämpfen.

Alles war erfüllt von Rauch und Musik und dem Stampfen der Tänzer, die sich auf dem Holzboden der Tanzfläche fast auf die Füße traten. Auf der Bühne strich ein Fiedler derart rasant über die Saiten, dass es Declan nicht verwundert hätte, den Bogen in Flammen aufgehen zu sehen.

Lena zapfte mit der einen Hand ein Bier und goss mit der anderen ein Glas Bourbon ein. Auch die beiden anderen Barkeeper hatten alle Hände voll zu tun, ebenso die vier Bedienungen an den Tischen, soweit er das mit seinem eingeschränkten Gesichtsfeld beurteilen konnte.

Er entdeckte seine Langusten, die ihn vom Regal an der Thekenwand angrinsten, und freute sich kindisch.

»Ein Bier und ein Doppelter«, sagte Lena und schob die Gläser in wartende Hände. Als sie Declan entdeckte, hob sie einen Finger hoch, bediente noch drei Gäste und arbeitete sich auf ihn zu.

»Womit kann man dir eine Freude machen, Schöner?«

»Du bist meine Freude. Rappelvoll hier«, fügte er hinzu. »Hier drinnen und draußen auf dem Gehweg.«

»Banquette«, korrigierte sie ihn. »Hier nennen wir es Banquette.« Sie zog ihre Haare nach hinten und wand violette und goldene Perlen hinein. Der kleine Silberschlüssel baumelte auf ihrer schweißnassen Haut. »Ich kann dir was zu trinken geben, *cher*, aber zum Reden habe ich jetzt keine Zeit.«

»Kann ich dir zur Hand gehen?«

Sie strich sich das Haar zurück. »Wobei?«

»Egal.«

Jemand drängte sich rempelnd an den Tresen und bestellte einen Tequila Sunrise und ein Dixie vom Fass.

Lena langte nach hinten, um die Flasche zu holen, und zapfte dann das Bier. »Weißt du denn, wie man an den Tischen bedient, Collegejunge?«

»Ich kann es mir vorstellen.«

»Siehst du die rothaarige Bedienung? Das ist Marcella.« Sie nickte in das allgemeine Durcheinander. »Sag ihr, dass ich dich angestellt habe. Sie soll dir zeigen, was du tun musst.«

Um Mitternacht hatte er das Gefühl, eine halbe Tonne leere Gläser in die Küche geschleppt und mindestens den Mount Rainier in Form von Zigarettenkippen in den Mülleimer entsorgt zu haben.

Man hatte ihm in den Hintern gekniffen, ihn begrapscht und ihm schöne Augen gemacht. Was hatten die Frauen nur mit dem männlichen Gesäß? Dazu müsste mal jemand eine Studie anfertigen. Er konnte sich gar nicht mehr an all die – mehr oder weniger unanständigen – Angebote erinnern, die ihm gemacht worden waren, und wollte auch nicht mehr an die Tonne von einer Frau denken, die ihn auf ihren Schoß gezerrt hatte.

Er hatte geglaubt, von einem dreihundert Pfund schweren, whiskeygetränkten Kissen erstickt zu werden.

Um zwei Uhr morgens hatte er jegliches Erstaunen ob der menschlichen Lasterhaftigkeit aufgegeben und seine frühere Einschätzung der für Bedienungspersonal erforderlichen Fähigkeiten und Ausdauer gründlich revidiert.

Sein Trinkgeld belief sich auf dreiundsechzig Dollar und fünfundachtzig Cents, und er gelobte sich, bei der nächsten sich bietenden Gelegenheit seine Kleider zu verbrennen.

Auch um drei Uhr war in der Bar noch Hochbetrieb, und er machte sich klar, dass Lena ihm bestimmt nicht aus dem Weg gegangen war. Oder wenn, dann aus gutem Grund.

»Wann schließt ihr?«, fragte er sie, als er eine weitere Ladung in die Küche brachte.

»Wenn die Leute weg sind.« Sie schenkte Bier in die Mitnahmebecher aus Plastik und reichte sie ihm.

»Gehen die denn überhaupt?«

Sie lächelte, aber nur kurz und abwesend, während sie einen Blick über die Menge schweifen ließ. »An Mardi Gras eher nicht. Warum gehst du nicht nach Hause, *cher*? Wir sind bestimmt noch eine Stunde oder länger hier.«

»Dann bleibe ich auch.«

Er hatte leere Gläser in die Küche getragen und kam gerade rechtzeitig, um mitzukriegen, wie ein Trio stark angetrunkener Männer – eigentlich noch Jungs, wie ihm auffiel – Lena anmachten, und zwar ziemlich brutal.

Sie wurde mit ihnen fertig, aber sie ließen nicht ab.

»Wenn ihr bis zum Fetten Dienstag durchhalten wollt, müsst ihr etwas langsamer treten.« Sie stellte die Mitnahmebecher unter die Zapfhähne. »Und dass mir von euch ja keiner mehr Auto fährt!«

»Um Himmels willen, nein.« Einer, im T-Shirt von der University of Michigan und mit einer ganzen Perlenlawine behängt, beugte sich zu ihr. Kam ihr ganz nah. »Wir haben ein Zimmer gleich über dem Royal. Komm doch mit mir, Baby! Dann ziehen wir uns nackt aus und steigen in den Whirlpool.«

»Also, das klingt zwar sehr verlockend, *cher*, aber ich habe alle Hände voll zu tun.«

»Kriegst von mir auch noch 'ne Hand voll«, sagte er und fasste sich in den Schritt, was seine Kumpane mit Gebrüll und Gejohle quittierten.

Declan trat einen Schritt vor und legte Besitz ergreifend seine Hand auf Lenas Schulter. »Du machst meine Frau an.« Er spürte, wie sie unter seiner Hand starr wurde, und sah die Augen des Michigan-Jungen missmutig und herausfordernd aufblitzen.

Unter anderen Umständen, überlegte Declan, als er den Jungen musterte – einsfünfundachtzig, knappe neunzig Kilo – wäre er vielleicht der Typ, der jeden Morgen sein Bett machte und alte Damen in Altenheimen besuchte. Womöglich rettete er junge Hunde. Aber jetzt war der Junge betrunken, geil und hirnlos.

Um das unter Beweis zu stellen, fletschte Michigan die Zähne. »Verpiss dich. Oder sollen wir nach draußen gehen, damit ich dir einen Arschtritt geben kann?«

Declans Stimme triefte vor Jovialität. »Warum sollte ich denn so etwas wollen? Du bewunderst hier doch nur meinen guten Geschmack, oder? Sie ist halt umwerfend, nicht wahr? Wenn du nicht versuchen würdest, sie anzubaggern, müsste ich denken, du wärst zu betrunken, um gucken zu können.«

»Ich seh aber gut, Arschgesicht.«

»Ja genau. Und deshalb lade ich dich und deine Kumpel auf einen Drink ein. Schreib die Gezapften hier auf meine Rechnung, Schatz!«

Declan machte es sich am Tresen bequem und fragte mit einem Nicken Richtung T-Shirt im Plauderton: »Frühjahrsferien? Was hast du im Hauptfach?«

Verdutzt und besoffen blinzelte Michigan ihn an. »Was geht'n dich das an?«

»Bin einfach neugierig.« Declan holte eine Schale Salzbrezeln heran und nahm sich eine. »Ich habe eine Cousine, die dort im Fachbereich Englisch unterrichtet. Eileen Brennan. Vielleicht kennst du sie ja.«

»Professor Brennan ist deine Cousine?« Die schroffe Art war überraschter Kameradschaft gewichen. »Sie hätte mich im letzten Semester beinah durch die Prüfung fallen lassen.«

»Die weiß genau, was sie will, und sie jagt mir immer höllische Angst ein. Wenn du ihr zufällig begegnest, dann richte ihr doch einen Gruß von Dec aus. Hier ist dein Bier.«

Es war schon nach vier Uhr, als Lena sie durch die Tür zu ihrer Wohnung über der Bar einließ. »Mit den Collegejungs bist du ja aalglatt fertig geworden, *cher*. So aalglatt, dass ich dir deine Bemerkung von wegen ›meine Frau‹ nicht nachtragen werde.«

»Du bist meine Frau, du hast es nur noch nicht gemerkt. Außerdem waren es keine harten Brocken. Und da meine Cousine Eileen an der U of M. ziemlich bekannt ist, standen die Chancen ziemlich gut, dass er von ihr gehört hatte.«

»Andere Männer hätten bei der Gelegenheit ihre Muskeln spielen lassen.« Sie legte die Schlüssel beiseite. »Wären rausgegangen und hätten sich auf der Straße gewälzt, um zu beweisen, wer den größten Schwanz hat.« Müde griff sie sich ins Haar, um die Perlen herauszuziehen, dabei musterte sie ihn. »Wird wohl der Anwalt in dir sein, der dir erlaubt, einer Auseinandersetzung mit Worten beizukommen.«

»Der Junge war doch höchstens zweiundzwanzig.«

»Einundzwanzig im Januar. Ich habe mir ihre Ausweise zeigen lassen.«

»Mit Jugendlichen lege ich mich nicht an. Außerdem kann ich es nicht ausstehen, wenn man mir die nackte Faust ins Gesicht rammt. Das tut echt weh.« Er tippte an ihr Kinn und drückte es hoch. Sie sah erschöpft aus. »War ein langer Tag, nicht wahr?«

»Bis Mittwoch gibt es nur lange Tage. Ich weiß deine Hilfe zu schätzen, Süßer. Du hast gute Arbeit geleistet.«

Mehr als das, fand sie. Der Mann hatte sich reibungslos in den Rhythmus ihres Barbetriebs eingefügt und tatsächlich *gearbeitet*. Hatte ihre Gäste bezaubert, Grapschfinger toleriert und eine potenziell unangenehme Situation in den Griff bekommen, indem er seinen Verstand anstelle seines Egos zum Einsatz brachte.

Je länger sie ihn kannte, umso mehr gab es noch zu entdecken.

Sie zog einen Umschlag aus ihrer Gesäßtasche.

»Was ist das?«

»Dein Lohn.«

»Du lieber Himmel, Lena, ich will dein Geld nicht.«

»Du arbeitest, ich zahle. Ich lass niemanden umsonst arbeiten.« Sie steckte ihm den Umschlag zu. »Aber es ist Schwarzgeld. Ich kann den Papierkram nicht ausstehen.«

»Na gut. Danke.« Er stopfte es in seine Tasche. Dann würde er ihr davon eben was kaufen.

»Und jetzt sollte ich dir wohl ein besonders gutes Trinkgeld geben.« Sie schlang ihre Arme um seinen Hals und rutschte mit ihrem Körper an seinem hoch. Mit offenen Augen knabberte sie an seiner Unterlippe und arbeitete sich zentimeterweise zu einem Kuss heran.

Declan strich mit seinen Händen über ihre Seiten, legte sie dann fest um ihre Hüften und hob sie hoch, bis ihre Beine um seine Taille geschlungen waren. »Du darfst nicht mehr länger auf den Beinen sein.«

»Hm. Mein Gott, ja.«

Er liebkoste sie mit seiner Nase an Hals und Ohr und küsste sie, während er sie ins Schlafzimmer trug, bis zu ihrem Mund. »Weißt du, was ich jetzt tun werde?«

Glücklich und zufrieden, nicht mehr auf ihren schmerzenden Füßen stehen zu müssen, war ihre Lust verhalten im Hintergrund geblieben. »Das kann ich mir sehr gut vorstellen.«

Er legte sie aufs Bett und spürte fast den Seufzer der Erleichterung, in der Horizontalen zu sein. Er zog ihr einen Schuh aus. »Ich werde dir jetzt etwas geben, wonach Frauen sich sehnen.« Er warf den Schuh zu Boden, stieg dann aufs Bett und zog ihr den anderen aus.

Obwohl sie müde war, verzog sie frech das Gesicht. »Ausverkauf bei Saks?«

»Besser.« Er strich mit dem Finger über ihren Rist. »Eine Fußmassage.«

»Eine was?«

Lächelnd dehnte er ihren Fuß, rubbelte ihr die Zehen und sah, wie ihre Augen vor Wonne verschwammen.

»Hast du nach Mardi Gras einen freien Tag?«

Sie hatte sich treiben lassen und jetzt Mühe, sich auf den

Klang seiner Stimme zu konzentrieren. »Ich nehme mir den Aschermittwoch frei.«

»Junge, bist du ein Faulpelz.« Er drückte ihr einen unverbindlichen Kuss aufs Knie. »Komm, zieh deine Sachen aus.«

Er knöpfte ihr die Jeans auf. Sie hob ihre Hüften, dehnte sich träge. Ob sie merkte, dass ihre Stimme rauchig und schleppend klang? »Was willst du denn jetzt massieren, *cher*?«

Jetzt erlaubte er sich, ihre Brüste zu umfassen, und genoss ihre spontane Reaktion, mit der sie ihm mit den Fingern durch seine Haare kämmte und ihm ihre Lippen darbot. Er schob ihr die Bluse hoch und über den Kopf, schnippte den vorne sitzenden Verschluss ihres Büstenhalters auf. Küsste sie bis hinab zu ihren Brüsten, während sie sich ihm bereitwillig entgegenbog.

Doch er warf sie auf den Bauch. Sie zuckte und stöhnte verzückt und wäre fast dahingeschmolzen, als er ihr den Nacken durchknetete. »Wie ich vermutet hatte«, verkündete er. »Hier ist der Spannungsherd. Bei mir auch.«

»Ach Gott.« Wenn sie in diesem Augenblick einen Wunsch hatte, dann den, er möge das, was er gerade machte, auf eine ganze Woche ausdehnen. »Damit könntest du dir deinen Lebensunterhalt verdienen.«

»Das war immer mein zweites Standbein. Hier hast du aber ein paar dicke Knoten. Aber Doktor Dec kriegt dich schon wieder hin.«

»Ich liebe Doktorspiele.«

Sie wartete darauf, dass sein Ton umschlug, seine Hände fordernder wurden. Er war ein Schatz, dachte sie schläfrig. Aber ein Mann schließlich auch.

Sie würde ein kleines Nickerchen machen und sich danach gerne von ihm aufwecken lassen.

Als sie wieder zu sich kam, brannte die Sonne durch ihre Fenster. Groggy warf sie einen Blick auf ihren Wecker, der ihr zeigte, dass es zwanzig nach zehn war. Morgens?, überlegte sie verschlafen. Wie konnte es schon Morgen sein?

Und sie lag so ordentlich zugedeckt im Bett, als hätte ihre Großmutter diese Aufgabe erledigt. Lag allein im Bett.

Sie rollte sich auf den Rücken, dehnte sich und gähnte. Und stellte überrascht fest, dass nichts wehtat. Weder ihr Nacken noch ihre Füße, noch ihr Rücken.

Doktor Dec, freute sie sich, hatte gute Arbeit geleistet. Und saß vermutlich schmollend zu Hause, weil sie ihm sein Honorar nicht gezahlt hatte. Was man ihm nicht vorwerfen konnte, so süß wie er sich ihrer angenommen hatte, während sie nur wie eine Leiche liegen geblieben war.

Das muss ich wieder gutmachen, nahm sie sich vor und kroch aus dem Bett, um Kaffee aufzusetzen, ehe sie unter die Dusche ging.

Sie taperte in die Küche und starrte auf die volle Kaffeekanne, die auf ihrer Theke stand, und den Zettel, der daran klebte. Stirnrunzelnd nahm sie den Zettel und schaltete die Kaffeemaschine wieder auf warm.

Musste leider los. Heute Morgen wird meine Arbeitsplatte geliefert. Wusste nicht, wann du wach werden würdest, und habe mich deshalb nicht getraut, die Maschine anzulassen. Aber er ist so frisch wie um sieben Uhr zehn, d. h. wenn du nicht einmal rund um die Uhr schläfst. Übrigens siehst du hübsch aus im Schlaf.
Ich rufe dich später an.
Declan

»Du bist mir einer«, murmelte sie und klebte den Zettel an ihre Handinnenfläche. »Wenn du kein Rätsel bist.«

Sie musste kurz in der Bar vorbei, um ihre Mittagsschicht zu kontrollieren und nachzusehen, ob eingekauft werden musste.

Um ihre Neugier zu befriedigen, fuhr sie danach hinaus nach Manet Hall.

Die Tür stand offen. Er dürfte sicher einer der wenigen sein, die hier lebten und diese eindrucksvollen Eingangstüren für jedermann offen stehen ließ. Landleben hin oder her, jemand sollte ihm doch mal was von einem Sicherheitssystem flüstern.

Sie hörte den Krach der Arbeiter aus dem rückwärtigen Teil des Hauses, doch erst mal fesselte der Salon ihre Aufmerksamkeit. Sie ging in die Hocke und strich mit den Fingern über den glänzenden Fußboden, als sie sich vergewissert hatte, dass er fest und trocken war, trat sie ein und sah sich um.

Er kümmerte sich, war alles, was ihr dazu einfiel. Er kümmerte sich um das, was ihm gehörte. Achtete auf Einzelheiten und gab ihnen Gewicht. Farbe und Holz, der elegante Kamin, die strahlenden Fenster, die er bestimmt persönlich geputzt hatte.

Wie sie sich auch vorstellte, dass er den Raum persönlich einrichten würde – mit Sorgfalt und Liebe zum Detail.

Sie kannte keinen Mann, der sich so viel… Mühe mit allen Dingen gab. Oder mit einem Menschen. Aber vielleicht hatte sie ja auch zu viel Zeit mit den falschen Männern zugebracht, wie sie sich eingestehen musste.

»Na, wie findest du es?«

Gerahmt von den Fenstern und vom Licht, drehte sie sich um und sah ihn an der Türe stehen. »Dieses Haus kann von Glück sagen, dass es dich hat. Ich glaube, du siehst es so, wie es sein sollte, und wirst es durch deine Arbeit wieder zum Leben erwecken.«

»Das hast du nett gesagt.« Er ging auf sie zu. »Sehr nett. Du siehst ausgeruht aus.«

»Ein Mann darf einer Frau nicht sagen, sie sehe ausgeruht aus. Er muss ihr sagen, dass sie hinreißend aussieht.«

»Für mich siehst du immer hinreißend aus. Heute siehst du darüber hinaus auch noch ausgeruht aus.«

»Du Schmeichler.« Sie ging zum Kamin. Strich mit einer Hand über den Sims und hielt inne, als sie zu dem braunen Lederrahmen kam, in dem das Foto einer jungen Frau steckte. »Abigail«, flüsterte sie und ihr wurde weh ums Herz. Ein tief gehender Schmerz.

»Miss Odette hat es mir gegeben. Du siehst ein bisschen aus wie sie.«

»Nein. So unschuldig habe ich nie ausgesehen.« Überwältigt strich Lena mit der Fingerspitze über das junge, hoffnungsvolle Gesicht.

Sie kannte das Foto, hatte es sogar zu einer Zeit ihres Lebens, als sie die Geschichte mit ihrem Geheimnis und ihrer Romantik entdeckt hatte, Stück für Stück eingehend studiert. Während einer Lebensphase, in der sie noch jung genug gewesen war, hinter der Tragödie die Romantik zu erkennen.

»Seltsam«, sagte Lena, »sie hier zu sehen. Einen Teil von mir hier zu sehen.«

»Sie gehört hierher. Wie du auch.«

Sie schüttelte es ab wie das Leid, das diese dunklen, klaren Augen über ihr Herz warfen. Beim Umdrehen musterte sie Declan lange und nachdenklich. Arbeitskleidung, fiel ihr auf, Werkzeuggürtel und Bartstoppeln. Es wurde zunehmend schwerer, ihn sich im Nadelstreifenanzug mit einer schicken Aktenmappe in der Hand vorzustellen.

Es wurde vor allem zunehmend schwerer, sich ihr Leben ohne ihn vorzustellen.

»Warum bist du heute Morgen von mir weggegangen?«

»Hast du meine Nachricht nicht gefunden? Die Jungs mit der Arbeitsplatte.« Er deutete mit dem Daumen rückwärts Richtung Küche. »Ich habe sie anflehen und noch zusätzliches Trinkgeld zahlen müssen, damit sie mich für den Samstagmorgen einplanen. Ich musste einfach hier sein.«

»Das meine ich nicht. Du bist doch nicht in die Stadt gekommen, um zu arbeiten – wie lange noch mal, um sechs Stunden zu bedienen – und mir dann noch eine Fußmassage zu machen, weil du an einem Freitagabend sonst nichts Besseres zu tun hast? Du bist doch gekommen, um Sex zu haben, *cher*, und bist ohne gegangen. Warum?«

Er spürte, wie die aufkeimende Wut seine gute Stimmung durchlöcherte. »Du bist nicht einfach, Lena. Du hast die Fähigkeit, etwas ganz Einfaches absolut kompliziert zu machen.«

»Die Dinge sind nun mal selten so einfach, wie sie aussehen.«

»Also gut, wir klären das. Ich bin in die Stadt gekommen, weil ich dich sehen wollte. Ich habe bedient, weil ich dir helfen wollte. Ich habe dir die Füße massiert, weil ich mir gedacht habe, du musstest zwölf Stunden pausenlos darauf stehen. Dann habe ich dich schlafen lassen, weil du den Schlaf brauchtest. Hat dir denn noch nie jemand einen Gefallen getan?«

»Männer tun einem in der Regel keinen Gefallen, es sei denn, sie erwarten eine Gegenleistung. Was erwartest du, Declan?«

Er hielt weise den Mund, bis der erste Wutansturm vorüber war. »Du weißt, dass das gemein ist. Solltest du wegen deiner Geld-für-Arbeit-Ethik besorgt sein – ich habe zwanzig Minuten Zeit. Wir können hochgehen, Sex haben, sogar bis zum Ausgleich. Ansonsten habe ich jede Menge zu tun.«

»Ich wollte dich nicht beleidigen.« Aber sie erkannte sehr deutlich, dass sie es getan hatte. »Ich verstehe dich halt nur nicht. Die Männer, die ich intim gekannt habe, wären höchst irritiert gewesen durch das, was heute Morgen zwischen uns nicht passiert ist. Und das habe ich auch von dir erwartet und hätte dir keinen Vorwurf daraus gemacht. Das hätte ich verstanden.«

»Dann fällt es dir also schwerer zu verstehen, ich könnte um dich so besorgt sein, dass ich Sex erst einmal hintanstelle, damit du ein paar Stunden Schlaf kriegst?«

»Ja.«

»Dann war das womöglich keine Beleidigung. Vermutlich ist das einfach nur traurig.« Er merkte, wie ihre Gesichtsfarbe sich verdunkelte, da diese Worte sie trafen. Verlegenheitsfarbe, wie er sich klar machte. »Für mich läuft nicht alles auf Sex hinaus. Er hilft dabei, die Sache am Kochen zu halten, aber es ist längst nicht der ganze Topfinhalt.«

»Ich weiß gern, woran ich bin. Wenn man nicht weiß, woran man ist, kann man nicht entscheiden, ob man dort auch sein oder welche Richtung man von dort aus einschlagen möchte.«

»Und ich bring dir deinen Kompass durcheinander.«

»So könnte man es ausdrücken.«

»Gut. Ich bin ein ziemlich angenehmer Typ, Lena, und ich lasse mich nicht mit anderen in einen Topf werfen, mit denen du zu tun hattest. Mit mir wirst du nämlich überhaupt nicht zu tun haben. Wir werden miteinander zu tun haben.«

»Weil du das so haben möchtest.«

»Weil es so ist.« Sein Ton war entschieden und endgültig. »Nichts zwischen uns beiden lässt sich mit etwas vergleichen oder wird sich mit etwas vergleichen lassen, das wir beide vorher erlebt haben. Vermutlich brauchst du etwas Zeit, um dich daran zu gewöhnen.«

»Bekommst du auf diese Weise stets deinen Willen?«, wollte sie wissen. »Indem du in diesem aufreizend vernünftigen Ton die Regeln aufzählst.«

»Tatsachen, keine Regeln«, korrigierte er sie in genau dem Ton, den sie als aufreizend vernünftig bezeichnete. »Und du empfindest es nur deshalb aufreizend, weil du mehr Vertrauen in einen Kampf hättest. Wir haben bereits die zwanzig Minuten angeknabbert, die wir für Sex hätten reservieren können. Guter Sex oder ein guter Kampf brauchen Zeit. Ich werde beides auf ein andermal verschieben müssen.«

Sie starrte ihn sprachlos an und versuchte irgendwelche vernichtenden Bemerkungen zu formulieren. Dann gab sie es auf und lachte. – »Also, wenn du deine Versprechen einlöst, dann bitte zuerst den Kampf. Den Sex gibt's dann als Zückerchen hinterher.«

»Einverstanden. Musst du gleich wieder zurück, oder hast du noch ein paar Minuten Zeit? Ich könnte Hilfe brauchen, um den Teppich hereinzuwuchten und auszurollen, den ich für den Salon hier gekauft habe. Eigentlich wollte ich einen der Jungs fragen, die mir die Arbeitsplatte einbauen, aber bei deren Preisen habe ich ohnehin das Gefühl, dass sie mich bescheißen.«

»Wirst du jetzt zum Pfennigfuchser? Du mit deinen großen Wannen voller Geld?«

»Wenn man sich aufs Kreuz legen lässt, hat man nicht lang was von seinen großen Wannen voller Geld. Außerdem kann ich dich auf diese Weise noch ein wenig hier behalten und dich länger ansehen.«

»Klug ausgedacht.« Aber schließlich wollte sie gerne noch bleiben, mit ihm zusammensein. »Also gut, ich helfe dir schnell mit deinem Teppich, ehe ich gehe. Wo ist er denn?«

»Im nächsten Salon.« Er deutete auf die Verbindungstüren. »Ich habe den Großteil meiner bisherigen Anschaffungen dort reingestopft. Als Nächstes werde ich mich um die Bibliothek kümmern und kann dann alles herausräumen, was in den vorderen Salon und hier herein kommt, ehe ich mit diesem Raum beginne.«

Lena trat hinter ihm durch die Schiebetüren und kam aus dem Staunen nicht mehr heraus. Aladins Schatzkammer, fiel ihr ein, ausgestattet von einem sehr reichen Wahnsinnigen mit ausgezeichnetem Geschmack. Alles war voller Tische, Sofas, Teppiche, Lampen und dem, was ihre Großmama als Schnickschnack bezeichnen würde.

»Gütiger Gott, Declan, wann hast du das alles gekauft?«

»Ein bisschen was hier, ein bisschen was da. Ich verbiete es mir zwar ständig, aber ich höre nicht auf mich. Außerdem« – er bahnte sich seinen Weg durch die schmalen Gänge zwischen seinen Einrichtungsgegenständen – »ist es ein großes Haus. Es braucht viel… Zeug. Erst wollte ich mich auf die Epoche beschränken, in der das Haus ursprünglich gebaut wurde. Dann fand ich das langweilig. Ich mische die Stile gern.«

Sie entdeckte ein Messingnilpferd auf einem Hepplewhite-Beistelltisch. »Das ist dir geglückt.«

»Sieh dir diese Lampe an.« Er strich mit seinen Fingern über den Schirm einer Tiffany-Lampe, der in einem Feuerwerk von Edelsteinfarben funkelte. »Ich habe eine Schwäche für Lampen.«

»Also, *cher*, wenn ich mich hier so umsehe, glaube ich, du hast einfach eine Schwäche für alles.«

»Für dich habe ich gewiss eine. Hier ist der Teppich.« Er klopfte auf einen langen, zusammengerollten Teppich, der an der Wand lehnte. »Ich denke, wir können ihn schleifen und uns damit hier durchwinden. Ich hätte ihn näher an der Tür abstellen sollen, aber als ich ihn gekauft habe, wusste ich noch nicht, wo ich ihn verwenden würde. Jetzt weiß ich es.«

Gemeinsam gelang es ihnen, ihn auf den Boden gleiten zu lassen, dann lavierten sie ihn zwischen den Möbelinseln hindurch, indem Declan in gebückter Haltung und rückwärts gehend daran zog. Einmal musste er anhalten, um ein Sofa zu verschieben, dann wieder, um einen Tisch auf die Seite zu stellen.

»Du weißt schon«, meinte Lena, als sie es in den Salon geschafft hatten und keuchend auf die Knie gegangen waren, »dass du den in ein paar Monaten wieder aufrollen wirst. Hier lässt im Sommer keiner die Teppiche auf dem Boden liegen. Dazu ist es viel zu heiß.«

»Darüber mache ich mir dann im Juni Gedanken.«

Sie hockte sich auf die Fersen und tätschelte ihm die Wange. »Du wirst von Sommer sprechen, noch ehe der April zu Ende gegangen ist, *cher*. Okay.« Sie krempelte sich die Ärmel hoch und legte ihre Hände auf die Teppichrolle. »Bist du bereit?«

Auf Händen und Knien wuchteten sie ihn vorwärts, entrollten ihn und legten sein Muster frei. Die Farben und die Textur erfasste sie erst nur ungenau, doch sie wusste sofort, warum er ihn in diesem Raum haben wollte.

Das Grün der Blätter war zart wie das der Wände und hob sich mit dem Blassrosa der Rosen vor einem Hintergrund in dunklerem Grün ab. Als er entrollt vor ihnen lag, stand sie auf, um seine Wirkung zu testen, während sie ihn noch gerade rückte.

»Du hast dir einen Rosengarten gekauft, Declan. Ich kann sie fast riechen.«

»Fantastisch, nicht wahr? Passt hier wirklich ausgezeichnet rein. Ich werde noch die beiden amerikanischen Empiresofas und wohl auch den Biedermeiertisch dazustellen. Das wäre ein Anfang, dann sehen wir weiter.« Er richtete seinen Blick auf das Deckenmedaillon. »Ich habe da einen großen Lüster gesehen – mundgeblasenes Glas, ganz im Stil von Dale Chuhuly. Ich hätte ihn kaufen sollen.«

»Sollen wir nicht lieber erst mal ausprobieren, wie die Sofas hier hereinpassen?«

»Hm? Die sind aber wirklich schwer. Ich werde Remy bitten, dass er mir später dabei hilft. Er wollte vorbeikommen.«

»Aber ich bin jetzt hier.«

»Ich möchte nicht, dass du dich verletzt.«

Ihr Blick traf ihn fast wie eine Kugel, und er kehrte grinsend in seinen provisorischen Lagerraum zurück.

Sie hatten soeben das zweite Sofa auf seinen Platz gestellt, und Lena trat einen Schritt zurück, um das Arrangement in Augenschein zu nehmen, als sie das Baby schreien hörte.

Sie warf einen Blick auf Declan, der jedoch seinen Gedanken nachhing.

»Hat einer der Leute, die die Arbeitsplatte montieren, ein Baby dabei?«, fragte sie. Declan schloss die Augen und sank aufs Sofa.

»Du hörst es? Keiner sonst hört es. Das Türenschlagen ja. Und auch das Wasserlaufen, wenn keiner im Zimmer ist, der die Hähne aufdrehen könnte. Aber keiner hört das Baby.«

Frostige Kälte jagte ihr über den Rücken, und ihre Blicke richteten sich beunruhigt auf den Flur. »Wo ist es?«.

»Meistens im Kinderzimmer. Manchmal auch in dem Schlafzimmer im ersten Stock. Abigails Zimmer. Aber normalerweise im Kinderzimmer. Wenn ich zur Tür komme, hört es meistens auf. Remy ist schon zwei Mal hier gewesen, als es losging. Er hat es nicht gehört. Aber du hörst es.«

»Ich muss nachsehen. Ich ertrage es nicht, ein Baby so schreien zu hören.« Sie trat auf die Diele hinaus und ging die Treppe hoch. Und es hörte auf.

Ein paar Sekunden schien es im ganzen Haus totenstill zu sein. Dann hörte sie den Lärm aus der Küche, die Musik aus dem Radio, das Summen der Männerstimmen bei der Arbeit.

»Das ist aber merkwürdig.« Sie stand auf der Treppe, eine Hand am Geländer. Sie hatte Herzklopfen. »Ich habe gedacht, ich möchte das Baby hochnehmen. Viele Leute sagen zwar, man müsse Babys schreien lassen, aber ich wüsste nicht, warum. Ich habe nur diesen Gedanken gehabt, und da hat es aufgehört.«

»Verrückt, nicht wahr, dass du dir überlegt hast, deine Ururgroßmutter in den Arm zu nehmen? Es ist Marie Rose«, fügte er hinzu, als Lena sich auf der Treppe zu ihm umdrehte. »Dessen bin ich mir ganz sicher. Vielleicht kannst du sie hören, weil du mit ihr blutsverwandt bist. Ich kann es vermutlich, weil mir das Haus gehört. Ich habe die Vorbesitzer angerufen. Ich wollte sie danach fragen, aber sie haben noch nicht zurückgerufen.«

»Sie werden es dir nicht erzählen.«

»Nun, wenn ich nicht frage, werden sie mir nie was sagen. Macht es dir Angst?«

Sie sah wieder die Treppe hoch und stellte sich dieselbe Frage. »Es sollte mir wohl Angst machen, aber ich habe keine. Es ist faszinierend. Ich denke –« Sie brach ab, als oben eine Tür zugeworfen wurde. »Nun, das war kein Baby.« Und noch während sie es sagte, rannte sie schon nach oben.

»Lena.« Aber sie hatte bereits den Treppenabsatz erreicht und bog um die Ecke, so dass ihm nichts anderes übrig blieb, als ihr hinterherzujagen.

Während sie den Flur entlangmarschierte, riss sie jede Tür auf. Als sie vor Abigails Zimmer ankam, fegte die Kälte über sie hinweg. Sie fing vor Schreck zu keuchen an. Gefesselt von dem Dampf, den sie erzeugte, verschränkte sie ihre Arme fest über der Brust.

»Das ist was anderes als das Baby«, flüsterte sie.

»Ja. Es ist Wut.« Als er seine Arme auf ihre Schultern legte, um sie zu wärmen und wegzuziehen, schlug die Tür vor ihrer Nase zu.

Sie zuckte zusammen – war machtlos. Und hörte an ihrem gepressten Lachen, wie aufgeregt sie war. »Dein Geist ist nicht sehr gastfreundlich.«

»Das ist das erste Mal, dass ich es gesehen habe.« Er hatte einen Kloß in der Kehle. In seinem Herzen, dachte Declan, als er zur Beruhigung zwei Mal tief durchatmete. »Wer immer das ist – war –, ist jedenfalls ernsthaft sauer.«

»Es ist Abigails Zimmer. Wir Cajuns können ganz schön ausrasten, wenn man uns reizt.«

»Aber für mein Empfinden ist es nicht die Wut eines Mädchens. Jedenfalls nicht des jungen Dings auf dem Foto unten.«

»Du kennst dich wohl gut aus mit Mädchen, *cher*.«

»Entschuldige bitte, aber ich habe eine Schwester, die kann so gemein sein wie eine Katze, die man ins heiße Wasser getaucht hat. Ich meine, es steckt eher was Ausgewachsenes dahinter. Etwas Boshafteres.«

»Wenn mich jemand umgebracht und meine Leiche dann an irgendeinem unbekannten Ort verscharrt hätte, würde ich auch ziemlich boshaft werden.« Lena zwang sich dazu, die Hand auszustrecken und den eisigen Türknauf anzupacken. »Er bewegt sich nicht.«

Declan legte seine Hand auf ihre. Wieder fegte die Kälte über sie hinweg; der Türknauf ließ sich leicht bewegen. Doch als sie die Tür öffneten, war dahinter nur ein leerer Raum voller Sonnenlicht und Schatten.

»Ist schon ein bisschen unheimlich, oder?« Aber sie trat über die Schwelle.

»Ja, ein bisschen.«

»Weißt du, was ich glaube, *cher*?«

»Was denn?«

»Ich glaube, dass jemand, der Nacht für Nacht allein in diesem Haus wohnt und sich aufmacht, um dafür Teppiche und Tische und Lampen zu kaufen…« Sie drehte sich um und schlang ihre Arme um seine Taille. »Ich denke, dass ein Mann, der das tut, unglaublich viel Mumm hat.«

»Ja?« Da er sich dazu aufgefordert fühlte, senkte er seinen Kopf und küßte sie. »Vielleicht könnte ich mir noch mal zwanzig Minuten für ein bisschen Sex abknapsen.«

Sie lachte und drückte ihn stürmisch an sich. »Tut mir Leid, Süßer. Ich muss jetzt nach Hause. Der Samstagabend steht vor der Tür. Aber solltest du so gegen drei, vier Uhr morgens zufällig in der Nähe sein, könnte ich mich möglicherweise lang genug wach halten, um…« Sie schob ihre Hände zwischen seine Beine und streichelte den Jeansstoff. »Lang genug wach bleiben, damit diese großen Eier mal richtig zum Einsatz kommen.«

Er verkniff sich ein Winseln, stand aber knapp davor. »Am Mittwoch«, vertröstete er sie. »Wenn du frei hast.«

Sie hatte noch immer die Hände zwischen seinen Beinen und spürte, wie hart er war. »Mittwoch?«

»Wenn du frei hast.« Aber er stürzte sich mit seinem Mund auf sie, um ihr einen Vorgeschmack von seinen Gefühlen zu geben. »Komm zu mir heraus. Wir werden gemeinsam zu Abend essen. Und dann bleibst du hier.« Er drückte sie mit dem Rücken an die Wand. Setzte seine Zähne ein. »Bleib über Nacht. Ich möchte dich in meinem Bett haben. Am Mittwoch. Sag, dass du rauskommst und bei mir bleibst.«

»In Ordnung.« Sie entwand sich ihm. Noch ein paar Minuten, und sie würden nicht mehr bis Mittwoch warten, sondern sie würde gleich hier auf dem Fußboden über ihn herfallen, dachte sie. »Ich muss gehen. Ich bin schon viel zu lange hier.«

Sie warf einen prüfenden Blick auf beide Flurseiten und trat dann aus dem Zimmer. »Ich glaube noch nicht daran, dass ich jemals eine Nacht in diesem Geisterhaus zubringen werde. Um wie viel Uhr soll ich kommen?«

»So früh wie möglich.«

»Auch das werde ich tun. Und du brauchst mich nicht hinausbegleiten, *cher.*« Sie warf ihm ein boshaftes Grinsen zu. »In deinem Zustand dürfte es ein wenig schwierig sein, einen Fuß vor den anderen zu setzen. Solltest du es dir anders überlegen, komm einfach in die Bar.«

Sie legte eine Fingerkuppe auf ihre Lippen, küsste sie und deutete dann wie mit einer Waffe auf ihn und ging davon.

Eine sehr passende Geste, fand Declan. Es gab Momente, da war ein Blick von ihr tödlicher als eine Kugel.

Jetzt brauchte er nur noch bis Mittwoch durchzuhalten, dann konnte er sich endlich wieder von ihr vernaschen lassen.

12

Samstagnacht zog Regen auf und nistete sich wie ein lästiger Eindringling für den Rest des Wochenendes ein. Er sorgte dafür, dass Declan im Haus und allein blieb. Begleitet von der Musik Blind Lemon Jacksons aus seiner Stereoanlage, begann er mit den Vorarbeiten in der Bibliothek.

Er schichtete mehr des Vergnügens als der Wärme wegen im Kamin ein Feuer auf, setzte sich davor und strich mit dem Finger über die angeschlagene Kachel. Vielleicht würde er sie so belassen. Es musste ja nicht alles so perfekt sein. Man sollte Unfälle hinnehmen und ihren Schaden verkraften können.

Er wollte das Haus zu neuem Leben erwecken, aber bedeutete das auch, es genau wieder in den Zustand zu versetzen, in dem es einst gewesen war? Längst hatte er Veränderungen vorgenommen, und durch diese war es zu seinem Eigentum geworden.

Wenn er die Kachel nun ersetzen ließe, wäre das eine Anerkennung der Geschichte dieses Hauses oder eine Neuerschaffung?

Ein glückliches Heim war es nie gewesen.

Bei diesem Gedanken wurde ihm ganz kalt, obwohl er mit dem Rücken zum lodernden Feuer saß.

Ein kaltes, kaltes Haus, voller Geheimnisse, Wut und Neid.

Tod.

Sie wollte sich ein Buch holen. Lesen bereitete ihr große Freude – eine Freude, die lang anhielt und neue Horizonte eröffnete. Wenn sie in der Bibliothek vor den vielen Büchern stand, die sich auf den Regalen reihten, überkam sie eine feierliche Stimmung wie in der Kirche.

Da Lucian sich mit seinem Vater wegen der Buchführung über Pacht- und Ernteerträge im Arbeitszimmer eingeschlossen hatte und der Regen gegen die Fenster trommelte, konnte sie einem ruhigen Lesenachmittag frönen.

Noch war es ungewohnt für sie, tun und lassen zu können, was und wie es ihr beliebte, und so schlich sie sich in den Raum, als wäre es ein verbotenes Vergnügen. Sie musste keine Wäsche mehr falten, keine Tische mehr abstauben, kein Geschirr mehr schleppen.

Sie war nicht mehr länger Dienerin in diesem Haus, sondern eine Ehefrau.

Ehefrau. *Sie liebkoste dieses Wort. Es war noch so neu, glänzte so frisch. Wie auch das Leben neu war, das in ihr wuchs. So neu, dass sie Lucian davon noch nichts erzählt hatte.*

Ihre Monatsregel war überfällig und das war nie der Fall. Drei Tage hintereinander war ihr beim Aufwachen übel gewesen. Aber sie würde noch warten, noch eine Woche. Wenn sie zu früh darüber spräche, würde es womöglich nicht wahr werden.

Und sie wünschte sich doch so sehr ein Kind. Wie gern wollte sie Lucian ein Kind schenken. Während sie an den Regalen entlangschlenderte, legte sie eine Hand auf ihren Leib und stellte sich den schönen Sohn oder die Tochter vor, die sie zur Welt bringen würde.

Und vielleicht, aber nur vielleicht, würde ein Kind Lucians Mutter gnädiger stimmen. Vielleicht brächte ein Kind Freude in das Haus, wie die Hoffnung darauf ihr das Herz erfreute.

Sie entschied sich für Austens Stolz und Vorurteil. *Sie fand den Titel ansprechend. In Manet Hall war beides im Überfluss vorhanden. Sie biss sich auf die Lippen, als sie es durchblätterte. Als Leserin war sie langsam und sehr genau, aber Lucian meinte, es beweise nur, dass sie die Worte zu genießen verstehe. Sie fand eher, dass sie darüber stolperte, aber es wurde immer besser. Zufrieden mit sich, drehte sie sich um und entdeckte Julian, der mit einem Kurzen in der Hand und der Flasche im Ellbogen in einem der weinroten Sessel lümmelte.*

Sie beobachtete.

Er machte ihr Angst. Sie fühlte sich von ihm abgestoßen. Aber sie sagte sich, dass sie nun keine Dienerin mehr sei. Sie war die Frau seines Bruders und sollte sich um ein freundschaftliches Verhältnis bemühen.

»Hallo, Julian. Ich habe dich nicht gesehen.«

Er hob die Flasche und schenkte sich Brandy nach. »Dieses Buch«, sagte er, ehe er einen tiefen Schluck nahm, »hat Worte von mehr als einer Silbe.«

»Ich kann lesen.« Ihr Rückgrat richtete sich pfeilgerade auf. »Ich lese gern.«

»Und was magst du sonst noch, chère*?«*

Ihre Finger klammerten sich ans Buch, als er aufstand, lockerten sich aber wieder, da er auf den Kamin zuging und dort einen Stiefel auf den Kaminrost stellte und seinen Ellbogen auf dem Kaminsims abstützte.

»Ich lerne reiten. Lucian bringt es mir bei. Ich kann es zwar noch nicht richtig, aber es macht mir Spaß.« Ja, sie wollte mit ihm befreundet sein. Das Haus hatte Wärme und Lachen und Liebe verdient.

Er lachte und sie hörte den Alkohol heraus. »Du kannst bestimmt reiten. Wenn du einen Mann reitest, bringst du ihn bestimmt ins Schwitzen. Bei meinem Bruder mögen deine Unschuldsaugen ja ihre Wirkung tun – er ist immer ein Narr gewesen. Aber ich weiß, wer du bist und worauf du aus bist.«

»Ich bin die Frau deines Bruders.« Es musste ein erster Schritt gemacht werden, um diesen Hass zu überwinden. Lucian und des in ihr heranwachsenden Kindes zuliebe tat sie ihn und ging auf Julian zu. »Mein einziges Ziel ist es, ihn glücklich zu machen. Ich mache ihn glücklich. Du bist mit ihm blutsverwandt, Julian. Sein Zwillingsbruder. Es ist nicht rechtens, dass wir uns derart uneins sind. Ich will versuchen, dir eine Schwester zu sein. Deine Freundin.«

Er kippte den Rest des Brandys hinunter. »Du willst meine Freundin sein?«

»Ja, Lucian zuliebe sollten wir –«

»Wie freundlich bist du?« Er stürzte sich auf sie und packte ihre Brüste, dass es wehtat.

Sie wurde starr vor Schreck. Siedend heiß durchzuckte sie die Demütigung, die mit dem Schrecken einherging. Der Hieb, der ihn an der Wange traf, war mit genügend Wucht geführt, ihn taumeln zu machen.

»Bastard! Du Tier! Wenn du mich noch ein Mal anfasst, bringe ich dich um. Ich gehöre Lucian. Ich bin die Frau deines Bruders.«

»Die Hure meine Bruders!«, schrie er ihr nach, als sie zur Tür rannte. »Ehe ich zulasse, dass du dir nimmst, was mir gehört, bist du tot, du Cajun-Schlampe.«

Wutentbrannt stieß er sich vom Kamin ab. Der schwere silberne Kerzenhalter stürzte herab, knallte gegen den Kachelrand und schlug eine Ecke heraus.

Declan hatte sich nicht von der Stelle bewegt. Als er wieder zu sich kam, saß er noch immer am Kamin, den Rücken dem prasselnden Feuer zugekehrt. Noch immer klatschte der Regen auf die Erde und lief über die Fensterscheiben.

Genauso wie während seiner … Vision? Seines geistigen Wegtretens? Seiner Halluzination?, überlegte er.

Er presste seinen Handballen zwischen die Augen, von wo aus der Kopfschmerz sich wie ein Stachel in seinen Schädel bohrte.

Vielleicht hatte er gar keine Geister im Haus, überlegte er. Vielleicht hatte er einen Gehirntumor. Das ergäbe mehr Sinn. Alles ergäbe mehr Sinn.

Mit schlagenden Türen, kalten Stellen, ja sogar mit dem Schlafwandeln als Nebenprodukte des Hauses konnte er leben. Aber er hatte diese Menschen *gesehen*, in seinem Kopf gesehen. Sie dort gehört – ihre Worte, ihren Tonfall. Und er hatte sie sogar gespürt, was ihn noch stärker verunsicherte.

Er hatte weiche Knie, konnte sich kaum auf den Beinen halten, als er aufzustehen versuchte. Am Kamin Halt suchend, klammerten sich seine Finger so fest daran, dass er sich nicht gewundert hätte, wenn der Marmor zerbröckelt wäre.

Sollte mit ihm körperlich oder geistig tatsächlich etwas nicht in Ordnung sein, musste er das in den Griff kriegen. Ein Fitzgerald steckte nicht einfach seinen Kopf in den Sand, wenn es brenzlig wurde.

Nachdem er wieder einigermaßen zu Kräften gekommen war, ging er in die Küche, um nach Aspirintabletten zu kramen. Er nahm sich vier Stück und schluckte sie in dem Wissen, dass er ebenso gut versuchen könnte, ein Buschfeuer auszupinkeln. Danach drückte er das leer getrunkene kalte Glas an seine Stirn.

Er würde nach Boston fliegen und dort seinen Onkel aufsuchen. Der jüngste Bruder seiner Mutter war zwar Kardiologe, aber er kannte bestimmt den richtigen Neurochirurgen. Ein paar Tage, ein paar Tests und er würde wissen, ob er verrückt war, von Geistern heimgesucht wurde oder sterbenskrank war.

Schon wollte er nach dem Telefonhörer greifen, da hielt er inne und schüttelte den Kopf. Verrückt, dachte er, das traf es wohl am besten. Wenn er zu Onkel Mick ginge, würden sich seine potenziellen gesundheitlichen Probleme wie ein Virus in seiner Familie ausbreiten.

Außerdem, wofür sollte er zurück nach Boston? Auch in New Orleans gab es Ärzte. Er würde sich von Remy einen empfehlen lassen. Er könnte seinem Freund erklären, er suche einfach einen Arzt und einen Zahnarzt hier in der Gegend. Das wäre nur logisch.

Er würde sich durchchecken lassen und den Arzt dann bitten, ihn an einen Spezialisten zu überweisen. Ganz einfach, direkt und effizient.

Wenn die Geister es schon nicht vermochten, ihn aus Manet Hall zu vertreiben, verdammt sollte er sein, wenn es ein Gehirntumor vermöchte.

Als er sein Glas absetzte, schlug eine Tür im ersten Stock. Er blickte einfach hoch an die Decke und grinste mürrisch.

»Ist ja gut, ich habe auch eine Scheißlaune.«

Bis zum Mittwoch hatte er sich wieder gefangen. Vermutlich hatte die Vorfreude, Lena wieder zu sehen, dazu beigetragen, seine Stimmung zu heben – in Kombination mit der Arbeit, die er in jenen letzten Tagen vor der Fastenzeit zu Ende bringen konnte. Für die folgende Woche hatte er einen Termin bei Remys Arzt vereinbart, und nachdem er diesen Schritt erst einmal getan hatte, gelang es ihm, die Sorge um seinen Geisteszustand zu verdrängen.

Es war zu keinen weiteren Bewusstseinstrübungen mehr gekommen. Wenigstens keine, die er mitgekriegt hatte.

Der Regen war schließlich weitergezogen, um Florida heimzusuchen, hatte ihm aber die ersten zarten Trompeten der Osterglocken beschert, die in Tuffs einen seiner Gartenpfade säumten.

Im morgendlichen Wetterbericht waren zehn Zentimeter Neuschnee in Boston verkündet worden.

Sofort rief Declan seine Mutter an, um schadenfroh darauf herumzureiten.

Sonnenschein und Frühlingserwachen ließen ihn rascher als erwartet seine Arbeiten umstellen. Die Arbeit in der Bibliothek ließ er erst einmal ruhen und begann draußen damit, die Galerie im ersten Stock zu stabilisieren und beschädigte Bretter auszubessern.

Dazu hörte er Ray Charles und fühlte sich gesund wie ein Pferd. Er beschloss, die Franks mit den Frühjahrspflanzungen zu beauftragen. Er hatte einfach nicht die Zeit dazu. Nächstes Jahr würde er sich selbst darum kümmern. Jedenfalls so viel er schaffen konnte.

Im nächsten Frühjahr würde er am Sonntagmorgen hier draußen auf der Galerie sitzen, Beignets essen und Milchkaffee trinken – mit Lena. Lange, faule Sonntage mit Blick auf die Wiesen und den Garten. Und noch ein paar Jahre weiter auf Kinder, die auf dem Hof und im Garten spielten.

Er wollte eine eigene Familie gründen, und dieses Wissen tat ihm gut. Noch nie hatte er dieses Bedürfnis verspürt, das Bedürfnis, gleichzeitig das Jetzt und das Morgen zu sehen.

Auf diese Weise wusste er, dass seine Gefühle für sic richtig waren. Seine Pläne, die er für sie beide hatte. Er würde ihr in der Bar helfen, wenn sie ihn brauchte, ginge aber seiner eigenen Arbeit nach.

Er drehte seine Hände um und studierte seine Handinnenflächen, die Schwielen, die sich darauf gebildet hatten. Die kleinen Kerben und Narben wusste er als seine Tapferkeitsmedaillen zu schätzen.

Er würde seine Hände, sein Rückgrat und seine Vorstellungsgabe benutzen, um andere Häuser umzubauen. Wenn die Leute in der Gemeinde einen Bauunternehmer suchten, fiele ihnen sofort der Name Declan Fitzgerald ein.

Ihr hättet das alte Haus sehen sollen, ehe er es in seinen Besitz nahm, werden sie sagen. Wenn du gute Arbeit haben willst, ruf Dec an. Er wird sich um alles kümmern.

Diese Vorstellung belustigte ihn, und er riss das nächste morsche Brett heraus.

Um vier Uhr war er mit der Arbeit am Fußboden der langen vorderen Galerie fertig und streckte sich bäuchlings darauf aus, um sich auszuruhen. Zu den Klängen von B. B. King, der seine Lucille anflehte, schlief er ein.

Und schlief noch, als er aufstand und die wackelige, durchhängende geschwungene Treppe zur Rasenfläche vor dem Haus hinabstieg.

Das Gras unter seinen Füßen war dicht, und die Sonnenhitze ergoss sich über sein Gesicht und brannte ihm trotz des Hutes, den er zum Schutz trug, auf seinen Kopf.

Die anderen waren drinnen, aber er wollte zum Teich und sich die Seerosen ansehen. Er wollte sich in den Schatten der Weide setzen, der über das Wasser tanzte, und lesen.

Er liebte den Gesang der Vögel und nahm dafür die Hitze gern in Kauf. Die Hitze war ehrlich. Im Herrenhaus war die Luft kalt und falsch.

Es brach einem das Herz, zusehen zu müssen, wie das Haus, das er so sehr liebte, vor Bitterkeit verrottete.

Er blieb am Teichufer stehen und sah hinab auf die grünen Blattteller und ihren Schmuck, die cremeweißen Seerosen. Fasziniert verfolgte er die vorbeischwirrenden Libellen, deren sonnenfunkelnde Flügel schillernd verschwammen. Ein Frosch platschte ins Wasser und ein Kardinal schrie.

Als er seinen Namen hörte, wandte er sich um. Und lächelte, als seine Geliebte über den samtigen Rasen auf ihn zukam. Solange sie zusammen waren, solange sie sich liebten, würde Manet Hall existieren.

»Declan, Declan.«

Alarmiert packte Lena ihn an den Armen und schüttelte ihn. Als sie in seine Einfahrt gebogen war, hatte sie ihn die trügerischen Stufen heruntergehen sehen und dann verfolgt, wie er sich in einem merkwürdig schleppenden Gang, der gar nicht zu seinem üblichen forschen Schritt passen wollte, dem Teich genähert hatte.

Seine Augen standen offen, waren aber starr und gaben ihr das Gefühl, dass er durch sie hindurchsah und sein Blick sich auf etwas – oder jemand anderes – richtete.

»Declan.« Mit fester Stimme und festen Händen nahm sie sein Gesicht in ihre Hände. »Sieh mich an. Hörst du mich? Ich bin es, Lena.«

»Wir wollen uns unter die Weide setzen, wo uns keiner sehen kann.«

Da stand keine Weide, nur noch ein morscher Stumpf. Die Angst kratzte ihr in der Kehle, aber sie schluckte sie hinunter. Instinktiv stellte sie sich auf die Zehenspitzen und legte ihre Lippen warm auf die seinen.

Langsam und verträumt reagierte er darauf, glitt auf sie zu. An sie. In sie. Auf diese Weise bekam sie mit, wie er wieder ins Normalbewusstsein eintauchte, denn sein Körper wurde steif. Er begann zu taumeln, aber sie hielt ihn fest.

»Sei ganz ruhig, *cher*. Halt dich an mir fest, bis du deine Beine wieder spürst.«

»Tut mir Leid. Ich muss mich hinsetzen.« Er ließ sich aufs Gras plumpsen und legte seine Stirn auf die Knie. »Mann o Mann.«

»Jetzt ist alles gut. Es ist alles in Ordnung.« Sie kniete sich neben ihn, strich ihm übers Haar und redete besänftigend in Cajun – ihrer Trostsprache – auf ihn ein. »Sieh zu, dass du wieder zu Atem kommst.«

»Was zum Teufel ist nur los mit mir? Ich war auf der Galerie. Ich habe an der Galerie gearbeitet.«

»Ist das das Letzte, woran du dich erinnerst?«

Nun hob er den Kopf und blickte über den Teich. »Ich weiß nicht, wie ich hierher gekommen bin.«

»Du bist die Treppe hinabgestiegen, die rechts vom Haus. Ich dachte schon, du würdest gleich durchbrechen.« Beim Gedanken daran, wie instabil sie war, kam ihr Herz jetzt noch aus dem Takt. »Die Treppen sind nicht sicher, Declan. Du solltest sie absperren.«

»Ja.« Er rieb sich mit den Händen übers Gesicht. »Am besten sperre ich mich gleich in einen gepolsterten Raum.«

»Du bist nicht verrückt.«

»Ich schlafwandle – jetzt schon am helllichten Tag. Ich halluziniere. Ich höre Stimmen. Das hört sich für mich alles nicht sehr gesund an.«

»Das sagt doch nur der Yankee in dir. Hier unten fällt das noch nicht einmal unter Exzentrik. Meine Großtante Sissy führt ganze Gespräche mit ihrem Ehemann Joe, und der ist kommenden September schon zwölf Jahre tot. Keiner hält sie für verrückt.«

»Worüber reden sie?«

»Ach, Familienangelegenheiten, aktuelle Ereignisse, das Wetter. Politik. Großonkel Joe hat gerne über die Regierung hergezogen. Fühlst du dich ein wenig besser, *cher*?«

»Ich weiß es nicht. Was habe ich getan? Was hast du mich tun sehen?«

»Du kamst einfach die Treppe herunter und gingst über das Gras auf den Teich zu. Es war nicht dein üblicher Gang, und daran habe ich gemerkt, dass etwas nicht stimmte.«

»Was meinst du damit?«

»Du hast so einen flüssigen, schlaksigen Gang und gingst überhaupt nicht so. Dann bist du am Teich stehen geblieben.«

Sie sagte ihm nicht, dass sie sich einen angstvollen Moment lang sicher gewesen war, er wolle direkt ins Wasser gehen.

»Ich habe dich immer wieder gerufen. Endlich hast du dich dann umgedreht und mich angelächelt.« Ihre Bauchmuskeln verspannten sich bei der Erinnerung daran. »Aber du hast mich nicht gemeint. Ich glaube nicht, dass du mich gesehen hast. Und dann sagtest du, du wolltest unter der Weide sitzen, wo keiner uns sehen könne.«

»Es gibt hier gar keine Weide.«

»Stimmt.« Sie deutete auf einen Baumstumpf. »Aber einmal stand da eine. Offenbar hast du Träume, in denen du Dinge siehst, die früher passiert sind. Das ist ein Geschenk, Declan.«

»Und wo kann ich es zurückgeben?« Er schüttelte den Kopf. »Ich weiß es nicht, denn wenn ich aufwache, kann ich mich an nichts mehr erinnern. Aber langsam glaube ich, ich sollte mich nachts am Bettpfosten festbinden.«

»Diese Nacht kann ich mich um dich kümmern.«

»Versuchst du etwa mich mit Fesselungsfantasien aufzuheitern?«

»Gelingt es mir?«

»Ziemlich gut.« Er atmete aus und sah dann stirnrunzelnd auf den Fleck auf ihrer Stirn. »Du hast da Ruß oder so«, begann er, aber sie bog den Kopf zurück, ehe er daran reiben konnte.

»Das ist geweihte Asche.«

»Ach, richtig.« Sein Gehirn war zweifellos in Ferien. »Aschermittwoch. Nicht genug, dass ich nicht mehr weiß, wer ich bin, weiß ich auch nicht mehr, in welcher Zeit ich mich befinde.«

Sie ertrug es nicht, ihn erneut in Trübsal versinken zu sehen, und bemühte sich um einen forschen Ton, fast ein wenig hochmütig. »Heißt das etwa, du warst heute an diesem heiligen Tag der Buße nicht in der Kirche?«

Er zuckte zusammen. »Du redest wie meine Mutter. Ich habe es vergessen. Na ja, so ähnlich.«

Sie zog eine Braue hoch. »Mir scheint, du bedarfst dringend

aller Segnungen, die du kriegen kannst.« Und indem sie es aussprach, rieb sie mit dem Finger über das Aschenmal auf ihrer Stirn und strich ihm damit über seine Stirn. Daraufhin musste er lächeln.

»Das ist wahrscheinlich ein Sakrileg, aber dennoch danke. Wie spät ist es?« Er schaute auf seine Uhr und fluchte. »Ich muss dieses verdammte Ding wegbringen. Ständig bleibt sie stehen. Ich weiß, dass Mittag längst vorbei ist, und ganz gewiss haben wir noch nicht Mitternacht.«

»Es ist fünf. Du hast gesagt, ich solle möglichst zeitig kommen.«

»Ja, natürlich. Komm, lass uns zurückgehen und draußen Wein trinken.«

Die ersten Minuten beobachtete sie ihn sehr genau, aber er schien sich wieder gefasst zu haben, als er den Wein auswählte. Er holte danach schöne alte Gläser aus seinen neuen Schränken.

Lena musste zugeben, dass er ihr einen gewaltigen Schrecken eingejagt hatte. Sie war sich sicher gewesen, dass er vorhatte, ins Wasser zu gehen, sich zwischen den Seerosen zu ertränken, wie das auch Lucian Manet getan hatte.

Als sie sich dessen klar wurde, eröffnete sich ihr ein ganz neues Spektrum an Möglichkeiten. »Declan …«

»Ich habe Steaks und ich besitze einen Grill«, verkündete er, als er ihr Wein einschenkte. Er musste sich auf ganz normale Dinge konzentrieren – um sich wieder im Hier und Jetzt zu verwurzeln. »Jeder echte Mann kann Steaks grillen. Solltest du aber kein rotes Fleisch essen, müssen wir mit der tiefgefrorenen Pizza vorlieb nehmen.«

»Wenn ich schon Fleisch esse, sollte ich mir wohl um die Farbe keine Gedanken machen. Lass uns rausgehen und uns hinsetzen. Mir ist gerade was durch den Kopf gegangen.«

Sie gingen zu den beiden Holzkisten, die er zum Sitzen benutzte.

»Was wäre, wenn es keine Geister wären? Oder nicht nur Geister?«, fragte sie ihn.

»Oh, nicht gerade ein aufmunternder Gedanke. Was hätte ich denn dann? Vampire? Werwölfe? Vielleicht irgendwelche Fleisch fressenden Zombies. Da werde ich gleich viel besser schlafen, danke.«

»Was hältst du von Reinkarnation?«

»Frühere Leben? Seelenrecycling?« Er zuckte die Schultern. »Ich weiß nicht recht.«

»Ich fand das immer sehr rationell – und fair obendrein. Jeder hat schließlich mehr als eine Chance verdient, findest du nicht? Womöglich erinnerst du dich an Dinge, die hier passiert sind, weil du hier schon einmal gelebt hast. Vielleicht bist du ja Lucian, der nach all den Jahren wegen seiner Abigail zurückkommt.«

»Eine romantische Vorstellung. Ich bin gern Lucian, wenn du Abby sein willst.«

»Wählen kannst du nicht. Und wenn du dich über diese Vorstellung lustig machst, dann werde ich kein Wort mehr darüber verlieren.«

»Ist schon gut, reg dich nicht auf.« Er trank einen Schluck Wein und starrte brütend ins Leere. »Deiner Theorie nach bin ich also hier, und diese Dinge passieren, weil ich ein vergangenes Leben als Lucian Manet geführt habe.«

»Das ist nicht weiter hergeholt als die Geschichte mit dem Spukhaus, die du problemlos geschluckt hast. Das würde auch erklären, weshalb du das Haus gekauft hast, es haben musstest. Und warum du so hart arbeitest, um seine Schönheit wieder aufleben zu lassen. Warum du oben im Schlafzimmer die Möbel gesehen hast.«

»Reinkarnation«, wiederholte er. »Klingt besser als Gehirntumor.«

»Wie bitte?«

Er schüttelte den Kopf und nippte wieder. »Nichts.«

»Du glaubst, du hättest einen Tumor im Gehirn? So ein Unsinn, Declan.« Ihre Stimme klang schärfer als beabsichtigt, also fuhr sie sanfter fort. »Das ist einfach Unsinn, *cher*. Mit deinem Kopf ist genauso alles in Ordnung wie mit deinen sonstigen Körperteilen.«

»Natürlich. Ich habe nur laut gedacht.«

Aber sie durchschaute ihn und stand auf, um sich rittlings auf seinen Schoß zu setzen. »Du hast also wirklich Angst, etwas in deinem Kopf zu haben, das dich Dinge sehen, Dinge tun lässt?«

»Ich habe keine Angst. Ich bin nur... Pass auf, ich werde mich ein paar Tests unterziehen, um sämtliche Möglichkeiten auszuschließen.«

»Du bist nicht krank, *cher*.« Sie hauchte ihm einen Kuss auf die eine, dann auf die andere Wange. Nie war ihr ein Mann begegnet, der so konsequent und mühelos die zärtliche Seite in ihr ansprach. »Das garantiere ich dir. Aber sollte es dich beruhigen, wenn ein toller Arzt dir dasselbe sagt, dann ist das auch in Ordnung.«

»Erzähl bloß Remy nichts davon.« Er nahm ihre Hand, bis sie sich zurücklehnte, um ihm in die Augen zu sehen. »Er hat die Hochzeit vor der Brust. Und den Kopf mit anderen Dingen voll.«

»Dann hast du also vor, ganz allein zu den Gehirnuntersuchungen zu gehen? So machen wir das hier aber nicht, *cher*. Wenn du nicht möchtest, dass Remy davon erfährt, in Ordnung. Aber du sagst mir Bescheid, wenn dein Termin feststeht, dann komme ich nämlich mit.«

»Lena, ich bin ein großer Junge.«

»Du gehst da nicht allein hin. Entweder komme ich mit oder ich sag's Remy und dann tun wir uns zusammen.«

»Na gut. Ich sag dir Bescheid, wann der Termin ist, und du darfst mir Händchen halten. In der Zwischenzeit werde ich alles auf deine Reinkarnationstheorie setzen. Die ist zwar verrückt, aber lang nicht so unschön wie eine Gehirnoperation.«

»Es heißt, Lucian Manet sei ein sehr schöner Mann gewesen, wie ein junger goldener Gott.« Sie fuhr mit ihren Fingern durch Declans wirres Haar. Es war dunkelblond, dicht und üppig, und Lena war sich sicher, dass es unter der Sommersonne betörende Strähnchen bekam. »Ich finde, dieses Mal übertriffst du ihn.«

»Ach ja?« Er schlang seine Arme um ihre Taille. »Erzähl mir mehr davon.«

»Der Goldtyp hat mich eigentlich immer eher kalt gelassen. Zu hübsch für meinen Geschmack.« Sie warf den Kopf zurück und näherte sich ihm zum Kuss. »Du triffst genau meinen Geschmack, *cher*.«

Er zog sie näher heran und ließ, nachdem er sein Kinn auf ihre Schulter abgelegt hatte, seinen Blick über die Geländer der Galerie schweifen. »Ich liebe dich, Lena.«

»Solltest du versuchen, mich mit süßen Worten ins Bett zu ziehen, ehe du mir was zu essen –«

Er sah sie wieder an, und das Grinsen auf ihrem Gesicht verschwand, als sie seines sah. »Ich liebe dich«, wiederholte er. »Ich habe früher nie verstanden, was das bedeutet, und hätte nicht gedacht, es einmal zu verstehen.«

Er hielt sie fest, als sie sich freizukämpfen versuchte. »Du musst zur Ruhe kommen«, erklärte sie ihm.

»Ja, das muss ich – aber ich glaube nicht, dass du dasselbe damit meinst. Ich muss hier zur Ruhe kommen, mich hier mit dir niederlassen. Es ist mir egal, ob wir zum ersten oder zum fünfzehnten Mal hier sind. Aber du bist die Frau, auf die ich mein Leben lang gewartet habe.«

»Du machst mehr daraus, als gut ist, Declan.« Fast hätte ihre Stimme gezittert. Ihr Magen war ohnehin schon in Aufruhr. »Wir sind gemeinsam zum Essen gegangen. Wir sind ins Bett gegangen. Wir haben einander ein paar Mal gesehen.«

»Ich brauchte dich nur ein Mal anzusehen.«

Wie tief und klar seine Augen waren. Wie die Oberfläche eines Sees im Dämmerlicht. »Du kennst mich nicht einmal.«

Er zog sie noch näher heran und erinnerte sie daran, dass er einen eisernen Willen hatte und ihr überlegen war. »Du irrst dich. Ich weiß, wie klug und stark du bist. Genug, um dir fast aus dem Nichts eine Existenz zu schaffen. Ich weiß, dass du deine Schulden zahlst. Ich weiß, dass du treu und liebenswert bist. Ich weiß aber auch, dass dich jemand verletzt hat und es keiner großen Anstrengung bedarf, den Schorf über dieser Wunde abzukratzen. Und ich weiß auch, dass ich dir jetzt Angst mache, weil du nicht glaubst, dem gewachsen zu sein, was ich dir sage.«

Sie spürte ihren Herzschlag, als würde eine Faust auf eine frische Wunde einschlagen. »Ich suche keine Liebe, Declan. Tut mir Leid.«

»Ich habe sie auch nicht gesucht, aber jetzt ist es passiert. Wir müssen nichts überstürzen. Ich wollte es dir jetzt eigentlich noch gar nicht sagen, aber … es musste einfach sein.«

»Die Leute finden ständig ihre Liebe und verlieren sie wieder, *cher*. Es ist nichts weiter als ein Chemiecocktail.«

»Er muss dich sehr verletzt haben.«

Frustriert schob sie ihn weg, und diesmal ließ er sie gewähren. »Du bist im Irrtum. Es gibt keinen Mann oder den Geist eines Liebhabers, der mir das Herz gebrochen hätte. Bin ich etwa ein Klischee für dich?«

»Du bist alles für mich.«

»*Mon Dieu*.« Bei diesem Mann bekam sie einen dicken Hals und drehte fast durch. Sie kämpfte bewusst gegen dieses Gefühl an und sprach klar und deutlich. »Ich mag dich, Declan. Und ich genieße deine Gesellschaft. Ich bin gern mit dir im Bett. Sollte dir das nicht reichen, dann gehe ich jetzt lieber und erspare uns eine Menge Ärger und Enttäuschungen.«

»Reagierst du immer so sauer, wenn dir jemand sagt, er liebe dich?«

Fast hätte sie erwidert, dass es noch keiner gesagt habe. Jedenfalls keiner, der es auch so gemeint hätte. »Ich lass mich nicht gern drängen, und wenn es passiert, setze ich alles daran, nicht in die gewünschte Richtung zu gehen.«

»Das kann ich nur bewundern.« Als er jetzt aufstand, war sein Grinsen locker. »Ich mag dich auch, Lena. Und ich bin gern mit dir zusammen, gern mit dir im Bett. Das reicht für den Augenblick. Hast du Hunger? Ich sollte jetzt wohl besser den Grill anwerfen.«

Sollte es ein Trick sein, wie Lena glaubte, oder eine Art Strategie, sie ständig zu verunsichern, dann konnte sie sein Geschick nur bewundern.

Nach wie vor war ihr dieser Mann ein Rätsel, und seine nahtlosen Stimmungswechsel waren ein todsicherer Weg, ihr Interesse an dessen Entschlüsselung wach zu halten.

Er kochte wie ein Mann, der sich in einer echten Küche nicht recht traute. Legte die Kartoffeln in der Schale auf den Grill und briet die Steaks. Aber für die Zubereitung des Salats überredete er Lena.

Er verlor kein Wort zum Thema Liebe.

Er erkundigte sich nach ihrer Arbeit und wie ihr Geschäft während der zwei Regentage gelaufen war. Dann legte er Musik auf, drehte sie leise und unterhielt sich mit ihr durch die Küchentür, während der Grill qualmte und sie Gemüse putzte.

Sie hätten ebenso flüchtige Bekannte wie auch ein sehr vertrautes Liebespaar sein können.

Bei Kerzenlicht aßen sie in seiner schönen Küche. Selbst das Haus wusste sich zu benehmen. Trotzdem – oder vielleicht gerade deshalb – war sie während des ganzen Essens gereizt.

Declan holte einen Konditorkuchen aus dem Kühlschrank. Lena warf einen Blick darauf und seufzte. »Ich kann nicht.«

»Wir können ihn für später aufheben.«

»Ich kann die nächsten vierzig Tage nicht. Ich verzichte während der Fastenzeit auf Süßes. Ich habe dauernd so einen Heißhunger auf Süßes.«

»Oh.« Er stellte ihn zurück in den Kühlschrank. »Eventuell finde ich noch was anderes.«

»Worauf verzichtest du?«

»Auf das Tragen von Damenunterwäsche. Es fällt mir zwar schwer, aber ich werde wohl bis Ostern durchhalten.«

»Wenn du so weiterredest, wisch ich dir meine Asche wieder weg.« Offenbar wollte er sie reizen. Und das löste sie wohl am besten, indem sie ihn noch mehr reizte. Als er seinen Kühlschrank durchforstete, trat sie hinter ihn und schlang ihre Arme um seine Taille, drückte ihren Körper an seinen. »Du musst auf etwas verzichten, *cher*, auf etwas, worauf du richtig süchtig bist.«

»Auf dich werde ich auf gar keinen Fall verzichten, darauf kannst du Gift nehmen.«

Er ließ sich von ihr herumdrehen und mit dem Rücken an den Kühlschrank drücken.

O ja, er kannte sie, durchschaute sie, als sie unter Einsatz ihrer Lippen kleine Explosionen in seinen Blutbahnen auslöste. Ihm war klar, dass sie Sex einsetzte, um ihm einen Schritt voraus zu sein. Einen Schritt von ihm entfernt zu sein.

Wenn sie nicht merkte, dass er sie lieben konnte, so viel er wollte, dann war es seine Aufgabe, ihr das zu zeigen.

»In deinem Bett, hast du gesagt.« Ihr Mund war unersättlich, jagte rastlos über sein Gesicht. »In deinem Bett.«

Sie zog ihn zur Tür. Fast hätte er sie zurückgerissen zur Küchentreppe, fand aber, der lange Weg könnte der interessantere sein.

Im Flur drängte er sie an die Wand und unternahm mit seinen Zähnen einen Angriff auf ihre Kehle. »Wir kommen schon noch dorthin.«

Er langte mit den Händen nach unten und riss ihre Bluse hoch und über ihren Kopf, warf sie beiseite. Ineinander verschlungen, drehten sie sich ein Mal vertikal die Wand entlang und endeten schließlich in entgegengesetzter Position. Jetzt riss sie ihm mit ungeduldigen Händen das Hemd auf, so dass die Knöpfe über den Fußboden tanzten.

Auf ihrem Weg zur Treppe kämpften sie mit ihren Kleidungsstücken. Schuhe fielen plumpsend zu Boden. Ihr Büstenhalter flatterte über das Geländer, seine Jeans rutschten auf der dritten Stufe nach unten.

Noch ehe sie den Treppenabsatz erreicht hatten, waren sie schon außer Puste.

Seine Hände waren rau, die Hände eines Handwerkers, die sie streichelnd in Erregung versetzten. Ihre Haut wurde lebendig.

»Beeil dich.« Sie grub ihre Zähne in seine Schulter, denn ihr Verlangen war jetzt so heftig, war eine gewaltige Feuersbrunst, die alle Vorsicht niederbrannte. »Mein Gott, beeil dich.«

Fast hätte er sie genommen, wo sie gerade standen, aber er wollte sie unter sich spüren. Sehen, wie sie sich aufbäumte und sich an ihn drängte.

Ohne seine Lippen zu lösen, die sich verschlingend ihres Mundes bemächtigten, legte er den Arm um ihre Taille und hob sie ein paar Zentimeter vom Boden. Etwas Rohes und Primitives brach in ihm auf, als er wusste, dass es kein Zurück mehr gab. Es blieb ihnen keine Wahl, sie mussten sich paaren.

Von Schatten eingehüllt, näherten sie sich dem Schlafzimmer.

Unter den Türen drang kalte Luft heraus, und Lena zitterte.

»Declan.«

»Das sind wir. Das gehört uns.« Und da er mit knurrender Stimme sprach und sie mit eisenharter Hand umfangen hielt, verzog sich die Kälte.

In einem Wirrwarr aus Gliedmaßen und drängendem Verlangen fielen sie auf sein Bett. Als er in sie eindrang, gruben sich ihre Nägel in seinen Rücken. Dunkle verzweifelte Lust durchtränkte sie, und die wilde Begeisterung trieb sie an, so dass sie ihn umschlang und sich seinem rasenden Tempo anpasste.

Sie hatte jegliche Kontrolle aufgegeben, war nur noch beherrscht vom wahnsinnigen Durst zu nehmen, zu nehmen, zu nehmen. Und gleichzeitig besessen vom quälenden Hunger zu geben.

An ihn geklammert, ließ sie sich von der Leidenschaft mitreißen und schwang sich in hemmungslosem Rausch hinauf an den Rand des Abgrunds.

Gedämpft hörte sie die tiefen, schweren Schläge einer Uhr. Beim zwölften Schlag explodierten sie gemeinsam.

Als er von ihr abrücken wollte, verstärkte sie ihren Griff. »Mmm. Noch nicht bewegen.«

»Ich bin zu schwer für dich.« Er wanderte mit seinen Lippen ihrer Halslinie nach.

»Ich mag das. Es gefällt mir so.« Träge drehte sie den Kopf, so dass er ihre Wange erreichte. Ihr Körper fühlte sich benutzt und verletzt und wunderbar locker an. »Das ist sogar noch besser als Schokoladenkuchen.«

Er lachte und rollte mit ihr zur Seite, bis sie ausgestreckt auf seiner Brust lag. »Na also, jetzt brauche ich mir wenigstens keine Sorgen mehr zu machen, dich zu erdrücken.«

»Durch und durch ein Gentleman.« Zufrieden machte sie es sich bequem. »Ich mag Uhren, die jede Stunde schlagen«, sagte sie. »Aber du musst sie richtig stellen. Es ist noch nicht Mitternacht.«

»Ich weiß.«

»Hörte sich an wie eine große alte Großvateruhr. Wo hast du sie stehen? Im Salon?«

»Nein.« Er strich ihr mit der Hand über das Haar und den Rücken entlang. »Ich habe keine Uhr, die schlägt.«

»*Cher*, ich höre bei dir wirklich sämtliche Glocken läuten, aber es waren zwölf Schläge.«

»Ja, ich habe es auch gehört. Aber ich habe keine Uhr.«

Sie hob den Kopf und atmete leise aus. »Oh. Na denn. Macht es dir Angst?«

»Nein.«

»Dann macht es mir auch keine Angst«, sagte sie und legte ihren Kopf zurück auf sein Herz.

13

Wenn man ein Ziel erreichen wollte, räumte man nach Declans Auffassung Hindernisse und Widerstände nicht dadurch aus dem Weg, indem man sie über den Haufen warf und dabei einen Schädelbruch riskierte, sondern durch stetiges Weghauen oder Abhacken. Nach und nach und mit Verstand. Unnachgiebig. Ob es sich dabei um ein Gerichtsverfahren, ein Sportereignis oder eine Liebesaffäre handelte – stets musste das Ziel im Auge behalten werden, damit die richtigen Mittel gewählt werden konnten.

Er fand heraus, in welche Kirche Lena und ihre Großmutter gingen und welche Messe sie dort besuchten. Nachforschungen waren für jede Strategie unerlässlich.

Als er am Sonntagmorgen neben ihnen in der Kirchenbank Platz nahm, erntete er einen grüblerischen Blick von Lena und ein verschwörerisches Zwinkern von Odette.

Gott würde diesen Trick bestimmt verstehen und gutheißen und ihm sicherlich nicht vorhalten, dass er die Sonntagsmesse als ein Mittel zu seinem Zweck benutzte.

Seiner Mutter gegenüber würde Declan diesen Gedankengang aber lieber unerwähnt lassen. Seiner Erfahrung nach war sie nämlich weitaus weniger flexibel als Gott der Allmächtige.

Indem er seinen Charme vorrangig auf Odette ausrichtete, gelang es ihm, die beiden anschließend zu einem Brunch zu überreden. Als er der Wirtin seinen Namen nannte, brachte ihm das einen weiteren vernichtenden Blick von Lena ein. Er hatte bereits für drei Personen reserviert.

»Du bist deiner Sache wohl sehr sicher, *cher*?«

Seine Augen waren so unschuldig wie die eines jungen Messdieners. »Ich bin nur vorbereitet.«

»Du bist aber kein Pfadfinder, Süßer«, wies sie ihn zurecht.

»Ihre Enkelin ist ziemlich zynisch«, erwiderte Declan darauf und reichte Odette seinen Arm.

»Sie ist einfach nur klug.« Mit klimpernden Armreifen tätschelte Odette seine Hand. »Das muss eine Frau bei gut aussehenden Männern, die schön daherzureden verstehen, schon sein. Ein Mann, der in die Kirche kommt, damit er den Sonntagmorgen mit einer Frau verbringen kann, ist ebenfalls ziemlich klug.«

»Ich bin eigentlich gekommen, um ein wenig zu beten.«

»Und worum ging es in Ihrem Gebet?«

»Dass Sie mit mir nach Borneo durchbrennen.«

Lachend setzte Odette sich auf den Stuhl, den Declan ihr hielt. »Sie sind mir einer.«

»Ja.« Er sah Lena direkt an. »Ich werde schon noch der eine.«

Sie ließen es sich mit Mimosas und der ersten Runde vom üppigen Buffet gut gehen. Zu den Klängen der Dixieland-Band erzählte Declan von seinen Fortschritten am Haus.

»Solange das Wetter hält, werde ich mich nur mit Außenarbeiten beschäftigen. Tibald kümmert sich bereits um die Gipsarbeiten, und ich versuche einen Maler für den Außenanstrich zu finden. Das will ich nicht selbst machen. Der Mann, der mir den Salon gestrichen hat, sollte sich auch die Bibliothek ansehen, hat aber ziemlich abrupt den Raum verlassen.«

Bekümmert nippte Declan an seinem Mimosa. »Ich glaube nicht, dass er wiederkommt. Mit dem Fliesenleger ist es das Gleiche. Er hat das halbe Bad gefliest und dann das Handtuch geworfen.«

»Ich kann mich für Sie mal umhören«, bot Odette ihm an.

»Das wäre mir sehr lieb. Inzwischen glaube ich fast, dass ich mir jemanden von außerhalb der Gemeinde suchen oder selbst die Sache in Angriff nehmen muss. Langsam wird es im Herrenhaus etwas zu lebhaft.«

»Dass erwachsene Männer weglaufen, bloß weil ein paar Türen schlagen«, Lena verzog spöttisch den Mund. »Ein bisschen mehr Rückgrat könnte man wohl erwarten.«

»Inzwischen hat es sich gesteigert. Uhren schlagen, obwohl es gar keine Uhren gibt, in leeren Räumen spielt Musik. Als der Maler da war, sind die Schiebetüren in der Bibliothek ständig auf und zu gegangen. Und dann das Geschrei.«

»Was für ein Geschrei?«

»Der Fliesenleger.« Declan lächelte müde. »Berichtete, er habe jemanden durch die Schlafzimmertür gehen hören und geglaubt, ich sei es. Er habe weitergeredet und seine Fliesen gelegt und mitbekommen, dass sich etwas – seiner Vermutung nach nämlich ich – im Zimmer bewegte. Da ich auf keine seiner Fragen eine Antwort gegeben habe, sei er aufgestanden und hineingegangen. Keiner da. Wie ich seinen unzusammenhängenden Angaben entnehmen konnte, schlug die Badezimmertür hinter ihm zu, und die Holzscheite im Kamin fingen Feuer. Daraufhin habe ihm jemand eine Hand auf die Schulter gelegt, behauptet er. Als ich nach oben kam, musste ich ihn von der Decke schälen.«

»Was halten Sie davon?«, erkundigte sich Odette.

»Es gibt mehrere Erklärungen. Offenbar steigt mit den wachsenden Fortschritten am Haus auch die … nennen wir es einmal paranormale Aktivität. Sie zeigt sich unverhohlener und impulsiver. Und dies vor allem dann, wenn ich vom ursprünglichen Plan abweiche.«

Lena häufte sich Grütze auf ihre Gabel – eine kulinarische Spezialität des Südens, an die Declan seine Geschmacksnerven noch nicht gewöhnt hatte. »Was meinst du damit?«

»Die Stuckarbeiten zum Beispiel. In den Bereichen, wo sie ausgeführt werden, ist alles ziemlich ruhig. Ich restauriere sie, lasse Repliken anbringen. In Räumen jedoch, wo ich Veränderungen vornehme – Badezimmerausstattung, Fliesen – wird es richtig interessant. Offenbar gibt es für all das einen Rüffel, was sich nicht an den ursprünglichen Plan hält.«

»Das gibt einem zu denken«, meinte Odette.

»Ich habe nachgedacht. Ich glaube, es ist Josephine Manet.« Selbst hier bei fröhlicher Dixielandmusik und sprudelndem Champagner schlich sich bei ihrem Namen Angst in seine Eingeweide. »Die Herrin von Manet Hall. Man braucht sich nur die Fotos anzusehen, um zu erkennen, dass man dieser Frau am besten nicht in die Quere kam. Und jetzt komme ich und hinterlasse auf allem, was ihr gehört, meine Spuren.«

»Sind Sie entschlossen, mit ihr zu leben?«, wollte Odette wissen und beobachtete, wie sich sein Kiefer verhärtete.

»Ich bin entschlossen, im Herrenhaus zu wohnen und es auf meine Weise umzugestalten. Wenn sie unbedingt Theater machen will, ist das ihr Problem.«

Lena lehnte sich zurück. »Was meinst du, Großmama? Ist er tapfer oder stur?«

»Oh, von beidem etwas. Es ist eine gute Mischung.«

»Danke, ob es sehr tapfer ist, weiß ich nicht. Es ist jetzt mein Haus und damit basta. Aber ich finde, dass man einem Mann, der nichts weiter als seine Zeit und Arbeit investiert hat, keinen Vorwurf daraus machen kann, wenn er das Weite sucht. Was meinen Sie dazu, Miss Odette? Habe ich es mit Josephine zu tun?«

»Ich denke, Sie haben zwei feindliche Kräfte in diesem Haus. Die eine hat Sie hergebracht, die andere möchte Sie vertreiben. Und es bleibt abzuwarten, welche von beiden die stärkere ist.«

Sie öffnete ihr Sonntagstäschchen und holte ein kleines Musselinsäckchen heraus. »Das hier habe ich für Sie hergerichtet.«

»Was ist das?«

»Ach, ein wenig Küchenzauber. Stecken Sie das einfach in Ihre Tasche. Kann sein, dass es nicht hilft, aber schaden kann's auf gar keinen Fall.« Sie nahm ihr Glas und lächelte es an. »Unvorstellbar, Champagner zum Frühstück.«

»Kommen Sie mit mir nach Borneo und Sie können darin baden.«

»Wenn ich davon genug getrunken habe, *cher*, könnte ich Sie beim Wort nehmen.«

»Ich bestelle uns noch eine Runde.«

Er ging so freundlich mit ihr um, fand Lena. Flirtete mit ihrer Großmutter, bis Odette vor Freude rote Bäckchen hatte, die während des langen, genüsslichen Essens strahlten. Es lag wohl daran, dass ihm Menschen wichtig waren. Er sich die Zeit nahm und die Mühe machte, herauszufinden, woran sie Freude haben könnten, um dann dafür zu sorgen.

Er war aufmerksam, schlau, sexy, reich, willensstark und freundlich.

Und er behauptete, sie zu lieben.

Inzwischen glaubte sie, ihn gut genug zu kennen, um sich sicher sein zu können, dass er es gesagt hatte, weil er es auch so meinte. Und genau das zermürbte sie.

Denn zu seinen anderen Qualitäten kam noch eine dicke Strähne Ehrlichkeit. Und Mut, der unglaublichen Starrsinn verriet.

Er könnte es schaffen, dass sie sich in ihn verliebte. Sie war schon halbwegs so weit und schlitterte immer schneller darauf zu. Jedes Mal, wenn sie versuchte, die Notbremse zu ziehen, geriet sie ins Schleudern und wurde schwach. Und dieses Taumeln war ebenso beunruhigend wie aufregend.

Aber was würde passieren, wenn es sie wirklich erwischte? Wenn sie sich erst einmal ganz hatte fallen lassen, könnte sie nicht mehr so einfach aussteigen. Dazu kannte sie sich zur Genüge. Beziehungen waren problemlos, solange sie ihr nichts bedeuteten oder nur für den Augenblick von Bedeutung waren.

Waren sie jedoch von dauerhafter Bedeutung, veränderten sie alles.

Sie musste allerdings zugeben, dass sich schon einiges verändert hatte. Angefangen hatte es mit diesem sehnsüchtigen Verlangen nach ihm, das sie in sich trug. Und jetzt kamen das Wohlgefühl und die Herausforderung dazu, die sie empfand, wenn sie mit ihm zusammen war. Sie konnte sich vorstellen, dieses Gefühl Tag für Tag, Jahr für Jahr zu haben.

Sie fürchtete sogar, ihm ein Versprechen zu geben, wenn er es verlangte.

Nein, sie fürchtete es nicht, korrigierte sie sich, wäre aber über sich erstaunt. Weil es ihr eigentlich widerstrebte. Sie nicht bereit dazu war.

Dann beobachtete sie ihn dabei, wie er sich über ihre Großmutter beugte und ihr einen Kuss auf die Wange drückte, und fürchtete – und hier sah sie keine Veranlassung, eine Korrektur anzubringen –, dass sie ihm am Schluss alles geben würde, worum er sie bat.

Er machte ihr den Hof. Declan fand dieses im Süden recht gebräuchliche Wort besonders ansprechend, setzte es doch Bilder von Mondlicht, Schaukelstühlen auf Veranden, sauren Limonaden und Volkstänzen in Gang.

Den ganzen März über waren seine Gedanken, seine Zeit und seine Pläne von zwei Dingen beherrscht: von Lena und dem Haus.

Die eindeutigen Ergebnisse seiner neurologischen Untersuchungen feierte er, indem er sich einen freien Tag zum Stöbern in Antiquitätenläden gönnte. Der Frühling hatte die Blumen aus dem Boden schießen und die Fußgänger die Ärmel hochkrempeln lassen. Die bei den Touristen so beliebten Kutschpferde tänzelten mit fröhlichem Hufgeklapper über das Straßenpflaster.

Bald würde der Sommer sich mit schwerer Hand auf alles

legen und die Luft in Sirup verwandeln. Bei diesem Gedanken erinnerte Declan sich daran, dass er die Klimaanlage erneuern lassen musste und vielleicht in einigen Räumen Deckenventilatoren installieren könnte.

Wie üblich gab er beim Einkaufen sehr zur Freude mehrerer Geschäftsleute seinen Impulsen nach und kam schließlich in einen Laden, der schlicht und einfach *Yesterday* hieß.

Es war ein Durcheinander aus Plastiken, Lampen, altem Krimskrams und Schmuck und drei mit Vorhängen abgetrennten Kabinen, in denen die Kunden sich die Tarotkarten legen lassen konnten.

Als Erstes fiel ihm der Ring ins Auge. Der blutrote Rubin und der eisige Diamant bildeten die zwei Hälften eines ineinander greifenden Herzens an einem Platinreif.

Sobald er ihn in der Hand hielt, wusste er, dass er ihn für Lena haben wollte. Vielleicht war es ja närrisch, in ihrem jetzigen Stadium der Beziehung einen Verlobungsring zu kaufen. Jedenfalls war es leichtsinnig, sich auf etwas festzulegen, ehe er sich die anderen Möglichkeiten angesehen hatte.

Aber das war genau das Stück, das er sich für sie vorstellte. Und da es schließlich auch Leute gab, die aus einer Laune heraus ein Pferd kauften, konnte er doch einen kleinen Ring kaufen.

»Ich nehme ihn.«

»Er ist fantastisch«, meinte die Ladenbesitzerin. »Eine glückliche Frau.«

»Ich arbeite noch daran, sie davon zu überzeugen.«

»Ich habe noch eine paar hübsche Ohrringe, die dazu passen. Ist der Rubin ihr Geburtsstein?«, erkundigte sich die Verkäuferin, als sie ihm ein Paar Ohrringe mit baumelnden Herzen aus Rubinen und Diamanten zeigte.

»Ich weiß es nicht.« Aber er hatte sich von Odette ihren Geburtstag sagen lassen, damit er ihn nicht verpasste. »Sie ist im Juli geboren.«

»Dann passt es. Sie haben eine glückliche Hand gehabt.«

»Im Ernst.« Als er den Ring noch einmal betrachtete, verspürte er ein leichtes Kribbeln. Manche Dinge sollten eben sein, sagte er sich. Er nahm einen der Ohrringe in die Hand. Er sah sie bereits an ihr – genauso wie die Verkäuferin vermutlich *Impulsivkäufer* auf seine Stirn gestempelt sah.

Er lehnte sich an die Ladentheke und versuchte sich mit den Verhandlungskünsten des Yankees gegen den südlichen Kuhhandel zu behaupten.

Als er registrierte, dass das Lächeln der Verkäuferin zwar immer noch vorhanden, aber längst nicht mehr so strahlend war, glaubte er einen fairen Preis erzielt zu haben.

»Ist das alles für heute?«

»Ja, ich muss los. Ich bin schon –« Er hielt inne, als er auf seiner Uhr entdeckte, dass sie schon wieder um zwölf Uhr stehen geblieben war. »Ach wissen Sie, ich könnte noch eine Uhr gebrauchen – eine Taschenuhr. Meine spielt verrückt. Ich mache zurzeit sehr viel Schreinerarbeiten. Wahrscheinlich hat meine dabei ein paar Mal was abbekommen.«

»Ich habe wunderschöne Taschenuhren und Ketten hier. Die sind viel fantasievoller als das, was heute hergestellt wird.«

Sie führte ihn zu einem anderen Schaukasten, zog eine Schublade heraus und stellte sie auf die Ladentheke.

»Solche Uhren sagen einem mehr als die Zeit«, fing sie an. »Sie erzählen eine Geschichte. Diese hier –«

»Nein.« Sein Gesichtsfeld schien sich an den Rändern in Rauch aufzulösen. Das Geplapper der übrigen Kunden schwächte sich zu einem Summen ab. Ein Teil von ihm blieb jedoch klar genug, um mitzubekommen, dass er von sich davonglitt. Doch selbst als er dagegen angehen und sich zurückziehen wollte, beobachtete er seine eigene Hand dabei, wie sie sich ausstreckte und eine goldene Uhr an der Kette herauspickte.

Die Stimme der Ladenbesitzerin schwebte irgendwo am Rand seines Bewusstseins. Doch es war eine andere Stimme, die ihn erreichte, die glockenklar zu ihm vordrang. Weiblich, jung, aufgeregt.

»*Für meinen Mann, zu seinem Geburtstag. Er hat seine kaputtgemacht. Ich möchte etwas Besonderes für ihn. Die hier sieht gut aus. Können Sie die gravieren?*«

Und noch ehe er die Uhr umdrehte, um zu lesen, was darauf stand, wusste er bereits, was er finden würde, wusste es ganz genau.

Für Lucian von seiner Abby.

Als Zeichen unserer gemeinsam verbrachten Zeit.

4. April 1899

»Mr. Fitzgerald? Ist alles in Ordnung mit Ihnen, Mr. Fitzgerald? Möchten Sie einen Schluck Wasser? Sie sehen schrecklich blass aus.«

»Wie bitte?«

»Darf ich Ihnen einen Schluck Wasser bringen? Möchten Sie sich hinsetzen?«

»Nein.« Er schloss seine Hand fest über der Uhr, aber das Gefühl ließ bereits nach. »Nein, danke. Es geht schon. Ich nehme die noch dazu.«

Ziemlich mitgenommen machte er sich auf den Weg in Remys Kanzlei. Er hoffte in diesem von Vernunft geprägten Geschäftsviertel und in der nüchternen Atmosphäre der Gesetzeswelt wieder zu sich zu kommen.

Außerdem wollte er ein paar Minuten mit einem Freund verbringen, der ihn zwar für verrückt halten mochte, ihn aber dennoch gern hatte.

»Wenn du dich angekündigt hättest«, begann Remy, als er die Tür zu seinem Büro schloss, »hätte ich schnell ein paar Termine verschoben, und wir hätten zusammen essen gehen können.«

»Ich hatte heute eigentlich gar nicht vorgehabt, hier vorbeizukommen.«

»Warst wohl wieder einkaufen?« Remy deutete mit einem Kopfnicken auf die Tüte, die Declan in der Hand trug. »Mein Gott, Junge, lässt du dir denn gar nichts von Boston runterschicken?«

»Offen gestanden kommt nächste Woche eine Ladung. Hauptsächlich Bücher«, erwiderte Declan, während er im Büro umherwanderte. Sein Blick schweifte über die Gesetzesbücher, die dicken Akten, die Memos. Dieser ganze Schutt eines Anwalts schien ihm sehr weit weg zu sein.

»Ein paar Stücke, die ich dort in meinem Arbeitszimmer stehen hatte, könnten ganz gut in die Bibliothek passen.«

Er nahm einen Briefbeschwerer aus Messing auf und legte ihn dann wieder ab. Steckte die Hand in die Hosentasche und klimperte mit Kleingeld.

»Sagst du mir jetzt, was mit dir los ist, oder läufst du jetzt so lange hin und her, bis ich einen Graben in meinem Teppich habe?« Dabei stieß Remy, der ohne Anzugjacke hemdsärmelig und mit gelockerter Krawatte am Schreibtisch saß, sich in seinem Sessel ab und fing an, einen hellgrünen Slinky von einer Hand in die andere sausen zu lassen. »Ich finde das aufreibend.«

»Ich habe dir doch von Dingen erzählt, die sich bei mir abspielen.«

»Ich konnte mir sogar selbst ein Bild davon machen, als ich am Samstag bei dir war. Und ich würde mich weitaus besser fühlen, wenn du mir gesagt hättest, dass die Klaviermusik, die wir gehört haben, aus irgendeinem Radio kam, das du vergessen hattest abzustellen.«

»Vermutlich werde ich für den Damensalon ein Klavier anschaffen müssen, da die Musik von dort herkam. Ich spiele ja auch gern darauf, wenn ich mich erst einmal davor setze.«

Remy brachte den Slinky in die Vertikale, so dass die farbintensive Spirale in sich selbst zusammensackte. »Dann willst du mir also sagen, dass du ein Klavier suchst?«

»Ich habe heute eine Uhr gekauft.«

»Und jetzt möchtest du damit angeben? Soll ich meinen Assistenten hereinrufen oder meine Kanzleiangestellten holen?«

»Die Uhr hat Lucian Manet gehört.«

»Willst du mich verarschen?« Der platt gedrückte Slinky wurde beiseite geworfen. »Woher weißt du das? Woher hast du sie?«

»Aus einem kleinen Laden im Quartier.« Er holte die Schachtel hervor und stellte sie auf Remys Schreibtisch. »Sieh sie dir an.«

Gehorsam hob Remy den Deckel ab. »Elegant, wenn man Lust hat, jedes Mal was auszugraben, wenn man die Uhrzeit wissen möchte. Ganz schön schwer«, fügte er hinzu, als er sie herausnahm.

»Und du… empfindest nichts dabei?«

»Etwas empfinden?«

»Sieh dir die Rückseite an, Remy.«

»Namen und Daten stimmen«, konstatierte Remy. »Das ist aber ein echter Glückstreffer, dass du darüber gestolpert bist.«

»Glück? Ich sehe das nicht so. Ich gehe in einen Laden, kaufe Lena einen Ring, dann –«

»Halt, halt, halt, bitte langsam und der Reihe nach. Einen Ring?«

»Ich habe dir doch gesagt, dass ich sie heiraten werde. Ich habe den Ring entdeckt. Es tut ja nicht weh, ihn schon mal vor der Zeit zu haben. Aber darum geht es nicht.«

»Darum geht es schon, wenn du mich fragst. Weiß sie denn, was du mit ihr vorhast?«

»Ich habe ihr meine Gefühle mitgeteilt und was ich mir wünsche. Darüber soll sie erst mal eine Weile nachdenken. Können wir wieder auf die Uhr zu sprechen kommen?«

»*Et là!* Du warst schon immer ein Dickschädel. Na los, erzähl weiter.«

»Ich gehe in diesen Laden und habe vor, mir eine Uhr zu kaufen, weil meine spinnt. Ich beschließe, mir eine Taschenuhr zu kaufen, obwohl ich noch nie eine benutzt habe und auch nie daran gedacht habe, eine zu benutzen. Dann sehe ich diese hier und weiß es. Weiß, dass sie ihm gehört hat, weiß, dass sie sie ihm zu seinem Geburtstag gekauft hat. Ich weiß auch, was auf der Rückseite steht, und zwar bevor ich es lese. Den genauen Wortlaut. Weil ich es in meinem Kopf gehört habe.«

»Da bin ich wirklich ratlos.« Remy pflügte mit seinen Fingern durchs Haar. »Kommt es nicht vor, dass Leute einen Gegenstand berühren und dieser bei ihnen Bilder freisetzt? Dafür gibt es doch einen Begriff, oder?«

»Man nennt es Psychometrie. Ich habe in meiner Freizeit jede Menge parapsychologische Literatur studiert«, erklärte Declan, als Remy ihn stirnrunzelnd ansah. »Aber etwas Derartiges ist mir noch nie passiert. Lena hat eine Theorie dazu. Sie meint, es habe was mit Reinkarnation zu tun.«

Remy spitzte die Lippen und legte die Uhr zurück in ihre Schachtel. »Darauf würde ich sogar eher setzen als auf diese Psycho noch was.«

»Wenn dem so wäre, dann lösen das Haus und jetzt diese Uhr Erinnerungen der Vergangenheit aus. Total verrückt.«

»Die ganze Sache ist von Anfang an ziemlich verrückt, *cher*.«

»Da hätten wir auch den Aufhänger. Wenn ich akzeptiere, dass ich Lucian war, dann weiß ich auch, dass Lena Abigail war. Was ich jedoch nicht weiß, ist, ob ich sie in das Haus bringen soll, um Früheres wieder gutzumachen. Oder ob ich sie davon fern halten soll und auf diese Weise den Zyklus durchbreche.«

Im Vieux Carre, wo Lena sich fertig machte, um von ihrer Wohnung zur Nachmittagsschicht in die Bar aufzubrechen, öffnete sie ihre Haustür und trat in einen anderen Zyklus ein. Einen alten.

»Baby!« Lilibeth Simone breitete theatralisch die Arme aus.

Lena, vor Schreck wie gelähmt, war unfähig, nach hinten auszuweichen, ehe sie sich wie Ketten um sie schlangen. So gefangen stürmten die Eindrücke nur so auf sie ein. Zu viel Parfüm, das den Geruch abgestandenen Tabaks nur ungenügend überdeckte, die knochige Gestalt, die das jahrelange harte Leben zurechtgefeilt hatte. Klebriger Haarspray auf pechschwarz gefärbten Haaren.

Und alles war durchtränkt von ihren eigenen düsteren Befürchtungen.

»Ich bin erst unten rein, aber dieser gut aussehende junge Mann hinter dem Tresen hat mir gesagt, du seist noch hier oben. Ach wie bin ich froh, dass ich dich erwischt habe!« Die Stimme sprang wie eine Seifenblase in der Luft auf und ab. »Lass dich ansehen! Jedes Mal wenn ich dich sehe, bist du wieder hübscher geworden, ich schwör's. Zuckerpüppchen, lass mich kurz hinsetzen, damit ich wieder zur mir komme. Ich bin so aufgeregt, dich zu sehen, dass ich es kaum aushalte.«

Sie redete zu viel, fiel Lena auf, ging zu schnell auf ihren Absatzschuhen mit der offenen Ferse, die sie zu einer hauteng sitzenden knallrosa Caprihose trug. Anhand dieser Warnsignale erkannte Lena, dass sie ihre derzeitige Lieblingsdroge noch nicht lange nahm.

»Mein Gott, wie schön du es dir gemacht hast!« Lilibeth ließ sich auf einen Stuhl fallen und stellte den geblümten Koffer neben sich ab. Sie klatschte wie ein Kind in die Hände, so dass die Plastikarmreife, die ihre knochigen Handgelenke schmückten, gegeneinander schlugen. »Also ich finde es toll. Es passt zu dir, Baby. Ja, es passt.«

Sie ist einmal schön gewesen, überlegte Lena, während sie ihre Mutter studierte. Sie hatte Bilder von ihr gesehen. Aber von all ihrer Schönheit war nur noch ein verschlagener Ausdruck übrig geblieben.

Lilibeths Gesicht zeigte mit seinen vierundvierzig Jahren die ganze Abnutzung von zu viel Schnaps, zu vielen Tabletten und viel zu vielen Männern.

Lena ließ absichtlich die Tür offen stehen und blieb im Türrahmen stehen. Der Verkehrslärm und der Duft aus der Bäckerei gegenüber garantierten ihr Standfestigkeit. »Was willst du?«

»Na, dich sehen, natürlich.« Lilibeths trillerndes Lachen schrappte an Lenas Gehirn wie Fingernägel an einer Wandtafel. »Wie kannst du nur fragen. Ich habe eine solche Sehnsucht nach dir bekommen, Baby. Ich habe mir gesagt, meine Lena hat viel zu tun, aber ein bisschen Zeit werden wir schon miteinander verbringen können. Also habe ich mich in den Bus gesetzt, und jetzt bin ich hier. Komm, setz dich zu mir und erzähl mir alles, was du erlebt hast.«

Eine Ekelwelle erfasste Lena und sie klammerte sich daran. Besser der Ekel als die Verzweiflung, die sich direkt darunter anschlich. »Ich muss arbeiten.«

»Ach nein, du wirst doch wohl für deine eigene Mama ein wenig Zeit haben. Der Laden gehört dir doch schließlich. Ich bin so stolz auf mein Baby, es ist erwachsen und steht ganz auf eigenen Füßen. Und tut sich selbst auch so viel Gutes«, fuhr sie fort, während sie sich im Zimmer umsah.

Lena fing den Blick ein und die Verschlagenheit darin. Es schnürte ihr die Brust ab und sie versteinerte. »Ich habe dir beim letzten Mal gesagt, dass es das letzte Mal war. Diesmal bekommst du kein Geld von mir.«

»Warum musst du nur meine Gefühle derart verletzen?« Lilibeth riss die Augen auf, die sich mit Tränen füllten. »Ich möchte doch nur ein paar Tage mit meinem kleinen Mädchen verbringen.«

»Ich bin kein kleines Mädchen«, erwiderte Lena matt. »Und deins schon gar nicht.«

»Sei nicht so gemein, Liebes, nachdem ich den ganzen Weg hierher gekommen bin, um dich wieder zu sehen. Ich weiß, dass ich dir keine gute Mama gewesen bin, Schätzchen, aber ich werde das alles gutmachen.«

Sie sprang auf und drückte eine Hand aufs Herz. Der Nagel am kleinen Finger ihrer rechten Hand war sehr lang und leicht gebogen.

Koksernägel, stellte Lena ohne Schock und Bedauern fest. Jetzt wusste sie, welche Droge Lilibeth diesmal bevorzugte.

»Ich habe ein paar Fehler gemacht, das weiß ich, Liebes.« Lilibeths Stimme dröhnte vor Entschuldigung und Bedauern. »Versteh doch, ich war noch so jung, als du kamst.«

»Immer dieselben abgedroschenen Erklärungen.«

Lilibeth kramte in ihrer glänzend roten Tasche und zog ein zerfetztes Papiertaschentuch hervor. »Warum bist du nur so hart gegenüber deiner Mama, mein Kleines? Warum machst du mir das Herz so schwer?«

»Du hast kein Herz. Und du bist nicht meine Mama.«

»Ich habe dich immerhin neun Monate lang ausgetragen, oder nicht?« Aus Kummer wurde Wut, als hätte man einen Schalter umgelegt. Lilibeths Stimme wurde lauter und schrill. »Neun Monate lang war ich fett und mir war schlecht und ich saß in diesem verdammten Bayou fest. Habe stundenlang dort in den Wehen gelegen, um dich zur Welt zu bringen.«

»Und hast mich nach einer Woche allein gelassen. Jede Hinterhofkatze verbringt mehr Zeit mit ihrem Wurf, als du mit mir verbracht hast.«

»Ich war sechzehn.«

Und deshalb, dieser traurigen Tatsache wegen, hatte Lena immer und immer wieder Platz in ihrem Herzen geschaffen. Bis ihr Herz von den Schlägen versteinert war. »Du bist schon lange keine sechzehn mehr. Und ich auch nicht. Ich werde keine Zeit mehr vergeuden, mich mit dir zu streiten. Die Arbeit wartet auf mich, ich muss gehen.«

»Aber, Baby.« Verzweifelt versuchte Lilibeth es wieder mit ihrer erstickten Tränenstimme. »Du musst mir eine Chance geben, alles wieder gutzumachen. Ich werde mir Arbeit suchen. Zum Beispiel könnte ich doch eine Weile für dich arbeiten, wäre das nicht lustig? Ich bleibe einfach ein paar Wochen bei dir, bis ich was Eigenes gefunden habe. Wir werden eine schöne Zeit miteinander haben. Wie zwei Freundinnen.«

»Nein, du wirst nicht für mich arbeiten. Und hier wohnen kannst du auch nicht. Den Fehler habe ich vor ein paar Jahren gemacht, und als ich dir dann hinter die Schliche kam, hast du mich bestohlen und dich aus dem Staub gemacht. Ich wiederhole mich nicht.«

»Damals war ich krank. Jetzt bin ich sauber, Schatz, ich schwör's dir. Du kannst mich doch nicht einfach wegschicken.« Mit flehender Geste streckte sie ihr die offenen Hände entgegen. »Ich bin völlig pleite. Billy hat fast alles mitgenommen, als er abgehauen ist.«

Lena konnte nur vermuten, dass Billy der Letzte in der Reihe der für Lilibeth so anziehenden kaputten Typen war, die sie benutzt und missbraucht hatten. »Du bist doch selbst jetzt high. Hältst du mich für blind oder nur für dumm?«

»Nein, ich bin nicht high! Ich hab nur ein bisschen was genommen, weil ich so aufgeregt war, dich zu sehen. Ich wusste, dass du böse auf mich sein würdest.« Ihr kamen die Tränen und zogen eine Maskaraspur über ihre Wangen. »Du musst mir einfach eine Chance geben, alles wieder gutzumachen, Lena-Schatz. Ich habe mich verändert.«

»Auch diesen Satz kenne ich nur allzu gut.« Resigniert holte Lena aus ihrer Geldbörse fünfzig Dollar. »Bitte.« Sie drückte die Scheine in Lilibeths Hand. »Nimm das, steig in den Bus und fahr damit, so weit das reicht. Komm nie wieder zurück. Für dich ist hier kein Platz.«

»Du kannst doch nicht so gemein zu mir sein, Baby. Du kannst nicht so kalt sein.«

»Doch, das kann ich.« Lena nahm den Koffer, trug ihn zur Tür und stellte ihn draußen ab. »Das hab ich im Blut. Nimm die Fünfzig. Mehr kriegst du nicht. Und jetzt geh! Oder ich werfe dich hinaus, das schwör ich dir.«

Lilibeth ging zur Tür. Das Geld war bereits in ihrer Geldbörse verschwunden. Sie blieb stehen und warf einen letzten funkelnden Blick auf Lena: »Ich habe dich nie gewollt.«

»Dann sind wir ja quitt. Ich wollte dich auch nie.« Und vor der Nase ihrer Mutter schlug sie die Tür zu. Dann verriegelte sie die Tür, setzte sich auf den Fußboden und weinte lautlos in sich hinein.

Als sie am Abend hinaus nach Manet Hall fuhr, war sie sich ziemlich sicher, ihre Wunden gut versorgt zu haben. Fast hätte sie die Verabredung zum Abendessen mit Declan abgesagt, aber das hätte ihrer Mutter dann doch zu viel Bedeutung eingeräumt.

Das hätte zudem den Kummer bestätigt, der sich trotz der Riegel in ihr Herz gestohlen hatte.

Sie brauchte Ablenkung und würde nie auf andere Gedanken kommen, wenn sie brütend zu Hause bliebe. Diesen Abend würde sie durchstehen, Stunde für Stunde, und am Morgen wäre Lilibeth weg. Aus ihrem Leben, aus ihrem Sinn.

Das Haus sah anders aus, fand sie. Kleine Veränderungen, die es wirklicher scheinen ließen. Es tat gut, es anzusehen, sich darauf zu konzentrieren und sich vorzustellen, dass manches sich zum Besseren hin verändern würde. Mit der richtigen Einstellung.

Im Lauf der Jahre war Manet Hall für Lena eine Art Traumort geworden, den man in der Vergangenheit ausgebuddelt hatte. Mehr noch, er kam aus der Vergangenheit.

Jetzt jedoch war er mit den noch nicht gestrichenen Brettern, die mit den alten, weiß abblätternden ein Schachbrettmuster bildeten, den teils glänzenden und teils noch mit Staub überzogenen Fensterscheiben eine Baustelle, die Fortschritte machte.

Declan brachte Manet Hall ins Leben zurück.

Obwohl der Vorgarten noch etwas überwuchert und verloren wirkte, blühten Blumen darin. Und auf die Galerie hatte Declan einen riesigen Tontopf voller Begonien gestellt.

Er musste sie selbst eingepflanzt haben, überlegte sie, als sie auf die Tür zuging. Er gehörte zu den Männern, die die Dinge gern selbst in die Hand nahmen. Vor allem, wenn sie ihm gehörten.

Sie fragte sich, ob er sie womöglich auch als eine seiner noch zu erledigenden Aufgaben ansah. Wahrscheinlich. Sie wusste nur nicht recht, ob diese Vorstellung sie amüsierte oder irritierte.

Sie trat ein. Ihrer Einschätzung nach waren Formalitäten überflüssig, wenn zwei Leute ein oder zwei Mal miteinander geschlafen hatten.

Als Erstes roch sie die Lilien, diesen guten, starken Duft, der den Garten ins Haus brachte. Er hatte einen hübschen alten Tisch gekauft, ein paar Stühle mit geraden Lehnen, und als sie die riesige Keramikkuh im Foyer entdeckte, musste sie grinsen.

Die einen würden es als närrisch abtun, andere reizend finden, aber keiner würde die Eingangshalle als steril bezeichnen können.

»Declan?« Sie betrat den Salon, wo ihr die neu hinzugekommenen Stücke auffielen, und verließ ihn wieder. Sie schlenderte durch die Bibliothek und stand auf einmal vor dem Kamin mit den schweren Kerzenleuchtern auf seinem Sims.

Warum zitterten ihre Finger?, wunderte sie sich, als sie ihre Hand danach ausstreckte. Warum kamen ihr diese alten stumpf gewordenen Kerzenhalter so seltsam vertraut vor?

Sie hatten wirklich nichts Besonderes. Vermutlich waren sie teuer gewesen, aber für ihren Geschmack viel zu verziert. Und doch… ihre Finger strichen leicht über jeden einzelnen. Und doch passten sie genau hierher, so genau, dass sie sich bereits die schmalen weißen Kerzen vorstellen konnte, auf die sie zu warten schienen, und das schmelzende Wachs roch.

Schaudernd trat sie zurück und flüchtete aus dem Zimmer.

Während sie die Treppe nach oben stieg, rief sie immerzu seinen Namen. Als sie auf dem ersten Treppenabsatz anlangte, ging die Tapetentür in der Wand auf. Lena und Declan unterdrückten gleichzeitig ihren Aufschrei.

Unter keuchendem Lachen griff sie sich ans Herz und starrte ihn an. Er hatte Spinnweben im Haar und Schmutzstreifen auf der Wange und den Händen. Die Taschenlampe in seiner Hand tanzte.

»Mein Gott, *cher*, das nächste Mal erschießt du mich besser gleich, dann habe ich es hinter mir.«

»Das könnte ich genauso sagen.« Er schnaufte und zog an seinen Haaren mit den Spinnweben darin. »Dieser Schreck hat mich fünf Jahre gekostet.«

»Nun, ich habe ein paar Mal gerufen und dann beschlossen, dich zu suchen.« Sie spähte über seine Schulter. »Was ist das denn, Geheimgänge?«

»Nein, der Bediensteteneingang. In jedem Stockwerk gibt es solche Türen, deshalb wollte ich mir das Ganze mal ansehen. Ist schon toll, aber da drin herrscht große Unordnung.« Er sah sich seine schmutzigen Hände an. »Wie wär's, wenn du uns beiden was zu trinken machtest? Ich wasche mich einstweilen.«

»Ich könnte mich vielleicht dazu überreden lassen. Wonach steht dir der Sinn?«

»Ich könnte ein Bier vertragen.« Aber jetzt, nachdem er sich von dem Schrecken erholt hatte, sah er sich ihr Gesicht genauer an. »Was ist los, Lena?«

»Nichts, du hast mich nur zu Tode erschreckt.«

»Du bist aufgebracht. Das sehe ich.«

Sie versuchte es mit einem anzüglichen Lächeln. »Womöglich bin ich beleidigt, weil du mir nicht mal einen Begrüßungskuss gibst.«

»Vielleicht vertraust du mir auch immer noch nicht genug und meinst, es käme mir einzig und allein darauf an, mit dir eine schöne Zeit zu verbringen.« Mit seinem Fingerknöchel hob er ihr Kinn und starrte ihr in die Augen, bis ihre zu brennen anfingen. »Da irrst du dich. Ich liebe dich.« Er erwartete einen Schlag, nickte dann aber, als sie nicht darauf reagierte. »Ich bin gleich unten.«

Sie hatte schon einen Fuß auf der Treppe, hielt dann aber inne und sagte, ohne sich umzusehen: »Ich denke nicht, dass es dir nur darauf ankommt, eine schöne Zeit mit mir zu verbringen, Declan, aber ich weiß nicht, ob ich das habe, worauf es dir ankommt.«

»Angelina. Du entsprichst all dem, worauf es mir mein ganzes Leben lang angekommen ist.«

Er bedrängte sie nicht. Wenn sie lieber so tat, als sei sie nicht aufgebracht und reizbar, dann würde er sie lassen. Bei einfallender Dämmerung machten sie einen Spaziergang durch den Garten.

»Dieser Ort hier. Die ganzen Jahre über sind Leute gekommen und Leute gegangen. Vor allem gegangen. Und dann kommst du und stellst in ein paar Monaten mehr auf die Beine als vorher jemals einer, an den ich mich erinnern könnte.«

Sie drehte sich um und ließ das Haus auf sich wirken. O ja, es war noch genügend daran zu machen. Holzarbeiten, Streicharbeiten. Neue Blendläden hier und da. Aber es wirkte nicht mehr … tot. Es war nicht einfach verlassen gewesen, es war tot gewesen, bis er gekommen war.

»Du erweckst es wieder zum Leben. Das ist mehr als Geld und Arbeit.«

»Könntest du hier leben?«

Aus erschrockenen, fast entsetzten Augen sah sie ihn an. Aber sein Blick blieb ruhig und gelassen. »Ich habe meine eigene Wohnung.«

»Das habe ich dich nicht gefragt. Ich habe dich gefragt, ob du hier leben könntest. Ob du es hier angenehm fändest oder ob die Vorstellung, dieses Haus mit… Geistern oder Erinnerungen oder wie immer du es nennen willst, zu teilen, dir unangenehm wäre.«

»Wenn es mir unangenehm wäre, wäre ich heute Abend nicht hier, um mich von dir verköstigen zu lassen. Da fällt mir ein, mit was willst du mich denn verköstigen, *cher*?«

»Ich wollte es mal mit gegrilltem Tunfisch versuchen.« Er holte seine Taschenuhr heraus. »Gleich«, fügte er hinzu, nachdem er auf die Uhr gesehen hatte.

Die Uhr in seiner Hand zog sie in ihren Bann. Ihr wurde flau im Magen wie beim Anblick der Kerzenleuchter. »Woher hast du die?«

»Ich habe sie heute in einem Laden entdeckt.« Von ihrem erregten Ton ermuntert und fasziniert, hielt er ihr die Uhr hin. »Kommt sie dir bekannt vor?«

»Man sieht einfach nicht viele Männer, die heutzutage noch solche Uhren benutzen.«

»Ich wusste, dass sie mir gehören würde, sobald ich sie sah. Ich glaube, du hast sie für mich gekauft«, sagte er, und ihr Kopf ging ruckartig nach oben. »Vor langer Zeit.« Er drehte die Uhr um, so dass sie die Inschrift lesen konnte.

»Lucians Uhr.« Ihr Instinkt sagte ihr, die Finger in der Faust zu vergraben, doch sie zwang sich, die Hand auszustrecken und die Inschrift zu berühren. »Sehr seltsam. Wirklich seltsam, Declan. Du glaubst also, ich war Abigail?«

»Ja, das tue ich.«

Sie schüttelte den Kopf. »Meinst du nicht, das wäre ein wenig zu nett und ordentlich – und den Eigeninteressen dienlich?«

»Mord, Verzweiflung, Selbstmord, Seelen, die ein Jahrhundert lang keine Ruhe finden?« Mit einem Achselzucken schob er die Uhr wieder in seine Hosentasche. »Nicht sehr nett, wenn du mich fragst. Aber ich glaube, Lena, dass die Liebe vielleicht geduldig genug ist, um zu warten, bis ihre Zeit erneut gekommen ist.«

»Mein Gott, du bist so… süß. Es irritiert mich, dass ich hier die Vernünftige sein muss. Ich bin gerne mit dir zusammen, Declan.«

Während sie das sagte, spielte sie mit dem Schlüssel an ihrer Halskette. Eine Angewohnheit, dachte er, die ihr vermutlich gar nicht bewusst war.

»Ich mag deine Gesellschaft und du gefällst mir. Und ich finde es toll, mit dir zu schlafen. Mehr habe ich im Moment nicht anzubieten.«

Er schloss sie in seine Arme. »Ich nehme es.«

14

Lena drehte sich um, rutschte von einem Kissen aufs andere. Sie hörte Gesang – eine tiefe Männerstimme mit einem verträumten Refrain. Und seufzend strich sie mit der Hand über die Laken.

Nur seine Wärme spürte sie noch neben sich im Bett, er selbst lag nicht dort.

Sie schlug die Augen auf und blinzelte in das diesige Sonnenlicht. Eigentlich hatte sie nicht über Nacht bleiben wollen. Aber bei Declan verbogen sich ihre Absichten schon mal, um sich seinen Wünschen anzupassen. Manchmal schienen seine Wünsche sie sogar so lange zu umkreisen, bis es am Ende auch die ihren waren.

Kluger Mann, sinnierte sie und grub sich gähnend ins Kissen ein. Er schien nur selten zu drängen, wirkte nie unvernünftig. Und bekam stets, was er wollte.

Dafür musste sie ihn einfach bewundern.

Und obwohl sie es vorgezogen hätte, in ihrem eigenen Bett aufzuwachen, war sie jetzt doch froh, dass sie geblieben war. Als sie zu ihm kam, war sie niedergedrückter Stimmung und leicht reizbar gewesen. Eine Begegnung mit ihrer Mutter hatte immer diese Wirkung auf sie. Hier hatte sie ein paar Stunden lang vergessen können und es einfach genossen, bei ihm zu sein.

Das genügte – und musste ihnen beiden genügen, so lange es anhielt. Wenn sie Lilibeth sah, wurde Lena mit allem Nachdruck an ihre Vorsätze erinnert.

Erfolg zu ihren eigenen Bedingungen zu haben. Genau so zu leben, wie sie leben wollte. Und niemals, niemals ihre Hoffnungen, ihre Bedürfnisse und ihre Wünsche in die Hände eines anderen zu legen.

Früher oder später würde Declan weiterziehen. Das taten alle. Aber dieses Mal lag ihr mehr daran, und sie würde sich sehr darum bemühen, dass sie Freunde waren und blieben.

Also würde sie auch besonders vorsichtig sein müssen, dass sie sich nicht in ihn verliebte. Sehr vorsichtig, ihn nicht zu verletzen, da er glaubte, sie zu lieben.

Ihre Stirn zog sich in Falten. Sie *hörte* doch den Gesang. Jetzt wurde ihr klar, dass Declans Stimme im Bad gegen das Wasserrauschen ansang.

»Verstrichen sind viele Jahre – reichte keiner mehr die Hand, blieb treu meiner verlorenen Liebe, die der Tod mir nahm.«

Eine seltsame Melodie für einen Mann, um sie unter der Dusche zu schmettern, fand sie und ertappte sich dabei, wie sie in Gedanken den Refrain mitsang. *»Ist der Ball dann vorbei, und bricht an der Tag …«*

Erstaunt – woher kamen diese Verse? – stand sie auf und ging zur Badezimmertür. Sie kannte die Melodie, aber darüber hinaus kannte sie auch die Worte. Die traurige Geschichte von mangelndem Vertrauen und Tod, die sich mit der romantischen Melodie vermischte.

Sie hatte Herzklopfen. Spürte, wie es in ihrer Kehle pochte.

Tanzen im Mondlicht, das Haus ein Leuchtfeuer vor der Nacht. Ein Mädchen in verblichenem Musselin und der junge

Mann mit der eleganten schwarzen Krawatte. Fliederduft. Schwer und süß.

Schwerer Blumenduft lag in der Luft. Ließ einen kaum atmen. Machte einen schwindelig, wenn man sich im Kreis drehte, durch den Garten und entlang der Mauern zur Musik tanzte.

Schwindelig und benommen vom Tanzen. Schwindelig und benommen vor Liebe.

Sie schwankte, streckte die Hand aus, um sich an der Tür festzuhalten. Aber sie ging auf und Dampf strömte ihr entgegen, als sie nach vorne kippte.

»Du meine Güte!« Declan fing sie auf und hob sie vom Boden hoch. Noch nass von der Dusche und mit triefenden Haaren trug er sie zurück aufs Bett.

»Alles in Ordnung. Ich habe… nur das Gleichgewicht verloren.«

»Du bist weiß wie die Wand, Liebes.« Er strich ihre Haare zurück und rieb ihre eiskalte Hand in seinen Händen. »Was ist passiert?«

»Nichts.« Hin und her gerissen zwischen Verwirrung und Verlegenheit, stupste sie ihn an, bis sie wieder aufrecht saß. »Ich bin nur zu schnell aufgestanden. Und dann habe ich das Gleichgewicht verloren, als ich nach der Tür griff, während du sie öffnetest. Es geht mir gut, *cher. Ça va.* Es ist für mich einfach noch ein wenig früh zum Aufstehen.«

»Ich bring dir einen Schluck Wasser.«

»Mach doch nicht so ein Theater, Schatz. Die Simones werden nicht ohnmächtig.« Sie zeichnete mit dem Finger sein Kinn nach. Jetzt verblasste alles, das Lied, der Fliederduft, das Schwindel erregende Gefühl, sich im Kreis zu drehen. »Wenn dein hübsches Gesicht mir auch den Atem raubt. Hast du noch heißes Wasser für mich übrig gelassen?«

»Wahrscheinlich nicht.« Er machte es sich neben ihr bequem. »Ich muss mir einen neuen Boiler anschaffen. Wenn du eine halbe Stunde wartest, sollte es für eine Dusche reichen.«

»Hm. Und was könnten wir mit der halben Stunde anfangen?« Lachend zog sie ihn ins Bett.

Das jedenfalls war ein viel besserer Start in den Morgen, fand Lena. Sie saß mit ihrer ersten Tasse Kaffee an dem kleinen Tisch, den Declan auf der Galerie vor seinem Schlafzimmer aufgebaut hatte. Da seine Frühstückszutaten bestenfalls als dürftig bezeichnet werden konnten, begnügte Lena sich mit einem Schälchen Cornflakes und beobachtete Declan dabei, wie er sich auf seine löffelweise Zucker häufte.

»Warum richtest du dir zum Frühstück nicht gleich eine hübsche alte Bonbontheke her, *cher*?«

»Weil ich keine habe.«

Dabei grinste er sie an, und verflixt und zugenäht, er raubte ihr den Atem.

»Hübsch hast du es hier«, lobte sie. »Ein sehr beschauliches Plätzchen, um den Morgen zu beginnen.«

»Das wird viel besser, wenn ich die Bretter erneuert habe und alles gestrichen ist. Es fehlt noch einiges.« Er sah sich um. »Pflanztöpfe, weißt du, Blumen und so. Eine Hängematte oder eine Schaukel.«

Sie löffelte ihr Müsli. »Du bist schon sehr häuslich, nicht wahr, *cher*?«

»Sieht so aus.« Und es freute ihn. »Wer hätte das gedacht?«

»Und was hat der Hausmann für heute geplant?«

»Ich möchte mit dem ersten Abschnitt der Außentreppen fertig werden. Wenn das Wetter bis zum Wochenende mitmacht, kann ich gleich mit der Hausfassade loslegen. Ich habe Leute angestellt, die sich um die anderen Badezimmer kümmern werden. Ein paar Anschaffungen sind ebenfalls nötig. Willst du mitkommen?«

»Noch nie ist mir ein Mann begegnet, der so wild darauf ist, einzukaufen.« Gern hätte sie der verlockenden Aussicht, mit ihm auf Schatzsuche zu gehen, nachgegeben. An der Auswahl der Einrichtungsgegenstände für sein Haus mitgewirkt.

Aber würde sie damit nicht ein weiteres Bindeglied schmieden, das sie zum Paar machte, anstatt zweier Individuen, die nur den Augenblick genossen?

Also schüttelte sie den Kopf und versagte sich diese Freude. »Sofern unter Einkaufen nicht die Suche nach Schuhen oder Ohrringen fällt, bist du auf dich allein gestellt, Schatz.«

»Das ließe sich vermutlich einplanen zwischen dem Aufspüren von Schubladengriffen und Eisenwaren. Da fällt mir ein... warte einen Moment.«

Er stand auf und ging hinein, während Lena es sich bequem machte, ihren Kaffeebecher in beide Hände nahm und ihren Blick über den Garten hinweg auf den Teich richtete.

Offenbar war ihr das Ablenkungsmanöver gelungen. Jedenfalls tat Declan so, als denke er nicht mehr an die Ereignisse des Morgens. Sie wäre wirklich fast in Ohnmacht gefallen, und es wäre das erste Mal gewesen.

Zweifellos rührte etwas in diesem Haus sie genauso an wie Declan. Etwas zog sie hinein, während gleichzeitig etwas anderes sie abstieß, doch sie war entschlossen, standhaft zu bleiben.

Ob er womöglich doch Recht hatte? Sollte es tatsächlich auf so perfekte Weise passen? Dass er in einem vergangenen Leben Lucian und sie seine dem Untergang geweihte Abigail gewesen wäre?

Hatten sie zu diesem alten traurigen Lied im Mondschein getanzt?

Und wenn dem so wäre, welche Bedeutung hätte dies für ihr jetziges Leben?

Als Declan wieder nach draußen kam und eine kleine Schachtel neben ihr Schälchen auf den Tisch legte, war von ihrer Besorgnis nichts zu merken.

»Wenn du jetzt schon ständig Geschenke aussuchst, wie soll das denn werden, wenn mein Geburtstag vor der Tür steht?«

»Da werde ich mir noch was einfallen lassen.«

»Also meine Salz- und Pfefferstreuer wirst du bestimmt nicht übertreffen können, aber ...« Sie öffnete die Schachtel in der Erwartung, darin irgendeine niedliche, doofe Anstecknadel oder alberne Ohrringe zu finden. Fassungslos starrte sie die beiden Herzen aus Rubin und Diamant an.

»Die sind mir aufgefallen.«

»Du – du kannst mir so etwas nicht schenken.« Zum ersten Mal, seit er sie kannte, stotterte sie. »Du kannst – kannst mir nicht einfach solche Ohrringe schenken. Das sind echte Steine. Glaubst du etwa, ich sei zu blöd, um echte Diamanten zu erkennen?«

»Nein.« Interessant, überlegte er, dass ihre Laune von aufgeregt nach wütend umschlug, nur weil sie Diamanten geschenkt bekam. »Ich dachte, sie sähen bestimmt gut an dir aus.«

»Es ist mir egal, wie reich du bist.« Sie ließ den Deckel über dem Gefunkel von Blut und Eis zuschnappen. »Es ist mir völlig gleichgültig, wie viel Geld du in deinen Brieftaschen und auf deinen Bankkonten hortest. Ich möchte nicht, dass du mir teuren Schmuck kaufst. Wenn ich Diamanten und Rubine haben möchte, dann kaufe ich sie mir selbst. Ich schlafe nicht mit dir für Flitter und Profit.«

»Nun, die hier waren ein ganz tolles Angebot.« Er kippte in seinem Stuhl nach hinten, um ihr in die wutentbrannten Augen sehen zu können, nachdem sie aufgesprungen war und ihn anschrie. »Soll das heißen, du wärst damit einverstanden gewesen, wenn sie aus Glas gewesen wären? Lass mich mal ein paar Grundregeln festhalten. Wenn ich etwas sehe, was ich dir gerne kaufen möchte, wie viel darf das dann kosten, unter hundert? Einhundertfünfzig? Welchen Spielraum habe ich?«

»Ich habe es nicht nötig, dass du mir was kaufst.«

»Lena, wenn du es nötig hättest, dass ich dir was kaufe, dann würde ich um Himmels willen Lebensmittel einkaufen. Ich fand die Ohrringe hübsch und musste dabei an dich denken. Sieh bitte her.« Er nahm die Schachtel hoch und strich mit seiner freien Hand darum herum. »Da sind keine Bindfäden dran.«

»Etwas, das so viel kostet wie ein anständiges Auto aus zweiter Hand, das bindet, *cher*.«

»Falsch. Geld ist relativ. Ich habe viel davon, also geb ich's aus. Wenn du sie nicht willst, auch gut.« Er zuckte mit den Schultern und nahm seinen Kaffee. »Dann bekommt sie eben eine andere.«

Ihre Augen wurden zu Schlitzen. »Ist das dein Ernst?«

»Offenbar scheinen sie dein moralisches Gleichgewicht zu stören, doch ich möchte sie nicht vergeblich gekauft haben.«

»Ich soll wohl wie ein Dummkopf dastehen, das möchtest du doch?«

»Nein, du handelst wie ein Dummkopf. Ich spiele in deinem kleinen Drama nur meine Rolle. Ich hätte gerne, dass du sie nimmst, aber nicht, wenn du sie als eine Bezahlung für erwiesene Dienstleistungen ansiehst. Das ist für mich genauso eine Beleidigung wie für dich, Lena«, fügte er hinzu, als ihr der Mund offen stehen blieb. »Wenn du mir sagst, du möchtest keine Bezahlung für Sex, dann unterstellst du mir damit, ich wollte ihn von dir kaufen. Das sind doch nur Steine.«

»Es sind wunderschöne Steine.« Verdammt, verdammt, verdammt! Warum brachte dieser Mann sie andauernd aus dem Gleichgewicht?

Und war das nicht wieder typisch für ihn, ganz typisch, einfach dazusitzen und in aller Ruhe zuzusehen, wie sie explodierte und vor Scham glühte?

Sie holte tief Luft, während Declan sie sowohl geduldig als auch amüsiert beobachtete. »Ich war grob und habe überreagiert. Ich bin es nicht gewohnt, dass Männer mir zum Müsli Diamanten und Rubine schenken.«

»Gut. Soll ich also warten und sie dir bei einem netten Steak-Dinner überreichen?«

Sie quittierte das mit einem müden Lachen und streifte dabei ihre Haare nach hinten. »Du bist einfach viel zu gut für mich.«

»Was zum Teufel soll das jetzt wieder heißen?«

Aber sie schüttelte nur den Kopf und nahm dann die Schachtel in die Hand. Eine ganze Weile ruhte ihr Blick auf den Ohrringen in ihrem Samtbett, ehe sie sie herausnahm und anlegte.

»Wie sehen sie aus?«

»Perfekt.«

Sie beugte sich zu ihm hinab und küsste ihn. »Danke schön. Sie haben mir ein bisschen Angst gemacht, aber die ist jetzt verflogen.«

»Das ist gut.«

»Wenn ich sie trage, werde ich mein Haar nach hinten stecken. Damit man sie sieht.« Und schon lief sie zur Tür. »Ich muss mich sehen.« Vor dem Spiegel blieb sie stehen und hielt ihre Haare mit einer Hand straff nach hinten. »O mein Gott! Die sind fabelhaft. So was Schönes habe ich in meinem ganzen Leben noch nicht gehabt. Du bist ein hinreißender Mann, Declan. Ein dickköpfiger, verrückter, hinreißender Mann.«

»Wenn du mich heiratest«, sagte er von der Türe her, »bekommst du einmal die Woche Diamanten zum Frühstück.«

»Hör auf damit.«

»Mach ich, aber vergiss es nicht.«

»Ich muss los. Bevor ich zurückfahre, möchte ich noch kurz bei meiner Großmutter vorbeischauen.«

»Nimmst du mich mit? Ich habe was für sie.«

Als ihre Augen die seinen im Spiegel gefunden hatten, waren sie nachsichtig, aber doch auch ein wenig enttäuscht. »Du hast ihr schon wieder ein Geschenk gekauft?«

»Fang nicht wieder damit an«, warnte er sie und ging zurück, um die Schälchen abzuräumen.

»Warum musst du ständig was kaufen, *cher*?«

Sie kannte ihn inzwischen, und das leichte Schulterzucken verriet ihr, dass er sich ärgerte und unwohl fühlte. Also schwächte sie die Frage ab, indem sie ihm rasch einen Kuss auf die Wange drückte.

»Ich habe Geld«, erklärte er. »Und ich mag Dinge. Und es macht mehr Spaß und ist bei weitem interessanter, das Geld für Dinge auszugeben, als es in grünen Bündeln in der Brieftasche herumzuschleppen.«

»Ich weiß nicht. Ich mag das grüne Papier eigentlich ganz gern. Aber …« Sie tastete nach den Diamanten an ihren Ohren. »Meine Begeisterung für diese hübschen Steine wächst zusehends. Na mach schon, hol das Geschenk, das du für meine Großmama gekauft hast. Was immer es auch sein mag wird ihr einen fröhlichen Tag bescheren, weil es von dir ist.«

»Meinst du?«

»Sie ist begeistert von dir.«

»Das gefällt mir.« Er drehte sich um und schlang seine Arme um Lenas Taille. »Und wie ist das mit dir? Bist du auch begeistert von mir?«

Wohlige Wärme ergoss sich über ihren Rücken, und fast hätte sie geseufzt. »Du machst es einem schwer, es nicht zu sein.«

»Gut.« Er hauchte ihr einen Kuss auf die Lippen und ließ sie dann los. »Das gefällt mir noch besser.«

Mit seinem Geschenkpäckchen ging er hinaus zu ihrem Auto. Lena fand es komisch und liebenswert zugleich, dass er an solche Dinge dachte. Nicht nur an ein Geschenk, das er sich ja leicht leisten konnte, sondern auch an die Aufmachung. Hübsche Tüten oder Schleifen, Bänder oder Geschenkpapiere, mit denen sich die meisten Männer – oder die Männer, die ihr begegnet waren – keine Mühe machen würden.

Jede ihr bekannte Frau würde Declan Fitzgerald als einen sagenhaften Fang bezeichnen. Und er wollte sie haben.

»Ich möchte dir eine Frage stellen«, begann sie, als sie den Motor anwarf.

»Ja oder nein? Multiple choice?«

»Wohl eher die Essay-Kategorie.«

Er lehnte sich zurück und streckte so gut es ging seine Beine aus, als sie den Wagen aus der Einfahrt lenkte. Bei Testfragen hatte er stets hervorragend abgeschnitten. »Schieß los.«

»Wie kommt es, dass du bei all den schicken Damen oben in Boston und all den gut aussehenden Frauen hier in und um New Orleans ausgerechnet bei mir gelandet bist?«

»Weil keine von ihnen mein Herz zum Stillstand oder wie ein Rennpferd beim Startschuss auf Touren gebracht hat. Aber du tust das. Keine hat es bisher geschafft, dass ich mich in zehn oder zwanzig Jahren sehe, wie ich die Hand nach ihr ausstrecke. Du aber schon, Lena. Und ich möchte dich um alles in der Welt festhalten.«

Sie sah ihn nicht an, traute sich nicht, weil sie spürte, wie sich alles in ihr füllte, und wusste, dass ein Blick in sein Gesicht alles zum Überquellen brächte. Warm, süß und besiegt.

»Das ist eine gute Antwort«, brachte sie heraus.

»Sie ist auch wahr.« Er nahm eine ihrer angespannten Hände vom Steuer und küsste sie. »Göttliche Wahrheit.«

»Das glaube ich dir. Aber ich weiß nicht, was ich damit anfangen soll, Declan. Du bist der erste Mann, bei dem ich nicht weiß, was ich tun soll. Meine Gefühle für dich sind unheimlich stark. Ich hätte es lieber, sie wären es nicht.«

»Weißt du, was ich denke? Wir sollten nach Vegas abhauen, dann müsstest du dir keine Gedanken mehr machen.«

»Ha, die Bostoner Fitzgeralds wären bestimmt begeistert, wenn sie erführen, dass du mit einer Cajun-Barbesitzerin aus dem Bayou nach Las Vegas durchgebrannt bist. Da wäre aber die Hölle los.«

»Dann hätten sie für die nächsten zehn Jahre wenigstens was, worüber sie reden könnten. Mein Mutter wird dich mögen«, sagte er fast wie im Selbstgespräch. »Und die ist nicht leicht zu beeindrucken. Es würde ihr gefallen, dass du eine selbstständige Frau bist und dich von keinem abhängig machst. Deinen Laden schmeißt und dich um deine Großmutter kümmerst. Sie würde großen Respekt davor haben. Außerdem würde sie dich lieben, weil ich dich liebe. Mein Vater wäre dir schon nach dem ersten Blick restlos verfallen.«

Sie lachte und fühlte sich merkwürdig erleichtert. »Sind die Fitzgerald-Männer alle so ungezwungen?«

»Wir sind nicht ungezwungen. Wir haben nur einen ausgezeichneten Geschmack.«

Sie kamen vor Odettes Haus zum Stehen und Lena wandte sich ihm zu. »Kommt denn jemand von deiner Familie zur Hochzeit von Remy und Effie?«

»Meine Eltern kommen.«

»Dann werden wir's ja sehen, oder?«

Sie sprang hinaus und stürmte vor ihm zum Haus. »Großmama!« Sie stieß die Tür auf und trat ein. »Ich habe dir einen hübschen Männerbesuch mitgebracht.«

Odette kam aus der Küche und wischte sich ihre Hände an einem rot karierten Geschirrtuch ab. Die Düfte von frischem Kaffee und Gebackenem folgten ihr. Wie immer war sie mit Schmuck behängt und trug ihre derben Stiefel. Aber um Augen und Mund lag eine Anspannung, die selbst Declan sofort auffiel.

»Ein Männerbesuch ist immer willkommen. *Bébé*«, erwiderte sie und küsste Lenas Wange.

»Stimmt was nicht?«

»Ich habe mir heute Morgen braunes Brot gebacken«, wich Odette ihrer Frage aus. »Kommt alle mit in die Küche.« Sie legte einen Arm um Lenas Taille und zog sie mit. »Was haben Sie denn in der hübschen Tüte, *cher*?«

»Nur eine Kleinigkeit, die Ihnen gefallen könnte.« In der Küche stellte Declan das Päckchen auf den Tisch. »Das riecht fantastisch hier. Vielleicht sollte ich auch lernen, Brot zu backen.«

Odette lächelte, wie er gehofft hatte, aber die Anspannung auf ihrem Gesicht ließ nicht nach. »Ich könnte Ihnen tatsächlich ein paar Dinge beibringen. Teig kneten ist eine gute Therapie. Nimmt einem die Sorgen aus dem Kopf und gibt einem Zeit zum Nachdenken.«

Sie holte die kleine, in Geschenkpapier eingewickelte Schachtel aus der Tüte, drehte sie in ihrer Hand hin und her und zog dann die Schleife auf. »Wenn du diesen Jungen nicht festnagelst, Lena, dann schnapp ich ihn mir selbst.« Als sie die Schachtel öffnete, wurde ihr Gesicht weich.

Das Schmuckkästchen passte genau in ihre Hand. Es war herzförmig und handbemalt mit einem Paar, das in altmodischer Ausgeh-Kleidung auf einer Gartenbank saß. Als sie den Deckel öffnete, ertönte eine Melodie.

»Ich habe dieses Lied schon seit Wochen im Ohr«, erklärte Declan ihr. »Deshalb musste ich die Spieluhr einfach kaufen, als ich sie sah.«

»›Nach dem Ball‹«, erklärte Odette ihm. »Es ist ein alter Walzer. Traurig und süß.« Sie sah ihn an. »Vielleicht haben Sie ja einen netten verwitweten Onkel, den Sie mal bei mir vorbeischicken könnten.«

»Ja, da wäre Onkel Dennis, aber der ist so häuslich wie ein Ziegenbock.«

»Wenn er nur ein halb so gutes Herz hat wie Sie, nehme ich ihn.«

»Ist das nicht ein reizendes Bild?«

Bei dieser Stimme wurde Lena steif, als hätte ihr jemand eine Waffe an die Schläfe gedrückt und entsichert. Declan sah den Blick, den sie mit ihrer Großmutter tauschte. Entschuldigend von Seiten Odettes, schockiert von Lenas.

Dann drehten sie sich um.

Lilibeth lehnte im Türrahmen. Sie trug einen kurzen roten, locker gegürteten Morgenmantel. Das Haar fiel ihr lose auf die Schultern, und ihr Gesicht war bereits mit dunkel umrandeten Augen und Lippen, glänzend und rot wie ihr Morgenmantel, für den Tag zurechtgemacht.

»Wen haben wir denn da?« Sie hob eine Hand und schob lässig ihr Haar zurück, als sie Declan mit einem trägen Katzenlächeln bedachte.

»Was macht sie hier?«, wollte Lena wissen. »Was zum Teufel hat sie hier in diesem Haus zu suchen?«

»Es ist mein Haus genauso wie deins«, konterte Lilibeth. »Es gibt eben Menschen, die Blutsbande zu respektieren wissen.«

»Ich habe dir gesagt, du sollst den Bus nehmen und abhauen.«

»Ich lasse mir von meiner eigenen Tochter keine Befehle erteilen.« Lilibeth stieß sich vom Türrahmen ab und schlenderte zum Herd. »Ist das hier frischer Kaffee, Mama?«

»Wie konntest du nur?«, herrschte Lena Odette an. »Wie konntest du sie nur wieder bei dir aufnehmen?«

»Lena.« Odette wusste nicht, was sie hätte sagen sollen, also nahm sie Lena bei der Hand. »Sie ist mein Kind.«

»*Ich* bin dein Kind.« Bittere Wut stieg in ihr hoch und hinterließ ihren ekelhaften Geschmack auf ihrer Zunge. »Heißt das, du lässt sie wieder bei dir wohnen, bis sie dich aufs Blut ausgesaugt hat, bis sie und irgend so ein Junkie, den sie sich dieses Mal aufgabelt, alles geklaut haben, was nicht niet- und nagelfest ist? Diesmal ist es Kokain. Siehst du ihr das denn nicht an? Das gibt es nicht umsonst.«

»Ich habe dir gesagt, dass ich clean bin.« Lilibeth knallte eine Tasse auf die Arbeitsplatte.

»Du lügst. Du hast immer gelogen.«

Lilibeth preschte vor. Doch als Lena ihr Kinn vorreckte, um den Schlag einzustecken, trat Declan dazwischen. »Überlegen Sie sich das noch mal.« Er sagte es ruhig, aber das Feuer in seiner Stimme breitete sich im Raum aus.

»Legst du Hand an sie, Lilibeth, fasst du sie nur ein einziges Mal an, dann schmeiße ich dich raus.« Odette stellte sich vor den Herd und schenkte mit nicht ganz ruhigen Händen den Kaffee ein. »Das ist mein Ernst.«

»Sie hat kein Recht, so mit mir zu reden.« Lilibeth ließ ihre Lippen zittern. »Und schon gar nicht vor Fremden.«

»Declan Fitzgerald. Ich bin ein Freund von Lena und Miss

Odette. Ich kümmere mich um den Kaffee, Miss Odette. Setzen Sie sich.«

»Das sind Familienangelegenheiten, Declan.« Lena ließ ihre wütenden Augen nicht von ihrer Mutter ab. Über die Peinlichkeit der Situation würde sie später nachdenken. Jetzt war diese nur ein dumpfer Stich durch ein Kissen aus Wut. »Du solltest besser gehen.«

»Sofort.« Er schenkte Kaffee aus und brachte Odette eine Tasse. Ging in die Hocke, bis er mit ihr auf Augenhöhe war. »Ich bin Ire«, erklärte er ihr. »Väterlicher- und mütterlicherseits. Keiner inszeniert eine Familienfehde so perfekt wie die Iren. Sie müssen mich nur anrufen, wenn Sie mich brauchen.«

Er drückte ihr die Hand und richtete sich dann auf. »Das gilt auch für dich.«

»Ich bleibe nicht. Ich fahre dich zurück.« Sie musste tief Luft holen, um sich gegen den Schmerz zu wappnen, den ihre Worte hervorrufen würden. »Ich liebe dich von ganzem Herzen, Großmama. Aber solange sie hier im Haus ist, werde ich nicht hier sein. Entschuldige, wenn ich dir damit Schmerzen bereite, aber ich stehe das nicht noch einmal durch. Lass es mich wissen, wenn sie weg ist. Und was dich angeht«, dabei wandte sie sich an Lilibeth, »wenn du ihr wieder wehtust, ihr nur einen Dollar klaust oder nur einen von den Dreckskerlen, mit denen du dich rumzutreiben pflegst, hier ins Haus bringst, vernichte ich dich. Darauf kannst du Gift nehmen. Ich finde dich, wohin du auch gehst. Und dann hole ich mir, was du dir genommen hast, und wenn ich dir die Haut abreißen muss.«

»Lena Baby!« Lilibeth eilte ihr durch den schmalen Flur nach, als Lena zur Tür ging. »Ich habe mich geändert, Schatz. Ich möchte alles wieder gutmachen. Gib mir doch eine Chance –«

Draußen drehte Lena sich zu ihr um. »Du hast deine letzte Chance bei mir verspielt. Komm mir bloß nicht zu nahe. Komm bloß nicht bei mir vorbei. Du bist für mich tot, hast du verstanden?«

Sie schlug die Wagentür zu, ließ den Motor anspringen und fuhr mit Vollgas davon. In der dünnen Rauchwolke, die der Auspuff ausspuckte, verschwanden ihre Mutter und das Haus, in dem sie groß geworden war.

»Das war lustig, nicht wahr?« Lena drückte aufs Gas. »Möchte wetten, dass deine Familie von einer Ladung Lilibeth Simone ganz begeistert wäre. Hure, Junkie, Diebin und Lügnerin.«

»Aber daraus kannst du doch deiner Großmutter keinen Vorwurf machen, Lena.«

»Ich mache ihr auch keinen Vorwurf. Tu ich nicht.« Die Tränen, die sich in ihrer Kehle gestaut hatten, brachen sich Bahn. Sie spürte das Brennen. »Aber ich will nicht dazugehören. Ich will es nicht.« Vor dem Herrenhaus trat sie mit aller Gewalt in die Bremsen. »Ich muss jetzt los.« Aber sie ließ ihre Stirn aufs Lenkrad sinken. »Mach schon. Steig aus. *Va t'en.*«

»Nein. Das tue ich nicht.« Andere waren gegangen, wie ihm jetzt klar wurde. Und daher rührte auch ihr Schmerz. »Möchtest du mit mir lieber draußen oder hier drinnen darüber reden?«

»Ich werde nirgendwo mit dir darüber reden.«

»Doch, das wirst du. Such dir aus, wo.«

»Ich habe dir schon alles gesagt, was du wissen musst. Meine Mutter ist eine Hure und ein Junkie. Wenn sie auf dem Rücken nicht genug Geld verdienen kann, um ihren Lebensstil zu finanzieren, stiehlt sie. Sie lügt schon, wenn sie dich nur ansieht.«

»Sie lebt aber nicht in dieser Gegend.«

»Ich weiß nicht, wo sie lebt. Sie bleibt nirgendwo lang. Sie ist gestern zu mir in die Wohnung gekommen. Zugedröhnt und voller Lügen und ihrem üblichen Dahergerede von einem Neuanfang und dass wir Freundinnen wären. Dachte, ich würde sie bei mir einziehen lassen. Aber das kommt nie wieder in Frage«, sagte Lena und legte ihren Kopf zurück auf die Nackenstütze. »Ich habe ihr fünfzig Dollar für die Busfahrt gegeben. Ich hätte es besser wissen müssen. Wahrscheinlich hat sie es sich schon durch die Nase gezogen.«

»Komm, lass uns einen Spaziergang machen.«

»Das lässt sich nicht weglaufen oder wegküssen, Declan. Ich muss zurück.«

»Du fährst nicht in die Stadt, solange du so aufgewühlt bist. Lass uns laufen.«

Um sicherzugehen, dass sie nicht einfach davonfuhr, während er ausstieg, zog er den Zündschlüssel ab und steckte ihn ein. Dann kletterte er hinaus und umrundete das Auto. Er öffnete die Tür und streckte ihr die Hand entgegen.

Sie brachte nicht die nötige Energie auf, um sich zur Wehr zu setzen. Aber anstatt seine Hand anzunehmen, stieg sie mit gesenktem Kopf aus und steckte ihre Hände in die Hosentaschen.

Dann würden sie eben laufen. Und reden. Und dann wäre es vorbei.

Vermutlich ging er davon aus, dass sein Garten – die frischen Blüten, die zarten Düfte – sie besänftigen würde. Er würde sie trösten wollen. Er war ganz der Typ dazu. Darüber hinaus würde er mehr in Erfahrung bringen wollen, um Lösungen zu finden.

Wenn es um Lilibeth ging, gab es keine Lösungen.

»Die Familie kann einen ganz schön runterziehen, nicht?«

Ihr Blick traf ihn – dunkel und wild, feucht glänzend. »Sie gehört *nicht* zu meiner Familie.«

»Das habe ich kapiert. Aber es ist ein Familienproblem. Wir haben es in meiner Familie ständig mit Problemen zu tun. Vermutlich weil wir so viele sind.«

»Von einem Problem kann man wohl kaum reden, wenn auf einer Cocktailparty die Canapés ausgehen oder zwei Tanten im gleichen Kleid auftauchen.«

Er überlegte, ob er diese Beleidigung übergehen sollte. Schließlich war sie empfindlich und kratzbürstig. Aber er konnte es nicht so einfach schlucken. »Meinst du etwa, es gäbe keine persönlichen Probleme mehr, wenn man Geld hat? Glaubst du, Geld nähme den Verletzungen ihren Stachel und mache allen Tragödien den Garaus? Das ist sehr oberflächlich, Lena.«

»Ich bin halt oberflächlich. Das liegt bei uns im Blut.«

»Das ist Bockmist, aber du hast das Recht, dich im Selbstmitleid zu baden, nachdem du fast ins Gesicht geschlagen worden wärst. Geld hat jedenfalls meiner Cousine Angie nicht darüber hinweggeholfen, dass ihr Ehemann sie und seine Geliebte im selben Monat geschwängert hat. Meiner Tante hat es auch nichts gebracht, als ihre Tochter an ihrem achtzehnten Geburtstag bei einem Autounfall ums Leben kam. Das Leben kann einen fertig machen, egal wie viel Einkommensteuer man zahlt.«

Sie blieb stehen und nahm sich vor, sich zusammenzureißen. »Entschuldige. Sie schafft es immer wieder, mich in eine Stimmung zu versetzen, die mich gesellschaftsuntauglich macht.«

»Ich bin nicht deine Gesellschaft.« Ehe sie ihm ausweichen konnte, nahm er ihr Gesicht in seine Hände. »Ich liebe dich.«

»Hör auf damit, Declan.«

»Kann ich nicht.«

»Ich tu dir nicht gut. Ich tu keinem gut und ich will auch nicht gut tun.«

»Das ist der Schlüssel, nicht wahr?«

»Ja.« Er griff hinunter und hob den Schlüssel hoch, den sie um ihren Hals trug. »Es war kein Mann, sondern eine Frau, die dir das Herz gebrochen hat. Jetzt möchtest du es verschließen und der Liebe, die man dir entgegenbringt, den Zugang versperren. Du willst sie nicht erwidern müssen. Weil es sicherer ist. Wenn du nicht liebst, ist es egal, wenn der andere wieder geht. Aber das macht dich zum Feigling.«

»Was soll's?« Sie schob seine Hände weg. »Es ist mein Leben. Ich lebe es so, wie ich möchte, und komme gut damit zurecht. Du bist ein Romantiker, *cher*. Unter all deiner Yankee-Vernunft, dieser teuren Ausbildung bist du ein Träumer. Ich gebe nichts auf Träume. Nur das, was ist, zählt. Irgendwann wirst du aufwachen und dich in diesem großen alten Haus im Nirgendwo fragen, was du dir eigentlich bei der ganzen Geschichte gedacht hast. Und du wirst nach Boston abhauen, dich wieder deinem Anwaltsberuf widmen, eine Klassefrau namens Alexandra heiraten und ein paar hübsche Kinder haben.«

»Du hast die Golden Retrievers vergessen«, meinte er nachsichtig.

»Oh.« Sie warf die Hände hoch. »*Merde!*«

»Ich stimme dir voll und ganz zu. Erstens, die einzige Alexandra, die ich kenne, hat ein Pferdegebiss. Sie macht mir Angst. Zweitens, und sehr viel bedeutsamer, Angelina, ich werde mein Leben hier draußen in diesem großen alten Haus zusammen mit dir leben. Ich werde mit dir eine Familie aufbauen, genau hier. Über die Golden Retrievers können wir noch reden.«

»Und wenn du es immer und immer wieder sagst, wird es deshalb auch nicht wahr.«

Jetzt grinste er, weiß und breit. »Wetten?«

Er hatte was, wenn er sich so gab, das wurde ihr klar. Etwas Starkes und auch ein wenig Beängstigendes, wenn über seinem dickschädeligen Zementkern die Freundlichkeit aufblitzte.

»Ich muss zur Arbeit. Halt dich einfach eine Weile von mir fern, hörst du? Ich bin zu verwirrt, um mich mit dir abzugeben.«

Er ließ sie gehen. Für den Augenblick reichte es ihm, dass ihr Zorn auf ihn die Tränen getrocknet hatte, die in ihren Augen geschimmert hatten.

15

New Orleans

1900

Julian war betrunken, sein bevorzugter Zustand. Im Schoß hatte er eine halb nackte Hure sitzen, deren schwere Brust er in der Hand hielt. Der alte Schwarze am Klavier spielte eine hektische Melodie, die sich in Julians Kopf auf angenehme Weise mit wildem Frauenlachen verband.

Zigarrenrauch brannte in der Luft und sorgte dafür, dass er langsam selbst Lust auf Tabak bekam. Aber sein Grips reichte weder dazu, sich eine Zigarre zu beschaffen noch die Hure nach oben zu schleppen.

Die Tatsache, dass er pleite war – wieder einmal –, kümmerte ihn nicht übermäßig. Schließlich suchte er dieses Bordell regelmäßig auf und hatte es noch jedes Mal geschafft, genügend Geld zusammenzukratzen, um seine Rechnungen zu bezahlen. Für den Augenblick war sein Kredit hier recht gut.

Die Prostituierte hatte er sich ausgesucht, weil sie blond und üppig gebaut und hirnlos war. Somit konnte er sich einreden, dass ihn später, wenn er sie ritt, nicht Abigails Gesicht anstarrte.

Diesmal nicht.

Er trank einen Schluck Bourbon und kniff die Blonde in ihre Brustwarze. Sie quiekte und gab ihm einen verspielten Klaps auf die Hand. Als Lucian eintrat, grinste er ihn an.

»Mein heilig gesprochener Bruder.« Obwohl ihm diese Worte nur schleppend über die Lippen kamen, schmeckten sie ihm bitter auf der Zunge. Julian spülte mit Whiskey nach, während er

Lucian beobachtete, der auf die Einladung einer Rothaarigen mit einem Kopfschütteln reagierte.

Durch den Rauchschleier und vor dem Hintergrund der grellen Farben wirkte Lucian blass und untadelig inmitten all des heiseren Lärms, fand Julian.

Und er fragte sich, ob Kain Abel auch so gesehen hatte und dabei den gleichen gewaltigen Ekel empfunden hatte, der ihn jetzt überkam.

Er wartete ab, ließ die Blonde auf seinem Knie hopsen und drückte ihre Brust, während Lucian sich im Salon umsah. Als ihre Augen sich trafen – identische Augen –, kam es zu einem Aufprall. Julian hätte schwören können, ihn in seinem Kopf gehört zu haben. Den Klang zweier im Kampf aufeinander treffender Schwerter.

»Was soll das?«, sprach er Lucian an, als dieser auf ihn zukam. »Machst du dich jetzt doch endlich mit uns übrigen Sterblichen gemein? Mein Bruder braucht einen Drink – einen Drink und eine Frau für *mon frère*!«, rief er. »Obwohl ich bezweifle, ob er überhaupt weiß, was er damit anfangen soll.«

»Du beschämst dich selbst und deine Familie, Julian. Man hat mich geschickt, um dich nach Hause zu bringen.«

»Es beschämt mich nicht, eine Hure zu bezahlen.« Julian setzte sein Glas ab und strich der Blonden mit der Hand über den Schenkel. »Würde ich jedoch eine heiraten, wäre das was anderes. Aber auch in diesem Punkt, wie in so vielen anderen auch, hast du mich übertroffen, Bruder.«

Lucian wich die Farbe vollends aus dem Gesicht. »Du wirst an diesem Ort nicht von ihr sprechen.«

»Mein Bruder hat eine Schlampe aus den Sümpfen geheiratet«, erzählte er im Plauderton und riss die Blonde zurück, die von seinem Schoß rutschen wollte. Er spürte ihr Herz unter seiner Hand, spürte es heftig klopfen, da die aufgeheizte Stimmung zwischen ihm und seinem Bruder die Angst schürte.

Und ihre Angst erregte ihn wie keine der Versprechungen, die sie ihm ins Ohr geflüstert hatte.

»Lucian, der Stolz der Manets, hat sein Flittchen mit in unser Heim gebracht, und jetzt verzehrt er sich und winselt, weil sie ihn wegen eines anderen verlassen und ihm ihr Bankert aufgehalst hat.«

Er musste es glauben. Den ganzen Winter über hatte er den Blick ihrer starren Augen, das Geräusch, das ihr Körper machte, als er nass ins Delta glitt, in einem Ozean aus Bourbon ertränkt.

Er musste es glauben oder er würde wahnsinnig werden.

»*Allez*«, befahl Lucian der Blonden. »Gehen Sie.«

»Mir gefällt sie da, wo sie ist.« Als sie sich loszumachen versuchte, krallte Julian seine Hände in ihre Arme.

Keinem von ihnen fiel auf, dass es im Raum still wurde, das Klavier verstummte und das Gelächter erstarb. Lucian zog die Blonde von Julians Schoß. Noch während Lucian Julian vom Stuhl hochhievte, schoss sie wie ein Kaninchen davon.

»Meine Herren.« Die Dame des Hauses rauschte heran. Gefolgt von einem riesenhaften Mann im makellosen Abendanzug. »Wir wünschen keinen Ärger hier, Monsieur Julian«, gurrte sie und ließ ihre Hand vertraulich über seine Wange gleiten. Aber ihre Augen waren eisig. »Gehen Sie jetzt mit Ihrem Bruder, *mon cher ami*. Das ist nicht der richtige Ort für Familiendramen.«

»Selbstverständlich. Entschuldigen Sie bitte.« Er nahm ihre Hand und küsste sie. Dann wandte er sich um und sprang Lucian an.

Der Tisch und die Lampe, auf die sie fielen, gingen zu Bruch. Während die Leute davonstürzten und die Frauen kreischten, wälzten sie sich, mit den Fäusten um sich schlagend, auf dem Boden und schnappten wie Hunde nacheinander, weil der Jähzorn eines ganzen Lebens sich bei beiden Bahn brach.

Der Rausschmeißer ging dazwischen und zog Julian an seinen Manschetten hoch. Im Schnellschritt beförderte er ihn zur Tür und warf ihn hinaus. Lucian hatte sich gerade erst wieder auf Hände und Knie hochgerappelt, als er ebenfalls hochgehoben wurde.

Flüche und Schreie folgten ihnen hinaus auf die Straße. Demütigung dämpfte fürs Erste die Wut. Lucian schüttelte seine Haare und kam auf die Beine.

Er sah hinab auf seinen Bruder, diesem Spiegel seiner Selbst, und empfand eine andere Art von Scham. »Ist es so weit mit uns gekommen?«, sagte er müde. »Dass wir uns in Bordellen schlagen und in der Gosse liegen. Ich möchte Frieden zwischen uns, Julian. Gott weiß, dass ich nirgendwo sonst Frieden finde.«

Wie eine Opfergabe streckte er ihm eine Hand entgegen, bot Julian an, ihm auf die Beine zu helfen.

Aber Julians Scham war anders gefärbt. Sie war schwarz.

Er würde sich nicht mehr daran erinnern, dass er das Messer aus seinem Stiefel zog. Alkohol, Wut und Schuld machten ihn blind. Und er würde sich auch nicht daran erinnern, dass er auf seine Füße sprang und damit ausholte.

Mit wilder Schadenfreude spürte er, wie die Klinge das Fleisch seines Bruders durchtrennte. Blutrünstig hatte er die Lippen nach hinten gezogen, in seinen Augen stand der Wahnsinn.

Sie kämpften, Lucian voller Schmerz und Entsetzen, Julian wie hinter einem schwarzen Schleier, um das schlüpfrige Heft des Messers in ihren Händen.

Und wie ein versengender Blitz traf Lucian das helle Entsetzen, als Julian mit weit aufgerissenen Augen dem Tod entgegensah und ihn einließ.

»*Mère de Dieu*«, murmelte Julian und starrte hinab auf das Blut, das seine Brust tränkte. »Du hast mich getötet.«

Manet Hall

2002

Aus dem Süden hatte es die Hitze ins Land gepumpt. Declan hatte das Gefühl, selbst die Luft würde schwitzen. Morgens und abends, wenn es halbwegs erträglich war, arbeitete er draußen. An den Nachmittagen suchte er die kühleren Regionen des Hauses auf.

Das ständige Hin- und Herschleppen der Werkzeuge kostete Zeit, aber er machte Fortschritte. So lautete der Name des Spiels.

Lena ließ er in Ruhe – er konnte sich gut vorstellen, dass sie sich abregen und beruhigen musste. Aber er dachte ständig an sie.

Er dachte an sie, wenn er Bretter nagelte, wenn er Farbmuster prüfte, wenn er Deckenventilatoren anbrachte.

Und er dachte an sie, wenn er mitten in der Nacht aufwachte und sich am Teichufer zusammengerollt im Gras wiederfand, Lucians Uhr in der Faust und sein Gesicht tränenfeucht.

Er hatte versucht, im Tageslicht jeglichen Gedanken an sein Schlafwandeln auszusperren. Aber sie konnte er nicht aussperren.

Noch einen Tag, verordnete er sich, als er sich den Schweiß aus dem Gesicht wischte. Dann würde er in die Stadt fahren und an ihre Tür klopfen. Sollte er sie in die Ecke drängen und zwingen müssen, mit ihm zu reden, dann würde er das eben tun.

Remys Hochzeit rückte immer näher. Und dies bedeutete, dass er nicht nur Zeuge wurde, wie sein bester Freund in den Hafen der Ehe einlief, sondern … dass auch seine Eltern in die Stadt kamen.

Lächerlicherweise war er dankbar, dass sie sein Angebot ausgeschlagen hatten, bei ihm zu wohnen. Es wäre für alle die weitaus glücklichere Lösung, wenn sie eine hübsche Hotelsuite für sich hatten.

Dessen ungeachtet war er jedoch entschlossen, die Galerien und eins der Gästezimmer fertig zu stellen. Auf diese Weise sähe das Haus sehr eindrucksvoll aus, wenn sie die Einfahrt heraufkamen, und er könnte ihnen beweisen, dass er über das ihnen angebotene Zimmer auch tatsächlich verfügte.

Seine Mutter würde sich garantiert vergewissern. Das stand fest.

Er stieg die Leiter herunter, griff nach dem Kühlbehälter und trank einen großen Schluck Wasser. Dann goss er sich den Rest davon über den Kopf. Erfrischt spazierte er über den Rasen und warf dann einen Blick zurück.

Triefnass und schon beinahe dampfend, spürte er das breite Lächeln auf seinem Gesicht.

»Nicht schlecht«, sagte er laut. »Für einen Yankee-Dilettanten sogar ganz gut.«

Er hatte die Arbeit an den Doppeltreppen abgeschlossen. In kühnem Schwung bogen sie sich links und rechts vom Eingang hoch zur Galerie des ersten Stocks. Ihre Eleganz machte alle Kerben, Schnitte, Kratzer und die vielen Stunden Arbeit wieder wett.

Ihm wurde klar, dass sie sein Stolz und seine Freude waren.

Jetzt musste er noch die Anstreicher bestechen, damit sie in dieser Bruthitze arbeiteten. Oder für einen Wetterumschwung beten.

Wie auch immer, er wollte nicht warten, bis er die Rückseite des Hauses fertig hatte. Er wollte die Fassade gestrichen sehen, wollte dort stehen, wo er jetzt stand, und sie in bräutlichem Weiß leuchten sehen.

Um sich eine Freude zu machen, ging er zurück, schritt langsam über die rechtsseitige Treppe nach oben, lief über die Galerie zur anderen Seite und stieg dann langsam links wieder hinab. Es war so ein fantastisches Gefühl, dass er es gleich noch einmal auskostete.

Dann wühlte er in seiner Werkzeugkiste nach seinem Mobiltelefon und rief Lena an.

Er musste seine Begeisterung mit ihr teilen. Was machte es da schon, wenn er seinen Zeitplan umwarf?

In Lenas Wohnung klingelte das Telefon, als er den Blick hob und Lilibeth über den Rasen näher kommen sah. Er drückte auf ENDE, stand auf und legte das Telefon zurück in seine Werkzeugkiste.

»Also diese Hitze macht einen ganz schlapp.«

Sie strahlte ihn an und klimperte mit den Wimpern, als sie mit ihrer Hand vor ihrem Gesicht herumwedelte. Declan fiel auf, dass die Armreifen, die sie trug, Odette gehörten.

»Und es ist noch nicht einmal Mittag. Sehen Sie sich nur an«, schnurrte sie.

Sie kam direkt auf ihn zu und ließ ihre Fingerspitzen über seine nackte Brust wandern. »Sie sind ganz nass.«

»Das war die improvisierte Dusche.« Instinktiv trat er einen Schritt zurück, bis ihre Finger keinen Kontakt mehr zu seiner Haut hatten. »Was kann ich für Sie tun, Miss Simone?«

»Erst mal können Sie mich Lilibeth nennen. Schließlich sind Sie ein guter Freund meiner Mama – und meines kleinen Mädchens, das sind Sie doch?«

Sie entfernte sich ein wenig und riss die Augen immer weiter auf, während sie das Haus betrachtete. »Kaum zu fassen, was Sie mit diesem großen alten Kasten angestellt haben. Sie müssen schrecklich klug sein, Declan«, flirtete sie. »Ich darf Sie doch Declan nennen, oder nicht?«

»Sicher. So klug muss man gar nicht sein«, sagte er. »Man braucht nur ganz viel Zeit.«

Und Geld, dachte sie. *Viel Geld*. »Ach seien Sie doch nicht so bescheiden. Es ist wirklich ein Wunder, was Sie hier vollbringen. Ich hoffe, es macht Ihnen nicht allzu große Umstände, mir auch die Innenräume zu zeigen. Außerdem könnte ich ganz gut was Kaltes vertragen. Der Weg hierher hat mich völlig ausgedörrt.«

Er wollte sie nicht in seinem Haus haben. Über seinen Abscheu hinaus spürte er eine ganz primitive Bedrohung. Aber wie sie auch sein mochte, sie war schließlich Lenas Mutter, und seine eigene Mutter hatte ihm Manieren eingetrichtert.

»Natürlich. Ich habe Tee.«

»Ich könnte mir nichts Besseres vorstellen.«

Sie folgte ihm zur Tür und war höchst zufrieden, als er sie für sie öffnete und dann einen Schritt zurücktrat, um sie als Erste eintreten zu lassen. Sie sorgte dafür, dass ihr Körper seinen streifte – die Andeutung einer Berührung –, betrat dann die Eingangshalle und stieß einen Seufzer aus.

Ihr Erschrecken und ihre Verwunderung musste sie nicht vortäuschen, als sie sich im Vestibül umsah. Sie war schon früher einmal drinnen gewesen. Remy und Declan waren nicht die Ersten, die, vom Alkohol ermutigt, in Manet Hall eingebrochen waren.

Gemocht hatte sie den Bau nie. Auf seine Schatten und den Staub, die Spinnweben und den verblassten Glanz hatte sie immer mit einer Gänsehaut reagiert.

Aber jetzt war es voller Licht und Glanz. Spiegelblanke Fußböden, strahlende Wände. Alte Möbel sagten ihr nicht viel, jedenfalls nicht, wenn es um die reine Betrachtung ging. Aber sie hatte keine Zweifel, dass die Preisschilder gewaltig gewesen waren.

Altes Geld kaufte oder behielt alte Dinge. Dieses Konzept stellte für sie ewig ein Rätsel dar, gab es doch so viel Neues, Glitzerndes auf der Welt.

»Mein lieber Mann, Süßer, das ist eine Sehenswürdigkeit. Eine echte Sehenswürdigkeit.«, wiederholte sie und schlenderte in den Salon.

Mochte sie auch der Stadt den Vorzug geben, wo pausenlos Leben war, so erfasste sie doch, dass an einem Ort wie diesem eine Frau wie eine Königin leben konnte. Und das Leben ins Haus holen konnte, wenn es ihr beliebte.

»Du liebe Güte, habe ich gesagt, Sie seien klug? Nein, Sie sind ein Genie. Alles ist so schön und frisch.« Sie drehte sich wieder zu ihm um. »Sie müssen schrecklich stolz sein.«

»Geht so. Die Küche ist da hinten. Da können wir Ihnen was Kaltes zu trinken holen.«

»Das wäre reizend, aber schleusen Sie mich doch nicht so schnell durch.« Besitz ergreifend hakte sie sich bei ihm unter und hängte sich an ihn, während sie den Flur entlangschritten. »Ich bin einfach fasziniert von dem, was Sie hier geleistet haben. Mama sagte mir, Sie hätten erst vor ein paar Monaten angefangen.«

»Man schafft viel, wenn man sich an den Plan hält.«

Und da sie sich an ihn zu halten schien, wenigstens so lange sie hier war, unterdrückte er den Wunsch, sie wieder loszuwerden. Als sie mit schnurrenden Lauten in die Bibliothek abbog, nahm er stattdessen die Gelegenheit wahr, sie zu studieren.

Ähnlichkeit mit Lena entdeckte er keine. Womöglich gab es ein paar körperliche Übereinstimmungen. Aber während Lena diesen kompakten, gut proportionierten Körper hatte, hatte der von Lilibeth durch die Zeit und den Missbrauch so sehr abgebaut, dass er fast ausgemergelt wirkte.

Da sie ihn in ihren winzigen roten Shorts und einem knallengen Pullunder zur Schau stellte, wirkte sie billig und Mitleid erregend – eine abgegriffene Babypuppe, die man für eine letzte Nacht im Karneval noch einmal aufgeputzt hatte. Diese Frau, die Zustimmung und Aufmerksamkeit suchte, indem sie eine Sexualität zur Schau stellte, die sie bereits verloren hatte, erregte sein Mitleid.

Mit Make-up war sie großzügig gewesen, und die Hitze war nicht gnädig damit umgegangen. Unter all der geborgten Farbe wirkte ihr Gesicht teigig und falsch. Durch ihr krauses Haar zogen sich graue Strähnen.

Als sie die Küche erreicht hatten, überwog sein Mitleid seine Verärgerung.

»Setzen Sie sich«, sagte er. »Ich hole Ihnen was zu trinken.«

Und sie missdeutete die Freundlichkeit seiner Stimme als Anziehung.

»Eine solche Küche…« Sie setzte sich auf einen Stuhl. Hier drinnen war es kühl, und sie legte den Kopf in den Nacken, um die Luft an ihre Kehle zu lassen – und ihn zu beobachten. »Jetzt erzählen Sie mir bloß nicht, Sie kochen auch noch. Denn wenn das der Fall wäre, mein Süßer, dann müsste ich Lena ausstechen und Sie stattdessen selbst heiraten.«

»Tut mir Leid.« Da sie Lena erwähnt hatte, verhärtete er sich sofort. Doch er hatte ihr den Rücken zugekehrt, und sie konnte sein Gesicht nicht sehen. »Ich koche nicht.«

»Na ja, ein paar Zugeständnisse kann ein Mädchen machen.« Sie leckte sich mit der Zunge ihre Lippen. Er hatte nicht nur tiefe Taschen, sondern war auch gut und kräftig gebaut. Und langsam bekam sie wieder Lust auf einen Mann.

»Hätten Sie nicht vielleicht auch was Kräftigeres als Tee, mein Lieber?«

»Hätten Sie lieber ein Bier?«

Noch lieber wäre ihr ein Glas Whiskey gewesen, aber sie nickte. »Das wäre genau richtig. Trinken Sie eins mit?«

»Ich bleibe lieber beim Tee. Ich habe heute noch zu tun.«

»Ist doch viel zu heiß zum Arbeiten.« Sie rekelte sich und sah ihn unter halb geschlossenen Wimpern an. »An solchen Tagen möchte man sich am liebsten in einer kühlen Wanne einweichen und dann in einem dunklen Raum unter einem Ventilator ausruhen, der einem Luft über die Haut fächelt.«

Sie nahm das Glas Bier, das er ihr eingeschenkt hatte, und trank daraus. »Was machen Sie gegen die Hitze, mein Lieber?«

»Ich schütte mir kaltes Wasser über den Kopf. Wie geht es Miss Odette?«

Lilibeth verzog die Lippen zum Schmollmund. »Oh, der geht's gut. Morgens ist von ihrer Backerei ständig eine Höllenhitze im Haus. Sie muss sparen. Ich helfe ihr so gut ich kann, aber es ist alles knapp. Declan …«

Sie strich mit ihrem Finger an dem beschlagenen Glas entlang und nahm einen großen Schluck. »Ich wollte mich für die Szene drüben im Haus vor ein paar Tagen entschuldigen. Wissen Sie, Lena und ich, wir geraten die halbe Zeit aneinander. Ich kann wohl nicht leugnen, dass ich ziemlich viel falsch gemacht habe, als sie noch klein war. Aber ich versuche, alles wieder gut zu machen.«

Sie riss die Augen auf, bis sie brannten und hilfsbereit zu tränen anfingen. »Ich habe mich geändert. Ich habe einen Punkt in meinem Leben erreicht, an dem mir klar wurde, was wichtig ist. Und das ist die Familie. Sie wissen, wovon ich rede. Sie haben auch Familie.«

»Ja, ich habe Familie.«

»Und jetzt sind Sie hier unten und sie fehlt Ihnen und Sie fehlen ihr. Egal, welche Probleme es auch zwischen Ihnen geben mag, Sie gehen darüber hinweg und unterstützen einander. Was auch passieren mag, oder?«

»Ja.«

Geziert tupfte sie ihre Tränen ab. »Lena muss das begreifen, mehr will ich nicht. Noch hat sie kein Vertrauen in mich, und ich kann ihr das auch nicht verargen. Aber könnten Sie sie dazu bringen, mir noch eine Chance zu geben.«

Sie schob ihre Hand über den Tisch und strich damit über seinen Handrücken. »Ich wüsste es sehr zu schätzen, wenn Sie das täten. Ich fühle mich so allein. Eine Frau in meiner Lage braucht einen Freund. Einen starken Mann, auf den Verlass ist. Wenn ich wüsste, dass Sie mir zu Seite stehen, würde mir das sehr helfen.«

»Wenn es denn Seiten geben muss, bin ich auf der von Lena. Ich kann mich nicht einmischen – und wenn ich so dumm wäre, es doch zu versuchen, würde sie sowieso nicht auf mich hören.«

»Vielleicht stehen Sie beide sich dann doch nicht so nah, wie ich vermutet hatte.«

»Vermutungen sind immer riskant«, konterte er.

Sie nahm wieder einen Schluck Bier. »Sie schlafen mit ihr, nicht wahr?«

»Darüber werde ich mit Ihnen nicht sprechen.«

»Warum nicht?« Lilibeth ließ das kalte Glas zwischen ihre Brüste gleiten und stand dann lachend auf. »Sind Sie scheu, Süßer? Bei Lilibeth brauchen Sie nicht scheu zu sein. Wir könnten Freunde sein, Sie und ich.« Sie umrundete den Tisch und lehnte sich von hinten an ihn. »Sehr gute Freunde«, fügte sie hinzu, während ihre Arme sich um ihn schlangen und ihre Zähne an seinem Ohr knabberten.

»Miss Simone, Sie bringen mich in die peinliche Lage, Sie bitten zu müssen, Ihre Hände von mir zu lassen.«

»Sie *sind* scheu.« Kichernd blies sie warmen Bierdunst über seine Wange und ließ ihre Hände zu seinem Schoß hinunterwandern.

Mit eisernem Griff packte er sie an den Handgelenken und riss diese nach oben. »Sie machen sich lächerlich.« Er wand sich, bis er vom Stuhl aufstehen und auf die Füße kommen und ihr ins Gesicht sehen konnte. »Das hier ist Ihre Sache. Aber Sie benutzen mich, um an Lena ranzukommen, und das ist meine Angelegenheit.«

Sie hatte vor Wut rote Flecken im Gesicht. »Sie glauben vielleicht, Sie wären zu gut für mich.«

»Das vielleicht können Sie streichen. Gehen Sie und wir vergessen, was passiert ist.«

Sie hätte ihn am liebsten angeschrien, ihn geschlagen. Aber noch hatte sie ihre Sinne beisammen. Sie hatte noch nicht genug Bier getrunken, um sie zu betäuben, und die Koksdröhnung, die sie sich verpasst hatte, ehe sie herüberkam, war zu schwach gewesen. Um das Spiel zu Ende zu spielen, sank sie auf einen Stuhl, legte ihren Kopf auf die verschränkten Arme und schluchzte.

»Ich weiß nicht, was ich tun soll. Ich bin einfach so allein. Ich habe solche Angst. Ich brauche Hilfe. Ich dachte – ich dachte, wenn ich mich Ihnen hingebe, würden Sie mir helfen. Ich weiß einfach nicht, was ich *tun* soll!«

Sie hob ihren Kopf, und die zwei Tränen, die sie sich herausquetschte, hinterließen ihre Spur in ihrem Make-up. »Ich bin in so entsetzlichen Schwierigkeiten.«

Er ging an die Spüle, ließ das Wasser laufen, bis es kalt war, und füllte dann ein Glas. »Was für Schwierigkeiten?«

»Ich habe Geldschulden. Deshalb musste ich auch Houston verlassen, und jetzt habe ich Angst, dass sie mich finden. Mir was antun. Vielleicht auch Lena. Ich möchte nicht, dass sie meinem Baby etwas antun.«

Er stellte das Glas Wasser vor sie auf den Tisch. »Wie viel Geld?«

Declan sah es sofort, das zufriedene Funkeln in ihren Augen, das für einen Moment aufblitzte, ehe sie die Lider senkte. »Fünftausend Dollar. Es war nicht mein Fehler. Ehrlich, es lag nicht an mir. Ich habe den falschen Leuten vertraut. Einem Mann«, sagte sie matt. »Er ist mit dem Geld abgehauen und hat mich mit den Schulden allein gelassen. Wenn ich keine Möglichkeit finde, sie zurückzuzahlen, werden sie mich ausfindig machen und mir etwas antun. Mama und Lena etwas antun.«

Er setzte sich wieder und musterte sie forschend. »Sie sind eine Lügnerin. Sie versuchen mich weich zu klopfen, damit Sie auf die Schnelle an fünf Riesen kommen und sich dafür Drogen kaufen und die Stadt verlassen können. Sie haben wohl gedacht, leichtes Spiel mit mir zu haben, aber da haben Sie sich getäuscht. Wenn Lena nicht wäre, würde ich Ihnen ein paar

Hunderter in die Hand drücken, damit Sie gehen. Aber da ist Lena, verstehen Sie, Lilibeth? Ihr wäre das nicht recht.«

Sie schüttete ihm das Wasser ins Gesicht. Er ließ es stoisch geschehen. »Ach, fick dich.«

»Ich dachte, wir wären übereingekommen, dass dies nicht zur Diskussion steht.«

»Sie halten sich wohl für klug? Für wichtig, weil Sie aus einem geldigen Haus kommen.« Sie kam ruckartig auf die Beine. »Aus einer großen, erstklassigen, aufgeblasenen Familie. Ich habe alles über Sie herausgefunden, Declan Fitzgerald. Darf ich Sie fragen, was diese große, erstklassige, aufgeblasene Familie denken würde, wenn sie erführe, dass Sie mit einer Cajunhure aus den Sümpfen ins Bett steigen?«

Bei diesem Satz verkrampfte sich etwas in seinen Eingeweiden, in seiner Kehle und in seinem Kopf. Vor seinen Augen verwandelte sich ihr Gesicht, wurde voller und älter. Kälter.

Josephine.

»Raus.« Er war sich nicht sicher, jedenfalls nicht völlig, ob er mit der Frau aus Fleisch und Blut oder mit dem Geist sprach. Seine Hände zitterten, als er sich an der Tischkante festhielt.

»Wie würde wohl all diesen feinen Ärzten und Anwälten und Indianerhäuptlingen da oben in Boston die Idee gefallen, dass ihr Goldjunge es mit einem Bastardmädchen aus dem Bayou treibt? Ohne Geld, ohne Stammbaum. Die eine zweitklassige Bar betreibt und eine Großmama hat, die für andere Leute näht, um sich ein bisschen was dazuzuverdienen. Die werden Sie sofort aus dem Testament streichen, Süßer. Und dann sitzen Sie auf dem Trockenen mit Ihrem nutzlosen großen Haus. Erst recht, wenn ich ihnen erzähle, dass Sie außerdem auch noch mit der Mama dieser Schlampe geschlafen haben.«

Seine Beine waren weich wie Wachs, aber er blieb darauf stehen. »Verschwinden Sie aus meinem Haus, ehe ich handgreiflich werde.«

»Sie sind nicht der Typ, der gegenüber einer Frau handgreiflich wird. Glauben Sie bloß nicht, ich würde mich nicht auskennen.« Angetrieben von Koks und Selbstvertrauen, warf sie den Kopf nach hinten. »Wenn Sie Ihren Docht weiterhin in mein Mädchen stecken und Ihre Familie raushalten wollen, dann müssen Sie mir schon einen Scheck ausstellen, *cher*. Und den schreiben Sie besser schnell, schleunigst und im Handumdrehen. Und jetzt machen wir zehntausend daraus, weil Sie meine Gefühle verletzt haben.«

»Ihre Gefühle sind mir keinen Dollar wert, Lilibeth.«

»Das werden sie aber, wenn ich erst mal mit Ihrer Mama geplaudert habe.«

»Meine Mutter wird Sie durchkauen und ausspucken.« Er ging zum Küchenschrank, zog eine Schublade heraus und holte einen Notizblock hervor. Kritzelte eine Nummer darauf. »Hier, das ist ihre Nummer. Rufen Sie sie an. Sie können auch mein Telefon benutzen, wenn ich zuhören darf. Es wäre mir wirklich ein großes Vergnügen mitzuhören, wie Sie von ihr abserviert werden.«

»Ich brauche Geld!«

»Hier bekommen Sie keins.« Am Ende seiner Geduld angelangt, packte Declan sie am Arm und zog sie zur Tür. »Ich kann Ihnen weitaus mehr Schwierigkeiten machen als Sie mir. Glauben Sie mir«, sagte er und schloss die Tür vor ihrer Nase.

Er musste sich hinsetzen, bis er seine Beine wieder spürte. Ihm war elend, körperlich elend. Bei ihren wütenden Ausfällen gegen Lena war etwas geschehen. Ihr verwandeltes Gesicht war eins, das er aus seinen Traumen kannte.

Das Gesicht gehörte zum Haus, jedenfalls zu dem Teil des Hauses, in dem Türen geknallt wurden und man ihn vertreiben wollte.

Man ihm Böses wollte.

Und er musste sich eingestehen, dass Lenas Mutter ihm nun zweifellos auch Böses wollte.

Er stand auf und ging ans Telefon. Ein positiver Nebeneffekt dieses hässlichen Vorfalls war jedenfalls der, dass er seine eigene Mutter wieder zu schätzen wusste.

Er wählte und fühlte sich beim vertrauten Klang ihrer Stimme gleich besser.

»Hi, Ma.«

»Declan? Warum rufst du mich mitten am Tag an? Was ist passiert? Du hattest einen Unfall.«

»Nein, ich –«

»All diese entsetzlichen Werkzeuge. Du hast dir eine Hand abgeschnitten.«

»Ich habe noch alle beide und auch alle anderen Körperteile. Ich rufe dich nur an, um dir zu sagen, dass ich dich liebe.«

Es entstand eine lange, verheißungsvolle Pause. »Du hast gerade erfahren, dass du an einer tödlichen Krankheit leidest und nur noch sechs Monate zu leben hast.«

Jetzt lachte er. »Genau. Ich bin ein toter Mann und nehme Kontakt zu meiner Familie auf, damit ich mir einer wirklich starken Trauerfeier sicher sein kann.«

»Möchtest du, dass Onkel Jimmy ›Danny Boy‹ singt?«

»Nein, wirklich nicht. Da ruhe ich dann doch lieber in Frieden.«

»Wird festgehalten. Und um was geht es wirklich, Declan?«

»Ich möchte dir von der Frau erzählen, die ich liebe und die ich heiraten möchte.«

Die Pause war noch länger. »Soll das ein Scherz sein?«

»Nein. Hast du ein paar Minuten Zeit?«

»Ich denke, dass ich dafür meinen Zeitplan ändern kann.«

»Also gut.« Er ging an den Tisch und nahm sein Glas mit Eistee. Das Eis war geschmolzen, aber er schüttete ihn trotzdem in sich hinein. »Sie heißt Angelina Simone und sie ist schön, faszinierend, frustrierend, starrköpfig und perfekt. Sie ist einfach perfekt, Ma.«

»Wann werde ich sie sehen?«

»Zu Remys Hochzeit. Da wäre nur diese eine kleine Macke – abgesehen davon, dass sie noch nicht so weit ist, Ja zu sagen.«

»Mit dieser Kleinigkeit wirst du bestimmt fertig. Und was ist das für eine Macke?«

Er setzte sich wieder und erzählte ihr von Lilibeth.

Als er den Hörer endlich auflegte, fühlte er sich erleichtert. Ganz spontan ging er nach oben, um sich zu waschen und umzuziehen. Er würde dem Zeitplan vorgreifen und Lena schon jetzt gegenübertreten.

16

Auf seinem Weg zum Et Trois machte Declan noch einen Umweg über Remys Büro. Die Hochzeit rückte rasch näher, und zu seiner Pflicht als Trauzeuge gehörte es auch, die Junggesellenparty zu organisieren. Obwohl der große Rahmen vorgegeben war – genügend Sprit, um ein Schlachtschiff flott zu bekommen, und ein Striplokal –, gab es noch eine paar feinere Einzelheiten zu besprechen.

Als man ihn an der Rezeption in Remys Büro anmeldete, hörte er das fast verzweifelte »Schicken Sie ihn sofort rein« seines Freundes.

Und sobald er die Bürotür aufmachte, wusste er, warum.

Tränenüberströmt saß Effie in einem der Besucherstühle, Remy kauerte ihr zu Füßen. Obwohl Remy die Tränen wegzuwischen und Effie unermüdlich zu trösten versuchte, stand blanke männliche Verzweiflung in seinem Blick, als er Declan begrüßte.

Als Beweis seiner Freundschaft bezwang Declan seinen Drang, sofort die Flucht anzutreten und schleunigst das Weite zu suchen. Stattdessen schloss er die Tür, ging zu Effie und tätschelte ihr aufmunternd die Schulter.

»Hatten wir nicht vereinbart, ich würde ihm beibringen, dass du ihn meinetwegen abschiebst, Liebes.«

Effie blickte nur kurz auf und tauchte dann wieder schluchzend ab, um in ihre Hände zu weinen.

»Na gut, war ein schlechter Scherz.« Declan rieb sich seine inzwischen feuchten Hände an seiner Jeans ab. »Was ist los?«

»Wir haben Probleme mit dem Hochzeitsempfang«, fing Remy an und Effie stieß einen Klageschrei aus.

»Es *gibt* keinen Hochzeitsempfang.« Sie schnappte sich Remys Taschentuch und vergrub ihr Gesicht darin. »Sie hatten … sie hatten einen Küchenbrand, und die Feuerwehr musste kommen und sie … sie … Ach, was sollen wir nur tun?«

»Rauch- und Wasserschaden«, erklärte Remy Declan. »Zusätzlich zum Brandschaden. Sie werden es nicht schaffen, rechtzeitig alles wieder in Schuss zu haben.«

»Es ist mein Fehler.«

In Nachahmung Remys ging auch Declan fürsorglich in die Hocke. »Nun sag schon, Liebling, warum hast du das Feuer gelegt?«

Da musste sie lachen – für den Bruchteil einer Sekunde. »Ich wollte diesen alten Plantagensitz mieten. Dort ist es wirklich romantisch und hübsch. Remy hat gleich gemeint, es wäre einfacher, einen Ballsaal im Hotel anzumieten, aber nein, ich musste ja meinen Willen durchsetzen. Und jetzt haben wir die Bescherung. Es bleiben uns nicht einmal mehr drei Wochen, und wir sind … Wir sind geliefert.«

»Nein, das sind wir nicht, Liebes. Wir werden etwas anderes finden. *Pleure pas, chère.*« Remy gab ihr einen Kuss auf die Nasenspitze. »Wenn alle Stricke reißen, heiraten wir eben so und holen unsere Feier nach. Wir werden ein richtiges *fais do-do* nach unseren Flitterwochen haben.«

»Und wo sollen wir heiraten? Im Rathaus?«

»Mir ist es egal, wo wir heiraten.« Jetzt küsste er ihre Finger. »Hauptsache, wir heiraten.«

Sie schniefte, seufzte und lehnte sich an ihn. »Es tut mir so Leid. Ich war einfach dumm und selbstsüchtig. Du hast Recht. Auf das Wo und Wie kommt es nicht an.«

»Doch, darauf kommt es an.« Bei Declans Äußerung richteten beide ihren Blick auf ihn, Effie, die noch mit den Tränen kämpfte, und Remy verdutzt und frustriert. »Ihr könnt doch nicht zulassen, dass ein kleines Feuer alle eure Pläne über den Haufen wirft. Nehmt doch mein Haus.«

»Was meinst du mit ›dein Haus‹?«, wollte Remy wissen.

»Das Herrenhaus. Es wird doch wohl groß genug sein. Am Ballsaal muss noch was getan werden, aber wir haben drei Wochen Zeit. Ich muss den Malern Druck machen, aber ich bin heute Morgen mit dem Eingang fertig geworden. Auch der Garten ist in gutem Zustand, die Küche ist fertig, die Salons, die Bibliothek. Es gibt noch jede Menge Unfertiges, aber daran werden sich die Leute nicht stören. Sie bekommen das Haus, den Grund, die Geister. Und werden noch nach Jahren davon sprechen.«

»Ist das dein Ernst?« Effie ergriff Declans Hand, ehe Remy etwas sagen konnte.

»Aber gewiss. Das schaffen wir schon.«

»Dec«, fing Remy an, aber Effie ließ ihn gar nicht zu Wort kommen.

»O mein Gott. Oh, ich liebe dich.« Sie warf sich Declan an den Hals. »Du bist der wunderbarste Mann auf der ganzen Welt. Ein Engel«, sagte sie und küsste ihn. »Ein Heiliger.«

»Hast du was dagegen?«, fragte Declan Remy. »Wir wären gern allein.«

Lachend sprang Effie auf die Füße. »Ach, ich sollte das nicht zulassen. Dein ganzes Haus wird voll fremder Leute sein, sie werden dir deinen Rasen zertrampeln. Aber ich lass dich, weil ich so verzweifelt bin und es die perfekte Lösung ist. Ich schwöre dir, ich schwör's dir wirklich, dass du keine Arbeit damit haben wirst. Ich werde mich um alles kümmern. Und ich werde bis zu meinem letzten Atemzug in deiner Schuld stehen.«

»Dein erstgeborener Sohn wird mir Lohn genug sein.«

Remy setzte sich auf die Schreibtischkante und schüttelte den Kopf. »Da sage ich ihr, dass ich sie heiraten werde, egal wo, wie und wann, und dann kommt er und bietet ihr sein verfallenes Haus an und erntet die Küsse.«

»Dich habe ich ja schon.« Aber sie wandte sich um, schlang ihre Arme um Remy und legte mit einem Seufzer ihren Kopf auf seine Schulter. »Ich möchte, dass es schön wird, Remy. Ich möchte etwas Besonderes. Es bedeutet mir sehr viel.«

»Das weiß ich. Mir bedeutet es auch viel. Wir werden ein ganz tolles Fest ausrichten, nicht wahr?«

»Das werden wir.« Sie drückte ihn noch einmal fest, dann wirbelte sie davon. Die traurige, schluchzende Frau hatte sich in einen aufgeregten, fröhlichen Derwisch verwandelt. »Kann ich dein Haus jetzt gleich überfallen?«, fragte sie Declan. »Ich muss meine Mutter und meine Schwester abholen, und dann fahren wir zu dir raus und planen alles.«

»Mach das.«

»Danke dir.« Sie küsste ihn auf die Wange. »Danke.« Dann auf die andere. »Danke.« Dann auf den Mund mit einem in die Länge gezogenen Schmatzen. »Und du, Remy, kommst raus, sobald du kannst. Ach, Dec?« Sie hatte schon ihr Mobiltelefon in der Hand und war auf dem Weg zur Tür. »Meine Brautfarben sind Rosa und Blau. Es macht dir doch nichts aus, wenn wir das Haus in diesen Farben streichen, oder?«

Ihm fiel die Kinnlade runter, als die Tür hinter ihr ins Schloss fiel. »Das war doch ein Scherz, oder?«

»Wahrscheinlich.« Weil Remy sein Mädchen und ihre Sippschaft kannte, atmete er kräftig durch. »Du weißt nicht, worauf du dich da eingelassen hast, *cher*. Du hast mein Mädchen glücklich gemacht, und dafür bin ich dir dankbar, aber ich muss dich warnen, dass dir ein paar Wochen reinsten Irrsinns bevorstehen.«

»Ich ertrug es nicht, sie so aufgelöst zu sehen. Außerdem ist es die vernünftigste Lösung.« Rosa und Blau, dachte er. Wie viel Ärger konnten sie mit so harmlosen Farben wie Rosa und Blau anstellen? »Egal«, fügte er hinzu und rieb mit der Hand über sein sinkendes Herz. »Ich habe Hochzeitsvorbereitungen schon einmal mitgemacht.«

»Aber du kennst ihre Mutter nicht.«

Declan trat von einem Bein aufs andere. »Muss man Angst vor ihr haben?«

»Ziemliche Angst.«

»Dann stütze mich.«

Gute Taten versetzten ihn in gute Laune. Als er das Et Trois betrat, freute er sich auf ein kühles Bier und ein selbstgefälliges Schulterklopfen. Und auf Lena.

Sie stand hinter dem Tresen, zapfte ein Bier und schwatzte mit einem der Stammgäste. Er verfolgte, wie ihr Blick sich gleichgültig auf den Eingang richtete und dann an ihm hängen blieb. Sich an ihm festhakte, als er näher kam und durch die Schwingtüre hinter die Theke trat.

Sie hatte gerade noch Zeit, den schäumenden Becher über den Tresen in erwartungsvolle Hände zu schieben und sich umzudrehen, da hob er sie schon in die Luft und drückte seine Lippen auf ihre.

Als vereinzelt geklatscht und gejohlt wurde, musste er grinsen. »Ich habe dich vermisst.«

Sie presste ihre kribbelnden Lippen aufeinander. »Gut gezielt.« Sie tätschelte seine Wange und funkelte ihn boshaft an. »Jetzt lass mich runter, Junge. Ich arbeite hier.«

»Du wirst dir jemanden suchen müssen, der für dich einspringt.«

»Ich habe viel zu tun, *cher*. Komm, setz dich hin, ich bring dir ein Bier.«

Er zog sie einfach hoch und gab ihren Beinen einen Schubs,

damit er seine Arme drunterschieben konnte. Mit seinen Ellbogen bahnte er sich den Weg durch die Küchentür. »Sie müssen für Lena einspringen«, rief er und nickte in Richtung Schwingtür. »Machen Sie das?«, fragte er den Mann, der gerade ein Bier trank.

»Gewiss doch.«

»Declan.« Sie wehrte sich nicht, weil das schlecht für ihr Image wäre. »Ich betreibe hier eine Kneipe.«

»Und das machst du sehr gut. Danke«, fügte er hinzu, als der Mann die Schwingtüre aufstieß. »Für eine halbe Stunde wird es auch ohne dich laufen.« Er nickte, als sein neuer Freund sich vorbeidrängte, um ihm die Tür aufzuhalten.

Er trug sie nach draußen. Als sie über den Gehweg liefen und dann in ihren Hof einbogen, ernteten sie ein paar Blicke.

»Ich lass mich nicht gern herumschieben, *cher*.«

»Ich schiebe dich nicht, ich trage dich. Wo hast du deinen Reserveschlüssel?«, fragte er sie, als er die Treppe hochstieg. Als sie keine Antwort gab, zuckte er die Schultern. »Na gut. Wir werden zwar für das, was ich hier draußen auf der Galerie zu tun gedenke, verhaftet werden, aber ich bin mutig.«

»Unter dem zweiten Blumentopf von links.«

»Gut.«

Sie quietschte, als er sie sich schlicht über die Schulter warf, ehe er in die Hocke ging, um den Schlüssel aufzuheben. Ständig unterschätzte sie seine Kraft und auch, wie sie zugeben musste, ihre Reaktion darauf.

»Du bist ein paar Pfund leichter geworden«, bemerkte er, als er ihre Tür aufschloss. »Gut.«

»Wie bitte?«, sagte sie im kühlsten Ton einer echten Südstaatenschönheit.

»Du hast dich bestimmt nach mir verzehrt, oder?«

»Jetzt krieg dich aber mal wieder in den Griff, *cher*!«

»Hab ich doch«, erwiderte Declan und kniff ihr in den Hintern, während er mit dem Fuß die Tür ins Schloss drückte.

»Ich kann dir gar nicht sagen, wie geschmeichelt ich mich fühle, dass du dir bei deiner vielen Arbeit Zeit nimmst, um für einen Quickie in die Stadt zu kommen, aber ich –«

»Ausgezeichnete Idee. Das war zwar nicht mein erster Programmpunkt, aber warum warten?« Er sorgte dafür, dass sie sicher auf seiner Schulter lag, und steuerte das Schlafzimmer an.

»Also jetzt verwirrst du mich aber wirklich ernsthaft, Declan. Du solltest mich vielleicht lieber runterlassen und –«

Den Rest ihres Satzes – und die Luft in ihren Lungen – verlor sie, als er sie aufs Bett warf. Ihre Augen glitzerten gefährlich hinter ihren Haaren, ehe er ihr diese aus dem Gesicht strich. Und das war genau das, was er sich wünschte. Er war jetzt in der Stimmung für die schnelle Nummer, für Schweiß und Sex.

»Was zum Teufel ist in dich gefahren? Du marschierst bei mir rein, als gehörte dir der Laden, und schleppst mich dann ab wie Kriegsbeute. Aber wenn du glaubst, ich würde deine Lust stillen, wann immer dir danach ist, dann wirst du dich eines Besseren belehren lassen müssen.«

Er grinste nur, streifte sich einen Schuh ab und warf ihn auf den Boden.

»Zieh ihn dir wieder an oder humpel raus. Egal wie, ich möchte, dass du gehst.«

Er zog sich den anderen Schuh aus, dann sein Hemd. Als Reaktion darauf strampelte sie sich auf die Knie und schimpfte auf Cajun so schnell und heftig auf ihn ein, dass er nur jedes sechste Wort mitkriegte.

»Tut mir Leid«, sagte er sanft und knöpfte unbeirrt seine Jeans auf. »Das war ein wenig zu schnell für mich. Hast du gesagt, ich sei ein Schwein, das in der Hölle braten solle oder dass ich zur Hölle fahren und dort gebratenes Schwein essen solle?«

Er war auf ihren Ausfall vorbereitet und lachte, als sie nach ihm schlug. Ein schneller Kampf war jetzt genau das Richtige, schnell und brutal, und ihre Krallennägel und gebleckten Zähne versprachen, dass er gut wurde.

Sie schlug, fluchte, stieß. Bäumte sich wie eine wilde Stute auf, als er sie unter sich aufs Bett presste und ihren knurrenden Mund mit einem heißen, hungrigen Kuss verschloss.

»Das hättest du nicht von mir erwartet, oder?« Außer Atem riss er an ihrer Bluse. »Bisher habe ich deinen Erwartungen allzu sehr entsprochen.«

»Hör auf. Hör jetzt auf.« Ihr Herz raste unter seiner rauen Hand. Nein, das hatte sie nicht von ihm erwartet, aber genauso wenig hatte sie mit ihrer geladenen Reaktion auf seine Dominanz gerechnet.

»Sieh mich an.« Mit eisernem Griff drückte er ihre Hände zu beiden Seiten ihres Kopfes nach unten. »Sag mir, dass du mich nicht willst, dass du das nicht willst. Sprich es aus, und wenn du es so meinst, dann gehe ich.«

»Lass meine Hände los.« Ihr Blick hielt dem seinen zwar stand, aber ihre Stimme zitterte. »Du lässt jetzt meine Hände los.«

Er ließ eine frei. »Sag es.« Seine Muskeln bebten. »Willst du es oder willst du es nicht.«

Sie krallte ihre Faust in sein Haar und dirigierte seinen Mund wieder auf ihren herab. »*J'ai besoin.*«

Ich muss es haben.

Sie verbiss sich regelrecht in seine Lippen. Wickelte ihre Beine um ihn und kettete ihn an sich.

»Nimm mich«, forderte sie ihn auf. »Schnell. Schnell und grob.«

Seine Hand schoss unter ihren kurzen, knappen Rock und riss ihr das dünne Höschen herunter. Noch ehe sie sich an ihn presste, waren beide schweißgebadet.

»Einen Moment noch«, warnte er sie, als er sich auf sie stürzte.

Sie glaubte zu explodieren und schrie auf, schrie, als er tiefer und härter in sie eindrang. Sie ausfüllte, von ihr Besitz ergriff, sie nahm, bis wildes Verlangen, unerhörtes Verlangen sie durchpulste. Ihre Nägel traktierten seinen Rücken, pieksten ihm in die Hüften.

De plus en plus. Mehr, immer mehr, schrie sie in Gedanken.

»Mehr«, brachte sie schließlich auch über die Lippen. »Ich will mehr.«

Er auch. Er schob ihre Knie zurück, öffnete sie und pumpte wild in sie hinein.

Alles brannte. Seine Lungen, sein Herz, seine Lenden. Das wilde Feuer, die unsägliche Lust zu begehren und Begierde zu spüren, raubte ihm die Sinne, verschlang die Welt um ihn herum.

Die Sonne knallte strahlend durch die Scheiben, von der Straße tönte blechern eine Trompete herauf, Sprungfedern quietschten wie verrückt, als glitschige Haut rhythmisch gegen glitschige Haut klatschte.

Und ihre Augen, dunkel und glänzend wie Onyx, bohrten sich in seine.

Ich liebe dich. Unaufhörlich. –

Er wusste nicht, ob er die Worte aussprach oder sie nur eine verzweifelte Gedankenschleife zogen. Aber er sah die Veränderung in ihren Augen, sah den Gefühlsstrudel darin, der sie trübte.

Er hörte ihr atemloses Schluchzen, spürte ihre Umklammerung, als sie kam. Hilflos und halb wahnsinnig explodierte er. Und ergoss sich in sie.

Außer Atem und völlig außer sich brach er auf ihr zusammen. Lena unter ihm bebte und zitterte. Und schauderte – die Nachwehen der Eruption. Dann war sie still.

»Ich kann mich noch nicht bewegen«, murmelte er. Er fühlte sich innerlich leer, leicht wie eine Hülse, die schon der leiseste Windhauch fröhlich davontreiben konnte.

»Brauchst du auch nicht.«

Ihre Lippen lagen an seinem Hals, und ihre Bewegung empfand er als überaus zärtlich. Ein Regenbogen nach dem Gewitter.

»Würdest du mir glauben, dass ich zu dir gekommen bin, um mit dir zu reden?«

»Nein.«

»Bin ich aber. Ich denke, dazu kommen wir später. Planänderung. Ich schulde dir eine Bluse und Unterwäsche.«

»Ich habe mehr davon.«

Jetzt hatte er sich so weit erholt, dass er sich auf seine Ellbogen stützen und auf sie hinabschauen konnte. Ihre Wangen glühten rosig. Feuchte Lockensträhnen klebten an ihren Schläfen und breiteten sich über die zerknitterten Laken aus.

Am liebsten hätte er sie aufgeschlabbert wie eine Katze die Sahne.

»Die Stinkwut auf dich hat mich total scharf gemacht«, erklärte er ihr.

»Mich auch. Scheint jedenfalls so. Ich wollte das nie wieder mit dir tun.«

»Tatsächlich nicht?«

»Nein.« Erstaunt von der Zärtlichkeit, die wie eine Welle über sie schwappte, legte sie ihm die Hand an die Wange. »Ich hatte einen Entschluss gefasst. Dann kommst du in meine Kneipe, sexy und gut aussehend, und schleppst mich einfach so ab. Du bringst mich durcheinander, *cher*. Kommst einfach und machst alles ungeschehen, immer und immer wieder.«

»Du bist alles, was ich will.«

»Und nichts, das gut für dich ist. Geh.« Sie gab seiner Schulter einen kleinen Schubs. »Geh weg. Wir beide sind ein einziger Schweißklumpen.«

»Wir duschen jetzt, dann reden wir. Reden«, wiederholte er, als sie eine Braue hochzog. »Pfadfinderehrenwort.« Er hielt zwei Finger hoch.

»Ich muss wieder zurück an die Arbeit.«

»Angelina.«

»Ist schon gut.« Sie wedelte ihn weg. Es brachte nichts, wenn sie mit ihm stritt, das wusste sie. Gott allein wusste, warum sie seinen eselsköpfigen Starrsinn so anziehend fand. »Mach du dich erst mal frisch. Ich rufe inzwischen unten an und sorge dafür, dass für die nächste Zeit genügend dienstbare Geister da sind.«

Sobald Declan fertig war, stellte sie sich unter die Dusche. Vermutlich hatte sie es absichtlich so angelegt, um die Intimität zu vermeiden. Declan ließ ihr diesen Freiraum, ging in die Küche, fand dort wie erwartet die Kanne mit kaltem Tee und schenkte zwei Gläser ein.

Als sie hereinkam, trug sie wieder ihren aufreizenden Rock und dazu eine frische Bluse. Er reichte ihr ein Glas.

Sie nahm es und ging ins Wohnzimmer.

In den vergangenen paar Tagen hatte sie sich mit dem Unvermeidlichen abgefunden. Die ganze Zeit über hatte sich jedoch ein Teil von ihr tatsächlich nach ihm verzehrt. Und jedes Mal, wenn sie sich bei einem erwartungsvollen Blick zur Bartür ertappt hatte oder nachts aufgewacht war und die Hand nach ihm ausstreckte, hatte sie sich eine schwache Närrin gescholten.

Schließlich hatte er an der Tür gestanden. Und noch ehe er ihren Stolz beugte, indem er sie aus ihrer eigenen Kneipe schleppte, hatte sie sich maßlos über ihr eigenes steigendes Verlangen und die abgrundtiefe Erleichterung geärgert.

»Declan«, fing sie an. »Ich bin nicht fair zu dir gewesen. Ich war nicht in der Stimmung, fair zu sein.«

»Wenn du dich entschuldigen willst, dann spar dir das. Ich wollte dich verrückt machen. Ich sehe dich lieber wütend als traurig. Deine Mutter macht beides mit dir.«

»Offensichtlich. Am meisten missfällt mir der Gedanke, dass sie da draußen mit Großmama ist und ihr bestimmt wieder wehtun wird. Ich kann es nicht aufhalten, ich kann nichts dagegen tun. Und das beunruhigt mich. Aber du hättest da nicht hineingezogen werden sollen.«

»Du hast mich nicht hineingezogen. Es ist einfach passiert.« Er legte den Kopf schief. »Korrigiere mich bitte, wenn ich was Falsches sage. Aber ich habe den Eindruck, du traust mir aufgrund meiner Herkunft nicht zu, dass ich auch mit den dunkleren, schwierigeren und heikleren Aspekten des Lebens fertig werden kann. Insbesondere deines Lebens.«

»*Cher*, ich behaupte nicht, du seist nicht stark genug. Aber dieser ganz spezielle Aspekt des Lebens, meines Lebens, ist jenseits deines Erfahrungshorizonts. Jemanden wie sie würdest du nie verstehen.«

»Weil ich so behütet gewesen bin.« Er nickte. »Sie hat mich heute besucht.«

Die gesunde Röte, mit der Sex und Hitze Lenas Gesicht belebt hatten, schwand. »Was meinst du damit?«

»Lilibeth ist heute um die Mittagszeit bei mir vorbeigekommen. Ich habe hin und her überlegt, ob ich es dir sagen soll, dann aber beschlossen, vor dir keine Geheimnisse haben und dir keine Lügen auftischen zu wollen. Auch nicht, um deine Gefühle zu schonen. Sie kam vorbei und hat sich auf ein Bier eingeladen. Dann hat sie versucht, mich zu verführen.«

»Das tut mir Leid.« Ihr Lippen fühlten sich steif und eiskalt an, als sie die Worte formte. Ihre Kehle brannte wie Feuer. »Das wird nicht wieder vorkommen; dafür sorge ich.«

»Sei still. Sehe ich aus, als bräuchte ich deinen Schutz? Und spar dir deine Empörung, bis ich fertig bin«, ordnete er an. »Als sie mir an den Reißverschluss wollte, habe ich ihr gesagt, sie solle sich nicht lächerlich machen. Darauf versuchte sie es, indem sie sich über den Küchentisch warf und zu heulen anfing.«

Er ließ sich auf die Lehne von Lenas Sofa nieder. Der Gesprächston verleitete nicht gerade dazu, sich in all diese weichen, farbenfrohen Kissen zu kuscheln, wie er fand. »Trotz allen Getöses wollten die Tränen nicht so recht fließen, aber ich muss zugeben, dass sie sich Mühe gab. Sie wollte mir weismachen, böse, gemeine Leute wären hinter ihr her. Sie schreckten nicht zurück, ihr, dir oder Miss Odette Schaden zuzufügen, wenn sie ihnen nicht fünftausend Dollar gäbe. Wohin könne sie sich wenden, was könne sie tun?«

Lena schoss die Farbe wieder ins Gesicht, stieg hoch zu den Wangenknochen. »Du hast ihr Geld gegeben? Wie konntest du glauben –«

»Erst der behütete Schlaffi, jetzt ein Trottel.« Er seufzte übertrieben und trank seinen Tee. »Also du verstehst es wirklich, einem das Ego aufzupusten, Baby. Ich habe ihr keinen Cent gegeben und ihr unmissverständlich klargemacht, dass ich mich nicht von ihr ausnehmen lasse. Das brachte sie derart aus dem Gleichgewicht, dass sie mir drohte, meine Familie mit reinzuziehen. Offenbar hatte sie sich umgehört und sich ein entsprechendes Bild gemacht. Meinte wohl, sie wäre schockiert und würde sich schämen angesichts der Vorstellung, ihr Liebling sei deinem Bann erlegen. Und um ja keine Chance auszulassen, wollte sie ihnen auch noch erzählen, ich hätte auch sie gefickt.«

»Zuzutrauen wäre es ihr.« Jetzt war es nicht mehr nur die Kälte – Übelkeit machte sich in ihr breit. »Declan, sie wäre durchaus fähig –«

»Habe ich dir nicht gesagt, du sollst warten, bis ich fertig bin?« Seine Stimme peitschte nicht, stach nicht. Sie war schlicht und einfach unerbittlich. »Für dieses Gaunerstück an Erpressung verdoppelte sie die Summe auf zehntausend. Ich denke aber nicht, dass sie mit meiner Antwort zufrieden war. Ich hab sie rausgeschmissen. So weit, so gut, wenn du möchtest, kannst du jetzt deine Entrüstung zeigen. Aber wein nicht.« Als ihre Augen sich mit Tränen füllten, wurde seine Stimme grob. »Sie ist es nicht wert, dass du ihretwegen auch nur eine Träne vergießt.«

»Ich schäme mich so. Kannst du das nicht verstehen?«

»Doch. Obwohl wir beide klug genug sind zu wissen, dass

das nichts mit dir zu tun hat, verstehe ich es. Und es tut mir Leid, unendlich Leid, dass ich dazu beitrage.«

»Es geht nicht um dich. Es ging nie um dich.« Sie tupfte sich eine Träne von den Wimpern, ehe sie herausquellen konnte. »Das habe ich von Anfang an versucht, dir klarzumachen.«

»Aber um dich geht es ebenfalls nicht, Lena. Es ging nie um dich. Ich habe sie mir angesehen. Ich habe sie mir aus der Nähe sehr genau angesehen und nichts entdeckt, was du mit ihr gemeinsam hättest. Die Familie muss man nehmen, wie sie kommt, Lena. Aber ob man ein Rückgrat oder ein Herz hat, hängt von einem selbst ab, ob man sich nun wegen oder trotz der Familie darum kümmert.«

»Ich werde sie nie loswerden, niemals. Egal, was ich auch mache.«

»Nein, das wirst du nicht.«

»Es tut mir so Leid. Nein, verdammt noch mal, ich will es sagen«, herrschte sie ihn an, als sie sah, wie sein Gesicht sich verschloss. »Es tut mir Leid, dass sie in dein Haus gekommen ist. Es tut mir Leid, dass sie an deine Familie gerührt hat. Aber ich muss dich bitten, nichts davon meiner Großmama zu sagen.«

»Warum sollte ich?«

Sie nickte und stand dann auf, um im Zimmer auf und ab zu laufen. Sie liebte ihre Wohnung, weil sie sich diese selbst geschaffen hatte. Und aus denselben Gründen respektierte sie auch ihr Leben. Und das würde sie jetzt dem Mann, der so entschlossen war, Teil ihres Lebens zu werden, auch erklären, weil er ihr wichtig war und sie ihn respektierte.

»Sie hat mich verlassen, als ich noch keine zwei Wochen alt war«, fing sie an. »Ging eines Morgens einfach aus der Tür, stieg in das Auto ihrer Mama und fuhr davon. Ließ den Wagen dann in Baton Rouge stehen. Als sie sich wieder blicken ließ, war ich drei.«

»Und dein Vater?«

Sie zuckte die Achseln. »Hängt von ihrer Stimmung ab. Einmal erzählte sie mir, es sei der Junge gewesen, den sie geliebt habe und er sie auch, den aber seine Eltern von ihr weggerissen und weit weg geschickt hätten. Ein andermal erzählte sie mir, sie sei auf dem Heimweg von der Schule vergewaltigt worden. Eine noch andere Variante lautete, es sei ein reicher, älterer Mann gewesen, der eines Tages zurückkommen werde, um uns beide in sein schönes Haus zu holen.«

Sie drehte sich um, damit sie Declan ins Gesicht sehen konnte. »Ich war so um die achtzehn, als sie mir, glaube ich, die Wahrheit sagte. Sie war zugedröhnt, leichtsinnig und gemein genug, also musste es die Wahrheit sein. Wie zum Teufel solle sie das wissen, sagte sie. Es seien so viele gewesen. Und außerdem sei es scheißegal, wer mich in sie gepflanzt habe. Einer wäre genauso gut wie der andere.

Als sie mit mir schwanger wurde, hurte sie herum. Ich hörte Gerüchte, als ich alt genug war zu verstehen, was das Gerede bedeutete. Als sie in Schwierigkeiten steckte, rannte sie wieder zu meinen Großeltern. Sie hatte Angst vor einer Abtreibung – Angst dabei zu sterben und dann in die Hölle zu kommen und so. Also bekam sie mich und verließ mich. Das sind die einzigen zwei Dinge auf dieser Welt, die ich ihr verdanke.«

Sie holte tief Luft und setzte sich wieder. »Na ja, jedenfalls kam sie zurück, als ich drei war, und machte ihre üblichen Versprechungen, von wegen sie habe ihre Lektion gelernt und es täte ihr Leid, sie habe sich geändert. Sie blieb ein paar Tage, dann war sie wieder weg. Dieses Muster hat sich seitdem viele Male wiederholt. Manchmal kam sie, weil der Kerl, den sie zuletzt aufgegabelt hatte, sie verprügelt hatte. Manchmal kam sie krank zurück oder auch nur abhängig von irgendwelchen Drogen. Aber Lilibeth gleicht einem Bumerang.«

Sie schwieg und hing dieser einen, unverbrüchlichen Tatsache nach.

»Und es verletzt dich jedes Mal«, sagte Declan sanft. »Verletzt dich, verletzt Miss Odette.«

»Sie verletzt jeden. Das ist ihre einzige Gabe. Als sie an meinem dreizehnten Geburtstag aufkreuzte, war sie high. Wir hielten zu Hause ein *fais do-do* ab, mit allen Freunden und der Familie, und sie war zugedröhnt und hatte irgendeinen Penner dabei. Es wurde ziemlich schnell ungemütlich, und drei meiner Onkels schmissen die beiden raus. Ich brauche eine Zigarette«, sagte Lena und ging aus dem Zimmer.

Kurz darauf kam sie wieder. »Ich hatte einen Freund und war ganz verrückt nach dem Jungen. Da war ich sechzehn, und wieder kreuzte sie auf. Sie flößte ihm Schnaps ein und gab ihm Drogen und schlief mit ihm. Er war kaum älter als ich, also kann man ihm wohl kaum die Schuld geben, sich so idiotisch benommen zu haben. Sie fand es sogar noch lustig, als ich draußen im Delta über die beiden stolperte. Sie lachte und lachte. Als ich diese Wohnung hier hatte und sie zurückkam, nahm ich sie erneut auf. Besser ich als Großmama, dachte ich. Und vielleicht würde sie ja diesmal … nur vielleicht.

Aber sie schob in meinem Bett eine Nummer und brachte ihre Drogen mit zu mir. Sie stahl mein Geld und verließ mich. Von da an war ich fertig mit ihr. Ich bin fertig mit ihr. Aber ich werde nie mit ihr fertig sein, Declan. Was ich auch anstellen mag, ändert nichts daran, dass sie meine Mutter ist.«

»Und nichts, was sie anstellt, kann ändern, wer du bist. Du bist doch der beste Beweis dessen, was in dir steckt, Lena, und das Aushängeschild für die Leute, die dich erzogen haben. Sie hasst dich für das, was du bist.«

Sie starrte ihn an. »Sie hasst mich«, flüsterte sie. »Das habe ich noch nie jemandem sagen können. Warum ist es nur eine so große Hilfe, etwas so Schreckliches auszusprechen?«

»Ich will nicht sagen, dass sie dir nicht mehr wehtun kann, denn das kann sie sehr wohl. Aber eventuell ist die Verletzung jetzt nicht mehr so tief und hält nicht mehr so lange an.«

Nachdenklich drückte sie ihre Zigarette aus. »Ständig unterschätze ich dich.«

»Das ist schon in Ordnung. Auf diese Weise kann ich dich immer wieder überraschen. Was hältst du davon? Sie ist mit Manet Hall verbunden.«

»Was willst du damit sagen?«

»Ich weiß es nicht genau und kann es auch nicht erklären. Ich weiß bloß, dass sie in irgendeiner Verbindung dazu steht. Und ich glaube, sie musste auch deshalb gerade jetzt zurückkommen, um mir zu sagen, was sie mir gesagt hat. Ein weiteres Glied in der Kette. Und ich denke, sie hat dieses Mal sogar was Gutes bewirkt. Ruf deine Großmutter an, Lena. Lass nicht zu, dass diese Frau einen Keil zwischen euch beide treibt.«

»Darüber habe ich ebenfalls nachgedacht. Ich werde sie anrufen. Declan.« Sie nahm ihr Glas und setzte es wieder ab. Auf diese nutzlose Geste reagierte er mit einem fragenden Blick. »Ich wollte die Geschichte zwischen uns beenden.«

»Du hättest es ja versuchen können.«

»Es ist wirklich mein Ernst. Es wäre für uns beide das Beste, wenn wir einen Schritt rückwärts machten und irgendwie versuchten, Freunde zu sein.«

»Wir können Freunde sein. Ich möchte schon, dass unsere Kinder Eltern haben, die einander mögen.«

Sie wedelte frustriert mit den Händen durch die Luft. »Ich muss zurück an die Arbeit.«

»Gut. Aber hör zu, wenn wir schon beim Heiraten sind, es gibt eine kleine Veränderung bei Remy und Effie. Wir werden die ganze Geschichte bei mir stattfinden lassen.«

Sie rieb sich die Schläfen, versuchte ihren Stimmungsschalter genauso elegant umzulegen, wie Declan das zu tun pflegte. »Bei ... mit halb fertigen Räumen und Werkzeugen und Gerümpel und –«

»Das ist eine sehr negative Einstellung und nicht gerade hilfreich, zumal ich dich um deine Hilfe bitten wollte. Kannst du mit einem Farbpinsel umgehen?«

Sie stieß einen Seufzer aus. »Musst du denn alle retten?«

»Nur die, die mir wichtig sind.«

Irgendwann in dem Zeitraum zwischen Declans Abfahrt vom Herrenhaus und Effies Ankunft kam Lilibeth noch einmal vorbei. Angestachelt von Kokain und weil sie beleidigt war. Da dieser lausige Hundesohn nicht mal ein paar Scheine für die Mutter der Frau übrig hatte, die er bumste, musste sie sich eben selbst helfen.

Als Declan sie zurück zur Küche begleitet hatte, hatte sie das Erdgeschoss genau inspiziert, und als sie jetzt durch den Hintereingang einbrach, ging sie schnurstracks in die Bibliothek und auf den großen Rollschreibtisch zu, den sie darin entdeckt hatte.

Leute mit Geld hatten ihrer Erfahrung nach immer Bargeld bei der Hand. Mit schnellen Bewegungen zog sie die nicht verschlossenen Schubladen auf, blätterte alles durch und schrie auf, als sie ein hübsches Bündel Fünfziger fand. Die stopfte sie sich in die Tasche.

Sie vermutete, dass auch die Bücher, die in den Regalen standen, so wie auch die noch nicht ausgepackten in den Kisten, einiges wert sein dürften. Aber sie waren schwer und ließen sich auch nicht so ohne weiteres verkaufen. Wahrscheinlich hatte er oben in seinem Schlafzimmer noch mehr Bargeld und womöglich auch ein paar Schmuckstücke.

Sie jagte die Haupttreppe hoch. Der Umstand, dass er jeden Moment zurückkommen konnte, steigerte nur noch ihre Lust am Stehlen.

Eine Tür schlug, und sie fiel vor Schreck auf die Knie. Wird nur ein Luftzug sein, redete sie sich ein, als sie den Atem anhielt und ihr das Herz bis zum Halse klopfte. Ein großes, zugiges altes Haus. Und als sie wieder auf die Füße kam, spürte sie tatsächlich kalte Luft über ihr Gesicht streichen.

Sie berührte einen Türknauf, riss ihre Hand aber sofort wieder weg. Der Knauf war so eisig, dass er brannte.

Egal. Was sollte das, verdammt noch mal. Sein Zimmer lag weiter hinten im Flur. Sie war nicht so dumm, wie die Leute sie einschätzten. Hatte sie nicht die letzten paar Tage ständig das Haus beobachtet? Hatte sie ihn nicht aus dem hinteren Eckzimmer auf die Galerie herauskommen sehen?

Unter lautem Lachen, dessen Echo sie verfolgte, stürmte sie den Flur hinunter und flitzte durch die offene Tür. Sie riss die oberste Schublade einer Kommode auf und fand mit der alten geschnitzten Schatulle auch sofort, wonach sie gesucht hatte.

Goldene Manschettenknöpfe – sie jedenfalls ging davon aus, dass es sich um echtes Gold handelte. Auch silberne mit schönen blauen Steinen. Diamantene Kragenknöpfe, eine goldene Uhr. Und in einer Schachtel in der Schatulle ein Damenring aus … Rubin möglicherweise, Diamant und Rubin, als zwei ineinander verschlungene Herzen gearbeitet.

Sie stellte die Schatulle auf die Kommode und durchwühlte ein paar weitere Schubladen, bis sie noch ein Bündel Banknoten fand.

Hast doch zahlen müssen, du Scheißkerl. Ordentlich zahlen.

Sie warf die Banknoten in die Schmuckschatulle und klemmte sie sich unter ihren Arm.

Als sie dort mit vor Aufregung pfeifendem Atem, und aufgepuscht vom Kokain, stand, stellte sie sich vor, welche Befriedigung es wäre, das ganze Zimmer auseinander zu nehmen. Es wäre ein Befriedigung – und er müsste noch mehr zahlen. Aber es wäre nicht klug. Und sie war klug.

Sie brauchte Zeit, um den Schmuck zu versilbern, Zeit, um das Geld in Drogen einzutauschen. Zeit, um sich abzusetzen. Also ließ sie alles am besten so, wie es war.

Sie würde auf der anderen Seite das Haus verlassen, nur für den Fall, dass ihre neugierige Mama in diese Richtung sah.

Aber als sie wieder in den Flur kam, fiel ihr Blick automatisch auf die Treppe zum zweiten Stock.

Was wohl da oben sein mochte?, überlegte sie. Vielleicht was

Gutes. Vielleicht etwas, was sie später noch holen könnte. Etwas, das sie reich machte.

Jetzt pfiff ihr Atem nicht mehr, jetzt keuchte sie. Ihre Haut war eiskalt. Aber sie konnte dem Drang, diese Treppe hinaufzusteigen, nicht widerstehen. Schließlich war sie allein im Haus, oder? Ganz allein, und dadurch wurde es zu ihrem Haus.

Es war ihr Haus.

Unter ständigem Schlucken, um ihre trockene Kehle zu befeuchten, nahm sie die erste Stufe. Zitternd.

Stimmen? Wie konnte sie Stimmen hören, wenn doch keiner da war? Aber sie geboten ihr Einhalt, zwangen sie, umzukehren. *Etwas stimmt hier nicht, hier ist was faul. Höchste Zeit zu gehen.*

Aber Hände schienen sie von hinten anzuschieben, drängten sie vorwärts, bis sie mit zitternden Fingern nach der Tür griff.

Sie wollte sie vorsichtig öffnen, langsam – nur um hineinzuspähen. Aber als ihre Hand sie berührte, sprang sie schwungvoll auf.

Sie sah den Mann und die Frau auf dem Boden, hörte das Baby in seinem Gitterbettchen schreien. Sah die Augen der Frau – starr und blind. Und tot.

Und der Mann, dessen Haar im trüben Licht golden glänzte, drehte sich zu ihr und sah sie an.

Lilibeth versuchte zu schreien, bekam aber keine Luft. Als sie den Mund öffnete, *schob* sich etwas in sie. Einen entsetzlichen Moment lang wurde es sie. Dann fegte es durch sie hindurch. Kalt, boshaft, wütend.

Ein anderes Wesen nahm Gestalt an im Raum. Eine Frau, kräftig, in einem langen Morgenmantel.

Julian.

In sprachlosem Entsetzen drehte Lilibeth sich um und hetzte davon.

17

Binnen vierundzwanzig Stunden entdeckte Declan, dass er vor lauter Hilfsbereitschaft gar nicht wusste, wie er die vielen Leute am und im Haus beschäftigen sollte. Offensichtlich war ganz Louisiana zu der Hochzeit eingeladen, und alle waren sie bereit, mit Hand anzulegen.

Er hatte Maler, Installateure, Zimmerleute und Handlanger. Und obwohl ihn bei dem ganzen Gewühl der Gedanke beschlich, dass schon mit der Hälfte der zur Verfügung stehenden Leute der Originalzustand des Hauses in etwa zwanzig Minuten wieder hergestellt wäre, beschloss er, dies für sich zu behalten.

Es wäre ihm gemein vorgekommen, es auszusprechen.

Und er wusste die Arbeit wirklich sehr zu schätzen. Das sagte er sich auch jedes Mal, wenn er das Gefühl hatte, gewisse Teile des Hauses entglitten ihm und fielen in die Verantwortung anderer.

Eigentlich hatte er sich darauf gefreut, die Verkleidung der rückwärtigen Galerie selbst zu machen, doch er tröstete sich mit der Vorstellung, dass ein kräftiger Hurrikan eine Neuverkleidung nötig machen würde.

Auch das Abschleifen und Lackieren der Fußböden im Ballsaal hatte er sich vorgenommen, doch in Anbetracht der vielen anderen Böden, die im gesamten Haus noch auf ihn warteten, fügte er sich.

Er empfand es im Übrigen als ungeheure Erleichterung, das Streichen der Außenfassade in andere Hände zu legen. Dass er diese schweißtreibende und mühsame Arbeit, bei der es auf absolute Genauigkeit ankam, von seiner Liste streichen konnte, bedeutete für ihn die Freiheit, sich auf die Damengarderobe im Erdgeschoss stürzen und den mundgeblasenen Kandelaber aufhängen zu können, den er für das Foyer erstanden hatte, sowie die Gestaltung des Schmutzraums zu planen. Und und und...

Nun, wenn er nachdachte, gab es noch genügend zu tun.

Dazu kam das reine Vergnügen, Effie zu beobachten, wenn sie in ihrer Mittagspause oder nach der Arbeit angeflitzt kam und wieder davoneilte. Sogar wenn sie ihre Mutter im Schlepptau hatte. Mrs. Renault war das ältere Ebenbild ihrer Tochter mit Adleraugen und einer Stimme wie ein Feldwebel.

Remy hatte Recht, sie konnte einem ganz schön Angst machen. Wann immer es möglich und nicht allzu beschämend war, ging Declan ihr aus dem Weg.

Am zweiten Tag des Einsatzes der vereinten Kräfte schlenderte Declan zur rückwärtigen Galerie, um sich über die Fortschritte zu informieren. Durch die gerade geschnittene und gesetzte Fliese, deren Keramikstaub er noch auf den Kleidern hatte, war er richtig in Schwung gekommen.

Der Geräuschpegel war unglaublich. Stimmen, Radios, Elektrowerkzeuge. So sehr er es auch genoß, unter Leuten zu sein, hätte er doch gern tausend Dollar dafür gegeben, einmal fünf Minuten in seinem Haus allein sein zu können.

»Jim Ready? Ich möchte diese Fenster spiegelblank haben, hörst du? Wie sähe das denn auf den Hochzeitsfotos aus, wenn diese Fenster stumpf wären. Hau rein, Junge!«

Der Klang von Mrs. Renaults Stimme hatte Declan sofort vertrieben und eine andere Richtung einschlagen lassen. Fast hätte er Miss Odette über den Haufen gerannt.

» He, Entschuldigung. Ist alles in Ordnung? Ich habe Sie gar nicht gesehen. Ich war auf der Flucht.«

»Jetzt haben Sie ein volles Haus.«

»Da sagen Sie was. Wenn es bis zum Tag X nicht genügend aufpoliert ist, um den Ansprüchen von Generalin Renault Genüge zu tun, werden wir alle erschossen.« Während er sprach, hakte er sie unter und drängte sie, einzig und allein vom Gedanken besessen, sich selbst zu schützen, in die Bibliothek. Schloss die Türen.

»Darf ich nicht bei Ihnen vorübergehend einziehen?«

Sie lächelte – doch nur ihre Lippen, ihre Augen lächelten nicht mit. »Sie sind so ein guter Junge, Declan, dass Sie das alles für Ihren Freund tun.«

»Im Moment tue ich eigentlich nicht viel mehr, als allem so gut wie möglich aus dem Weg zu gehen.«

»Aber Ihnen wäre es bestimmt lieber, all diese Leute wären wieder da, wo sie hergekommen sind, und ließen sie in Ruhe, damit Sie sich in aller Muße um Ihr Haus kümmern könnten.«

»Ja, schon.« Er zuckte mit den Schultern und strich sich mit seiner staubigen Hand durch die staubigen Haare. »Es bleibt immer noch genug zu tun, wenn sie wieder weg sind. Der ganze zweite Stock und der Dienstbotenflügel bleiben unangetastet, und wir richten nur noch ein Zimmer im ersten Stock her. Stimmt was nicht, Miss Odette, sagen Sie's mir?«

»Ich arbeite noch daran.« Sie stellte die Einkaufstasche ab, die sie dabei hatte, und ging dann hinüber zu den Buchregalen, um sich einige seiner Bücher anzusehen. Nach wie vor warteten Kisten darauf, eingeordnet zu werden, aber sie sah, wie es gedacht war. Worttürme, manche alt und abgegriffen, andere frisch und neu. Kleine Schätze, Farbenpracht.

»Sie sind ein Visionär«, sagte sie schließlich. »Sie haben eine Vorstellung von dem, was Sie wollen, und dann setzen Sie sie um. Eine ausgezeichnete Gabe, *cher*.«

»Manche sagen auch Starrkopf dazu.«

»Sie sind alles andere als das. Sie haben mehr als nur einen Kanal in Ihrem Kopf. Für mich zeugt es von Charakter, wenn man sich immer nur einer Aufgabe widmet, bis sie erledigt ist. Ich mag Sie unheimlich gern, Declan.«

»Ich mag Sie auch unheimlich gern. Setzen Sie sich doch, Miss Odette. Sie sehen müde aus.« Und besorgt. »Was halten Sie davon, wenn ich uns was Kaltes zu trinken hole?«

»Nein, machen Sie keine Umstände, sonst riskieren Sie noch, in die Gewalt von Sarah Jane Renault zu fallen. Die nenne ich eine starrköpfige Person, ohne sie damit kritisieren zu wollen.«

»Sie hat mir nahe gelegt, mir bis Ende der Woche die Haare schneiden zu lassen, damit ich zur Hochzeit weder zottelig noch frisch geschoren aussehe.« Leicht irritiert strich Declan sich prüfend mit der Hand durchs Haar. »Außerdem möchte sie einen Tag vor der Hochzeit sämtliche Bäder mit ausgefallenen Seifen und Handtüchern und so bestücken. Die ich aber unter Androhung der Todesstrafe nicht anfassen darf. Und ich werde noch mehr Grünpflanzen ins Haus bekommen. Ohne Grünpflanzen könne ein Haus nicht atmen.«

»Sie ist einfach nur aufgeregt, mein Lieber. Effie ist ihr Liebling. Ihre jüngste Tochter.« Odette presste ihre Lippen zusammen. »Declan, ich schäme mich für das, was ich Ihnen zu sagen habe, und ich würde es Ihnen nicht verübeln, wenn Sie mich danach bitten würden, nie wieder Ihr Haus zu betreten.«

Die Worte beunruhigten ihn fast so sehr wie der Schmerz in ihren Augen. »Nichts, was Sie mir sagen könnten, würde etwas daran ändern, dass Sie mir in meinem Haus immer willkommen sind, Miss Odette. Wer hat Ihnen wehgetan?«

»Oh, *mon Dieu*, ich würde es mir nie verzeihen, wenn dadurch das verdorben würde, was ich zwischen Ihnen und meiner Lena sehe. Meine Tochter hat Sie bestohlen«, platzte es aus ihr heraus. »Sie kam in Ihr Haus und nahm sich, was Ihnen gehört.«

Schweren Herzens griff sie in ihre Tasche und holte seine geschnitzte Schatulle heraus. »Das war in ihrem Zimmer. Ich wusste, dass es Ihnen gehört, noch ehe ich hineinsah und die Manschettenknöpfe mit Ihren Initialen darin fand. Ich weiß nicht, ob noch alles da ist, aber mehr habe ich nicht gefunden. Sollte etwas fehlen –«

»Ich sehe sofort nach. Aber bitte setzen Sie sich. Bitte.«

Sie nickte und sank auf einen Stuhl.

Er unterdrückte seine Wut, als er die Schatulle auf einen Tisch stellte und öffnete. Als Erstes entdeckte er die Schachtel mit dem Ring, doch als er sie öffnete und die Steine ihn anglitzerten, verflog der schlimmste Ärger.

»In Ordnung.« Er atmete aus. »Das Wichtigste ist noch da.« Wie alles andere auch, bis auf die paar tausend Dollar in Zwanzigern, die er mit der Geldnadel zusammengehalten hatte, die einmal seinem Urgroßvater gehört hatte.

»Es ist noch alles da.«

»Sie sagen nicht die Wahrheit«, sagte Odette dumpf.

»Nur ein bisschen Kleingeld fehlt, mehr nicht.«

»Ich muss wissen, wie viel es ist, damit ich es zurückzahlen kann.«

»Sie glauben doch nicht, dass ich von Ihnen Geld annehmen würde?« Ein Teil seiner Wut brach heraus und ließ sie zusammenzucken. »Sehen Sie mir in die Augen. Glauben Sie wirklich, ich würde für das oder für irgendetwas sonst Geld von Ihnen nehmen?«

Um dem Zittern ihrer Lippen Einhalt zu gebieten, presste sie sie fest aufeinander. »Ich bin für sie verantwortlich.«

»So ein Unsinn. Beleidigen Sie mich nicht, indem Sie von Wiedergutmachung reden.«

Obwohl sie sich fest vorgenommen hatte, vor ihm nicht zu weinen, kullerte ihr eine Träne über die Wange. »Ich weiß, was sie ist. Und ich weiß auch, dass sie nie das sein wird, was ich mir erhofft habe, wofür ich gearbeitet habe, was ich mir von dem Moment an gewünscht habe, als ich sie in meinem Schoß spürte. Aber sie hat mir Lena geschenkt.«

Sie kramte ein Taschentuch hervor und tupfte sich die Wangen ab. Es würden keine Tränen mehr fließen. »Ich hatte damit gerechnet, dass sie mich bestehlen würde, ehe sie wieder davonging, aber ich hätte nicht gedacht, dass Sie sich bei Ihnen bedient. Nie hätte ich das gedacht und es tut mir unendlich Leid.«

»Sehen Sie mir bitte in die Augen, damit Sie feststellen können, ob ich es Ihnen vorwerfe!«

»Nein, Sie werfen es mir nicht vor. Oh, ich wünsche mir Sie für meine Lena. Jetzt sitze ich hier und weiß, dass mein Kind Sie bestohlen hat, und habe nur den einen Gedanken, dass ich mir Sie für meinen Liebling wünsche.«

»Das ist doch schön, denn ich wünsche mich auch für sie.« Er nahm den Ring aus der Schachtel und ging damit hinüber zu ihrem Stuhl. »Den habe ich für sie gekauft. Vielleicht könnten Sie für mich ja ein gutes Wort einlegen, damit sie ihn auch annimmt, wenn ich ihn ihr gebe.«

Odette betrachtete den Ring und seufzte. »Der passt ihr. Der passt ihr ganz bestimmt. Sie hat ein gutes Herz, Declan, aber es ist voller Narben. Sie ist so stark. Manchmal fürchte ich, sie ist zu stark und vergisst, wie man gibt. Das werde ich ihr sagen müssen.«

»Ja.«

»Und Sie, Declan, müssen herausfinden, wie Sie verhindern können, dass sie zu Ihnen auf Distanz geht, wenn sie es erfährt. Denn das wird sie sicherlich vorhaben.«

»Keine Sorge. Wo ist Lilibeth?«

»Weg. Das hier habe ich heute Morgen in ihrem Zimmer gefunden. Sie hat es seit gestern so gut wie nicht mehr verlassen. Als ich hineinging und dies hier fand, habe ich es an einem Ort versteckt, wo sie es nicht suchen würde. Deswegen hatten wir natürlich eine Auseinandersetzung. Sie hat ihre Sachen gepackt und ist gegangen. Sie wird wiederkommen«, sagte sie mit derselben Grabesstimme, die er schon bei Lena gehört hatte. »In ein oder zwei Jahren. Und wir werden alles noch einmal durchmachen.«

»Wenn es so weit ist, werden wir damit fertig werden.« Er beugte sich zu ihr hinab und küsste sie auf ihre Wange. »Ich liebe Sie.« Als ihre Augen sich wieder mit Tränen füllten, nahm er ihre Hand. »Ob Lena dazu bereit ist oder nicht, wir sind jetzt eine Familie. Eine Familie hält zusammen.«

»Wenn ich Ihrer Mama begegne«, brachte Odette hervor, »dann werde ich sie ganz fest in den Arm nehmen.«

»Das wird ihr gut tun. Wollen Sie nicht auf eine Besichtungsrunde mitkommen? Sie könnten mich vor Generalin Renault beschützen.«

Er rechnete nicht damit, dass er lange würde warten müssen, und wurde diesbezüglich auch nicht enttäuscht. Die meisten seiner Arbeiter machten gerade Feierabend, und Effie und ihre Mutter hatten ihn in den rückwärtigen Garten verschleppt, als Lena am Haus entlangschlenderte.

Da er mitten in einer Litanei von Ohs und »aber sicher« und »kein Problem« steckte, mit der er üblicherweise auf das Hochzeitsprogramm der beiden Renault-Frauen reagierte, beschloss er, die Streitlust in Lenas Augen als eine Erleichterung anzusehen.

»Die Geländer und Balustraden werden in Tüll und Spitze gehüllt sein.«

»Oh.«

»Und wir werden Körbe – weiße Körbe – voller Blumen hier draußen auf die Galerie stellen.«

»Aber sicher.«

»Der Florist wird am Tag der Hochzeit schon früh damit anfangen müssen, deshalb wäre es am besten, Sie gehen allem hier aus dem Weg und sorgen dafür, dass der Zugang zu sämtlichen Bereichen des Hauses gewährleistet ist, die ich auf meinem Plan markiert habe.«

»Kein Problem. Lena.« Er streckte seinen Arm aus und griff nach ihrer Hand. Ein Ertrinkender, der ein Seil umklammert. »Wir unterhalten uns gerade über Blumenschmuck.«

»Blumen sind die Landschaft einer Hochzeit«, verkündete Mrs. Renault und machte sich weitere Notizen auf dem Klemmbrett, das sie überallhin begleitete. »Wie geht es Ihnen, Lena?«

»Ganz gut, Miss Sarah Jane. Ist das nicht aufregend? Die Tage bis zum großen Ereignis sind gezählt. Du wirst vor lauter Kleinigkeiten, an die du denken musst, sicherlich schon halb wahnsinnig sein, Effie.«

»Die Hälfte habe ich schon hinter mir, ich steuere auf den kompletten Irrsinn zu.«

»Es wird bestimmt alles wunderbar werden.« Lenas Lächeln blieb breit und ihre Stimme aufgeräumt, trotz des dunklen Feuers, das in ihr brannte. »Die Rhododendronbüsche werden an deinem Festtag bestimmt eine Augenweide sein.«

»Der Garten wird eine echte Sehenswürdigkeit werden«, stimmte Mrs. Renault ihr zu und überprüfte erneut ihre Liste. »Nur schade, dass wir es nicht mehr geschafft haben, eine Laube aufzustellen und Zuckererbsen ranken zu lassen.« Dabei blitzte sie Declan über ihre Lesebrille hinweg vorwurfsvoll an.

»Womöglich können die Franks noch was auf die Beine stellen. Ach, entschuldigen Sie mich bitte einen Moment? Ich muss Lena unbedingt was zeigen.«

Er entkam ihnen und zog Lena auf die Treppe, die hoch in den ersten Stock führte. Im Erdgeschoss lief man ständig Gefahr, den Milizen Generalin Renaults zu begegnen. »Sie sind wie die Ameisen«, sprudelte es aus ihm heraus. »Kriechen durch die Holzverkleidung, wenn man gerade nicht aufpasst.«

»Wovon redest du?«

»Menschen. Überall. Pass auf den Eimer auf. Der Ballsaal könnte sicher sein.«

»Du fühlst dich wohl ganz schön unter Druck, *cher*?«

»Ich könnte mir einen schönen Urlaub auf Maui vorstellen, bis das hier vorbei ist. Aber ich muss zugeben, dass ich die Frauen bewundere.«

»Tatsächlich.« Sie ließ ihren Blick über Leitern, Planen, den Bauschutt schweifen – und über die beiden Frauen, die sich dadurch ihren Weg bahnten und dabei Tüll und Spitze in ihren Köpfen und vor Augen hatten. »Wieso?«

»Man ist dem Wahnsinn nahe und führt dennoch eine höfliche Konversation über Rhododendren.« Er spähte durch die Türen des Ballsaals und seufzte erleichtert. »Die Luft ist rein. Andererseits wäre bei all den Hitzköpfen hier sonst auch schnell der Teufel los. Na ja…« Er trat ein. »Was sagst du?«

Die Wände waren blassrosa, der Fußboden glänzte golden.

»Er ist sehr groß.«

»Das muss es auch sein für das kleine Fest. Die Generalin meint, es werden zweihundertfünfzig Leute kommen. Aber man kann auch mit Hilfe der Schiebetüren ein paar kleinere Salons daraus zaubern.«

Er ging auf eine der großen Türen zu und zog sie auf. »Ist das nicht fabelhaft?« Anerkennend streichelte er mit seinen Fingern über das geschnitzte Holz. »Diese Handwerkskunst. Von vor mehr als hundert Jahren. Ich verstecke sie ungern. Siehst du, wie das Muster zu den Deckenmedaillons passt? Tibald hat unglaublich gute Arbeit geleistet, als er die restauriert hat.«

Das Gespräch mit ihrer Großmutter hatte Lena ziemlich in Rage gebracht, doch sie genoss die Ablenkung, Declans unverfälschte Freude und seinen Stolz zu beobachten.

»Das ist wahre Liebe, nicht wahr? Du und dieses Haus. Die meisten Männer sehen eine Frau nicht so an wie du dir diese Türen.«

»Dich sehe ich aber auch so an.«

Sie musste sich abwenden. »Du machst es einem verdammt schwer, an seiner Wut festzuhalten. Sag mir, warum du nicht wütend bist, Declan. Warum bist du nicht wütend, dass sie dich bestohlen hat?«

»Ich bin es. Und wenn sich eine Gelegenheit ergeben sollte, sie wieder zu sehen, würde sie das auch erfahren.«

»Du solltest zur Polizei gehen.«

»Ich habe daran gedacht. Dann bekomme ich eventuell einen Teil des Geldes wieder, aber für Miss Odette wäre es sehr beschämend.«

»Sie schämt sich doch ohnehin schon.«

»Ich weiß. Warum sollte man es noch schlimmer machen? Die Dinge, die mir wichtig sind, habe ich zurückerhalten.«

Aufs Neue brannte die Bitterkeit in ihr hoch. »Sie ist in dein Haus gekommen und hat deine Sachen durchwühlt. Sie hat dich beklaut.«

Auf den Ton ihrer Stimme reagierte er mit einem Stirnrunzeln. »Steigerst du dich wieder in deine Wut hinein?«

»Verdammt. Verdammt noch mal, Declan, sie ist in dein Haus eingedrungen. Das ist was anderes, als wenn sie sich was von mir oder Großmama nimmt. Wie viel hat sie gestohlen?«

»Ein paar tausend.«

Lenas Gesicht wurde hart. »Morgen bekommst du einen Scheck von mir.«

»Du weißt genau, dass ich ihn zerreißen werde. Lass es gut sein, Lena. Ich habe meine Lektion verdient. Wenn man mit einem Haus voller Wertgegenstände und Bargeld auf dem Land leben möchte, dann kann man halt nicht so einfach weggehen und alles offen und unbewacht zurücklassen.«

»Sie hätte auch ein Fenster eingeschlagen.«

»Ja. Deshalb schaffe ich mir bald ein paar Hunde an. Ich wollte von klein auf schon ein Rudel Hunde. Nach der Hochzeit werde ich mich mal im Tierheim umsehen. Möchtest du mich begleiten?«

Sie schüttelte nur den Kopf. »Du verlierst zweitausend Dollar – und ich wette, dass es mehr war – an eine Drogenabhängige und Diebin und reagierst darauf, indem du dir ein paar Hunde anschaffst.«

»Weil ich mir vorstellen kann, daran Spaß zu haben. Was meinst du? Sie werden auch deine Hunde sein.«

»Hör auf, Declan.«

»Huhu.« Mit einem zufriedenen Grinsen im Gesicht ging er auf sie zu. »Komm, wir holen uns ein paar Mischlingswelpen,

Lena. Dann haben wir schon Übung, bevor die Kinder kommen.«

»Du holst dir deine eigenen Welpen.« Aber es war ihm gelungen, ihr ein Lächeln zu entlocken. »Und darfst ihnen dann hinterherrennen, wenn sie auf deine Teppiche pinkeln und deine Schuhe anknabbern.«

»Vielleicht bringt Rufus ihnen ja schnell Manieren bei. Du trägst mein Ohrringe«, bemerkte er, als er seine Arme um sie schlang und begann sich mit ihr im Tanz zu wiegen.

»Das sind jetzt meine Ohrringe.«

»Du denkst aber an mich, wenn du sie anziehst.«

»Kann sein. Aber dann denke ich, wie hübsch sie an mir aussehen, und vergesse dich sofort wieder.«

»Dann werde ich mir also was anderes einfallen lassen müssen, damit du dich erinnerst.«

»Eine Halskette.« Sie bürstete mit ihren Fingern seine Nackenhaare gegen den Strich und dann hoch bis zum Kopf. »Oder ein paar hübsche glitzernde Armreife.«

»Ich hätte eher an einen Zehenring gedacht.«

Sie lachte und schmiegte sich enger an ihn, damit sie ihre Wange an seine legen konnte. Sie tanzten Walzer, in Lenas Kopf spielte die Melodie dazu. Eine, die sie ihn unzählige Male summen oder pfeifen gehört hatte. Sie roch seinen Arbeitstag an ihm – den Schweiß, den Staub – und darunter ein Hauch, ein feiner Hauch der Seife seiner Morgendusche. Seine Wange war ein wenig rau an ihrer, denn er hatte es versäumt, sich zu rasieren.

Wäre das Leben doch ein Märchen, dachte sie. Könnten sie ewig so verharren. Immer im Kreis herum auf dem glatten Parkett tanzen, während die Sonne unterging und sie in einem Blumenmeer und in den Lichtern Hunderter winziger Kristallprismen badeten.

»Ich hege so starke Gefühle für dich. Mehr als ich jemals für jemanden empfunden habe oder empfinden wollte. Ich weiß nicht, was ich damit anstellen soll.«

»Gib sie mir«, bettelte er und drückte seine Lippen in ihr Haar. »Ich werde gut darauf aufpassen.«

Sie hatte gar nicht bemerkt, dass sie das laut ausgesprochen hatte.

Das hatte sie auch nicht beabsichtigt. Doch jetzt, als sie wieder um Abstand bemüht war, zog er sie enger heran. So nah, so fest, dass sie kaum Luft bekam.

Ihr drehte sich alles, und die Musik in ihr wehte zum Himmel. Der strenge Lilienduft, der ihr in die Nase stieg, erstickte sie fast.

»Hörst du es?« Ihre Hände zitterten, als er sie an den Armen packte. »Violinen.«

»Ich kann nicht…« Seine Stimme klang so weit weg, und als sie sich auf sein Gesicht zu konzentrieren versuchte, schien sich ein anderes darüber zu schieben. »Mir ist schwindelig.«

»Lass uns hinsetzen.« Ohne ihre Arme loszulassen, zog er sie auf den Boden. »Du hast es auch gehört. Die Musik. Du hast es auch gespürt.«

»Warte einen Moment.« Sie musste erst wieder zu sich kommen. Bis auf sie beide war der Raum leer. Es gab keine Musik, kein Kristalllicht, keine Blumentöpfe voller duftender weißer Lilien. Doch sie hatte es gehört, gesehen, gerochen. »Ich wusste nicht, dass Halluzinationen so ansteckend sind.«

»Es war keine Halluzination. Es ist die Erinnerung. Irgendwie hat es mit Erinnern zu tun. Sie haben hier getanzt, Lucian und Abigail, wie wir auch. Einander geliebt, wie wir.« Als sie den Kopf schüttelte, fluchte er. »Na gut, verdammt noch mal, er hat sie geliebt, wie ich dich liebe. Und etwas zwischen ihnen ist noch immer lebendig. Eventuell etwas, was zu Ende geführt oder auch nur anerkannt werden muss. Wir sind hier, Lena.«

»Ja, wir sind hier. Und ich lebe nicht das Leben einer anderen.«

»So funktioniert das auch nicht.«

»Es fühlte sich aber so an. Und das Leben eines anderen zu

leben bedeutet, den Tod eines anderen zu sterben. Er hat sich da draußen im Teich ertränkt, und sie –«

»Sie starb in diesem Haus.«

Lena holte zur Beruhigung tief Luft. »Je nachdem, welcher Geschichte man Glauben schenkt.«

»Ich weiß, dass es so war. Oben, im Kinderzimmer. Etwas ist ihr da oben widerfahren. Und er hat es nie erfahren. Er starb vor Kummer, es nicht zu wissen. Ich muss es für ihn herausfinden. Und für mich. Und dazu brauche ich deine Hilfe.«

»Was kann ich tun?«

»Komm mit mir ins Kinderzimmer. Wir stehen uns jetzt näher. Vielleicht kannst du dich dieses Mal erinnern.«

»Declan.« Sie nahm sein Gesicht in ihre Hände. »Für mich gibt es nichts zu erinnern.«

»Du hängst mir draußen Flaschen in die Bäume, sitzt aber hier und leugnest jegliche Möglichkeit von Reinkarnation, die du schließlich als Erste ins Spiel gebracht hast.«

»Das tue ich nicht. Für mich gibt es nichts zu erinnern, weil ich nicht Abigail bin. Du bist es.«

Sie hätte sich genauso gut ein paar Schlagringe anziehen und ihm die Faust in die Magengrube rammen können. Der Schock ihrer Worte ließ ihn schwanken.

»Hör auf. Das ist unmöglich.«

»Warum nicht?«

»Weil…« Verwirrt und seltsam verlegen, sprang er auf die Füße. »Willst du damit andeuten, ich war ein *Mädchen*?«

»Ich verstehe nicht, warum dich das derart durcheinander bringt. Jede Menge weibliche Wesen kommen ganz gut damit zurecht.«

»Ich nicht. Ich bin das nicht. Ich war das nicht.«

»Es ergibt aber den meisten Sinn, wenn überhaupt etwas Sinn macht.«

»Es ergibt keinen Sinn. Überhaupt keinen. In keiner Weise.«

»Du bist doch derjenige, der immer wieder das Baby weinen

hört.« Nie hatte sie ihn so verwirrt erlebt. »Es sind die Mütter, die es als Erste hören. Und du wirst immer wieder von dem Zimmer da oben angezogen, wie eine Mutter sich zu ihrem Baby hingezogen fühlt. Und obwohl der Raum dir Angst macht, zieht es dich immer wieder hin. Du hast erzählt, du seist durch den Dienstbotenflügel gelaufen und hättest dich dort gut zurechtgefunden. Sie hätte es gewusst, aber warum Lucian?«

»Weil es sein Haus war.« Aber jetzt fiel ihm wieder ein, wie er sich eingebildet hatte, durchs Fenster zu schauen, eingebildet hatte, die beiden Männer aufs Haus zureiten zu sehen. Warum sollte er sich einbilden, Lucian nach Hause reiten zu sehen, wenn er selbst Lucian *war*?

»Und noch ein paar andere Dinge«, fuhr Lena fort. »Es führt eins zum anderen. Jener Tag, an dem ich vorbeikam und dich zum Teich hinuntergehen sah. Wie in Trance. Du gingst seltsam. Damals kam ich nicht dahinter, was mir an deinem Gang so seltsam vorkam. Aber jetzt weiß ich es. Du gingst, wie eine hochschwangere Frau geht. Ein wenig watschelnd«, erklärte sie, als er sich umwandte und sie entsetzt anstarrte. »Eine Hand ins Kreuz gedrückt. Kleine, vorsichtige Schritte.«

»Jetzt behauptest du nicht nur, ich sei ein Mädchen, sondern sogar noch ein schwangeres Mädchen?«

»Herrgott noch mal, *cher*, manche Leute glauben, sie werden als Pudel wieder geboren. Was ist so schlimm an einer schwangeren Frau?«

»Weil für schwangere Frauen irgendwann einmal die Niederkunft kommt und sie ein mehrere Pfund schweres Baby durch eine sehr begrenzte Öffnung drücken müssen.«

Das Entsetzen in seinem Gesicht hatte was Komisches und sagte ihr, dass sie ihre Theorie lieber nicht weiter strapazierte. »Ich glaube nicht, dass du diese Vorstellung in diesem Leben wiederholen musst. Aber denk mal drüber nach, ob du nicht eventuell die gesuchten Antworten finden könntest, wenn du dir das Rätsel einmal aus diesem Blickwinkel ansiehst?«

Er ertappte sich bei dem Wunsch, sich an den Schritt zu fassen, nur um sicherzugehen, dass noch alles war, wie es sein sollte. Vielleicht sollte er sich zusätzlich noch ein männliches Rülpsen abringen. »Andersrum gefällt es mir besser.«

»Sei einfach offen dafür, *cher*. Ich muss wieder an die Arbeit.«

»Warte, warte doch.« Er hetzte ihr nach. »Du kannst doch nicht diese Bombe platzen lassen und dann abhauen?«

»Ich muss für meinen Lebensunterhalt arbeiten.«

»Dann komm zurück, wenn du geschlossen hast. Bleib hier.«

»Ich muss ein, zwei Nächte bei meiner Großmama bleiben, bis sie sich wieder gefasst hat.«

»Ist schon gut.« Er atmete aus, als sie das Erdgeschoss erreichten. »Lass mich das versuchen.« Er wirbelte sie zu sich herum und presste seinen Mund auf ihren. Dann küsste er sie tief und verträumt.

»Du hattest jetzt nicht das Gefühl, von einer Lesbe geküsst zu werden, oder?«, fragte er sie, als er sich von ihr löste.

»Hmm.« Sie berührte mit ihrer Zunge ihre Oberlippe und tat so, als würde sie nachdenken. »Nein, ich kann dir attestieren, dass du dieses Mal durch und durch Mann bist. Jetzt aber husch. Du hast die nächsten Tage genug am Bein, um auf andere Gedanken zu kommen. Die ganze Geschichte hat jetzt über hundert Jahre gewartet und kann sich bis nach Remys Hochzeit gedulden.«

»Komm wieder und bleib bei mir, wenn Miss Odette sich besser fühlt.«

»Mache ich.«

»Ich liebe dich, Lena.«

»Ich fürchte, ich dich auch«, flüsterte sie und ging davon.

Lena verließ die Bar, so zeitig es ging, aber es war doch schon nach ein Uhr nachts, als sie vor dem Bayou-Haus parkte. Das Verandalicht brannte und lockte die Motten in den Tod. Sie blieb noch einen Moment sitzen, um der Musik der Frösche und Nachtvögel zu lauschen und dem neckischen Flüstern des Windhauchs.

Dies war der Ort ihrer Kindheit. Vielleicht auch der Ort, dem ihr Herz gehörte. Obwohl ihr Leben sich in der Stadt abspielte, kam sie hierher, wenn sie am glücklichsten oder auch am unglücklichsten war. Hier hatte sie ihre tiefsinnigsten Gedanken, hier träumte sie ihre geheimsten Träume.

Diese Träume hatte sie einmal zugelassen – jene zutiefst weiblichen Träume von Romantik und einem gut aussehenden Mann, der sie liebte, von einem Heim und von Kindern und sonntäglichen Morgen.

Wann hatte sie damit aufgehört?

An jenem klebrig schwülen Sommernachmittag, wie sie sich eingestand. An jenem heißen, dunstigen Tag, als sie den Jungen, den sie mit dem ganzen Ungestüm ihres Herzens und ihrer närrischen Jugend liebte, sich wie ein Tier mit ihrer Mutter auf einer zerlumpten Decke im Marschland paaren sah.

Im Marschland, das ihr gehörte, dem Jungen, der ihr gehörte. Der Mutter, die ihre Mutter war.

Das hatte ihr Leben in zwei Teile gespalten, überlegte sie. In die Zeit davor, als es noch Hoffnung, unschuldige Träume und Vertrauen gab. Und die Zeit danach, als nur noch Ehrgeiz und Entschlossenheit zählten und das unverbrüchliche Gelübde, nie, niemals mehr zu glauben.

Der Junge war jetzt unwichtig, das wusste sie. Sie konnte sich kaum noch an sein Gesicht erinnern. Auch ihre Mutter war, im Kern jedenfalls, unwichtig. Aber der Moment zählte.

Wer weiß, welche Entwicklung ihr Leben ohne ihn genommen hätte? O ja, sie und der Junge hätten sich garantiert bald getrennt. Aber es wäre eventuell auf nette Art geschehen und hätte ihr die zärtliche Erinnerung der ersten Liebe bewahrt.

Doch die drastische Vorstellung von Sex und Verrat hatte sich ihr eingeprägt. In jener Minute hatte sie gelernt, wofür sie sonst Jahre gebraucht hätte. Dass es als Frau nämlich klüger und sicherer sei, selbst das Steuer in die Hand zu nehmen. Männer kamen, Männer gingen, sie zu genießen tat gut.

Sie zu lieben war Selbstmord.

Selbstmord? Sie schüttelte den Kopf, als sie aus dem Wagen stieg. Das war doch wohl ziemlich dramatisch, oder? An einem gebrochenen Herzen starb man nicht.

Er war daran gestorben.

Sie hörte die Stimme direkt in ihrem Kopf. Es war nicht die Stichverletzung gewesen, an der Lucian Manet starb, im Teich verlor er sein Leben.

Es war ein gebrochenes Herz gewesen.

Sie ging ins Haus und sah sofort den Lichtstrahl unter der Tür von Odettes Zimmer. Im Näherkommen hörte Lena das rasche Klopfen von Rufus' Schwanz auf dem Fußboden.

Lena trat ein und legte den Kopf schräg. Odette saß aufrecht im Bett, ein Buch im Schoß, der treue Hund lag zusammengerollt auf dem Fußboden.

»Warum bist du so spät noch auf?«

»Ich warte auf meine Kleine. Ich hatte dich eigentlich erst in ein, zwei Stunden erwartet.«

»Das Geschäft war ruhig, also war ich entbehrlich.«

Odette klopfte einladend aufs Bett. »Du bist zeitig gegangen, weil du meinetwegen in Sorge warst. Das solltest du nicht.«

»Du hast mir immer gesagt, es sei deine Aufgabe, dir Sorgen zu machen.« Lena legte sich auf die Decke, den Kopf in die Armbeuge ihrer Großmutter gekuschelt. »Jetzt ist es auch meine Aufgabe. Es tut mir so Leid, dass sie dir wehgetan hat.«

»Ach Kleines, ich denke, das wird wohl ihre Aufgabe sein. Und sie erledigt sie weiß Gott hervorragend.« Odette streichelte Lenas Haar. »Aber ich habe dich. Ich habe meine Lena bekommen.«

»Ich habe nachgedacht, wie es wohl für dich und Großpapa

gewesen mochte, ein Baby großzuziehen, nachdem ihr schon euer eigenes großgezogen hattet.«

»Du hast uns beiden nichts als Freude bereitet.«

»Das brachte mich auf die Manets, die deine Großmutter hierher gebracht haben, als sie noch ein Baby war. Du erinnerst dich doch noch ziemlich genau an sie?«

»Ich kann mich gut an sie erinnern. Du siehst aus wie sie. Das weißt du auch, denn du kennst das alte Foto.«

»Hat sie jemals erwähnt, dass das Herrenhaus ihr gehören sollte?«

»Ich habe sie nie dergleichen sagen hören. Sie war eine glückliche Frau, Lena. Vermutlich glücklicher, als wenn sie unter anderen Umständen im Herrenhaus geblieben wäre. Sie war eine gute Bäckerin, und das hat sie an mich weitergegeben. Auch Geschichten konnte sie wunderbar erzählen. Wenn ich zu ihr kam und eine Weile bei ihr blieb, erfand sie oft welche und erzählte sie, als wären sie echt. Wenn sie gewollt hätte, wäre bestimmt eine Schriftstellerin aus ihr geworden.«

»Sie muss doch an ihre Eltern und an die Manets gedacht haben. Egal wie glücklich sie hier war.«

»Ich denke schon. Sie hat regelmäßig Blumen ans Grab ihres Vaters gebracht. Jedes Jahr an ihrem Geburtstag.«

»Das hat sie getan? Das hast du mir nie erzählt.«

»Sie sagte, sie verdanke ihm ihr Leben – ihr eigenes, das ihrer Kinder und ihrer Enkelkinder. Sie legte sogar Blumen auf die Gräber von Josephine und Henri Manet. Obwohl sie dort nie stehen blieb, um zu beten. Und noch etwas tat sie an ihrem Geburtstag, Jahr für Jahr, bis sie starb. Sie nahm Blumen mit zum Fluss und warf sie hinein. Und dort sprach sie ein Gebet.«

»Du meinst, sie sprach es für ihre Mutter?«

»Sie sagte es nie, aber ich denke ja.«

»Und glaubst du, dass das der Ort ist, wo Abigail ist? Im Fluss?«

»Manche behaupten das.«

Lena hob ihren Kopf. »Ich frage aber nicht manche. Ich frage dich.«

»Manchmal, wenn ich am Ufer entlanggehe, befällt mich eine schreckliche Traurigkeit. Und manchmal denke ich auch, dass alte Seelen nach neuem Leben suchen. Und weitersuchen, bis es gut wird. Wonach suchst du?«

Lena lehnte ihren Kopf wieder an und schloss die Augen. »Ich dachte, ich hätte es gefunden. Jetzt bin ich mir nicht mehr so sicher. Er liebt mich, Großmama.«

»Ich weiß, dass er dich liebt.«

»Wenn ich ihn auch liebe, ändert das alles.«

Odette lächelte und beugte sich hinüber, um das Licht zu löschen. »Das tut es gewiss«, murmelte sie und streichelte dabei unentwegt Lenas Haar. »Das tut es gewiss.«

18

Als Gastgeber von Remys Junggesellen-Abschiedsparty fühlte Declan sich verpflichtet, bis zum bitteren Ende durchzuhalten. Das bittere Ende war eine ziemlich schmuddelige Hinterhofkneipe im Französischen Viertel, wo einem der Alkohol Löcher in die noch verbliebene Magenschleimhaut ätzte und die Stripperinnen ihre Glanzzeiten schon lange hinter sich hatten.

Aber das schien keinen zu kümmern.

Im Geiste guter Kameradschaft steckte Declan einen letzten Dollar in den ausgefransten Strumpfgürtel an einem schwabbeligen weißen Schenkel und zog dann einen glasig vor sich hin starrenden Remy auf die Beine.

»Lass uns gehen, Kumpel.«

»Huh? Was? Ist schon Morgen?«

»Kurz davor.«

Als sie aus Freundschaft, aber ebenso auch aus Notwendigkeit Arm in Arm nach draußen torkelten, sah Remy sich um. Sein Kopf wackelte ruckartig wie bei einer Marionette. »Wossin denn alle?«

»Umgekippt, im Gefängnis, tot auf der Gasse.«

»Oh. Waschlappen.« Remy grinste breit. »Duundich, Dec, wir raffen's noch.«

»Morgen früh fange ich gleich mit einer Antibiotikakur an, um es loszuwerden.« Er stolperte und musste beide Arme um Remy schlingen, um nicht aufs Gesicht zu fallen. »Zu viel Schwerkraft. Hier draußen ist entschieden zu viel Schwerkraft am Werk.«

»Komm, lass uns noch eine nackte Frau suchen.«

»Ich denke, wir haben sie schon alle gefunden. Zeit zum Heimgehen, alter Freund, alter Kumpel.«

»In drei Tagen heirate ich.« Zur Demonstration hob Remy vier Finger in die Höhe. »Dann ist es für Remy vorbei mit der Zecherei.« Er sah sich um. Die Straßen waren fast ausgestorben und glitzerten ölig in dem leichten Nieselregen. »Müssen wir jemanden freikaufen?«

»Schick sie zum Teufel.«

»Hast Recht. Wo ist mein Mädchen? Effie!« Er brüllte es und als der Name als Echo zurückkehrte, schnaubte Declan betrunken.

»Stella!« Declan bepinkelte sich fast vor Lachen über seinen witzigen Einfall und plumpste unsanft in eine Regenpfütze. »Verdammt, Remy. Lass uns hier schlafen.«

»Ich muss mein Mädchen finden, muss mit meiner Effie ganz süße Liebe machen.«

»Ohne Hydraulikpumpe kriegst du jetzt keinen hoch.«

»Wetten?« Remy fummelte an seinem Reißverschluss, aber Declan hatte noch genügend aktive Gehirnzellen, um sich hochzurappeln und ihm Einhalt zu gebieten.

»Steck das Ding weg, ehe du zu Schaden kommst. Wir werden noch wegen unzüchtiger Zurschaustellung eingesperrt.«

»Is doch egal. Wir sind Anwälte.«

»Du bist einer. Wir brauchen Taxis. Wir müssen Taxis finden.«

»Taxi zu Effie. Wo ist meine sittsame Braut?«

»Daheim im Bett wie jede anständige Frau um...« Er hob Remys Handgelenk an und versuchte sich auf die Uhr zu konzentrieren. »Spät nachts, egal wann. Lena ist jedenfalls im Bett. Sie glaubt, ich sei eine Frau.«

»Dann bumst du sie nicht richtig.«

»Nein, du Esel. Und erinner mich daran, dass ich dir später dafür eins auf die Schnauze gebe. Sie denkt, ich sei Abigail.«

»Du hast doch nicht etwa ihre Unterwäsche anprobiert oder sonst was Verrücktes in der Art, mein Junge?«

»Die kleinen Spitzenhöschen mit den Rosen mag ich am liebsten. Die machen so schmale Hüften.«

»Das glaub ich dir aufs Wort. Warte.« Er blieb stehen und beugte sich mit auf die Knie gestützten Händen über den Randstein. Dann richtete er sich langsam wieder auf. »Falscher Alarm. Muss doch nicht kotzen.«

»Eine gute Nachricht. Taxi!« Declan winkte verzweifelt, als er eins herannahen sah. »In Gottes Namen, du zuerst«, entschied er und schob Remy fast hinein, ehe er selbst hineinsprang.

»Wo wohne ich?«, wollte Remy wissen. »Ich wusste es, aber ich hab's vergessen. Kann ich Effie anrufen und sie fragen?«

Glücklicherweise erinnerte Declan sich und konzentrierte sich, während Remy schon an seiner Schulter schnarchte, darauf, wach zu bleiben, damit er auch seine letzte Pflicht erfüllen und seinen Freund lebend nach Hause bringen konnte.

Als der Wagen hielt, stieß er Remy mit dem Ellbogen an und richtete ihn auf, als legte er einen Pfeil über den Bogen. »Was? Wo? Verflixt, ich bin zu Hause. Wie denn das?«

»Schaffst du den Rest allein?«, erkundigte sich Declan.

»Ich kann den Alkohol noch einhalten. Die ganzen zwanzig

Liter.« Remy rutschte, nahm Declans Gesicht in seine Hand und gab ihm einen herzhaften Kuss auf den Mund. »Ich liebe dich, *cher*. Aber wenn du Abigail gewesen wärst, wär meine Zunge tiefer gerutscht.«

»Igitt«, brachte Declan gerade noch zustande, als Remy mühsam aus dem Taxi kletterte.

»Du bist verflixt noch mal der beste Freund, den ich je hatte, und das war zum Teufel noch mal die beste Junggesellenparty in der Geschichte der Junggesellenpartys. Jetzt gehe ich hoch zu mir, kotz mich aus und fall in Ohnmacht.«

»Tu das. Warten Sie, bis er an der Tür ist«, sagte Declan zum Fahrer und verfolgte den doppelt aufs Haus zuwankenden Remy. Beide stolperten durch den Eingang.

»In Ordnung, der Rest ist seine Sache. Wissen Sie, wo das alte Manet Hall ist?«

Der Fahrer beäugte ihn im Rückspiegel. »Ich denke schon.«

»Da wohne ich. Bringen Sie mich bitte nach Hause.«

»Ist aber ein langer Weg da raus.« Der Fahrer drehte sich auf seinem Sitz herum und musterte Declan von oben bis unten. »Haben Sie genug für die Fahrt?«

»Ich habe Geld. Jede Menge Geld.« Declan scharrte in seinen Taschen und holte bündelweise Geldscheine heraus, die er im Wagen verteilte. »Ich bin stinkreich.«

»Das sehe ich.« Mit einem Kopfschütteln fuhr der Fahrer los. »Muss ja 'ne tolle Party gewesen sein.«

»Das können Sie laut sagen«, murmelte Declan und rutschte mit dem Gesicht voran auf den Rücksitz.

Das Nächste, woran Declan wieder eine klare Erinnerung hatte, war eine Dixieland-Band, die in seinem Kopf dröhnte. Er lag noch immer mit dem Gesicht nach unten, aber sein Mund war nicht länger der Strand von Waikiki, sondern auf seiner Zunge hatte sich ein weicher Pelz gebildet.

Irgendein Sadist hämmerte Dornen in seine Schulter.

»Heilige Mutter Gottes, bete für uns Sünder.«

»Das nützt jetzt auch nichts mehr. Dreh dich jetzt mal ganz langsam um, *cher*. Aber noch nicht die Augen aufmachen.«

»Ich sterbe. Hol einen Priester.«

»Ist ja gut, Lena ist da.« Sanft und höchst amüsiert zog sie ihn zu sich und stützte dabei seinen Kopf. »Komm, schluck das runter.«

Er trank glucksend, schluckte und spürte, dass etwas Abscheuliches über den Pelz spülte und durch den Sand hinunter in seine Kehle rann. Abwehrend versuchte er das Glas von seinen Lippen zu stoßen und die Augen zu öffnen.

Hätte das Geräusch, das dabei aus seinem Mund kam, nur die geringste Ähnlichkeit mit einem Mädchenkreischen gehabt, wäre er sofort im Erdboden versunken.

Lena schnalzte mit der Zunge. »Ich habe dir doch gesagt, du darfst die Augen nicht aufmachen.«

»Welche Augen denn? Welche Augen? Die sind doch schon längst verkohlt.«

»Trink den Rest.«

»Geh weg, geh ganz weit weg und nimm das Gift mit.«

»So redet man aber nicht mit jemandem, der gekommen ist, sich an deinem Sterbebett um dich zu kümmern.«

Er rutschte wieder hinunter und zog sich ein Kissen übers Gesicht. »Woher hast du gewusst, dass ich im Sterben liege?«

»Effie hat mich angerufen.«

»Wann ist Remys Beerdigung?«

»Zum Glück heiratet er eine Frau, die sehr tolerant, verständnisvoll und humorvoll ist. Wie viele Nacktbars habt ihr gestern Nacht denn abgeklappert?«

»Alle. Alle Tittenbars im ganzen Land.«

»Das erklärt wohl, warum du einen Strassstein auf der Wange hast.«

»Hab ich nicht.« Aber als er unter das Kissen langte, spürte er den Knubbel. »O mein Gott. Hab Mitleid mit mir und bring mich einfach um.«

»Na gut, mein Süßer, das kannst du haben.« Sie drückte gerade kräftig genug aufs Kissen, dass er sich mit fuchtelnden Händen aufzurappeln versuchte.

Sein Gesicht war gerötet, die blutunterlaufenen Augen ein wenig irr. »Das war nicht lustig.«

»Du musst das so sehen.« Und sie lachte. Er trug noch immer seine Kleider, das zerknitterte, von Alkohol besudelte Hemd steckte halb in der Jeans und hing halb heraus.

Ein weiterer Strassstein blitzte aus seiner Hemdtasche. Er war rosa und silber. Declans Augen waren schmale Schlitze.

»Es wird dir gleich besser gehen – nicht gut, aber besser. Du duschst dich und isst ein wenig und wirst dank der Mixtur, die ich dir verabreicht habe, in ein, vielleicht auch drei Stunden wieder ein Gefühl in deine Extremitäten bekommen.«

Jemand hatte den Pelz von seiner Zunge rasiert, stellte er fest. Aber er war sich nicht sicher, ob dies ein Fortschritt war. »Was war in dem Zeug, das du mir eingeflößt hast?«

»Das sag ich dir lieber nicht, aber ich habe vier Aspirin darin aufgelöst, also solltest du erst mal keine mehr nehmen. Ich werde dir jetzt ein schönes leichtes Omelette mit Toast machen.«

»Warum?«

»Weil du so armselig aussiehst.« Sie wollte ihn küssen, zog sich aber ruckartig zurück und fächelte mit der Hand zwischen ihnen hin und her. »Mein Gott, tu was gegen diesen Atem, *cher*, ehe du damit alle Lebewesen umbringst.«

»Hat dich irgendwer gebeten?«

»Und bleib ausgiebig unter der Dusche. Du riechst wie ein Kneipenfußboden.« Sie stand auf. »Wieso ist heute keiner hier?«

»Weil ich schon mit einem Kater gerechnet hatte, habe ich die Parole ausgegeben, dass jeder, der vor drei Uhr nachmittags in dieses Haus kommt, ohne Verfahren hingerichtet wird.«

Sie sah auf die Uhr. »Dann hast du noch ein paar Stunden.«

»Wenn ich aus diesem Bett steige, dann nur, um mein Gewehr zu holen. Es wird mir Leid tun, dich zu töten, aber ich tu's.«

»Du findest mich in der Küche.« Sie runzelte die Stirn. »Bring dein Schießeisen ruhig mit, *cher*, dann werden wir ja sehen, ob du noch weißt, wie man damit umgeht.«

»Ist das ein Euphemismus?«, rief er ihr nach, bedauerte aber sofort, dass er seine Stimme erhoben hatte. Mit knackenden Gliedern stieg er aus dem Bett und hielt sich den Kopf, damit er nicht verrutschte.

Lena kicherte auf dem Weg nach unten. Lachte noch mehr, als sie eine Tür schlagen hörte. Und blieb stehen und drehte sich um, als sie noch zwei Türen schlagen hörte.

Na gut… Sie ging davon aus, dass er die Geister mit seinem Gewehr nicht beeindrucken konnte.

»Mach doch Krach so viel du willst«, sagte sie, als sie ihren Weg zur Küche fortsetzte. »Mir jagst du keine Angst ein.«

Die Türen der Bibliothek wackelten, als sie vorbeiging. Sie achtete nicht darauf. Wenn ein übellauniger, schlecht riechender Mann sie nicht verjagen konnte, dann ein schlecht gelaunter Geist erst recht nicht.

Er hatte so verdammt süß ausgesehen, ging es ihr durch den Kopf, als sie nach Kaffeebohnen suchte. So blass, männlich und sauer. Mit dem albernen Strassstein auf der Wange.

Wenn Männer eine nackte Frau sahen, verloren sie ihren halben IQ. Steckte man ein paar von ihnen mit Frauen zusammen, die bereit waren, sich zur Musik auszuziehen, schrumpfte ihr gesunder Menschenverstand auf den eines Brokkoli zusammen.

Sie mahlte die Bohnen und brühte den Kaffee auf. Als sie die Eier in einer Schüssel verquirlte, fiel ihr ein, dass sie das erste Mal in ihrem Leben einem Mann ein Frühstück machte, mit dem sie nicht in der Nacht davor geschlafen hatte.

War das nicht seltsam?

Noch seltsamer aber war, dass sie summend in der Küche eines verdrießlichen, stinkenden, verkaterten Mannes stand, der sie angefaucht hatte. *Das passt nicht zu dir, Lena. Was ist hier los?*

Effies fröhliche Belustigung über Remys Zustand hatte sie fasziniert. Und jetzt stand sie hier und empfand das Gleiche für Declans Verfassung.

Sie schaute durch das Fenster in den Garten, der noch vor wenigen Monaten wild und verwaist gewesen war. Jetzt stand er in voller Blüte, und überall spross frisches Grün.

Schließlich hatte sie es doch zugelassen. War aufgebrochen und hatte ihm erlaubt, sich bei ihr einzuschleichen, durch alle Schlösser und Riegel hindurch.

Sie liebte ihn. Aber du liebe Güte, sie wollte es nicht – ebensowenig seinet- als auch ihretwegen.

Er hatte den Staub von all den jugendlichen Träumen geblasen, die sie so vehement weggesperrt hatte. Die von Liebe und Hoffnung und Vertrauen gefärbten Träume. Jetzt leuchteten sie so kräftig, dass sie ihr in die Augen stachen. Leuchteten so sehr, dass sie blendeten.

Und ihr Angst machten.

Heirat. Der Mann wollte heiraten, aber sie glaubte nicht an Versprechungen, bis man Blut vergossen hatte, um sie zu halten.

Würde sie das? Könnte sie das?

»Ich denke, ich möchte es«, sagte sie leise. »Ich denke, ich möchte es für ihn.«

Während sie das sagte, flog die Schranktür auf. Ein schwerer blauer Becher kam herausgeschossen und ging zu ihren Füßen zu Bruch.

Mit einem Satz und wild klopfendem Herzen brachte sie sich vor den Splittern in Sicherheit, die auf ihre Knöchel regneten. Grimmig starrte sie auf das Blut, das aus winzigen Schnitten quoll.

»Offenbar habe ich schon geblutet. Du willst das nicht, nicht wahr?« Mit der Schüssel in der Hand drehte sie sich einmal im Kreis. »Du möchtest uns auf keinen Fall vereint sehen. Aber wir werden es schon rauskriegen, wer am Ende Sieger bleibt, oder? Das werden wir garantiert.«

Bedächtig hob sie eine der Scherben auf und ritzte sich damit den Daumen. Als das Blut herausquoll, hob sie die Hand hoch und ließ es tropfen. »Ich bin nicht schwach wie er. Wenn ich Liebe annehme, wenn ich Liebe verspreche, dann halte ich sie auch.«

Als es läutete, schreckte sie hoch. Es war Declans Melodie. Die ersten Töne. Angst und Verwunderung zogen ihr die Kehle zu, und sie hätte fast die Schüssel fallen lassen.

»Mein Gott, mach doch die Tür auf, hörst du?« Seine Stimme dröhnte verbittert und ärgerlich nach unten. »Und dann bring den Idioten um, der jetzt klingelt.«

Türklingel? Sie fuhr sich mit der freien Hand durchs Haar. Er hatte eine Türklingel installiert, die »Nach dem Ball« spielte? War das nicht wieder typisch für ihn?

»Wenn du mich weiterhin so anschreist«, rief sie ihm zu, als sie den Flur entlangging, »dann wirst du noch mit was Schlimmerem als einem Kater kämpfen müssen.«

»Würdest du gehen und mich in Ruhe sterben lassen, müsste ich nicht brüllen.«

»In zwei Sekunden komme ich hoch zu dir und drehe dir den Hals um. Und wenn ich dir den Hals umgedreht habe, werde ich dir einen Arschtritt verpassen.«

Mit dieser letzten Drohung riss sie die Tür auf und sah sich einem sehr stattlichen Paar gegenüber. Mit nur einem Lidschlag war Lena so weit klar im Kopf, dass sie Declans Augen erkannte, die sie neugierig aus dem Gesicht der Frau musterten.

»Ich bin Colleen Fitzgerald.« Die sehr gepflegte, reizende, blonde Frau streckte ihr eine elegante Hand hin. »Und wer sind Sie? Falls es sich bei dem Arsch, dem Sie einen Tritt verpassen wollen, um den meines Sohnes handeln sollte, wüsste ich gern Ihren Namen.«

»Mama?« Triefnass vom Duschen und mit nichts weiter als gerippten Trikotshorts bekleidet, eilte Declan oben zur Treppe. »Hallo! Mama, Papa.« Trotz des verheerenden Katzenjammers kam er nach unten geschossen, umarmte beide gleichzeitig und drückte sie fest an sich. »Ich dachte, ihr fliegt erst morgen.«

»Planänderung. Stehst du gerade erst auf?«, wollte Colleen wissen. »Es ist schon ein Uhr nachmittags.«

»Gestern Abend war die Junggesellenparty. Harte Schnäpse, leichte Frauen.«

»Tatsächlich?« , wunderte sich Colleen und warf dabei einen Blick auf Lena.

»O nein. Die nicht. Sie ist gekommen, um Florence Nightingale zu spielen. Colleen und Patrick Fitzgerald, Angelina Simone.«

»Schön, Sie kennen zu lernen.« Der große, schlaksige Patrick, dessen dunkles Haar an den Schläfen einen umwerfenden Silberton annahm, bedachte Lena mit einem großzügigen Lächeln. Seine blauen Augen strahlten kühn, als er ihr die Hand entgegenstreckte.

Als er aber ihren Daumen sah, wurden sie schmal vor Besorgnis. »Sie haben sich verletzt.«

»Ach, das ist nichts.«

»Was hast du gemacht? Du blutest ja. Herrje, Lena.« Panisch ergriff Declan ihr Handgelenk und zog sie mit solcher Wucht in die Küche, dass sie fast gestolpert wäre.

»Es ist bloß ein Kratzer. Hör auf, Declan. Deine Eltern. Du bringst mich in Verlegenheit«, fauchte sie.

»Halt den Mund. Lass mich sehen, wie tief die Wunde ist.«

Noch immer an der Tür stehend, wandte Patrick sich an seine Frau. »Sie ist das also?«

»Er glaubt es jedenfalls.« Colleen zog eine Schnute und trat ein. »Komm, lass uns das hier inspizieren.«

»Die sieht aber wirklich klasse aus.«

»Ich habe Augen im Kopf, Patrick.« Und sie benutzte sie, um das Haus aufzunehmen, während sie Declans Eilschritten folgten.

Es war mehr, weitaus mehr, als sie erwartet hatte. Nicht, dass sie den Geschmack ihres Sohnes in Zweifel gezogen hätte. Aber in ihr hatte sich der Eindruck festgesetzt, das Haus sei in ernsthaft, wenn nicht völlig heruntergekommenem Zustand. Was sie jetzt jedoch sah, waren kultivierte Räume, reizende Details, spiegelndes Glas und Holz.

Und in der Küche sah sie ihren Sohn über die Hand einer sehr ärgerlichen, sehr schönen Frau gebeugt, die ganz so aussah, als könnte sie ihre frühere Drohung in die Tat umsetzen.

»Entschuldigen Sie bitte.« Lena drängte Declan beiseite und begrüßte seine Eltern mit einem kühlen Lächeln. »Ich habe nur eine Tasse fallen lassen. Schön, Sie beide kennen zu lernen.«

Declan drehte sich um und durchwühlte die Schränke. »Du brauchst ein Antiseptikum und einen Verband.«

»Ach, hör auf mit dem Theater. Man könnte ja meinen, ich hätte mir die Hand abgesäbelt. Wenn du nicht Acht gibst, trittst du gleich in die Scherben, und dann bist du schlimmer dran als ich. Tut mir Leid, dass Ihr Empfang so abrupt war«, entschuldigte sie sich bei seinen Eltern. »Ich werde hier nur noch die Scherben wegfegen und aufwischen, dann bin ich weg.«

»Wohin gehst du?«, fragte Declan. »Du hast was zu essen versprochen.«

Sie fragte sich, ob er ihr Zähneknirschen wohl hörte. »Du musst nur den Inhalt dieser Schüssel in eine Bratpfanne schütten, die Gasflamme andrehen, und dann hast du dein Essen.« Sie riss den Besenschrank auf. »Warum bietest du deinen Eltern nicht Kaffee oder was Kaltes zu trinken an nach ihrer langen Reise? Sie haben dich zu mehr Höflichkeit erzogen.«

»Auf jeden Fall«, bestätigte Colleen.

»Verzeihung. Es hat mich ganz aus dem Häuschen gebracht,

das Blut der Frau, die ich liebe, auf den Boden tropfen zu sehen.«

»Declan.« Obwohl Lena mit leiser Stimme sprach, war ihre Warnung klar und deutlich.

»Kaffee wäre großartig«, meinte Patrick fröhlich. »Wir sind vom Flughafen direkt hierher gekommen. Wollten dieses Haus sehen – und dich natürlich auch, Dec«, fügte er mit einem Zwinkern hinzu.

»Wo habt ihr euer Gepäck?«

»Das haben wir ins Hotel schicken lassen. Das Haus hier ist eine Wucht, mein Sohn. Viel Platz für einen Mann allein.«

»Lena und ich wollen vier Kinder.«

Sie schleuderte die Scherben in den Müll und drehte sich zu ihm um.

»Na gut, dann eben drei«, verbesserte er sich, ohne seinen Kurs zu verändern. »Aber das ist mein letztes Angebot.«

»Mir reicht es.« Sie drückte ihm Handfeger und Kehrblech in die Hände. »Feg deinen Dreck allein auf. Ich wünsche Ihnen einen angenehmen Aufenthalt«, sagte sie steif zu Colleen und Patrick. »Ich muss zur Arbeit, bin spät dran.«

Sie verließ das Haus durch den Hintereingang, weil es näher war, und bezwang das wachsende Bedürfnis, die Tür zuzudonnern, dass die Fenster zersprangen.

»Ist sie nicht schön?«, fragte Declan mit einem breiten Grinsen. »Ist sie nicht perfekt?«

»Du hast sie wütend gemacht und in Verlegenheit gebracht«, erklärte Colleen ihm.

»Gut. Auf diese Weise mache ich größere Fortschritte. Erst trinken wir Kaffee, dann führe ich euch durchs Haus.«

Eine Stunde später saß Declan mit seiner Mutter auf der rückwärtigen Galerie, während Patrick – der den Kürzeren gezogen hatte – Sandwiches machte.

Die schlimmsten Nachwehen der Nacht waren verschwunden. Declan hielt dies in erster Linie dem geheimnisvollen Trank zugute, den Lena ihm verabreicht hatte, sowie dem Umstand, sie im selben Raum mit seinen Eltern erlebt zu haben.

Mein Gott, wie er diese vermisst hatte. Erst beim Wiedersehen war ihm aufgegangen, wie sehr sie ihm gefehlt hatten.

»So«, sagte er schließlich, »jetzt sagst du mir, was du denkst.«

»Ja.« Aber sie saß nur da und sah hinaus auf den Garten. »Warm, nicht wahr? Ist doch noch viel zu früh im Jahr für diese Wärme.«

»Eigentlich ist heute sogar eher ein kühler Tag. Ihr hättet vor ein paar Tagen hier sein sollen. Da hätte man hier draußen Eier kochen können.«

Sie hörte den Stolz heraus. »Du warst nie ein großer Freund der Kälte. Selbst wenn wir Skifahren waren, triebst du dich lieber im Haus herum, als die Hänge hinunterzukurven.«

»Ski fahren hat man nur erfunden, um so tun zu können, als würde Schnee Spaß machen.«

»Das werden wir ja sehen, wenn wir dich zur Skisaison nach Vermont einladen.« Aber ihre Hand bewegte sich auf ihn zu und berührte die seine. »Das Haus ist wunderschön, Declan. Selbst das, was du bisher noch nicht geschafft hast, ist auf seine Weise schön. Ich habe dein Herumhantieren mit Werkzeugen und Holz früher als nettes Hobby angesehen. Das habe ich mir auch gern so eingeredet. Denn solange du Anwalt warst, war die Wahrscheinlichkeit groß, dass du in Boston bliebst. In meiner Nähe bliebst. Ich hatte Angst, dich weggehen zu sehen, und habe es dir schwer gemacht. Das tut mir aber nicht Leid. Du bist mein Kleiner«, sagte sie und rührte ihn damit in seiner tiefsten Herzkammer.

»Ich muss doch nicht in Boston sein, um dir nah zu sein.«

Sie schüttelte den Kopf. »Du wirst nicht mehr überraschend bei uns vorbeischauen. Wir werden einander nicht mehr in Restaurants oder auf Partys oder im Theater über den Weg laufen.

Das tut mir weh, und du wirst es verstehen, wenn du erst mal die drei oder vier Kinder hast.«

»Ich möchte nicht, dass du traurig bist.«

»Natürlich bin ich traurig. Red nicht solchen Blödsinn. Aber ich liebe dich doch, oder?«

»Du behauptest es jedenfalls«, meinte er grinsend.

Sie betrachtete ihn, graue Augen ruhten auf grauen Augen. »Zum Glück für uns beide liebe ich dich genug, um zu wissen, wann ich loslassen muss. Du hast hier dein Zuhause gefunden. Ich will nicht leugnen, dass ich es mir anders erhofft hätte, aber da es nun einmal so ist, freue ich mich für dich. Verdammt.«

»Danke.« Er beugte sich über sie und gab ihr einen Kuss.

»Nun, was diese Frau angeht …«

»Lena.«

»Ich weiß, wie sie heißt, Declan«, erwiderte Colleen trocken. »Als potenzielle Schwiegermutter habe ich das Recht, von ihr als ›dieser Frau‹ zu sprechen, bis ich sie besser kenne. Und was diese Frau angeht, entspricht sie ganz und gar nicht dem, was ich mir für dich vorgestellt habe. Jedenfalls nicht, als ich dich die Ränge in der Anwaltskanzlei hochklettern und ein Haus in der Nähe in unmittelbarer Nachbarschaft zum Country Club kaufen sah. In diesem Szenarium hätte Jessica meinen Anforderungen als Schwiegertochter bestens genügt. Eine gute, herausfordernde Tennispartnerin, die ganz anständig Bridge spielen kann und über die Fähigkeit verfügt, den Vorsitz der richtigen Wohltätigkeitsvereine zu übernehmen.«

»Vielleicht solltest du Jessica adoptieren.«

»Schweig, Declan.« Colleens Stimme war sanft – und stählern. Lena hätte den Ton sofort zu deuten gewusst. »Ich bin noch nicht fertig. So passend ich Jessica auch für mich fand, war doch offensichtlich, dass sie nicht zu dir passte. Du warst nicht glücklich, und ich hatte angefangen, das zu merken und mir deswegen Sorgen zu machen, noch bevor du mit ihr Schluss gemacht hast. Zwar versuchte ich mir einzureden, es sei der

Bammel vor der Hochzeit, aber eigentlich wusste ich es besser.«

»Es hätte dir nicht geschadet, wenn du mich darüber ins Bild gesetzt hättest.«

»Vielleicht nicht, aber ich war sauer auf dich.«

»Das kannst du laut sagen.«

»Jetzt werde nicht frech, junger Mann, vor allem nicht, wenn ich in rührselige Stimmung komme. Du warst von klein auf ein glückliches Kind. Fröhlich, klug, nie um eine Antwort verlegen, aber das respektiere ich. Du warst begeisterungsfähig und überschäumend. Und das hattest du verloren. Heute sehe ich, dass du es zurückgewonnen hast. Als du Lena ansahst, habe ich es wieder in deinen Augen erkannt.«

Er nahm Colleens Hand und rieb sie gegen seine Wange. »Du hast sie Lena genannt.«

»Vorübergehend. Ich habe noch kein klares Bild von ihr. Und glaub mir, Junge, von mir und deinem Vater hat sie auch noch keins. Ich gebe dir den guten Rat, dich rauszuhalten und es uns zu überlassen, uns gegenseitig einzuschätzen.«

Sie streckte ihre Beine aus. »Patrick? Musst du für diese Schinkensandwiches denn das Schwein erst einfangen?«

Declan grinste und drückte einen dicken schmatzenden Kuss auf die Hand, die er hielt. »Ich liebe euch.«

»Wir lieben dich auch.« Sie drückte ihm ganz fest die Hand, dann ließ sie los. »Gott weiß, warum.«

Er träumte von Stürmen und Schmerzen. Von Ängsten und Freuden.

Regen und Wind peitschten gegen die Fenster, und der Schmerz, der durch ihn jagte, brach in einem schluchzenden Schrei aus ihm heraus.

Schweiß und Tränen liefen ihm übers Gesicht – ihr Gesicht. Ihr Gesicht, ihren Körper. Sein Schmerz.

Der Raum war golden vom Gaslicht und erfüllt vom Knacken und Sieden des Feuers im Kamin. Und wie der Sturm draußen wütete, wirbelte er auch durch sie hindurch. Durch ihn.

Die nächste Wehe umklammerte ihren Leib mit qualvollem Schmerz. Sie war blind vor Schmerz. Mit einem Urschrei kämpfte sie dagegen an und verbrannte ihm die Kehle mit seiner Leidenschaft.

Pressen, Abby! Du musst pressen! Fast hast du es geschafft.

Sie war so müde, so schwach. Wie sollte sie diesen Schmerz überleben? Aber sie biss die Zähne zusammen. Fast wie im Wahnsinn. Alles, was sie war, alles, was sie besaß, konzentrierte sich auf die eine Aufgabe, dieses eine Wunder.

Ihr Kind. Ihr Kind, Lucians Kind, kämpfte darum, zur Welt zu kommen. Sie drückte mit all ihrer verbliebenen Kraft. Das Leben hing davon ab.

Da ist der Kopf! Et là*! So viel Haare! Noch einmal, Abby. Noch einmal*, chère.

Jetzt lachte sie. Besser als Schreien, auch wenn das Lachen eine Spur hysterisch war. Sie stützte sich auf die Ellbogen und warf ihren Kopf zurück, als ein neuer, unaussprechlicher Schmerz sie durchwogte.

Dieser eine Augenblick, dieser eine Akt, war das größte Geschenk, das eine Frau geben konnte. Dieses Geschenk, dieses Kind, würde beschützt, würde liebevoll umsorgt werden. Würde sein ganzes Leben lang geliebt werden.

Und im Schmerz, unter zuckenden Blitzen und brüllendem Donner presste sie und presste und presste schreiendes Leben in die Welt.

Ein Mädchen! Du hast ein wunderschönes Mädchen.

Der Schmerz war vergessen. Die Stunden voller Schweiß und Blut und quälendem Schmerz waren nichts gegen die hell aufblitzende Freude. Mit Freudentränen in den Augen streckte sie ihre Arme nach dem kleinen, zappelnden Baby aus, dessen Schreien wie Triumph klang.

Meine Rose. Meine schöne Marie Rose. Sag es Lucian. O bitte bring Lucian, damit er seine Tochter sehen kann.

Zuerst wuschen sie Mutter und Baby und belächelten die mütterliche Ungeduld und die empörten Schreie des Babys.

Tränen standen Lucian in den Augen, als er ins Zimmer kam. Und mit zitternden Fingern ergriff er ihre Hand. Als er das Kind betrachtete, das sie gezeugt hatten, strömte sein Gesicht über vor Glück.

Sie erzählte ihm, was sie gelobt hatte, als man ihr Marie Rose in die Arme legte.

Wir werden sie beschützen, Lucian. Egal was passiert, wir werden sie beschützen und dafür sorgen, dass sie glücklich ist. Sie ist unser. Versprich mir, dass du sie immer lieben und für sie sorgen wirst.

Natürlich. Sie ist so schön, Abby. Meine schönen Mädchen. Ich liebe euch.

Sprich die Worte aus. Ich muss hören, wie du die Worte sagst.

Abigails Hand haltend, berührte Lucian mit seinem Finger zärtlich die Wange seiner Tochter. *Ich werde sie immer lieben und für sie sorgen. Ich schwöre es.*

19

Patrick Fitzgerald nahm seine Frau an die Hand, als sie durchs Französische Viertel streiften. Er wusste, dass ihr Ziel das Et Trois war, mit dem Zweck, dort einen weiteren prüfenden Blick auf Angelina Simone zu werfen.

»Ist dir eigentlich klar, Colleen, dass dies schon fast unter Einmischung, wenn nicht gar Spionage fällt?«

»Und was hast du dagegen einzuwenden?«

Er musste lachen. Nach fast vierzig Ehejahren schaffte diese

Frau es noch immer, ihn zum Lachen zu bringen. Dies vor allem erachtete er als Zeichen einer erfolgreichen Partnerschaft.

»Hast du daran gedacht, dass sie womöglich gar nicht dort sein könnte? Wenn man eine Bar besitzt, heißt das nicht zwangsläufig, dass man dort auch jede Stunde des Tages zubringt.«

»Dann werden wir uns lediglich ihren Laden ansehen und was trinken. Das ist doch nur natürlich, und ich kann daran nichts Anstößiges finden.«

»Ja, meine Liebe.«

Diesen Satz und diesen Tonfall benutzte er nur, wenn er sich über sie lustig machte. Colleen war hin und her gerissen, ob sie ihm einen kräftigen Rempler in die Rippen geben oder lachen sollte. Sie entschied sich für beides.

Die Menschenmassen, der Lärm, die *Hitze* und die etwas schwülstige und heruntergekommene Eleganz der Stadt waren nicht dazu angetan, einen längeren Aufenthalt wünschenswert für sie zu machen. Sie bevorzugte den altbackenen Charme und die Würde, ja, die Würde, von Boston.

Sicherlich hatte auch Boston seine Schattenseiten, aber die waren nicht so offensichtlich, wurden nicht derart herausgestellt und gefeiert. Sex sollte Spaß machen und interessant sein – sie war um Himmels willen nicht prüde. Aber in ihren Augen war das eine Privatangelegenheit.

Doch das tragische Klagegeheul des Tenorsaxophons in der Luft berührte sie dann doch.

Wenn ihr Sohn entschlossen war, hier seine Zelte aufzuschlagen, dann musste sie das akzeptieren. Und eventuell würde sie auch nach eingehenderem Studium und Gespräch diese Frau akzeptieren.

»Du hast doch genügend Zeit und Gelegenheit, sie übermorgen auf der Hochzeit in die Mangel zu nehmen«, gab Patrick zu bedenken.

Colleen hatte für derart männliche Überlegungen nur ein Seufzen übrig. Sie waren – Gott segne sie – halt doch sehr simpel gestrickte Geschöpfe. Im besten Sinne arglos. Es lag doch auf der Hand, dass man sich das Mädchen als Erstes in seiner eigenen Umgebung vorknöpfen musste.

Colleen betrachtete sich die Nachbarschaft, die Lage der Bar und das Verkehrsaufkommen sehr genau. Danach kam sie zu dem Schluss, dass Lena eine kluge Wahl getroffen und Geschmack und Verstand bewiesen hatte, weil sich das Äußere der Bar unauffällig in seine Umgebung einfügte.

Ihr gefiel die Galerie mit den Blumentöpfen darüber – die leuchtenden Farben vor den Cremetönen. Das bewies Geschmack und Stil und ein Gefühl für Atmosphäre.

Sie hatte sich von Declan die Information beschafft, dass Lena über der Bar wohnte, und überlegte nun, ob sie versuchen sollte, sich eine Einladung zu einem Besuch zu erschleichen, um die Wohnung ebenfalls in Augenschein nehmen zu können.

Sie betrat das Et Trois und begann sofort mit einer eingehenden und objektiven Musterung.

Es war sauber und das fand schon einmal ihre Zustimmung. Es war gut besucht, ohne überfüllt zu sein, was ihrem Geschäftssinn Genüge tat. Zu früh für die laute Abendkundschaft, urteilte Colleen, und zu spät für die Mittagsgäste.

Die aus den Lautsprechern tönende Musik, die sie als Cajun einschätzte, gefiel ihr auch. Sie war schwungvoll, aber nicht so laut, dass sie Unterhaltungen erschwerte.

Hinter dem Tresen arbeitete ein Schwarzer in einem hellroten Hemd. Ein gutes Gesicht, wie Colleen fand, glatte Hände. Eine junge Kellnerin – blond, kess, in Jeans, die einen Tick zu knapp saßen – bediente an einem der Tische.

Colleens Blick fiel auf ein paar Touristen, die sich durch ihre Kameras und Einkaufstüten als solche verrieten. Die anderen Gäste waren offenbar Einheimische.

In der Luft hing der feurige, würzige Duft des Essens, das man serviert hatte oder gerade servierte.

Lena kam aus der Küche. Ihre Blicke trafen und erkannten

sich sofort. Colleen setzte ein kleines, höfliches Lächeln auf und steuerte, gefolgt von Patrick, auf den Tresen zu.

»Guten Tag, Mrs. Fitzgerald, Mr. Fitzgerald.« Ein gleichermaßen kleines, höfliches Lächeln rundete Lenas Lippen. »Sie haben sich im Viertel umgesehen?«, erkundigte Lena sich mit einem Blick auf die Einkaufstüten, die Patrick trug.

»Colleen kommt selten an einem Laden vorbei, ohne etwas zu sehen, was unbedingt gekauft werden muss.«

»Dann scheint Declan das von Ihnen zu haben. Darf ich Ihnen die Speisekarte bringen?«

»Wir haben schon zu Mittag gegessen, danke.« Colleen setzte sich auf einen Barhocker. »Ich hätte gerne einen Martini, einen Stoli, sehr kalt, staubtrocken, pur und geschüttelt. Mit drei Oliven.«

»Und für Sie, Mr. Fitzgerald?«

»Machen Sie für mich das Gleiche und nennen Sie mich Patrick.« Er setzte sich auf den Hocker neben seiner Frau. »Schön haben Sie's hier. Livemusik?«, fragte er mit einem Nicken in Richtung Bühne.

»Jeden Abend ab neun Uhr.« Als sie anfing die Martinis zu mixen, lächelte sie ihn aufrichtig an. »Wenn Sie gern tanzen, müssen Sie wiederkommen. Wir bringen Ihre Beine in Schwung. Gefällt es Ihnen in der Stadt?«

»Wir freuen uns auf die Hochzeit«, bemerkte Colleen. »Remy gehört zur Familie. Und wir freuen uns, dass Declan mit dem Haus so gut vorankommt.«

»Er ist glücklich dort.«

»Ja.«

Lena holte die beiden Martinigläser heraus, die sie während des Mixens geeist hatte. »Für Sie wäre es sicher schöner, wenn er in Boston glücklich gewesen wäre – mit der Frau, die er fast geheiratet hätte.«

»Ja, das schon, oder? Aber wir können nicht über das Leben der Anderen bestimmen. Nicht einmal über das unserer Kinder.

Und auf gar keinen Fall können wir ihnen den Menschen aussuchen, den sie lieben sollen. Lieben Sie meinen Sohn, Lena?«

Lena hörte zu schütteln auf und goss die Martinis in die kalten Gläser. »Darüber rede ich mit ihm, wenn ich zu einem Ergebnis gekommen bin. Die gehen aufs Haus«, fügte sie hinzu und ließ die Oliven hineingleiten. »Ich hoffe, er entspricht Ihren Vorstellungen.«

»Danke.« Colleen nahm das Glas und nippte daran. Zog anerkennend eine Braue hoch. »Schmeckt ausgezeichnet. Einen Martini zu mixen habe ich immer als eine Art Kunst angesehen, und es überrascht und enttäuscht mich oft, wenn ich erlebe, dass die Besitzer einer Bar, eines Klubs oder eines Restaurants sich nicht genügend Mühe geben, einen perfekten Martini zu servieren.«

»Wenn man sich nicht bemüht, es richtig zu machen, lässt man es doch besser gleich bleiben, oder?«

»Genau. Es ist eine Frage des Stolzes, oder nicht? Was einen selbst angeht, die Arbeit oder das Leben. Fehler sind dabei willkommen und sogar notwendig, um uns menschlich und demütig zu machen. Aber einen Gast oder Kunden schlecht zu bedienen, obwohl man es besser könnte, empfinde ich als arrogant oder nachlässig. Oftmals auch beides.«

»Ich dulde keine halben Sachen«, sagte Lena und füllte eine Schale mit frischem Knabbergebäck. »Wenn ich keinen Martini machen kann, gut, dann muss ich mich damit eben so lange bremsen, bis ich es gelernt habe. Andererseits würde ich sowohl mich enttäuschen als auch die Person, die sich auf mich verlässt.«

»Eine gute Politik.« Colleen spießte eine Olive auf. »Wenn wir uns keine hohen Standards setzen, geben wir uns mit weniger zufrieden, als uns glücklich und produktiv macht, und hauen dabei die Leute übers Ohr, die für uns wichtig sind.«

»Wenn mir Leute wichtig sind – und ich bin in dieser Hinsicht sehr wählerisch –, möchte ich das Beste für sie. Sie mögen sich eventuell mit weniger begnügen, aber ich nicht.«

Als Patrick sich über Colleens Martiniglas beugte, sah sie ihn fragend an. »Was machst du da?«

»Ich versuche herauszufinden, was du in deinem Glas hast, was ich nicht habe.«

Da musste Lena lachen und ihre Schultern entspannten sich. »Er ist genauso schrecklich wie Sie, nicht wahr? Die Augen hat er aber von der Mama. Durchschaut einen damit. Selbst wenn man es nicht möchte. Er liebt Sie beide abgöttisch, und das ist mir nicht gleichgültig. Deshalb werde ich Ihnen jetzt etwas sagen.«

Sie beugte sich ein wenig weiter vor. »Ich komme aus ganz einfachen Verhältnissen. Stark, aber einfach. Meine Mutter ist zu nichts gut und mir peinlicher, als ich überhaupt ausdrücken kann. Aber mein Großvater war ein feiner und anständiger Mann. Meine Großmutter ist eine liebe Frau, besser als die meisten. Ich führe die Bar hier, weil ich es gut kann – und gern mache –, und ich vergeude meine Zeit nicht mit Dingen, die ich nicht mag.«

Sie strich sich das Haar hinters Ohr und hielt Colleens Blick stand. »Ich bin selbstsüchtig und ich bin starrköpfig, aber ich sehe nicht ein, was daran falsch sein soll. Sein Geld oder Ihr Geld ist mir egal, das können wir also außen vor lassen. Er ist der beste Mann, der mir je im Leben begegnet ist, aber ich bin nicht gut genug für ihn. Und das sage ich, obwohl ich weiß, dass ich für fast jeden gut genug bin, aber er ist anders. Wie sich herausgestellt hat, ist dieser Mann unter seiner umgänglichen Oberfläche sogar noch starrköpfiger, als ich es bin, und ich habe bis jetzt noch nicht herausgefunden, wie ich damit umgehen soll. Wenn ich so weit bin, wird er der Erste sein, der es erfährt. Und ich rechne damit, dass er Ihnen dieses Ergebnis mitteilen wird.«

»Tja.« Unbewusst spielte Lena an dem Schlüssel, den sie um ihren Hals trug. »Möchten Sie noch was zu trinken?«

»Nein danke, wir genießen diesen noch eine Weile«, erklärte Colleen.

»Entschuldigen Sie mich eine Sekunde. Wie ich sehe, wartet eine Bestellung auf mich.« Sie ging ans andere Thekenende, wo die Kellnerin mit dem leeren Tablett wartete.

»Nun?«, bohrte Patrick. »Ich denke, sie hat dir ganz ordentlich die Meinung gesagt.«

»Ja.« Höchst zufrieden nippte Colleen an ihrem Martini. »Sie wird schon die Richtige sein.«

»Ich bin nicht nervös.« Blass und aufgeregt stand Remy in der Bibliothek, während Declan ihm die Maiglöckchen ins Knopfloch seines Smokingrevers steckte.

»Wenn du das jetzt *noch* ein Dutzend Mal sagst, glaubst du es am Ende. Halt dich verdammt noch mal ruhig, Remy.«

»Ich bin ganz ruhig.«

»Aber sicher, bis auf den kleinen epileptischen Anfall, den du offenbar hast, bist du standhaft wie ein Fels.«

»Ich möchte Effie heiraten. Möchte mein Leben mit ihr verbringen. Das ist der Tag, auf den wir uns beide schon seit Monaten freuen.«

»Das stimmt. Heute«, meinte Declan trocken, »ist der erste Tag vom Rest deines Lebens.«

»Mir ist ein wenig übel.«

»Zum Kotzen ist es jetzt zu spät«, erklärte Declan fröhlich. »Dir bleiben gerade noch fünfzehn Minuten. Möchtest du, dass ich deinen Vater hereinhole?«

»Nein. Nein, er wird alle Hände voll mit Mama zu tun haben. Wie viele Leute, sagtest du, sind da draußen?«

»Ein paar hundert, als ich das letzte Mal einen Blick nach draußen geworfen habe, und es strömen immer mehr herbei.«

»Herrje, Herrje. Warum sind wir nicht einfach durchgebrannt? Man kann doch nicht erwarten, dass sich ein Mann vor Hunderten von Leuten hinstellt und für ewig sein Leben verändert.«

»Ich denke, man hat mit diesem Brauch begonnen, damit der

Bräutigam sich nicht mehr verkrümeln konnte. Sie würden sich wie ein Lynchmob auf ihn stürzen.«

»Das beruhigt mich, *cher*. Wie wär's, wenn du mir ein gut eingeschenktes Glas Bourbon brächtest?«

Kommentarlos schlenderte Declan zu einem bemalten Schrank und holte eine Flasche heraus. »Habe mir schon gedacht, dass du einen Schluck brauchen wirst. Und das hier.« Dabei gab er ihm ein Päckchen scharfe Pfefferminzbonbons. »Ich möchte nicht, dass du die Braut mit Whiskey anhauchst. Denn sonst wäre womöglich sie diejenige, die grußlos verschwindet.«

Declan wollte schon einschenken, aber als die Tür nach einem flüchtigen Klopfen aufging und seine Mutter hereinmarschierte, ließ er Flasche und Glas blitzschnell hinter seinem Rücken verschwinden.

»Ihr seht beide wirklich großartig aus! Gib ihm aber nicht mehr als einen kleinen Schluck von diesem Whiskey, den du da hinter deinem Rücken versteckt hast, Declan, und achte darauf, dass er sich danach den Mund spült.«

»Ich habe Pfefferminzbonbons.«

»Gut.« Mit einem Lächeln kam sie auf die beiden zu und machte sich an Remys Krawatte zu schaffen. »Du bist nervös, weil das der wichtigste Tag in deinem Leben ist. Wenn du heute nicht zittern würdest, stimmte was nicht. Aber ich verspreche dir, dass es vorbei sein wird, sobald du Effie siehst. Sie sieht zauberhaft aus.«

Colleen nahm Remys Gesicht in ihre Hände. »Ich bin sehr stolz auf dich.«

»Und was ist mit mir?«, meldete sich Declan zu Wort. »Ich habe schließlich an die Pfefferminzbonbons gedacht.«

»Zu dir komme ich später. Du heiratest die Frau, die du liebst«, redete Colleen weiter. »Du bist umgeben von Freunden und Familienmitgliedern, die euch beide mögen. Es ist ein wunderbarer Tag, und dein Bruder – dein Herzensbruder – hat dafür gesorgt, dass auch das Drumherum stimmt. Jetzt nimmst du einen Schluck Bourbon, dann atmest du tief durch. Dann bewegst du deinen Hintern hier raus und heiratest.«

»Ja, Ma'am. Ich liebe Sie aus reinstem Herzen, Miss Colleen.«

»Das weiß ich. Ich liebe dich auch, aber ich werde dir keinen Kuss geben und dich mit Lippenstift beschmieren. Einen Schluck, Declan. Wenn dieser Junge hier angesäuselt rauskommt, mache ich dich dafür verantwortlich.«

Später sollte Declan dann feststellen, dass seine Mutter Recht gehabt hatte, wie immer. Als er neben Remy stand und Effie in duftigem Weiß auf die Galerie trat, spürte Declan, dass sich die Nervosität seines Freundes – seines Bruders – verlor. Er sah das breite Grinsen, das sich übers Remys Gesicht zog, und hörte sein weiches: »Das ist mein Mädchen.«

Sein eigener Blick wanderte über die Menschenreihen und begegnete dem Lenas. *Und du bist meins*, dachte er. *Dieses Mal werden wir es hinkriegen.*

Und so stand er im Frühlingsgarten mit dem alten weißen Haus, das sich aus dem grünen Rasen erhob, und sah zu, wie seine Freunde heirateten.

Als sie sich küssten und zu Mann und Frau erklärt wurden, brach Jubel los, und er war freier und feierlicher als der, den Declan bisher gewohnt gewesen war.

Er spürte, wie sein eigenes Grinsen breiter wurde, fast so breit wie das von Remy.

Unmittelbar nach der Zeremonie setzte die Musik ein. Fiedeln, Waschbretter, Akkordeons. Als der Fotograf in die Hocke ging, um Bräutigam und Braut festzuhalten, eiste Declan sich los und bahnte sich seinen Weg durch die Menschenmenge hin zu Lena.

Sie trug Rot. Ein helles, knalliges Rot, das ihren Rücken bis auf ein verwirrendes Netz dünner Bänder frei ließ. Direkt über ihrem Herzen hatte sie die Emailleuhr mit den goldenen Flügeln befestigt, die Lucian einst Abigail geschenkt hatte.

»Ich habe mich schon gefragt, ob du die wohl jemals trägst.«

»Sie ist was Besonderes«, erklärte sie, »also hebe ich sie mir für besondere Anlässe auf. Es war eine schöne Hochzeit, Declan. Du hast gute Arbeit geleistet, indem du dieses Haus dafür hergerichtet hast. Du bist ein guter Freund.«

»Ich habe jede Menge guter Eigenschaften, die dich zu einer sehr glücklichen Frau machen. In den letzten Tagen habe ich dich vermisst.«

»Wir waren beide sehr beschäftigt.«

»Bleib heute Nacht.« Er nahm ihre Hand, als er Absage und Entschuldigung in ihren Augen las. »Bleib heute Nacht, Angelina.«

»Vielleicht. Du hast viele Leute hier, mit denen du dich unterhalten musst.«

»Die unterhalten sich auch ohne mich ganz gut. Wo ist Miss Odette?«

Lena machte ein finsteres Gesicht. »Deine Mutter hat sie sich gekrallt.«

»Möchtest du, dass ich sie finde und Miss Odette erlöse?«

Rückgrat und Stimme wurden steif vor Stolz. »Meine Großmama kann sich noch alle Mal gegen deine Mutter zur Wehr setzen.«

»Ach ja?« Amüsiert kniff Declan herausfordernd die Augen zusammen. »Falls es zu Tätlichkeiten kommt, setze ich mein Geld auf Colleen. Sie hat eine gemeine Linke. Komm, wir holen uns ein Glas Champagner und dann suchen wir sie. Mal sehen, bei welcher Runde sie angelangt sind.«

»Sollte sie die Gefühle meiner Großmama verletzen –«

»Das würde sie niemals tun.« Declan, nun nicht mehr belustigt, packte sie an der Schulter und rüttelte sie. »Wofür hältst du sie eigentlich, Lena? Wenn sie sich mit Miss Odette abgesondert hat, dann weil sie sie kennen lernen möchte.«

»Das wird wohl auch der Grund sein, weshalb sie deinen Daddy in meine Bar geschleift hat. Damit sie mich besser kennen lernt.«

»Sie waren bei dir?«

»In meiner Bar, ja.« Sauer, weil sie sich ärgerte, nahm Lena sich ein Glas vom Tablett des Kellners, der Champagner servierte. »Sie ist gekommen, um den Laden genau unter die Lupe zu nehmen und mich dazu. Sie hat allerhand gesehen und einen verdammt guten Martini bekommen. Und ich habe mit ihr Klartext gesprochen.«

Als er sich die beiden wichtigsten Frauen in seinem Leben in Kampfposition vorstellte, überfiel ihn das große Zittern. »Was zum Teufel heißt das?«

»Ich habe gesagt, was ich zu sagen hatte, mehr nicht. Wir verstehen einander jetzt gut.«

»Warum klärst du mich nicht auf, damit ich dich auch gut verstehe?«

»Das ist weder der Ort noch die Zeit dazu.«

»Dann werden wir eben Ort und Zeit finden.«

Weil sie den Zorn in seiner Stimme hörte, zuckte sie mit den Schultern. Dann lächelte sie und strich ihm mit dem Finger über die Wange. »Jetzt lass das nicht hochkochen, *cher*. Wir sind hier auf einer Party. Du und ich, wir können jederzeit miteinander streiten.«

»Also gut, dann verschieben wir es auf später.« Er nahm ihr Kinn in seine Hand. »Ich weiß nur noch nicht, wen du dabei betrügst, Lena. Mich, meine Familie oder dich selbst. Teile es mir mit, wenn du die Antwort darauf kennst.«

Er beugte sich über sie und streifte ihre Lippen mit seinem Mund. »Bis gleich.«

Die Hochzeitsgesellschaft bewegte sich in den Ballsaal, füllte jedoch auch die Galerien und die Rasenflächen. Zum ersten Mal seit Jahrzehnten war das Haus von Musik und Gelächter erfüllt. Tobende Kinder, schreiende Babys, flirtende Paare und schwatzende Freunde verteilten sich auf den großen Raum, ruhten sich im Schatten weißer Sonnenschirme an den Tischen aus, die den Garten säumten oder auf den Galerien aufgestellt waren.

Declan gefiel die Vorstellung, dass das Haus alle positive Energie absorbierte, selbst in jenen dunklen Ecken der Räume, die er verschlossen hielt.

»Declan.« Effie legte ihm die Hand auf den Arm. »Darf ich dich um diesen Tanz bitten?«

»Ist Remy umgebracht worden?« Er führte sie auf die Tanzfläche. »Denn das dürfte wohl die einzige Erklärung dafür sein, dass er dich mehr als einen Schritt von sich weggehen lässt.« Er gab ihr einen Handkuss, ehe er sie in die Arme nahm. »Was ich ihm aber nicht vorwerfe. Wenn man die schönste Frau im ganzen Raum sein Eigen nennt, will man sie auch um sich haben.«

»Ach Declan.« Sie legte ihre Wange an seine. »Wenn ich meinen Mann nicht so wahnsinnig lieben würde, dann würde ich mich ernsthaft um dich bemühen.«

»Sag mir Bescheid, wenn du seiner überdrüssig wirst.«

»Ich möchte dir für alles danken, was du getan hast, um mir diesen perfekten Tag zu schenken. Ich weiß, dass meine Mama, meine Schwester und ich dir in den letzten paar Wochen leicht auf die Nerven gegangen sind.«

»Waren das nur ein paar Wochen?« Er lachte. »Jede Stunde, die ich mich in den Schränken versteckt habe, damit ihr mich nicht findet, hat sich dafür gelohnt.«

»Ich bin so glücklich. Ich bin so glücklich und ich liebe dich. Heute liebe ich alle«, sagte sie lachend. »Jeden auf der Welt, aber heute liebe ich dich neben Remy am meisten und möchte dich glücklich sehen.«

»Das bin ich.«

»Nicht genug.« Sie brachte ihre Lippen an sein Ohr. »Es gibt etwas in diesem Haus, Declan, das noch nicht fertig ist. Ich hätte nie gedacht, dass ich einmal an so etwas glaube, aber ... ich spüre es. Wann immer ich hier bin, spüre ich es. Ich spüre es sogar heute.«

Das Zittern, das durch ihren Körper ging, übertrug sich auf ihn, und er streichelte ihr zur Beruhigung mit der Hand über den Rücken. »Du solltest heute nicht daran denken. Heute solltest du dir keine Sorgen machen.«

»Ich mache mir Sorgen um dich. Etwas ... es ist nicht fertig. Und zum Teil, zum Teil ist es irgendwie meine Schuld.«

»Deine?« Er ließ jetzt von ihrem Rücken ab, damit er ihr Gesicht sehen konnte, und bewegte sich mit ihr tanzend auf eine der Ecken zu. »Was meinst du damit?«

»Ich wünschte, ich wüsste, was ich damit meine. Ich weiß nur, was ich fühle. Etwas, was ich für dich getan oder nicht getan habe. Es ergibt überhaupt keinen Sinn, aber es ist eine ganz starke Empfindung. Das Gefühl, nicht für dich da gewesen zu sein, als du mich am dringendsten brauchtest. Vermutlich habe ich ein wenig Angst, es könnte wieder etwas Schlimmes passieren, wenn nicht alles richtig gemacht wird. Also möchte ich dir, so albern sich das anhört, sagen, dass es mir Leid tut, schrecklich Leid tut, falls ich dich je im Stich gelassen haben sollte.«

»Ist schon gut.« Er tupfte seine Lippen auf ihre Stirn. »Du konntest es nicht wissen. Was immer es war, falls überhaupt, du konntest es nicht wissen. Aber meine Liebe, das ist heute nicht der richtige Tag für Vergangenheitsreisen. Jetzt geht es um deine Zukunft.«

»Da hast du Recht. Sei nur bitte ... sei einfach vorsichtig«, sagte sie, als Remy auf sie zukam und Declan scherzhaft boxte.

»Das ist meine Frau, die du da im Arm hältst, *cher*. Geh und hol dir dein eigenes Mädchen.«

»Gute Idee.«

Er machte sich auf die Suche nach Lena und entdeckte sie in einem Pulk von Leuten. Das Rot ihres Kleides züngelte wie Feuer über ihre dunkle Haut. Offenbar übermittelte sich seine

Reaktion darauf und auf sie selbst überdeutlich, denn als er sich ihr näherte, sah er in ihren Augen jenen wissenden und zutiefst weiblichen Blick.

Er wandte sich leicht zur Seite und bot ihrer Großmutter die Hand. »Würden Sie mit mir tanzen, Miss Odette?«

»Noch ist es nicht so weit, dass ich einen Tanz mit einem gut aussehenden Mann ausschlage.«

»Sie sehen wunderbar aus«, sagte er ihr, als er sie zur Tanzfläche führte.

»Hochzeiten sind ein Jungbrunnen für mich. Ich hatte ein nettes Gespräch mit Ihrer Mama.«

»Tatsächlich?«

»Erstaunt Sie das?«, fragte sie kichernd. »Ich versichere Ihnen, dass wir sehr gut miteinander ausgekommen sind. Und sie schien sehr erfreut zu sein, als ich ihr sagte, ich hätte schon bei unserer ersten Begegnung bemerkt, welch gute Erziehung Sie genossen haben. Sie gab mir das Kompliment zurück, indem sie dasselbe über meine Lena sagte. Dann schwatzten wir über Dinge, die Frauen auf Hochzeiten gern bereden und die Sie bestimmt nur langweilen würden – bis auf die Feststellung, dass wir uns beide darin einig waren, was für ein gut aussehender junger Mann Sie doch sind. Und gut aussehende junge Männer sollten öfter einen Anlass finden, Smoking zu tragen.«

»Ich könnte es als maître d' versuchen. Aber die bekommen bessere Trinkgelder, wenn sie hochnäsig daherreden, und ich bin mir nicht sicher, ob mir das gelänge.«

»Dann werde ich eben warten müssen, bis Sie selbst heiraten, damit ich euch alle wieder so geschniegelt sehe.«

»Ja.« Er sah über ihren Kopf hinweg in den Saal, aber Lena war nicht mehr da. »Das läuft heute wirklich ausgezeichnet. Ich war schon ziemlich in Sorge, der Sturm letzte Nacht könnte alles vermasseln.«

»Sturm? *Cher*, wir hatten letzte Nacht gar keinen Sturm.«

»Aber sicher hatten wir einen. Und zwar einen gewaltigen.

Erzählen Sie mir bloß nicht, Sie hätten dabei schlafen können.«

»Ich war bis Mitternacht auf.« Sie beobachtete aufmerksam sein Gesicht. »War noch mit dem Saum an diesem Kleid beschäftigt. Dann war ich gegen vier Uhr wieder auf, weil Rufus sich einbildete, er müsse nach draußen. Da habe ich die Lichter hier bei Ihnen gesehen. Hab mich gewundert, was Sie zu später Stunde noch tun. Die Nacht war sternenklar, Declan.«

»Dann muss ich ... dann muss ich von einem Sturm geträumt haben. Lag wohl am Stress vor der Hochzeit.« Aber um vier Uhr war er nicht auf gewesen. Soweit er sich erinnerte, war er nach Mitternacht überhaupt nicht mehr auf gewesen – nachdem er durchs ganze Haus gegangen war, um die Lichter auszumachen, ehe er zu Bett ging.

Träume, dachte er. Wind und Regen, ein greller Blitz. Die gelben Flammen des Feuers im Kamin. Schmerz, Schweiß, Durst. Blut.

Frauenhände, Frauenstimmen – die von Effie? –, die ihn trösteten, ihn ermutigten.

Das alles stand ihm jetzt klar vor Augen, und er hielt mitten im Tanz inne.

Er hatte ein Baby bekommen. Hatte eine Geburt erlebt.

Gütiger Gott.

»*Cher*? Declan? Sie kommen jetzt mit raus.« Sanft geleitete Odette ihn von der Tanzfläche. »Sie brauchen frische Luft.«

»Ja. Die Frauen im Süden werden leicht ohnmächtig, nicht wahr?«

»Wie kommen Sie denn darauf?«

»Ach, egal.« Er schämte sich, empfand aber zugleich ehrfürchtige Scheu vor dem, was in seinem Traum in ihm vorgegangen war. In seinen eigenen Erinnerungen, wie er annahm.

»Gehen Sie ruhig wieder rein«, sagte er ihr. »Ich mache nur einen kleinen Spaziergang, um einen klaren Kopf zu bekommen.«

»An was haben Sie sich erinnert?«

»An ein Wunder«, murmelte er. »Erinnern Sie mich daran, dass ich meiner Mutter ein wirklich großes Geschenk mache. Ich wusste nicht, was für eine Hölle ihr Frauen durchmacht. Und sie hat es vier Mal durchgemacht. Erstaunlich«, brummelte er und ging die Treppe hinunter. »Wirklich erstaunlich.«

Er drehte eine Runde ums Haus und ging dann wieder hinein, um sich ein großes Glas Eiswasser zu holen. Damit spülte er drei extra starke Aspirin hinunter und hoffte, damit dem gemeinen Kopfweh Herr zu werden, das ihn in dem Moment befallen hatte, als er sich an den Traum erinnerte.

Die Musik drang vom Ballsaal zu ihm herunter. Er spürte die Schwingungen der Decke, über die Dutzende von Füßen tanzten.

Er musste wieder zurück und seiner Pflicht als Trauzeuge und Gastgeber Genüge tun. Eigentlich hätte er sich am liebsten kopfüber aufs Bett fallen lassen, die Augen geschlossen und sich dem Vergessen hingegeben.

»Declan.« Lena trat durch die Flügel der Galerietür ein und schloss sie hinter sich. »Was ist los?«

»Nichts. Nur Kopfweh.«

»Du bist seit fast einer Stunde weg. Die Leute fragen nach dir.«

»Ich komme mit rauf.« Aber er setzte sich auf die Bettkante. »In einer Minute.«

Sie kam zu ihm. »Ist es schlimm?«

»Ich hatte schon Schlimmeres.«

»Leg dich doch ein paar Minuten hin.«

»Ich werde mich doch nicht am Hochzeitstag meines besten Freundes im Bett verkriechen – es sei denn, du leistest mir Gesellschaft.«

»Eine verführerische Vorstellung. Wenn ich einen Mann im Smoking sehe, überkommt mich immer der Drang, ihn herauszuschälen.«

»Die maître d's werden dich dafür lieben.«

»Na endlich, du hast einen dummen Scherz gemacht, also fühlst du dich bestimmt besser.«

»In Anbetracht dessen, dass ich vor weniger als vierundzwanzig Stunden ein Kind geboren habe, halte ich mich eigentlich ganz tapfer.«

Lena schürzte die Lippen. »Wie viel hast du heute Abend getrunken, *cher*?«

»Nicht halb so viel, wie ich mir vorgenommen hatte. Weißt du noch von deiner Theorie, wonach ich früher eventuell Abigail Manet war? Nun, langsam fange ich an, dir zuzustimmen, denn ich habe geträumt, ich sei in diesem Zimmer unten im Flur gewesen, in dem Bett, das ich dort gesehen habe – dem Bett, das gar nicht drinsteht. In den letzten Phasen der Geburt habe ich Abigail nicht auf diesem Bett liegen sehen. Ich habe es durchlebt und ich kann dir sagen, es war kein Strandspaziergang. Jede Frau, die starke Medikamente verweigert, ist wahnsinnig. Es übertrifft alles, was man sich für diese unterhaltsame Epoche ausgedacht hat, die als Spanische Inquisition in die Geschichte einging.«

»Du hast geträumt, du seist Abigail und du -«

»Es war nicht wie ein Traum, Lena, und ich glaube, ich muss mich in jenem Zimmer befunden haben, als ich diese – Erleuchtung – oder Halluzination oder wie immer man das nennen will hatte. Ich kann mich an den Sturm erinnern – seinen Klang und welche Angst ich hatte, wie sehr ich mich darauf konzentrierte, das Baby zur Welt zu bringen.«

Er hielt inne und wiederholte sich seine eigenen Worte. »Junge, Junge, das klingt ja total verrückt.«

»In der Tat.« Sie setzte sich neben ihn.

»Ich hörte die Stimmen. Es sind Frauen da, die mir helfen. Ich kann ihre Gesichter sehen – vor allem das der jungen. Sie muss etwa mein Alter haben – Abigails Alter. Ich fühle, wie mir der Schweiß über die Stirn rinnt, und diese unglaubliche Müdigkeit. Und dann dieses Gefühl, der Höhepunkt von allem, als ich glaube aufgerissen zu werden. Dann das Pressen und die Erleichterung, die Taubheit, dieses verdammte *Wunder* Leben in die Welt zu stoßen. Und als sie mir dieses Wunder dann in die Arme legen, erfüllen mich Stolz und Liebe.«

Er schaute auf seine Hände hinab, während Lena ihn anstarrte. »Ich kann das Baby sehen, Lena, so deutlich wie das Leben sehe ich sie. Ganz rot und schrumpelig und mürrisch. Dunkelblaue Augen, dunkle Haare. Einen Rosenknospenmund. Winzige, schlanke Finger und ich dachte: Es sind zehn und sie ist vollkommen. Meine vollkommene Rose.«

Jetzt blickte er Lena an. »Marie Rose, deine Ur-Urgroßmutter. Marie Rose«, wiederholte er, »unsere Tochter.«

20

Ihre Tochter. Das konnte sie nicht einfach abtun, denn tief in ihr trauerte etwas. Aber sie konnte nicht darüber sprechen, wollte nicht darüber sprechen, nicht solange Kopf und Herz so schwer waren.

Lena stürzte sich wieder ins Gewühl, in die Musik, in das Gelächter. Das war *jetzt*, dachte sie. Das Jetzt zählte.

Sie war lebendig, spürte unter dem weißen Mondlicht die warme Abendluft auf ihrer Haut und badete in der Duftorgie der Blumen und des Gartens.

Rosen, Verbenen, Heliotrop, Jasmin.

Lilien. Ihre Lieblingsblumen waren Lilien gewesen. Immer hatte sie welche in ihrem Zimmer gehabt. Erst im Dienstbotentrakt, dann in ihrem Schlafzimmer. Heimlich im Garten oder im Treibhaus geschnitten.

Und für das Kinderzimmer gab es Rosen. Winzige rosa Knospen für ihre kostbare Marie Rose.

Erschrocken schob sie diese Gedanken, diese Bilder bei

seite. Sie grapschte sich einen Partner und verführte ihn zum Tanz.

Sie wollte die Vergangenheit nicht. Sie war tot und vorbei. Die Zukunft wollte sie auch nicht. Diese war unberechenbar und oft grausam. Der Augenblick musste gelebt und genossen werden. Und auch kontrolliert.

Und so lächelte sie Declans Vater strahlend an, als er ihre Hand ergriff.

»Das hier ist ein Cajun-Twostep. Schaffen Sie das?«

»Lassen Sie es uns versuchen.«

Schwungvoll kreisten sie mit den anderen Paaren in raschen, eleganten Bewegungen über die Tanzfläche, und Lena sah lachend zu ihm hoch. »Also Patrick, Sie sind ein Naturtalent. Sind Sie sicher, dass Sie ein Yankee sind?«

»Durch und durch. Aber wir dürfen den irischen Einfluss nicht außer Acht lassen. Meine Mutter war eine hervorragende Steptänzerin, und nach ein paar Pints kriegt sie es immer noch hin.«

»Wie alt ist Ihre Mama?«

»Sechsundachtzig.« Er wirbelte sie nach außen und dann wieder zurück. »Die Fitzgeralds sind langlebig und zäh. Irgendetwas hat Sie aufgebracht.«

Sie behielt ihren fröhlichen Ausdruck bei. »Was sollte mich denn an so einem schönen Ort und zu so angenehmer Stunde aufbringen?«

»Das ist ja das Rätsel. Wie wär's mit einem Glas Champagner und Sie erzählen es mir?«

Er gab ihr keine Gelegenheit, sich zu verweigern. Wie der Sohn so der Vater, ging es ihr durch den Kopf, als er ihre Hand fest in seiner hielt. Er zog sie an die Bar, ließ sich zwei Flöten voll Champagner geben und führte sie dann nach draußen.

»Ein vollkommener Abend«, sagte sie und sog ihn in sich auf. »Sehen Sie sich den Garten an. Kaum zu glauben, wie verwildert der noch vor ein paar Monaten war. Hat Declan Ihnen von den Franks erzählt?«

»Von den Franks, von Tibald. Von Effie und Miss Odette. Von den Geistern, von Ihnen.«

»Er hat sich hier eine Menge zugemutet.« Sie trank ihren Champagner und ging auf die Balustersäule zu. Unten auf dem Rasen wurde ebenfalls getanzt. Ein Grüppchen Frauen saß an einem der weißen Tische unter dem weißen Mond, einige von ihnen hatten schlafende Babys an ihren Schultern, andere müde Kinder auf dem Schoß.

»In Boston hat er sich gelangweilt.«

Verwirrt wandte Lena ihren Blick von den Leuten und den bunten Lichtern ab und sah Patrick an. »Gelangweilt?«

»Er war unglücklich und rastlos, aber vor allem hat er sich gelangweilt. Seine Arbeit, seine Verlobte, sein Leben – alles langweilig. Das Einzige, was sein Gesicht mit Begeisterung erfüllte, war das alte Haus, das er renovierte. Ich war in Sorge, er könnte so weitermachen und wäre am Ende mit der falschen Frau verheiratet, ginge einem Beruf nach, den er nicht ausstehen konnte, und führte ein Leben, das ihn nur halb befriedigte. Diese Sorge hätte ich mir sparen können.«

Er lehnte sich an den Baluster und schaute durch die geöffneten Türflügel in den Ballsaal. »Sein Kopf und sein Herz verfolgten nie den Pfad, den wir – seine Mutter und ich – für ihn bereitet hatten. Das wollten wir nicht wahrhaben, also nahmen wir es lange Zeit nicht zur Kenntnis.«

»Sie wollten doch nur das Beste. Die Leute glauben eben, dass das, was für sie das Beste ist, auch für die Menschen das Beste sei, die sie lieben.«

»Ja, und Declan ist von seinem Naturell her so veranlagt, dass er diejenigen, die er liebt, mit allen Mitteln glücklich zu machen versucht. Er liebt Sie.«

Als Lena darauf nichts erwiderte, wandte Patrick sich direkt an sie. »Sie sagten, er sei starrköpfig. Es ist mehr als das. Wenn Declan ein Ziel vor Augen hat, eine Vision verfolgt, wird sein Kopf hart wie Granit. Er wird sich weder durch Hindernisse oder Ausflüchte noch lauwarme Proteste davon abhalten lassen. Wenn Sie ihn nicht lieben, Lena, wenn Sie ihr Leben nicht mit ihm teilen wollen, dann verletzen Sie ihn. Verletzen Sie ihn schnell und tief. Und gehen Sie dann.«

»Ich möchte ihn nicht verletzen. Das ist ja der springende Punkt und das Problem.«

»Er hat nicht geglaubt, in der Lage zu sein, jemanden zu lieben. Das hat er mir gesagt, nachdem er mit Jessica Schluss gemacht hatte. Er sagte, er habe diese Art Liebe nicht in sich. Jetzt weiß er, dass er sie hat, und das hat Wunder bewirkt. Sie haben bereits sein Leben verändert, und zwar einschneidend. Jetzt müssen Sie entweder seine Liebe erwidern oder ihn verlassen. Alles dazwischen wäre grausam, und Sie sind nicht grausam.«

Sie hob die Hand und schloss ihre Finger um den Schlüssel an seiner Kette, dann ließ sie sie nervös auf die Flügel fallen, die an ihrer Brust steckten. »Er ist nicht das, womit ich gerechnet hatte. Er ist nicht der, den ich gesucht habe.«

Da lächelte er sie freundlich an und tätschelte ihre Hand. »Das Leben ist voller Überraschungen, nicht wahr? Und manche davon sind ein echtes Fiasko.« Dann beugte er sich zu ihr hinab und küsste sie auf die Wange. »Wir sehen uns wieder«, sagte er und ließ sie allein.

Nachdem Braut und Bräutigam mit einem Konfettiregen verabschiedet worden waren – Declan stellte sich darauf ein, die Konfetti in den nächsten sechs Monaten im Garten, seinen Kleidern und vermutlich auch in seinem Essen zu finden –, ging das Fest noch gut zwei Stunden weiter.

Man spielte heiße Musik und die Gäste waren glücklich. In den frühen Morgenstunden brachen einige zu ihren Autos auf. Andere musste man tragen, und es waren nicht nur Kinder.

Declan stand in der Biegung seiner Eingangstreppe und sah zu, wie die letzten Gäste wegfuhren. Im Osten verblasste der

Himmel bereits, ein sanftes Nachlassen der Dunkelheit. Noch während er dastand, sah er einen Stern erlöschen.

Der Morgen brach an.

»Du musst müde sein«, meinte Lena von der Galerie über ihm.

»Nein.« Er richtete seinen Blick unverwandt auf den Himmel. »Ich sollte, aber ich bin es nicht.«

»Du wirst mindestens eine Woche brauchen, um hier alles aufzuräumen.«

»Nein, nein. Die Generalin und ihre Truppen rücken morgen an und kümmern sich darum. Man hat mir befohlen, ihnen aus dem Weg zu gehen, und ich habe kein Problem, dieser Weisung zu gehorchen. Ich habe nicht damit gerechnet, dass du bleibst.«

»Ich auch nicht.«

Jetzt drehte er sich um und sah zu ihr hoch. Die klassische Romeo-und-Julia-Pose, überlegte er, und hoffte auf einen besseren Ausgang. »Warum bist du geblieben?«

»Ich weiß nicht recht. Ich weiß nicht, was ich mit dir anstellen soll, Declan. Ich schwöre bei Gott, ich weiß es einfach nicht. Männer waren nie ein Problem für mich. Mag sein, dass ich ein Problem für sie war«, ergänzte sie mit einem müden Lächeln. »Aber du bist der Erste, der eins für mich ist.«

Er ging zu ihr hoch. »Keiner von ihnen hat dich geliebt.«

»Nein, keiner von ihnen hat mich geliebt. Gewollt, ja. Auch begehrt, aber das ist das Leichteste. Mit Bedürfnissen kann man sorglos umgehen. Aber weißt du was – manchmal, eigentlich meistens, habe ich diese Sorglosigkeit genossen. Nicht bloß den Sex, sondern den Tanz. Das Spiel. Wie immer du das Werben nennen willst, das gar kein Werben ist. Wenn die Musik aufhört oder das Spiel vorbei ist, mögen Beulen und blaue Flecken zurückbleiben, doch keiner ist wirklich verletzt.«

»Aber das zwischen uns beiden ist kein Spiel.«

»Ich habe dich schon verletzt.«

»Bisher nur Beulen und blaue Flecken, Lena.« Er blieb stehen, stand ihr von Angesicht zu Angesicht gegenüber. »Beulen und blaue Flecken.«

»Was siehst du, wenn du mich anschaust? Jemanden, etwas anderes von früher. Du kannst kein Leben auf dem Tod aufbauen.«

»Ich sehe dich mehr als deutlich. Aber ich sehe auch etwas anderes in uns beiden, das weder ignoriert noch vergessen werden darf. Vielleicht muss es erst wieder ins Lot gebracht werden, ehe wir weitergehen können.«

Er griff in seine Tasche und zog Lucians Uhr heraus. »Die hier habe ich dir einmal geschenkt, vor mehr als hundert Jahren. Es ist an der Zeit, dass du sie wiederbekommst.«

Ihre Finger wurden kalt bei der Vorstellung, sie zu halten. »Wenn das stimmt, musst du doch auch sehen, dass alles in Kummer und Tod und einer Tragödie endete. Wir können nicht ändern, was vorbei ist. Weshalb sollten wir das Risiko eingehen, es wieder aufleben zu lassen?«

»Weil wir es müssen. Weil wir dieses Mal stärker sind.« Er öffnete ihre Hand, legte die Uhr hinein und schloss ihre Finger darüber. »Wenn wir es nicht ins Lot bringen, wird es nie wirklich aufhören, deshalb.«

»In Ordnung.« Sie schob die Uhr in die Tasche des kurzen Jäckchens, das sie angezogen hatte. Dann löste sie die Uhr von ihrem Kleid. »Ich habe dir die hier einmal geschenkt. Nimm sie zurück.«

Als er sie nahm und hielt, begann die Uhr, die einst im Flur gestanden hatte, zu schlagen.

»Mitternacht«, sagte er vollkommen ruhig. »Sie wird zwölf Mal schlagen.« Und er sah auf das Zifferblatt der Emailleuhr, die er in der Hand hielt. »Mitternacht«, wiederholte er und zeigte es ihr. »Schau auf deine Uhr.«

Ihre Finger waren nicht ganz so ruhig, als sie die Uhr hervorholte. »Mein Gott«, hauchte sie, als sie die beiden Zeiger ganz oben stehen sah. »Warum?«

»Das werden wir herausfinden. Ich muss ins Haus.« Er blickte nach oben zum zweiten Stock. »Ich muss hoch ins Kinderzimmer. Das Baby…«

Noch als er sprach, hörten sie die beunruhigten Schreie.

»Lass uns einfach gehen, Declan. Lass uns ins Auto setzen und von hier wegfahren.«

Aber er war schon auf dem Weg ins Haus. »Das Baby weint. Sie ist hungrig. Sie braucht mich. Lucians Eltern schlafen. Ich gehe immer zeitig nach oben, wenn er nicht zu Hause ist. Es ist mir zuwider, mit ihnen nach dem Abendessen im Salon zu sitzen. Ich spüre, dass sie mich hasst.«

Seine Stimme hatte sich verändert, fiel Lena auf, als sie ihm folgte. Sie hatte einen Cajuneinschlag. »Declan.«

»Claudine wird sie herumtragen oder ihr die Windel wechseln, aber meine süße Rosie braucht ihre Mama. Es missfällt mir, dass sie oben im zweiten Stock ist«, erklärte er, als sie den Korridor entlangeilten. »Aber Madame Josephine bekommt immer ihren Willen. Nicht immer«, korrigierte er, und dabei war ein Lächeln in seiner Stimme zu hören. »Bekäme sie ihn immer, wäre ich längst Alligatorfutter und nicht mit Lucian verheiratet. Morgen kommt er nach Hause. Ich vermisse ihn so sehr.«

Als er die Treppe hochstieg, verlangsamte sich sein Schritt, und Lena hörte seine raschen Atemstöße. »Ich muss nach oben.« Das war jetzt seine eigene Stimme und sie klang ängstlich. »Ich muss hineingehen. Ich muss nachsehen.«

Lena nahm all ihren Mut zusammen und legte ihre Hand in seine. »Wir gehen zusammen hinein.«

Seine Hand zitterte. Die schneidende Kälte in der Luft bohrte sich in die Knochen. Sein Magen rebellierte, die Übelkeit stieg bis zu seiner Kehle. Er kämpfte gegen den Brechreiz an und stieß die Tür auf.

Er stolperte und fiel auf die Knie, obwohl Lena ihn aufzufangen versuchte.

»Er kommt herein. Er ist betrunken. Ich möchte nicht, dass

er hier heraufkommt, aber er will nicht gehen. Jeder sagt, alle sagen, er sehe genauso aus wie Lucian, aber sie sehen nicht seine Augen. Ich muss dafür sorgen, dass er weggeht, weg von meinem Baby. Ich wünschte, Claudine wäre nicht gegangen, um sich mit Jasper zu treffen. Ich bin nicht gern allein hier oben mit Julian. Er macht mir Angst, aber ich möchte nicht, dass er es mir anmerkt.«

Seine Augen waren glasig, Rauchglas in einem Gesicht, das totenbleich geworden war. »Declan, o mein Gott, Declan, komm zurück.« Sie drückte ihm die Hand, bis sie spürte, wie sich Knochen an Knochen rieb.

»Als er mich packt, weiche ich ihm aus.« Seine Stimme war jetzt atemlos. Er kniete noch immer, ein langgliedriger Mann mit von der Sonne gesträhntem Haar im Smoking und mit loser Krawatte. Ein Mann mit den Erinnerungen einer Frau, aufgewühlt von der panischen Angst einer Frau.

»Aber ich kann mein Baby nicht allein lassen. Ich nehme den Schürhaken vom Kamin. Ich werde ihn umbringen, wenn es sein muss. Ich werde ihn umbringen, wenn er mich oder mein Baby anrührt. O mein Gott, o mein Gott.«

Als die Knie unter ihr wegzuschmelzen schienen, sank Lena neben ihm auf den Boden und versuchte ihn in die Arme zu nehmen.

»Er ist stärker als ich. Ich schreie und schreie, aber keiner kommt mir zu Hilfe. Er ist betrunken und wahnsinnig. Er ist wahnsinnig und betrunken. Er wirft mich zu Boden und zerrt an meinen Kleidern. Ich kann mich nicht befreien. Mein Baby schreit, aber ich kann nicht zu meiner Kleinen. Ich kann ihm nicht Einhalt gebieten.«

»Oh.« Zitternd versuchte Lena ihn festzuhalten, ihn zu wiegen. »Nein, nein, nein, nein.«

»Er vergewaltigt mich.« Mitten in ihm brannte ein Feuer. Schmerz, Schmerz und Angst. O Gott, diese Angst. »Ich schreie um Hilfe. Ich schreie nach dir, aber du bist nicht da.«

Seine Stimme wurde brüchig vom Weinen. »Du kommst nicht. Ich brauche dich.«

»Nicht, nicht, nicht«, war alles, was sie sagen konnte, als sie sich an ihn klammerte.

»Er tut mir weh, aber ich kämpfe mit ihm. Ich versuche ihm Einhalt zu gebieten, aber er will nicht aufhören. Ich habe solche Angst, solche Angst, aber dennoch weiß ich, dass er es nicht tut, weil er mich haben will. Er tut es, weil er dich hasst.«

Er wandte seinen Kopf, seine sturmgrauen Augen schwammen vor Tränen. »Er hasst dich. Und weil ich dir gehöre, muss er mich zerbrechen. Wie er deine Spielsachen zerbrochen hat, als ihr Kinder wart. Ich flehe ihn an aufzuhören, aber er hört nicht auf. Er versucht mein Schreien zu unterdrücken, aber ich kann nicht aufhören. Ich kann nicht. Seine Hände liegen an meiner Kehle.«

Er krümmte sich unter diesem grauenhaften Druck, dem Schock, keine Luft mehr zu bekommen. »Ich kann nicht atmen. Ich kann nicht atmen. Mein Baby schreit nach mir und ich kann nicht atmen. Er bringt mich um. Während mein Baby in seinem Bettchen schreit. Unser Baby. Während er noch in mir ist. Er zerbricht mich wie ein Spielzeug, das seinem Bruder gehört.«

Er hob den Kopf und sah Lena jetzt an. Und als er sprach, lag eine solche Trauer in seiner Stimme, dass sie daran beide hätten sterben können. »Du bist nicht gekommen. Ich habe gerufen, aber du bist nicht gekommen.«

»Es tut mir Leid. Es tut mir so Leid.«

»Sie ist gekommen.« Schwankend kam Declan auf die Füße. »Sie kam und sah, was er mir angetan hatte. Sie sah auf mich hinab, als wäre ich Unrat, der weggewischt sein musste, ehe die Nachbarn auf Besuch kamen.«

Inzwischen waren seine Augen trocken und verengten sich, als im ersten Stock die Türen flogen. »Ihr Haus, ihre Söhne – und ich war die Bayou-Schlampe, die es unbefugt betreten hatte. Ich beobachtete sie, als sie zu mir hinabsah. Dieses Beobachten war wie im Traum. Ich sah, wie sie ihm befahl, mich hinauszutragen, hinunter in mein Schlafzimmer, während sie das Blut und das Kerzenwachs und das zerbrochene Geschirr aufwischte. Er trug meinen Körper hinaus auf die Galerie, aber ich beobachtete sie, verfolgte, wie sie ans Bett meines süßen Babys trat, und hörte, wie sie überlegte, ob es nicht das Beste wäre, das Kind zu ersticken. Sie zog es in Erwägung und ich glaube, wenn sie es versucht hätte, wäre noch genug Kraft in mir gewesen, sie wie ein Blitzschlag zu treffen.«

Er ging zurück zur Tür. »Sie hielt mich für schwach, aber sie *irrte* sich. Sie konnten mich töten, aber sie konnten mich nicht auslöschen.«

»Declan, es reicht.«

»Nein, noch nicht.« Er ging die Treppe hinab und den Flur hinunter bis zu Abigails Schlafzimmer. »Hier drinnen legte er mich aufs Bett. Und er weinte. Nicht meinetwegen, sondern seinetwegen. Was würde aus ihm werden? Seine Hand hatte mich geschändet und mich getötet, aber er dachte nur an sich selbst. Und tut es noch immer. Denn er ist in diesem Haus, er und Josephine. Gehen auf und ab und warten in ihrer kleinen Hölle.«

Er ging hinüber zur Wand, wo der Kleiderschrank gestanden hatte, und öffnete in Gedanken die Tür. »Sie nahmen einige meiner Kleider heraus. Ich hatte hier drinnen das Kleid für den Ball. Ich war so stolz darauf. Ich wollte schön sein für dich. Dich stolz auf mich machen. Sie ließ meine Uhr fallen, merkte es aber nicht. Sie befahl Julian, mich einzuwickeln, und sie trugen mich hinaus, dazu den Koffer mit meinen Sachen. Sie holten alte Ziegelsteine, um mich damit zu beschweren, und schleppten mich fort.

Es war schwer. Obwohl der Mond schien, obwohl es kühl war, wurde es ein schwerer Weg mit all der Last. Julian wurde übel, aber sie duldete keine Dummheiten. Sie würden sagen, ich sei mit einem anderen Mann weggelaufen. Sie würden das Gerücht verbreiten, mein Baby sei ein Bastard, das dir als dein eigenes untergeschoben worden sei. Während sie die Ziegel auf mich legten und den Umhang, in den ich gewickelt war, mit einem Seil festzurrten und mich dann in den Bayou warfen, erzählte sie Julian, wie sich angeblich alles zugetragen habe.«

Er drehte sich nach ihr um. »Und du hast ihnen geglaubt.«

»Nein.« Jetzt weinte Lena. Seinetwegen, um Abigail, ihretwegen, Lucians wegen. »Nein.«

»Nicht von Anfang an. Du hattest Angst um mich. Du suchtest nach mir. Du weintest um mich. Ich versuchte dich zu erreichen, aber du ließest mich nicht herein. Du wolltest mich nicht hereinlassen, weil ein Teil von dir bereits ihren Lügen glaubte. Ich *liebte* dich. Von ganzem Herzen, von ganzer Seele und mit meinem ganzen Körper. Ich starb für dich.«

»Ich konnte nicht aufhalten, was mit dir geschah. Ich war nicht da, um dem ein Ende zu machen.«

»Nein, in jener Nacht warst du nicht da. Aber du warst nie richtig da. Nicht für mich und nicht für unser Kind. Du hast das mir gegebene Versprechen nicht gehalten, das feierliche Gelübde, das du vor mir in jener Nacht, als sie geboren wurde, in diesem Bett abgelegt hast. Und das führte uns weitaus mehr ins Verderben als der Tod.«

»Wie habe ich denn mein Gelübde gebrochen?«

»Du hast versprochen, unser Kind zu lieben, dich zu jeder Zeit um sie zu *kümmern*. Ich war immer aufrichtig zu dir, Lucian. Das musst du wissen.«

»Ich weiß es.« Sie umschloss mit ihrer Hand die Uhr in ihrer Tasche und spürte das Gewicht, die Trauer, das Leid.

»Wie konntest du sie allein lassen? Wie konntest du dich von ihr abwenden? Du warst alles, was sie hatte. Du hast es mir geschworen.«

»Ich weiß es nicht. Ich war schwach. Ich war nicht so tapfer oder so aufrichtig wie du. Vielleicht … Ich glaube, du hast mich zum Mann gemacht, und als du nicht mehr da warst, hatte ich nichts mehr, woran ich mich aufrichten konnte.«

»Du hattest Marie Rose.«

»Vielleicht liebte ich dich zu sehr und sie nicht genug. Verzeih mir. Verzeih mir, was ich getan habe, was ich nicht getan habe. Ich kann nicht zurück und es ändern.« Sie zog die Uhr heraus und hielt sie mit dem Zifferblatt nach oben in ihrer Handfläche. »Egal, wie oft die Zeit stehen bleibt, es ist zu spät. Könnte ich es, würde ich dich nie verlassen. Ich würde dich und das Baby wegbringen. Ich würde alles tun, um dem ein Ende zu bereiten, was dir passiert ist.«

»Ich liebte dich. Und seit sie mich dir weggenommen haben, tat mein Herz mir jede Minute weh. Tat mir weh vor Trauer, dann vor Hoffnung, dann vor Kummer. Du hast den Tod gewählt, Lucian, und nicht das Leben. Noch immer ziehst du die Einsamkeit der Liebe vor. Wie soll ich verzeihen, wenn du das nicht kannst? Solange du dich nicht entscheidest, haben sie gewonnen, und das Haus, das unseres hätte sein sollen, beherbergt sie nach wie vor. Keiner von uns wird jemals frei sein, bis du dich entscheidest.«

Er drehte sich um, öffnete die Türen zur Galerie und ging hinaus.

Die hinter ihr zuschlagende Tür schreckte sie auf. Es klang, fand Lena, wie das unverschämte Lachen über jemandes Elend. Ohne darauf zu achten, trat sie ins Freie und holte tief Luft.

»Declan.«

Er lehnte an der Balustrade und starrte hinaus auf die ersten Anzeichen der Dämmerung. »Ja. Ich versuche herauszufinden, ob ich einen Exorzisten oder einen Psychiater brauche oder aus der Geschichte Kapital schlage und mich um die Hauptrolle in einem Remake von *Eva mit den drei Gesichtern* kümmere.«

Er rollte die Schulter, als versuchte er ein lästiges Gewicht abzuschütteln. »Ich glaube, ich gebe mich erst mal mit einer Bloody Mary zufrieden.«

Vorsichtig näherte sie sich ihm von hinten. »Ich mache uns beiden einen«, fing sie an und legte dabei ihre Hand auf seinen

Rücken. Mit einem Schritt zur Seite wich er ihrer Berührung aus, so dass sie mit hängender Hand stehen blieb.

»Man muss mich nicht tätscheln und streicheln. Ich fühle mich einfach noch ein wenig wund. Wird wohl damit zu tun haben, dass man mich vergewaltigt und umgebracht hat.« Er schob die Hände in die Hosentaschen und ging die Treppe hinunter.

Sie wartete einen Augenblick und versuchte ihr Gleichgewicht wiederzuerlangen, dann folgte sie ihm in die Küche. »Lass mich die Drinks machen. Ich bin der Profi.«

»Ich kann mir meinen Drink verdammt noch mal selbst machen.«

Es traf sie, als er ihr die Flasche Wodka aus der Hand riss. Traf sie wie ein Schlag. »Na gut, dann mach dir deinen verdammten Drink eben selber. Und wenn du schon dabei bist, dann solltest du auch darüber nachdenken, dein verdammtes Leben allein zu leben.«

Sie drehte sich um, und als er sie am Arm packte, schlug sie zu. Als ihre Hand auf seine Wange klatschte, fing die Uhr wieder zu schlagen an und Türen wurden geworfen.

Schadenfroh machte sich die Kälte in ihren Knochen breit.

»Bist du jemals vergewaltigt worden?«

Sie riss sich von ihm los. »Nein.«

»Wahrscheinlich bist du auch noch nicht bis zum Ersticken gewürgt worden?«

Ohne sich mit Feinheiten aufzuhalten, nahm Declan einen tiefen Schluck direkt aus der Flasche. »Wenn dazu eine Anmerkung erlaubt ist: Es bringt einen in eine ganz ekelhafte Stimmung.«

Die Wut wich von ihr. »Trink doch nicht so viel, *cher*. Dir wird nur übel.«

»Mir ist schon übel. Ich muss unter die Dusche.«

»Dann geh und dusch dich. Danach wirst du dich besser fühlen. Ich werde uns Tee kochen. Lass mich das wenigstens tun«, schnauzte sie ihn an, ehe er protestieren konnte. »Vielleicht bringt es uns beide ein wenig runter.«

»Schön. Ist auch egal.« Er stapfte die Treppe hoch.

Sie musste sich kurz setzen, denn ihre Beine zitterten nach wie vor. Sie holte die Uhr aus ihrer Tasche und betrachtete das Zifferblatt. Der Sekundenzeiger tickte unaufhörlich im Kreis herum. Doch der Stundenzeiger blieb auf Mitternacht stehen.

Sie steckte die Uhr wieder weg und stand auf, um Tee aufzubrühen.

Sie trug ihn zusammen mit vier ordentlichen Toastdreiecken nach oben. Es war das Krankenessen, das ihre Großmutter in ihrer Kindheit für sie zubereitet hatte. Declan saß auf der Bettkante und trug eine zerfetzte Trainingshose. Sein Haar war noch nass, die Haut vom heftigen Rubbeln gerötet. Sie stellte das Tablett neben ihn.

»Möchtest du, dass ich gehe?«

»Nein.« Als sie ihm einen Becher Tee einschenkte, nahm er ihn und versuchte sich daran die Hände zu wärmen. Obwohl er so heiß geduscht hatte, wie es möglich war, fröstelte ihn ununterbrochen.

»Ich habe es nicht einfach gesehen oder erinnert. Ich habe es gespürt. Die Angst, den Schmerz, die Schändung. Die Demütigung. Und darüber hinaus – als wäre das alles nicht schon schlimm genug – war ein Teil von mir immer noch ich selbst. Und dieser Teil, der große, knallharte Junge, war hilflos, musste hilflos zusehen, wie eine verängstigte Frau vergewaltigt und erwürgt wird. Ich kann es nicht erklären.«

»Das musst du auch nicht. Etwas davon habe ich auch gespürt. Nicht so klar und nicht so deutlich wie du, aber … Wenn du mich ansahst, wenn sie mich durch deine Augen ansah, empfand ich Trauer und Bedauern. Und große Schuld. Trink jetzt deinen Tee, mein Schatz.«

Folgsam hob er den Becher an seine Lippen. »Schmeckt gut. Ziemlich süß.«

»Süßer Tee und Toast. Das ist gut für dich.« Sie krabbelte hinter ihm aufs Bett, kniete sich hin und fing an, ihm die Schultern zu kneten. »Sie war stärker als er. Das ist aber nicht so sehr sein Fehler. Er wurde zur Schwäche erzogen. Aber er liebte sie, Declan. Das weiß ich und zweifle nicht daran. Auch ohne die schrecklichen Umstände zu wissen, fühlte er sich schuldig. Dafür, dass er nicht bei ihr gewesen war, ihr nicht genug von sich gegeben hatte.«

»Er verließ das Kind.«

Seine Stimme klang so endgültig. »Das hat er getan. Ja, das tat er«, wiederholte Lena. »Und obwohl das falsch war von ihm, falsch, sich selbst das Leben zu nehmen und ihr Kind als Waise zurückzulassen, hatte Rose dennoch auf diese Weise ein besseres Leben. Sie war umgeben von Menschen, die sie liebten, die die Erinnerung an ihre Mutter pflegten. Hier im Herrenhaus hätte sie nie so ein Leben gehabt.«

»Es stand ihr zu. Er hätte sich darum kümmern müssen.«

Sie legte ihre Wange auf seinen Kopf. »Du kannst ihm nicht verzeihen.«

»Ich kann ihn nicht verstehen.«

»Nein, ein Mann wie du würde einen Mann wie ihn nicht verstehen. Vielleicht tue ich es, vielleicht verstehe ich einen Mann, der lieber mit einer Frau durchbrennt als seinen Eltern die Stirn zu bieten. Einen Mann, der sie dann doch in ein Haus voller Verdruss und Bedrohung zurückbringt, anstatt ihnen ein Heim zu schaffen. Einen Mann, der so außer sich gerät, dass er sich lieber ertränkt als mit dem Schmerz lebt und sein eigenes Kind mit der Liebe und dem Mitgefühl großzieht, die ihm selbst verwehrt geblieben sind. Er wollte mehr sein, als er war. Mit ihr wäre er es gewesen. Du solltest ihn nicht verachten, Declan. Du solltest Mitleid mit ihm haben.«

»Möglich. Es fällt mir schwer. Ihre Verzweiflung ist noch immer übermächtig in mir.« Die von Abigail, aber auch eine gute Portion eigene, dachte er.

»Glaubst du, du findest Ruhe?«

»Ich denke nicht.«

»Aber du solltest es versuchen. Ich muss mich umziehen.« Sie schlüpfte aus dem Bett, hob das Tablett auf und stellte es beiseite. »Versuch inzwischen zu schlafen. Ich bin gleich wieder da.«

Er versuchte nicht, sie aufzuhalten. Wahrscheinlich war er allein besser dran. Er legte sich zurück und starrte zur Decke, während draußen die ersten Vögel zu singen anfingen.

Abigail war zerbrochen worden, ging es ihm durch den Kopf. An Leib und Seele.

Und er fühlte sich fast genauso.

Offenbar war er eingedöst, denn als er die Augen aufschlug, stand die Sonne am Himmel. Es war noch früh, aber die Generalin und ihre Wirbelwindtruppen würden in Kürze auftauchen und das Haus mit Mopps und Besen und Gott weiß was stürmen.

Sicher musste das Haus gereinigt und ausgeschüttelt werden. Es war schließlich seins. Er würde es nicht aufgeben. Was auch immer geschehen war, was immer es auch mit ihm gemeinsam hatte, er würde es nicht aufgeben.

Und bei Gott, er würde auch Lena nicht aufgeben.

Mürrisch setzte er sich auf und sah sie ihm gegenüber im Stuhl sitzen. Sie trug Jeans, ein schlichtes weißes T-Shirt. Drei kleine Blumensträuße lagen in ihrem Schoß.

»Bist du bereit zu einer kleinen Fahrt?«, fragte sie ihn.

»Ich denke schon.«

»Dann zieh ein Hemd und ein Paar Schuhe an.«

»Wohin fahren wir?«

»Das werde ich dir unterwegs erzählen.«

Sie fuhr, und jetzt lagen die Blumensträuße in seinem Schoß.

»Ich möchte ihr Blumen bringen. Marie Rose.« Als ihre Nachfahrin, dachte Lena, als ihr Vater. »Ich dachte mir, du würdest sie eventuell auch gern besuchen.«

Er schwieg.

»Großmama hat mir erzählt«, fuhr Lena fort, »dass Marie Rose einmal im Jahr an ihrem Geburtstag auf den Friedhof ging. Sie habe ihm Blumen gebracht. Als ich heute Morgen hinüberging, um mich umzuziehen, hat sie mir gesagt, wo wir seine Gruft finden, und wir haben diese Blumen im Marschland gepflückt. Ich möchte auch Lucian Blumen bringen.«

Er hob einen Strauß auf. »Dein Symbol des Mitleids?«

»Wenn das alles ist, was uns bleibt.«

»Und die anderen Blumen?«

»Marie Rose hat sie ebenfalls ein Mal im Jahr ihrer Mutter gebracht. Irgendetwas in ihr muss es gewusst haben. Jedes Jahr an ihrem Geburtstag ging sie zum Fluss und warf Blumen ins Wasser. Großmama hat mir gesagt, wo.«

Sie fuhr zügig und dann langsamer, um in den Friedhof einzubiegen. »Ich weiß, dass du wütend auf ihn und auf mich bist. Wenn du nicht mitkommen möchtest, kannst du im Auto bleiben. Ich würde es dir nicht vorwerfen.«

»Warum machst du das?«

»Er ist ein Teil von mir. Durch sein Blut und mehr. Wenn ich einen Weg finde, die zu akzeptieren, die mich geboren hat, und wenn ich damit leben kann, dann kann ich auch einen Weg finden, das zu akzeptieren und damit zu leben.«

Sie hielt den Wagen an und nahm zwei Sträuße. »Man muss ein Stück gehen. Aber ich werde nicht lang weg sein.«

»Ich komme mit dir.«

Er stieg aus, reichte ihr aber nicht wie üblich die Hand. Sie schlängelten sich zwischen den Grabsteinen, den Ziergittern, den Marmorengeln und den Schatten der Kreuze hindurch.

Vor einem der aufrechten Grabsteine blieb sie stehen. Es standen viele Namen darauf, schlicht und schmucklos. Ihr Großvater ruhte hier und andere, mit denen sie Fleisch und Blu teilte. Aber heute war sie nur für eine von ihnen gekommen.

Ihre Finger klammerten sich um den Blumenstrauß. Marie Rose, las sie. Blut meines Blutes, Herz meines Herzens.

»Großmama hat mir erzählt, Marie Rose sei eine glückliche Frau gewesen, sie habe ein gutes Leben gehabt. Sei zufrieden damit gewesen. Das mag zwar nicht aufwiegen, was geschehen ist, aber wäre es anders gewesen … Nun, ich wüsste nicht, ob ich dann heute Morgen mit dir hier stünde.«

Sie wollte die Blumen hinlegen, als Declan seine Hand über den Stängeln auf Lenas Hand legte. Sie legten sie gemeinsam aufs Grab – das Baby, das Mädchen, die alte Frau, alle vereint.

»Er liegt ein Stück weg von hier«, brachte Lena heraus. Ihre Stimme war belegt, ihr verschwamm alles vor Augen, als sie sich abwandte.

Schweigend gingen sie ihren Weg durchs Sonnenlicht und durch die Schatten.

Die Gruft der Manets war ein hoch aufragender viereckiger Bau mit behauenem Portikus und dicken, eisenbeschlagenen Türen. Gekrönt wurde sie von einem grimmigen Engel, der seine Harfe hielt wie ein Soldat sein Schild.

»Sehr heiter«, bemerkte Declan. »Ich würde behaupten, dass keinem von ihnen eine sanfte Ruhe vergönnt war.« Er sah sich um und entdeckte den schlichten Betonkasten auf einer aufrecht stehenden Platte. Auf der Tafel stand: LUCIAN EDUARD MANET. 1877–1900.

»Er liegt hier draußen?«

»Man hat ihm nicht verziehen«, erklärte Lena. »Nicht für seine Heirat, sein Kind, seinen peinlichen Tod. Man sagte, er sei versehentlich ertrunken, obwohl jeder wusste, dass es Selbstmord war. Aber obwohl Josephine ihn nicht in der Familiengruft haben wollte, sollte er doch in geweihter Erde begraben sein. Ansonsten hätte es noch einen Skandal gegeben.«

Declan warf einen Blick auf die Gruft. »Miststück.«

»Er hatte nicht wie ich Großeltern, die ihn liebten. Die die Schläge dämpften. Er hatte einen Zwillingsbruder, der ihn allein seiner Existenz wegen hasste. Er besaß Geld und Stellung, Erziehung und Privilegien. Aber keine Liebe. Bis Abigail kam. Dann nahmen sie sie ihm weg.«

Sie legte die Blumen für ihn nieder. »Er konnte es nicht besser. Es reichte allerdings nicht.«

»Du bist stärker, als er jemals war. Klüger, widerstandsfähiger.«

»Ich hoffe es. Und ich hoffe, er findet bald Ruhe. In dieser Sonne werden die Blumen nicht lange halten, aber... Nun ja, man tut, was man kann.«

Ohne ein weiteres Wort ging sie. Declan verweilte noch eine Minute länger, starrte auf die Tafel, dann auf die Blumen. Schließlich folgte er seiner Eingebung, zog eine Blume heraus und legte sie auf den Grabdeckel.

Lena setzte ihre Sonnenbrille auf, während sie angestrengt Tränen wegblinzelte. »Das war lieb.«

»Nun, man tut, was man kann.« Jetzt nahm er ihre Hand.

Die Rückfahrt erfolgte wortlos. Als Lena vor dem Bayou-Haus parkte, kamen weder Miss Odette noch Rufus heraus. Declan schwieg, als Lena ihn zu Fuß durch das Marschland führte. Er schwieg, als er sich an den Weg in der Nacht erinnerte, die Kälte in der Luft, das huschende Mondlicht, den Schrei der Eule. Und den keuchenden Atem eines Mörders und seiner Komplizin.

»Möchtest du zurück? Du bist furchtbar blass.«

»Nein.« Trotz der Kälte unter seiner Haut lief ihm der Schweiß über den Rücken. »Ich muss das tun.«

»Es ist nicht mehr weit.«

Überall entlang des schmalen Trampelpfads schossen Sumpfblumen aus dem Boden. Auf diese, ihre Farbe, ihre unscheinbare Schönheit, konzentrierte er sich mit aller Kraft. Aber als sie am Ufer stehen blieben, war er außer Atem und ihm schwindelte.

»Es war hier. Genau hier.«

»Ich weiß. Marie Rose kam hierher, an diese Stelle. Ihr Herz wusste es.« Dieses Mal reichte sie ihm den Strauß und zog eine einzelne Blume heraus.

Declan ließ die Blumen in den Fluss fallen und sah zu, wie sie auf dem braunen Wasser davontrieben. »Wer kann schon Blumen auf sein eigenes Grab legen?«

»Es tut mir Leid.« Tränen liefen ihr über die Wangen. »Es tut mir so Leid.« Sie kniete nieder und warf ihre Blume, damit sie allein für sich treiben konnte. Feste ergriff sie Declans Hand. »Es tut mir so Leid, dich verletzt zu haben.«

»Das brauchst du nicht.« Er zog sie auf die Füße und in seine Arme. »Es ist schon gut.«

»Er hat nicht genügend Vertrauen gehabt. Ich auch nicht. Zu viel Kummer und nicht genug Glaube. Aber jetzt.«

»Es hat genug Kummer gegeben. Aber jetzt.« Er tippte ihr Gesicht nach oben. Und sprach aus, was er in sich – in Abigail – in dem Moment empfunden hatte, als er die Blumen zu Marie Rose gebracht hatte. »Ich verzeih dir.«

»Du bist versöhnlicher, als sie es war.«

»Mag sein. Eventuell ist das Grund, weshalb wir weitermachen. Weil es uns eine Chance gibt, wieder gutzumachen, was wir vermasselt haben.«

»Oder denselben Fehler zu wiederholen. Ich habe noch etwas, was ich dir geben möchte. Aber nicht hier. Daheim im Haus. Das ist der richtige Ort, es dir zu geben.«

»Gut.« Er küsste ihre Hand. »Wir sind quitt.«

»Ich denke, wir sind auf dem Weg dazu. Außerdem möchte ich dich um etwas bitten«, sagte sie, als sie wieder auf dem Pfad waren. »Ich würde gern drei Erinnerungstafeln aufstellen, vielleicht in der Nähe des Teichs. Eine für Lucian, eine für Abby und eine für Marie Rose. Ich finde, es ist an der Zeit, dass sie wieder vereint sind.«

»Ich denke, sie sind jetzt vereint.« Oder fast. Fast ganz, wie er fand, denn er verspürte mit einem Mal eine Leichtigkeit in seinem Herzen, an die er schon nicht mehr geglaubt hatte. »Aber die Tafeln wären eine schöne Erinnerung. Wir suchen uns eine Stelle aus und stellen sie auf. Dann pflanzen wir dort etwas gemeinsam.«

Sie nickte. »Vielleicht eine Weide.«

»Wie die, die sie so sehr geliebt hat.« Er nickte. »Manchmal kehrt man wieder zu den Dingen zurück, wie sie einst waren, manchmal verändert man sie. Wir werden beides tun. Wenn wir dann Kinder haben, können wir dort picknicken und ihnen die Geschichte erzählen.« Er rechnete mit vehementem Protest. »Du hast ja gar nicht gesagt, ich solle den Mund halten.«

»Du hast mich aufgerieben, *cher*. Sieht aus, als wären deine Soldaten da.«

Er spähte hinüber in die Ferne zum Haus und zuckte gepeinigt zusammen, als er die Autos entdeckte. »Hättest du nicht Lust, dass wir uns heimlich über die Hintertreppe nach oben schleichen und uns im Schlafzimmer einschließen? Ich glaube, ich könnte jetzt eine Woche lang durchschlafen.«

»Das Schlafzimmer ist eine gute Idee, aber ich habe nur noch eine Stunde Zeit. Dann muss ich zur Arbeit.«

»Eine Stunde habe ich noch Kraft in mir«, erwiderte er und ließ sich von ihr zum Hintereingang des Hauses chauffieren. Dort legte er warnend den Finger auf die Lippen, und wie zwei Einbrecher schlüpften sie unbemerkt die Treppe hoch. »Hast du dich jemals nackt im Bett gewälzt, während vor deinem Zimmer ein ganzes Haus voller dienstbarer Geister die Böden schrubbte?«

»Nein, und das steht für heute auch nicht auf dem Programm.«

»Spielverderberin.«

»Declan. Nein, lass die Türen offen. Brille. Nein, Moment mal, halt –«

»Keine Bange«, sagte er, als er sie in seine Arme schloss. »Ich halte dich doch nur. O mein Gott, wie gut sich das anfühlt. Ich habe dich vermisst«, murmelte er und begriff, dass es ebenso Abby wie er selbst war, die festhielten.

Ein Kreis, ein fast wieder hergestellter Kreis, dachte er. Und diesmal würde er nicht brechen.

Sie verliert, merkte er. Josephine. Alles entglitt ihren Händen.

»Ich muss dir ganz viel sagen.«

»Ich will nicht mehr reden.« Er presste seine Lippen in einem weichen, zärtlichen Kuss auf ihre. »Leg dich mit mir hin, Lena. Leg dich einfach hin neben mich. Ich habe es so unendlich vermisst, dich im Arm zu halten.«

»Was ich tun muss, muss ich aufrecht tun.« Sie löste sich von ihm und blieb im Sonnenlicht stehen, das sich durchs Fenster ergoss. »Bis jetzt habe ich alles so gehandhabt, wie ich es wollte, und das hat auch ganz gut geklappt. Du hast alles verkompliziert und durcheinander gebracht, mich irritiert und mein ganzes Leben mit allem, was war, was ist und sein wird, auf den Kopf gestellt. Mich hat es nie sonderlich interessiert, ›Was-sein-könnte,-wenn‹, Declan.«

»Versuch's doch mal mit ›Was wird sein‹?«

»Da meldet sich wieder dein Dickschädel zu Wort. Das liebe ich an dir. Ich liebe so vieles an dir, dass ich es gar nicht mehr zählen kann. Also bleibe ich halt bei dir, diesem verdammt reichen Yankee.«

Alles in ihm schwoll an und wurde hell wie die Sonne. »Angelina.«

»Du hältst dich jetzt zurück, bis ich fertig bin.« Sie seufzte und wartete, bis sie sich sicher war, ruhig sprechen zu können. »Ich habe viele Freunde, die sich um mich kümmern, mich womöglich sogar lieben, wie Freunde einen lieben. Ich hatte meinen Großpapa, der mich zu seinem Augenstern machte. Ich habe meine Großmama. Aber keiner hat mich je so geliebt wie du. Und das Schlimme daran ist, dass ich auch noch nie jemanden so geliebt habe wie dich. So.«

Sie hob die Arme und löste die Halskette. Sie hielt sie ihm mit dem kleinen baumelnden Schlüssel hin. »Der gehört nun dir, und das wohl schon seit einiger Zeit. Du bist der Schlüssel, *cher*. Du warst es von Anfang an.«

Er nahm die Kette und legte sie sich zu ihrer großen Freude um den Hals. »Ich werde dich glücklich machen!«

»Das solltest du auch. Heiraten wir oder was?«

»Das kannst du mir glauben.« Lachend hob er sie hoch und wirbelte sie herum. »Spürst du es?«

»Was spüren? Mir dreht sich alles.«

»Das Haus gehört jetzt uns. Nur noch uns.« Er stellte sie wieder auf die Füße. »Keine Geister mehr. Keine weiteren Leben, nur noch unsere. Und wir sind erst am Beginn.«

Sie schlang ihre Arme um ihn und hob ihren Mund an seinen. »Willkommen zu Hause.«

Ohne ihn loszulassen, holte sie die Taschenuhr heraus und drehte das Zifferblatt nach oben. Gemeinsam verfolgten sie, wie die Zeit sich vorwärts bewegte.

Glossar

Bayou – Altwasser, Nebenlauf eines Flusses oder Sees in Louisiana: Synonym für das Mississippidelta.

Beignets – Fettgebackenes aus Hefeteig mit Puderzucker (Berliner).

Cajuns – Nachfahren der französischstämmigen Acadier aus Nova Scotia, die 1763 vor der britischen Herrschaft nach Louisiana flohen und sich als Bauern und Trapper westlich von New Orleans niederließen.

Cajun – a) Sprache der Cajuns, acadischer Dialekt des Französischen.

b) Musik, acadische Folkmusik, gespielt auf traditionellen Instrumenten (Fiedel, Akkordeon, Triangel und Perkussionsinstrumente), basierend auf französischen Balladen des 19. Jahrhunderts, erinnert an Bluegrass oder Countrymusic. Gesungen wird in Cajun, dem acadischen Dialekt des Französischen.

Hurricane – für New Orleans typischer Cocktail aus Rum und Saft der Passionsfrucht.

Kreolen – in Louisiana die Bezeichnung für die Nachkommen der spanischen und der französischen Einwanderer in Amerika, darunter auch Schwarze und Mulatten.

Mardi Gras (auch Fat Tuesday) – Fastnacht, letzter Tag der Karnevalszeit, wie sie in den USA nur in New Orleans gefeiert wird.

Die Ursprünge führen zurück in die Gründungszeit von New

Orleans, heute ist es zum einen ein Spektakel, das Touristen aus aller Welt anzieht, gleichzeitig haben sich die Einheimischen ihre Tradition bewahrt und feiern auf Privatbällen. Auch die Cajuns feiern Mardi Gras, ihre Bälle sind jedoch für jedermann zugänglich.

Mimosa – Champagner mit Orangensaft.

Muffaletta – üppiges Sandwich mit Schinken, Wurst, Käse, Olivensalat (aus Sellerie, Karotten, Blumenkohl, eingelegten Oliven und Kapern), das auf die Kreation eines italienischen Lebensmittelhändlers zurückgeht, die er im Französischen Viertel 1907 zum ersten Mal präsentiert haben soll.

Zydeco – ein von den schwarzen Kreolen geschaffener Mix aus Cajun-Rhythmen und -Melodien und traditioneller afrikanischer Musik, Rhythm & Blues und Blues. Ursprünglich nur mit Akkordeon, Drums und Waschbrett gespielt, wird diese sofort in die Beine gehende Musik heute mit E-Gitarren, E-Bass, Saxophon und Trompete angereichert.